Dr. GÜLSEREN BUDAYICIOĞLU, üç çocuklu bir memur ailesinin ilk çocuğu olarak Ankara'da doğdu. TED Ankara Koleji'nden mezun olduktan sonra Ankara Üniversitesi Tıp Fakültesi'ne girdi. Öğrenciliği boyunca bir yandan da TRT televizyonlarında spiker ve sunucu olarak çalıştı. Psikiyatri ihtisasını yaptığı Hacettepe Üniversitesi'nde on yıl öğretim görevlisi olarak hizmet verdi. Yıllarca muayenehane hekimliği yaptıktan sonra 2005 yılında Türkiye'nin ilk psikiyatri merkezi olan ve halen Ankara ve İstanbul'da hizmet veren Madalyon Klinik'i (Madalyon Psikiyatri Merkezi) kurdu.

Bu arada *Madalyonun İçi, Günahın Üç Rengi, Hayata Dön* ve *Kral Kaybederse* adlı kitapları yayınlandı.

İki çocuk annesi olan Budayıcıoğlu, halen Madalyon Klinik'in başkanı olup bir yandan da psikiyatri bilimini hikâye ve romanlarla insanlara ulaştırmaya devam ediyor.

www.facebook.com/drgbudayicioglu
www.twitter.com/drgbudayicioglu
drgbudayicioglu@madalyonklinik.com

GÜLSEREN BUDAYICIOĞLU

Günahın Üç Rengi

Madalyonun Öteki Yüzü

RK

Remzi Kitabevi

GÜNAHIN ÜÇ RENGİ / Gülseren Budayıcıoğlu

Yayına hazırlayan: Yasemin Aktaş
Kapak: DPN

ISBN 978-975-14-1287-4

BİRİNCİ BASIM: Haziran 2008
OTUZ DÖRDÜNCÜ BASIM: Ekim 2020

Kitabın bu basımı 10.000 adet yapılmıştır.

Remzi Kitabevi A.Ş., Akmerkez E3-14, 34337 Etiler-İstanbul
Sertifika no: 10705
Tel (212) 282 2080 Faks (212) 282 2090
www.remzi.com.tr post@remzi.com.tr

Baskı ve cilt: Seçil Ofset, 100. Yıl Mah. Matbaacılar Sitesi
4. Cad. No: 77 Bağcılar-İstanbul
Sertifika no: 44903 / Tel (212) 629 0615

Bu kitabı, 12 Mayıs 2007'de kaybettiğim
sevgili eşim AYDIN'a ithaf ediyorum...

İçindekiler

Önsöz

Madalyonun İçi yayınlandıktan sonra beni tekrar yazmam konusunda yüreklendirdikleri için öncelikle okurlarıma teşekkür ederim...

Bir ruh doktorunun hem kendisini, hem de hastalarını binlerce kişinin gözleri önüne sermesi kolay bir iş değildir. Psikoterapi iki insan arasında kurulan yakın ve sıcak bir ilişki biçimidir. Terapist bu ilişki içinde karşısındakini etkilemek ve aynı zamanda etkilenmek durumundadır. Bu süreç terapisti de en az hastası kadar etkiler ve zorlar. Bu konuda her ruh hekiminin kendine has bir yöntemi, bir tarzı vardır. Yani bu iş bir anlamda kişiye has bir sanattır. Kesin hatları olmayan, içten, doğal, her zaman bir sisteme oturtulamayan bu sanatı hekimler doğal olarak dünyanın gözleri önüne sermekten bir parça çekinirler.

Bundan benim de çekinmediğim asla söylenemez. Ancak gençliğimden, hatta çocukluğumdan beri gerek edebiyata duyduğum ilgi, gerek bildiklerimi, edindiğim deneyimleri insanlarla paylaşma arzum ve gerekse tüm dünyada insan psikolojisine giderek artan ilgi, kişilerin kendilerini anlama isteği beni bu konuda yüreklendirdi.

İlk kitabımda psikiyatride en sık görülen tanı gruplarından seçilmiş bir demet sunmuştum sizlere. Şimdi artık biraz daha derinlere inip madalyonun kapağını iyice açmanın zamanı geldi. İnsanlar madalyonun içine genellikle onlar için önemli, özel, başkalarıyla paylaşmaktan kaçındıkları şeyleri koyarlar. "MADALYON" sözcüğü burada insanın gizemli iç dünyasını sembolize etmektedir.

Kültüründe Balkanlar'ın, Avrupa'nın, Asya'nın izlerini taşıyan Türkiye gibi bir ülkede yaşıyoruz. Bu topraklarda doğmuş nice medeniyetlerin, Türk, Rum, Ermeni, Kürt ve Arap geleneklerinin karışımıyla zengin bir yelpaze çıkmış ortaya. Sanırım dünyanın en zengin, gizemli ve karmaşık bir kültür birikimini içimizde barındırıyoruz. Ve her birimiz etkileniyoruz bu kültürden ve etkiliyoruz da...

İşte Türkiye'li bir psikiyatr ve yazar olarak ülkemiz insanlarını, onların iç dünyalarını, örf, âdet ve törelerimiz eşliğinde yaşadıkları sorunları, yakınlarıyla ilişkilerini ve çözümleyemedikleri çatışmaları anlatmaya çalıştım.

Bu kitapta sizlere iyileri değil kötüleri anlattım; toplum kurallarını hiçe sayan, eşini aldatan, cinselliği çok farklı alanlarda arayan insanları, yani günahı... Bakalım onları okurken neler hissedeceksiniz? Onlara kızacak mısınız, yoksa ruhlarını bütün çıplaklığıyla görmekten ürkecek misiniz? Veya bu insanların bazı duygularını siz de anlayacak, hissedecek, böylece hem kendinize hem de başkalarına daha hoşgörülü, bağışlayıcı olabilecek misiniz?

Sevgili okurum, kötüyü anlayamaz, hissedemezsek bu dünyada savaşlar, cinayetler, kötülükler hiç bitmeyecek. En kötü insanın bile, daima bir yerlerinde saklı iyilik tohumları vardır. Cezalar kötülüğü durdurabilseydi, bugün çok farklı bir dünyada yaşıyor olacaktık. Bir insan, ancak kendi kendini bağışlayabilirse kötülükten kurtulabilir. Küskün insan iyi insan olamaz. Marifet insanları küstürmemekte, kendi gözlerinden yine kendilerini düşürmemektedir.

Hepimiz hayatın içinde bir şekilde yaralanıyoruz. Özellikle bizi dünyaya getiren en yakınlarımızdan alıyoruz bu yaraları. Anne babalarımız genellikle bilmeden, bir yandan bilinçdışımızı özene bezene doldururken, bir yandan da kaderimizi çizdiklerini fark etmiyorlar. İnsanın karanlık ve kuytu dehlizlerine saklanan hayatın kirinin, pasının, tozunun, isinin yansıması herkeste aynı değildir.

Daha her birimiz küçücükken doldurulan bu dehlizlerde başlıyor kaderimiz yazılmaya. Bu karanlık yumağın içindeki acımasızlığı, korkuyu, bencilliği, kıskançlığı, hırsı, öfkeyi, saldırganlık duygusunu ve doymak bilmeyen cinsel istekleri fark etmek, dayanabileceğimizin çok üzerinde bir rahatsızlık hissi verir bizlere. İşin en acıklı yanı ise, bu yumağın şekillenmesinde en büyük rolün, yine en yakınlarımızla olan ilişkilerimizden kaynaklanıyor olmasıdır.

Hastalarımı dinlerken ne zaman, nerede ve kimler tarafından yaralandıklarını gördükçe her zaman içim sızlar. Yaralayanlar ise genellikle yaraları en derin olanlardır. Bu zincir eğer bir yerlerinden kırılamazsa kuşaklar boyu sürüp gider. Çocuk yetiştirirken bunları unutmayalım. Unutmayalım ki, çocuklarımızın kaderi güzel olsun.

Bu kitabı gerçeklerden yola çıkılarak kurguladım. Bir psikiyatr olarak en gizli sırların konuşulduğu odamın kapılarını sonuna kadar sizlere açtım. Bunu yaparken hasta dosyalarındaki notlardan yararlandım.

Karşımdaki kişiler kadar kendi duygularımı da bütün açıklığıyla sizlerle paylaşmaya çalıştım.

Yorgun akşamlarda geçmişe dönerken bazen gülerek ama çoğu zaman hüzünlenerek yazdım bu kitabı.

Anlattıklarım, en ince ayrıntılarına kadar gerçeği yansıtırken, hastalarımın mahremiyetine duyduğum sonsuz saygı nedeniyle kimlikleri tamamen değiştirdim.

Kitaptaki kahramanlardan ikisi bir süre önce aramızdan ayrıldı. Kendilerini buradan rahmet ve sevgiyle anıyorum.

Dr. Gülseren Budayıcıoğlu

Fahişeliğin Rengi Kırmızı

Evdeyim. Saat gece yarısına yaklaşıyor ama uykum yok. Geniş salonda yanan masa lambalarından etrafa huzur verici, yumuşacık ışıklar yayılıyor. Özellikle kırmızı şapkalı lambayı çok seviyorum. Hava kararınca evdeysem, ilk işim o lambayı yakmak olur.

Çalışma masam salonda, tam camın önünde durur. Sevmem öyle çalışırken odalara kapanmayı. Masamın başına oturunca sanki bütün dünya ayaklarımın altındadır. Bu masayı yeni aldım. Ben özellikle sık kullanacağım eşyalarımı pek kolay alamam. İlk görüşte alacağım eşyayla aramızda bir elektrik oluşması gerekir. Bu masada da öyle oldu. Çok şık bir mobilya mağazasını öylesine gezerken çıktı karşıma. Sanki o masa yıllardır benim gelip onu almamı bekliyordu.

Sevgili masam bu akşam sanki bana "hadi gel artık" diyor. Yavaşça oturuyorum döner koltuğuma. Gözlerim uzaklara bakıyor. İnsanların çoğu henüz yatmamış, apartmanlar ışıl ışıl. Demek benim gibi gece kuşu çok. Çocukluğumdan beri geceyi yaşamayı severim. Kıyamam erkenden yatmaya. Derin bir uykuya dalıp dünyayı unutmak gelmez içimden. Gecenin sessizliğini, yalnızlığını, insana verdiği özgürlük duygusunu yudum yudum içmek isterim. Hele bir de önümde bilgisayar ve salona hafifçe yayılıp insanın içine işleyen güzel bir müzik varsa…

La Banda Alla Turca CD'si çalıyor şu anda. Muhteşem bir bandodan semailer, köçekçeler, Rumeli türküleri dinliyorum.

İlk kitabım çıkalı neredeyse dört yıl olmuş. Aslında hedefim her yıl bir kitap çıkarmaktı çünkü yazacak öyle çok şey var ki... Ama olmadı, yazamadım. Hayat son yıllarda çok acımasız davrandı bana. En sevdiklerimi hiç gözümün yaşına bakmadan aldı elimden. Ben arkalarından bakakaldım. Değil kitap yazmak, bazen nefes almak bile zor geldi. Her şeye rağmen insanlar acılarla başa çıkmayı başaran, güçlü bir kadın gördüler karşılarında ama işin aslını bir de bana sorun!

İşte o zor günlerde çareyi her zamanki gibi çok çalışmakta buldum ama yazı yazmak çok farklı bir şey; duygularınız olduğu gibi yansıyor yazdıklarınıza. Yaşarken belki ama yazarken onları gizleyemiyorsunuz. O nedenle uzun bir süre masamın başına oturamadım.

Aradan aylar geçti. Çok şaşsam da bazen kendimi gülerken yakalıyorum. O zamanlar bir daha hiç gülemeyeceğimi sanıyordum. Ve işte bu akşam masamın başındayım. Bu kitapta, yaşadığım acılardan önce gördüğüm hastalarımın hikâyelerini anlatacağım. Şimdilik o acı dolu günlere gidecek kadar güçlü hissetmiyorum kendimi. Belki bundan sonraki kitapta o günleri, bir yandan o acıları yaşarken bir yandan da klinikte gördüğüm hastaları, hastalarla aramızda yaşananları, yani acının ta kendisini anlatırım sizlere.

Düşünüyorum. Acaba hangi hikâyeler yer almalı bu kitapta? Kafamın içindeki bölmelerde yazılacakları günü bekleyen pek çok hikâye var. Zihnimdeki bölmeleri teker teker açıp o günlere gideceğim şimdi. Beni en çok etkileyen kişiler arasından yapmalıyım seçimi.

Gözlerimi kapattığım anda bölmelerden biri hızla açılıyor ve saçları sıfır numaraya vurulmuş, gözleri yaşlı bir kadın fırlıyor içinden. Meliha Hanım bu. İçimi bir hüzün kaplıyor. Odamın duvarlarına sinen gür, etkileyici sesi çınlıyor kulaklarımda. Ne güzel mevlit okumuştu Madalyon Klinik'teki odamda. Aslında o bir fahişenin kızı, bir fahişenin kız kardeşi ve yine namlı bir fahişenin annesiydi.

Öteki bölmeden Şevket Ağa uzatıyor başını. Her zamanki gibi alnını karıştırıp gözlerinin altından ama hep utanarak, sıkılarak bakıyor yüzüme koskoca Şevket Ağa. Yaşlı, Anadolu kokan ama ille de kasketli adamlarla nasıl yarenlik ettiğini, bunun için ne büyük riskler aldığını, tanınmamak için kılık değiştirdiğini, sonra da oralardan nasıl kaçtığını anlattırabilmek için az mı uğraştırmıştı beni...

Sonra bir başka bölme açılıyor. Şimdi yeşil gözlü, esmer, uzun boylu, yakışıklı Salih var karşımda. Bir evin bir oğlu, annesinin gözbebeği, nazlı delikanlı. Eli kırbaçlı, yüreği acımasız kadınlar tarafından nasıl yerden yere vurulduğunu, acımasızca dövüldüğünü, yerlerde süründüğünü anlatırken ne çok şaşmıştım. Üstelik bunları yapsınlar diye o kadınlara yüklü miktarda para ödediğini duyunca nasıl da yüreğim sızlamıştı.

Hadi, şimdi hep birlikte gidelim o günlere...

Madalyon Kliniği'nin bütün koridorlarından, dalga dalga yayılan müzik sesi, kapısı açık duran odama kadar geliyor. Hüzünlü bir enstrümantal parça çalıyor. Müzik dinlerken duygularımız saklandıkları köşelerden çıkıp özgürce dolaşıyor ortalıkta.

Bartın'dan çok sevdiğim bir hastamın getirdiği siyah tül üzerine işlenmiş tel kırma işi örtüler, ışıkların altında bir yanıp bir sönüyor. Kırmızı Afgan halıların üzerinde ışıktan hareler oluşmuş. Çok seviyorum odamı. Hem odamı, hem Madalyon'u, hem de burada çalışan herkesi. İnsanın çalıştığı yeri ve işini sevmesi, hayatın en güzel mucizelerinden biri.

Günlerden cumartesi, yani çalışan insanların en çok tercih ettiği gün. Bu nedenle cumartesi günleri klinik çok yoğun olur. Akşama kadar birbirinden ilginç hikâyeler dinledim yine. Tek bir günde dinlediklerimi, bu dinlediklerimden anladıklarımı, hissettiklerimi yazabilsem, günde bir kitap çıkar bu odadan. Ama yazabilmek o kadar da kolay bir iş değil. Belki benim kişiliğim ve tarzım da bu işi biraz daha zorlaştırıyor. Ben hastalarımı dinlerken küçük notlar alsam da, asıl kayıt hafızamda tutulur. Tutulan bu notların yanında, mutlaka o anlara ait duygular da hafızama kaydedilmiştir. Tıpkı müzik gibi yani. Hem bestesi hem de güftesi vardır. Nasıl bestesiz müzik olmazsa, duygusuz yazı da olmaz gibi gelir bana.

İkisi bir araya gelmeli ki, okuyanlar da benim müzik dinlerken aldığım hazzı veya hüznü hissedebilsinler. İşte bu yüzden bu odada bir seansta yaşananları, benim yazmam bazen aylarca sürebiliyor.

Yazılarımı yazarken bir rejisör titizliğiyle otururum masaya. Hastalarımla aramızda geçen konuşmaları doğrudan aktarmak da yetmiyor bana. Bazen öyle şeyler oluyor ki bu odada, kelimeler burada hissedilenleri, yaşananları anlatmaya yetmeyebiliyor. Ama yine de işte o anları bir bir, tam anladığım, hissettiğim gibi aktarmaya çalışıyorum. Böyle olunca da benden sık sık yeni kitaplar çıkamıyor.

Yıllar önce, henüz gencecik bir kızken, gördüğüm, tanıdığım hayatla gerçek hayat ne kadar farklıymış birbirinden. Yaşadıkça, asıl yüzünü biraz biraz gösteriyor hepimize. Hele bir de işiniz, akşama kadar insanların kimselere anlatamadıkları sırlarını dinlemek, yani hayatın herkese pek göstermediği yüzünü görmek olunca, bu süreç hızlanıyor. Bir gün bir de bakıyorsunuz ki, bu dünya, sizin eskiden var olduğunu sandığınız dünyaya hiç benzemiyor. Kızsanız da hüzünlenseniz de korksanız, hatta bazen gülseniz de bir süre sonra yavaş yavaş gerçekler kendini kabul ettiriyor size.

Şimdi oturduğum evde, ben gökyüzü ile yeniden tanıştım. Eskiden de benim için bir gökyüzü vardı. Şimdi evimdeki balkona çıktığım zaman, yıllardır gökyüzünü nasıl da tanımadığımı anladım. Onu, olabildiğince geniş bir plandan görüverince, yüreğim ağzıma geldi. Meğer ne muhteşemmiş dedim.

İşte hayat da böyle. Küçücük pencerelerden gördüklerimiz, aslında hayatı bize tanıtmaya yetmiyor. Tıpkı gökyüzü gibi, hayata da geniş pencerelerden, yüksek balkonlardan bakmak gerekiyor. Bu yüzden gücüm yettiğince, bu farklı ve geniş pencerelerden gördüklerimi, duyguları da hiç atlamadan göstermeye çalışıyorum insanlara. Pencereler çoğaldıkça yükselecek, ufuk daha net görülecek.

Kapının vurulmasıyla düşüncelerimden sıyrılıyorum. Tuna elinde tepsiyle görünüyor kapıda. Bugün onun doğum günü. Hepimizin unuttuğunu sanıyor. Onun için sabahtan beri biraz mahzun bakıyor gözleri. Klinikte çalışanların sayısı otuzu geçti, ama Tuna hiçbirimizin doğum gününü unutmaz. Bizleri toplar ve her birimize küçük bir doğum günü kutlaması yapar. Hep beraber pasta keser, mum üfleriz. İnsanın işyerinde böyle vesilelerle hatırlanması, kutlanması güzel oluyor doğrusu. Gerçi özellikle hanım arkadaşlarımız artık yaşlarını söylemeseler de böyle kutlamaları hepimiz seviyoruz.

Tuna çocuk sahibi olamamış ama şimdi irili ufaklı otuzdan fazla çocuğu var. Sabah gizlice anlaştık arkadaşlarla. Pastası çoktan ısmarlandı. Üzerine "Çok Yaşa Tuna Ana" diye yazıldı. Hastalarımız bitince, hep birlikte kutlayacağız Tuna'mızın doğum gününü. Odama girdiğinde, yüzündeki mahzun ifadenin iyice arttığını görüyorum.

"Hazırsanız, hastayı içeri alabilir miyim?"

"Tabii Tuna."

"Bir sakıncası yoksa, anne kız, beraber girmek istiyorlar içeri."

"Yok, buyursunlar," diyorum hiç yüzüne bakmadan.

Bu arada sağla solla uğraşırken randevu defterine bakmayı unuttum. Kim geliyor acaba içeri? Tuna da bir şey söylemedi. Aceleyle açıyorum randevu defterini. Meliha Kınık. Tanımıyorum. Demek ki yeni bir hasta göreceğim. İçime her zamanki kıpırtı yayılıyor. Yeni hastalar hep heyecanlandırır çünkü beni.

Önce yaşlıca bir hanım görünüyor kapıda. Başında üstü işlemeli, siyah, uzun bir örtü var. İnce, uzun boylu, kara kaşlı, kara gözlü bir hanım. Teni ince ve beyaz. Siyah mantosu, yerlere kadar uzanıyor. Yavaş, ürkek adımlarla giriyor içeri. Yüzüme bakmıyor. İri, siyah gözleri yerde.

Arkasından genç bir kadın giriyor içeri. Annesine çok benziyor. O da uzun boylu ve esmer. Lacivert ipekten uzun bir pardösü giymiş. Başında renkli, pahalı bir eşarp var. Saçları hiç görünmeyecek şekilde sıkı sıkı bağlanmış. Hiç makyaj yok solgun yüzünde. Önce annesinin oturmasına yardımcı oluyor, sonra da kendisi oturuyor tam karşıma.

"Hoş geldiniz," dedikten sonra susup onların konuşmasını bekliyorum. Sanırım buraya anne için gelmişler. Önce kızı başlıyor anlatmaya.

"Doktor Hanım, benim adım Nur. Annemi getirdim size. Bugün tesadüfen evine ziyarete gitmeseydim eğer, yarına çıkmayacaktı annem. Allah gönderdi beni bugün oraya. Şimdi buradan çıkınca, onu evine nasıl bırakacağımı bilmiyorum. Aklım hep onda kalacak. Ben ne desem ikna edemedim. Ölmeyi kafasına koymuş."

Annesi, önüne bakmaya devam ediyor. Başımı ona doğru çeviriyorum, belki bir şeyler söyler diye ama o, hiç oralı olmuyor. Yeniden Nur'a dönüp soruyorum.

"Anneniz şimdilik konuşmayacak galiba. İsterseniz siz anlatmaya devam edin."

"Dün akşamüstü, annemi ziyaret etmek üzere evine gittim. Daha kapıyı açar açmaz anladım bir tuhaflık olduğunu. Annem genelde çok enerjik ve hareketli bir kadındır. Hayata çok bağlıdır. Bugüne kadar hepimiz için çok çalıştı, çok fedakârlıklar yaptı. Son yıllarda evlere gidip mevlit okuyor. Sesi de güzeldir. Hemen her günü doludur. Ankara'da seveni, arayanı soranı çoktur. Babam huysuzdur. Yıllardır çok eziyet etti anneme. Daha doğrusu çok kıskanç bir adam. Kadıncağız bu yaşında bile dayak yiyor babamdan."

Nur, bir yandan göz ucuyla annesine bakarken, bir yandan da gözlerinde biriken yaşları elinin tersiyle siliyor.

"Evvelsi gün yine çok fena dövmüş kadıncağızı. Biliyorum, dayanacak hali kalmadı artık. Bırak şu adamı, benim yanıma gel diyorum, gelmiyor. Gururludur annem. Kimseye yük olmak istemez. Bu sefer çok kızmış. Evde kendisine ait ne var ne yok fakir fukaraya dağıtmış. Elbiseleri, ayakkabıları, iç çamaşırlarına kadar, hiçbir şey bırakmamış evde. Sonra da gidip..."

Annesi, gözlerinin altından kızarak bakıyor kızına. Nur kısa bir tereddüt geçiriyor. Sonra annesine dönüp "Ama anlatmak zorundayız anne. Senin halin hal değil," diyerek tekrar bana dönüyor.

"Ben şüphelendim halinden. Üzerine giyecek bir tek gecelik bile bırakmamış. Benimle de konuşmak istemedi. Ben içeri girdiğimde, banyoda abdest alıyordu. İyi ki girmişim. O halini görünce şok oldum."

Nur artık gözyaşlarını tutamıyor. Ona bir mendil uzatıyorum. Önce sümkürüyor, sonra bütün yüzünü ovuşturarak siliyor. Solgun yüzüne hafif bir pembelik yayılıyor. Bu arada annesi kızgın gözlerle bakıyor Nur'a. Bunları anlatmasını istemiyor.

"Doktor Hanım, kusura bakmayın. Annem benim için çok değerlidir. Ona hiç kıyamıyorum ama o kendine kıyacak. Ne olur kurtarın onu. Ben ne dedimse dinletemedim. Buraya da öyle zor getirdim ki..."

Bir mendil daha uzatıyorum Nur'a. Anlattıklarından, bu hanımın intihar etmeye kararlı olduğu anlaşılıyor. Nur annesine dönerek "Anne çıkar şu örtüyü, Doktor Hanım da görsün yaptıklarını," diyor. Anne yine gözlerinin altından bakıyor kızına. Benim de görmemi istediği şey ne acaba?

Kadın, elini Nur'a doğru "dur" der gibi uzatıyor. Kız tam kalkacakken, yeniden oturuyor yerine. İzin vermeyecek. Şimdi artık benim devreye girmem gerekiyor. Israr etmek olmaz. Konuyu biraz hafifletmem gerekiyor.

"Annelerin mutlaka bir kız çocuk doğurması gerekiyor galiba. Bak, annen senin için ne kadar değerli. Ben de çok düşkünümdür anneme. Benim kızım da bana... Erkek çocuklar da sever annelerini ama kız çocuğun hali başka. Ne mutlu annene."

Sonra başımı anneye çevirerek soruyorum.

"Hanımefendi, içeri girdiğinizden beri hiç konuşmadınız. Adınız neydi?"

Kısa bir tereddütten sonra yavaşça söylüyor adını. "Meliha."

"Demek evlerde mevlit okuyorsunuz? Çok severim o toplantıları. İnsanın içine bir huzur yayılır. Özellikle çocukların doğumundan sonra okunan kırk mevlitleri vardır. Benim torunum Zeynep Su doğduğunda da okutmuştuk. Bebeği süsleyip getirmiştik ortaya. Altınlar takmıştık yastığına. Çok güzel âdetlerimiz var bizim. İnşallah yeni kuşaklar sahip çıkar bu geleneklere. Onun mevlidini de sizin gibi bir hanım okumuştu."

Ben kendi kendime gevezelik edip duruyorum ama henüz Meliha Hanım'da tık yok. Başı önünde, hiç yüzüme bakmadan oturuyor karşımda. Ben, istediğim tepkiyi alana kadar devam edeceğim.

"Ben, müziğin her çeşidini severim ama müzik insanda duygu yaratmalı. Ezan sesini bile zevkle dinlerim. İster ezan, ister mevlit, ister şarkı olsun, duyarak, hissederek söylenmeli ki, dinleyenler de bir şeyler hissedebilsinler. Sadece ses güzelliği de yetmez. Ben sizi dinlemedim ama, inşallah laf olsun diye mevlit okuyanlardan biri değilsiniz."

İşte oldu. Meliha Hanım, başını bana doğru çevirerek, sert bir ifadeyle bakıyor yüzüme. Ben hemen devam ediyorum. Madem kızdı, onu biraz daha kızdırabilirsem, şöyle veya böyle bir tepki gösterecek.

"Ben beğendiğimi de açıkça söylerim, beğenmediğimi de. Çünkü herkes işini iyi yapmalı. Madem iyi yapamıyorsun, bırak başkaları yapsın."

Bu arada Nur söze giriyor.

"Ama annem çok güzel mevlit okur."

"İyi öyleyse, buraya geleli, bir 'merhaba' bile demedi bana. Meşhur bir ilahi vardır, 'merhaba' diye. Çok severim onu, tabii iyi okunursa. Okusanız da dinlesek."

Benim bu isteğim, ikisini de şaşırtıyor. Şöyle iki yana bakıyorlar, burası bunun yeri mi diye. Ben hemen giriyorum yine söze.

"Ne düşündüğünüzü biliyorum. Burada böyle şey olur mu, diyorsunuz içinizden. Allah'a her yerde selam verebilir insan. Doktor muayenehanesinde bile. Hem gördüğünüz gibi odam çok geniş ve kliniğin en uzak köşesinde. Bırakın, sesiniz bu duvarlara da sinsin. Şimdi buyurun, sizi dinliyorum."

Meliha Hanım, bir süre şaşkın gözlerle bakıyor yüzüme. Sonra ellerini dizlerinin üzerine koyuyor, bir iki kere öne arkaya sallandıktan sonra, gözlerini kapatıyor, başını hafifçe yukarı doğru kaldırıyor ve başlıyor okumaya.

"Merhaba ey Al-i sultan, merhaba
Merhaba ey kan'ı irfan, merhaba
Merhaba ey sırrı kuran, merhaba
Merhaba ey derde derman, merhaba."

Meliha Hanım'dan öyle gür, öyle dolu, öyle duygulu bir ses yükseliyor ki, bir an buna inanamıyorum. O incecik, solgun yüzlü kadından doğrusu böyle bir ses, böyle bir tavır beklemiyordum. Tavır diyorum, çünkü sahnede şarkı söyler gibi, bir sanatçı edasıyla, elleriyle okuduğu ilahiye eşlik ederek söylüyor. Sanki kendinden geçiyor, ciğerinden yükseliyor bu nağmeler. Etkileniyorum. Hiç bitmesin istiyorum. Ama bitiyor. Söylerken yukarı kaldırdığı başını önüne eğip öylece bekliyor.

Bugüne kadar, bu odada kimi hastam ağladı, kimi güldü, kimi de bana şarkılar söyledi. Bir şair hastam vardır, sık sık şiirler okur bana. Terzilik yapan biri, bu odada ölçülerimi aldı. Kuaför olanlar kapıyı kapatıp saçlarımı taradı, ama hiç ilahi okuyan olmamıştı.

Anne kız, benden gelecek tepkiyi bekliyorlar.

"İşte mevlit böyle okunur. Biliyor musunuz, sizi dinlerken, hiç bitmesin istedim bu ilahi. Ne kadar yürekten okuyorsunuz! Neredeyse ağlatacaktınız beni. Nur, sen şimdi dışarı çık. Annenle yalnız bırak bizi. Onunla konuşacaklarımız var."

Nur, memnun bir ifadeyle, toparlanıp çıkıyor odadan. Meliha Hanım'a bakıyorum. Başını bana doğru çevirip hüzünlü gözlerle bakıyor yüzüme. Bu gözlerde çok şey yaşamış, duygunun her türlüsünü en şiddetli biçimiyle hissetmiş olmanın izlerini görüyorum. Ama sanki bu yoğunluktan yorulmuş gibi bir hali var. Ben de gülümseyerek bakıyorum ona. Soru sormuyorum. İstiyorum ki, kendiliğinden anlatsın.

Önce arkasına yaslanıyor. Sonra, başının iki yanından aşağı doğru sarkan siyah, üzeri işlemeli geniş ve uzun başörtüsüne gidiyor eli. Yavaşça bir ucundan aşağı doğru çekmeye başlıyor. İpek örtü kucağına doğru kayarak düşüyor. Ona gülümseyerek bakan gözlerim bir anda donup kalıyor. Meliha Hanım'ın başı, odamdaki lambalardan yansıyan ışıkların altında, pırıl pırıl parlıyor. Hiç saç yok başında. Usturayla sıfır numaraya vurulmuş. Mermer bir büst gibi oturuyor karşımda.

Bilirim ben bu saç kesmeleri... İnsanlar çok kızdığı, kendilerini çok çaresiz hissettikleri zaman keserler saçlarını. Kuşun kanadıyla gönderilen bir haberdir, bir işarettir bu saç kesmeler.

Boyunlarını kesmeden önce bütün dünyaya bir isyan, bir haykırış, bazen de bir yardım çağrısıdır. Demek Meliha Hanım'ın sıkıntısı sandığımdan daha büyük. Hayattan da kendinden de ümidini kesmiş.

"Neden?" diyorum ona fısıltıyla... Ümitsiz ve hüzünlü gözlerle bakıyor yüzüme, sonra başını yukarı kaldırıp tavana bakarak başlıyor konuşmaya.

"Yeter artık Allah'ım. Al beni yanına. Bana her günü gösterdin. İyiyi de kötüyü de... Bundan sonra ne kötü gün görecek halim, ne iyi gün görecek isteğim kaldı. Eğer sen elini çabuk tutmazsan, ben kalkıp geleceğim senin yanına. Bilirim, zamanından önce geleni hoş karşılamazsın. Hoş karşılamayacağın başka şeyler de var, ama onlar için diz çöküp sabahlara kadar tövbe ettim, af diledim senden. Belki de o yüzden kocama kızamadım bile. O dövdükçe, senden gelen cezadır dedim, Allah tozumu alıyor dedim, isyan etmedim, kabullendim. Senin yanına cezamı çekip tertemiz geleyim istedim. Ama her gün tövbe edip yine bozdum tövbemi. Kes cezamı, bitir işimi... Bana bırakma. Bir günah daha işletme bana."

Kendisini duyup duymadığını bilmeden ve fazla önemsemeden konuşuyor Tanrısıyla. İçine çökmüş, küçülmüş gözlerinden çaresizlik akıyor. Keşke onun Allah'ı da benimki gibi sonsuz şefkati, bağışlayıcılığı, kullarını iyiye güzele götürme sıfatı ile dolu olsa... Ama yakarışlarında pek göremiyorum bunu. Öfkeyle, "Amin" diyerek iki eliyle yüzünü sıvazladıktan sonra bana dönüyor.

"İşte böyle. Yukarıdaki ile konuştuklarımı duydunuz. Ben işte böyle sık sık konuşurum onunla. İçinizi açacak kimseniz olmayınca, onunla konuşmak iyi geliyor insana. Ama artık hiçbir şeyde gözüm yok. Hani televizyonun fişini çekince, nasıl kapkaranlık olur cam, işte öyleyim ben."

"Yok yok, öyle değil. Televizyonun sesini de görüntüsünü de çok beğendim ben. Fiş filan da çekilmemiş. Bu ara yayına konan programlarda iş yok. Siz bir şeylere kızmışsınız. Hem de çok kızmışsınız. Ama kızdığınız şey her neyse, bunu paylaşamıyorsunuz başkalarıyla. Hatta kızınızla bile. Onun için çıkardım onu dışarı. Sizinle daha rahat konuşabilelim istedim. Bu arada biraz önceki konuşmalarınızdan, kendinize de çok kızdığınızı fark ettim. İnsanız hepimiz. Kızarız. Ama siz kendinizden ümidi kesmişsiniz. Sahipsiz bırakmışsınız kendinizi. İnsan hiç kendinden vazgeçer mi Meliha Hanım?"

"Geçer, geçer. Dünyanın her türlü gününü gördüm ben. İnsanın dayanamayacağı hiçbir şey yokmuş şu dünyada derdim. Başıma gelmeyen kalmadı. Ama sonuncusunu kaldıramadım. Kaderi geri çeviremiyorsunuz. Ben çok uğraştım ama olmadı."

"Siz böyle söyledikçe, benim merakım iyice artıyor. Siz öyle her şeye pabuç bırakacak bir kadına benzemiyorsunuz. Şöyle bir bakıyorum da, kimbilir nasıl göze göz, dişe diş mücadele ettiniz hayatla. Ayrıca duygularınız çok güçlü. Her şeyi derinden hissediyorsunuz. İyiyi de kötüyü de. Böylesi zordur ama zor olduğu kadar da güzeldir. Şimdi her ne olduysa, kızmışsınız ve istifa edeceğim diyorsunuz bana. İstifanız kabul edilmedi Meliha Hanım. Şimdi isterseniz önce kocanızdan başlayalım. Hâlâ neden dayak yiyorsunuz eşinizden?"

Sizi neden dövüyor değil, neden dayak yiyorsunuz diyorum. Çünkü bu yaşta bir kadın artık dayak yememenin bir yolunu bulabilir gibi geliyor bana. O da ne demek istediğimi anlıyor. Kısa bir an gözlerime baktıktan sonra, eliyle "boş ver" der gibi bir hareket yaparak başlıyor anlatmaya.

"Alışmış, kudurmuştan beterdir, derdi rahmetli annem. Bizimki de o hesap. Gençlikte hepsi oluyor da, bu yaştan sonra ağır geliyor insana. Çok çektim ben hayattan. Hayat da benden. Ne o vazgeçti eziyet etmekten, ne ben uslandım. Kocam bildiğiniz bir akıl hastası. Böylesine kıskanç filan denmez, deli denir. Geldiğim günden beri döver beni. Döver dediysem, iki tokat atar, bırakır sanmayın. Eskiden de döverdi ama şimdi artık işkencecilerden beter oldu adam. Önce soyup beni baştan aşağı muayene ediyor, sonra ıslatıyor ve alıyor hortumu eline, yer misin, yemez misin!"

"Muayene etme işini pek anlamadım. Ne arıyor vücudunuzda?"

"Ne arayacak, kızarıklık, morluk var mı diye bakıyor. Aklı sıra başka adamlarla yatıp yatmadığımı anlamaya çalışıyor. Evde akşama kadar bir o yana bir bu yana koştururken, insan nereye vurduğunu biliyor mu? İşte o morlukları, dövmeye bahane ediyor. Bizim yatak odasındaki karyolanın kenarları sivri. O takımı zamanında kendisi almış. Gelip geçerken dokundunuz mu, yandınız. Mosmor oluyor vurduğunuz yer. Arada bir o da vuruyor. Onunki suç değil ama bende bir morluk olursa, yandı gülüm keten helva. Eşek sudan gelene kadar dövüyor beni. Kaç kere hastanelik oldum, doktorlar rapor verdi ama huylu huyundan vazgeçmiyor. Deli işte. Böylesine akıllı denir mi?"

Vay canına... Hiç böylesini duymamıştım. Önce soyuyor, sonra ıslatıyor ve lastik hortumla dövüyor. Son derece planlı, programlı bir olay. Vücut ıslanınca, lastik hortum daha çok canını yakıyor insanın. Sadist galiba bu adam.

"Evliliğinizi neden devam ettiriyorsunuz? Seviyor musunuz kocanızı?"

"Ne sevmesi Doktor Hanım. Böyle adam sevilir mi? Ama şimdi diyeceksiniz ki, madem öyle, niye bunca sene oturdun bu adamla?"

"Evet, aynen böyle diyeceğim. Üstelik şu anda bir mesleğiniz de var. Kendi paranızı kendiniz kazanıyorsunuz. İnsan bunca yıl, kendini hastanelik edene kadar döven bir adamla neden evli kalır?"

"Uzun hikâye."

"Yok öyle şey. Anadolu'da hani bir laf vardır; oynamak istemeyen gelin, yerim dar dermiş. Şu anda siz de aynen böyle yapıyorsunuz. Ne demek uzun hikâye. Şuna açıkça nerede bende o yürek desenize."

"İş yüreğe gelirse, bendeki yürek mangal gibidir Doktor Hanım."

"Şu mangal gibi yüreği açın da ben de göreyim."

Gülüyor. Sonunda güldürebildim. Simsiyah giysilerinin üstünde pırıl pırıl parlayan kafasıyla, bir de gülünce son derece komik ama bir o kadar da hüzünlü bir manzara oluşuyor karşımda.

Ben de gülüyorum ona. Sonra gözleri doluyor. Hem gülüyor, hem ağlıyor. Sonra ayağa kalkıyor, ellerini iki yanına sarkıtıp asker gibi duruyor karşımda. Başını eğerek ağırdan selam veriyor bana, "Merhaba ey derde derman merhaba," diyerek.

Hoş bir jest doğrusu. İntihar etmeye hazırlanan bir kadından beklenmeyecek kadar ilginç bir jest. Ben de selamlıyorum onu. Gülümseyerek oturuyor yerine. Tuhaf bir kadın. Ölmeye karar verdiği gün bile, bir coşku var onda. Her şey farklı bu kadında. O benden etkilendi, ben de ondan.

Yerine oturunca kolunu masama dayıyor, çıplak başını da eline. Anlatacak...

"Peki Doktor Hanım. Bakalım anlatacaklarım bittiğinde, yine böyle bakabilecek misiniz bana?"

Sonra gözlerini gözlerime dikip öylece bakıyor yüzüme. Biriki kere yutkunuyor ve başlıyor anlatmaya.

"Annem orospuydu benim. Yani ben namlı bir orospunun kızıyım. Bu laf, ömrü hayatımda ilk kez çıkıyor ağzımdan. Ben aslında öyle konuşkan filan bir kadın değilimdir. Altına bir söylerim, gümüşe hiç söylemem ama geldik bir kere buraya. Konuşmak gerek. Şimdi, bugün, burada anlatacaklarımı, yıllardır hep birilerine anlatmak, paylaşmak, dertleşmek istedim ama olmadı. Yapamadım. Ne de olsa pabuç pahalı. Benim anlatacaklarım, öyle herkese anlatılacak türden şeyler değil. Şimdi dışarı çıkan kızım var ya, işte o bile bilmez bunları. Bilip de ne olacak!..."

Eliyle boş ver der gibi bir işaret yapıyor. İlginç bir kadın. Son derece düzgün ve akıcı konuşuyor.

"Babam oduncuydu. Köyün dışında bir kulübede otururduk. Tam altı kardeştik. Annem her sene birimizi doğurmuş. Fakirdik. Aç yattığımız günleri çok bilirim. Annem çok güzel ve alımlı bir kadındı. Evde yürürken bile her yanı ayrı oynardı. Bizim köyde ne öyle güzel vardı, ne de öyle oynak. Kızken de oynakmış. Köyde adı çıkmış. Sonra babama vermişler. Yoksa çok daha iyi evlilikler yapabilirmiş ama bu oynaklık içten gelen bir şey herhalde. Herkesin giydiğini anneme giydirseler, onun üzerinde bir başka dururdu. Odun taşırken bile başka türlü taşırdı odunu. Artık her neyse, daha ilerisine benim aklım ermiyor. Belki de bunun için, herkes gibi köyün içinde değil, köyün epeyce uzağındaydı bizim evimiz.

"Babamla birlikte akşama kadar dağda, ormanda çalışırlardı. Biz de çoluk çocuk kendi başımızın çaresine bakardık. Annem ev işi yapmayı, çocuk bakmayı filan sevmezdi. Babamın yanında olmak isterdi hep. Babam da ona çok düşkündü. Tuhaf bir yakınlık vardı aralarında. Onca çoluğun çocuğun içinde bile gözleri birbirlerinden başkasını görmezdi.

"Her neyse, bir gün üç-dört adam geldi evimize. Babamla kapıda biraz konuştular, ardından sesler yükseldi. Kavga etmeye başladılar. Sonra da babamı hepimizin gözünün önünde vurdular. Feryatlarımızı duyup da yardıma gelen olmadı. Ben o zamanlar on bir yaşındaydım. Sonra annemin üzerine çullandılar. Bizi attılar evin dışına. Biz perperişan, babamın başında kalakaldık. Koca adam, gözlerimizin içine baka baka ruhunu teslim etti. Bu arada annemin feryatları ortalığı inletiyor. Biz hepimiz çocuğuz. Biz de önce avazımız çıktığı kadar bağırdık ama babamın o halini görünce, sesimiz soluğumuz kesildi. O gün, hiçbirimizin hafızasından bir daha silinmedi. Şimdi aradan yıllar geçti ama bana hâlâ dün gibi geliyor. Bir tek anını bile unutamadım gitti. O zamanlar yatağa yatınca, olayı baştan başlardım düşünmeye. Önce adamlar geldi. Babama şunu dediler, sonra yavaş yavaş sonuna kadar getirir, bitince yine başa sarardım bandı."

"Travmatik nevroz deriz biz buna. Siz gerçekten zeki bir kadınsınız çünkü tedavisi de tıpkı sizin anlattığınız gibidir. Olayı hafızanızda tekrar ederek eskitin, hep anlatın deriz hastalarımıza."

"Ama ben yıllardır, ne kadar düşünsem de hiç eskitemedim."

"Sadece düşünmüş ama hiç anlatmamışsınız."

"Ne anlatması Doktor Hanım. Böyle bir şey başkalarına anlatılabilir mi?"

"Haklısınız, her şey herkese anlatılmaz."

"Kızım bilmez, kocam bilmez. Biz kardeşler bile birbirimizle konuşamazdık yaşadıklarımızı. Bir çocuk için böyle bir şeye tanıklık etmek ne demek? Korktuk. Babamızı öldürdüler ama belki daha da önemlisi, olmayan onurumuzu kaybettik biz o gün."

Düşünüyorum da ne kadar haklı... Hüzünlü gözleri ve ulaşılmaz yalnızlığı olduğundan daha derin gösteriyor onu. Ancak biliyorum ki, ıstıraplar en çok da anlayışın, hoşgörünün olduğu yerde azalır.

"Annemle işleri bitince dışarı çıktı adamlar. Anneme yaptıkları yetmezmiş gibi, bu sefer de ablamı sırtladıkları gibi gittiler. Ablam o zamanlar on iki-on üç yaşlarındaydı... Jandarmalar geldi, ifadelerimizi aldı. Birkaç gün sonra ablamı bulup geri getirdiler ama ne fayda... Kızın üzerinden geçmeyen kalmamış. Köyden birkaç kişiyi tutuklayıp götürdüler. Ama olan olmuştu bir kere. Yani zaten kötü olan adımız iyice kötüye çıkmıştı köyde. Biz öylece kalakaldık.

İki oğlan kardeşim vardı. Biz kızları okutmadılar. Oğlanlar kış günleri babamın verdiği odunları alıp okula giderlerdi. Babam ölünce onlar da okuyamadı. Ne annemin ne de babamın sülalesinden bize sahip çıkan oldu. İnsanlar korktu bize yaklaşmaya. Kötülüğün onlara da bulaşmasından korktular herhalde. Biz aç susuz kaldık ortada.

Sonra yavaş yavaş akşamları bizim eve köyün herifleri gidip gelmeye başladı. Bizi kapının önüne çıkarır, içeride, kimi ablamı, kimi de annemi becerirlerdi. Giderken de üç-beş kuruş para bırakırlardı bize. Yani sizin anlayacağınız bizim ev, köyün umumhanesi haline gelmişti. Erkek kardeşlerim küçüktü o zaman. Ben evin ikinci kızıydım ve yavaş yavaş sıra bana geliyordu. Ben Allah'tan ufak tefek, çelimsiz bir kızdım o zaman. Zayıftım. Yaşımdan daha küçük gösteriyordum. Aman ne beter günlerdi onlar. Aklıma geldikçe, deli olasım geliyor.

O güzel diye methettiğim annem yavaş yavaş solmaya başladı. Bazen güzellik başa bela oluyor. Belki de öyle güzel olmasaydı, başımıza bunlar gelmezdi..."

Başını iki tarafa sallayarak, iki eliyle dizlerini sıvazlayarak konuşuyor. Sanki bir yerleri ağrıyor, sancıyor gibi bir hali var. Bunları belki de ilk kez birine anlattığından, sanki olayları yeniden yaşıyormuş gibi duygulanıyor. Anlattıklarından etkilenmemek mümkün değil. Ben de sessizce, hüzünle onu dinliyorum.

"Zaten baştan beri akrabalarımız hiç sahiplenmemiş bizi. Hadi annemden kaçmalarını anladık, ya biz? Daha parmak kadar çocuktuk hepimiz. Orada açlıktan ölsek, bir lokma ekmek veren çıkmazdı bize. Bir de hepsi dindar geçinir. Erkekler camiden çıkmaz. Camiden çıkmayan o herifler; yaşlısı genci, tek tek bizim haneye uğramadan edemezlerdi. Sağlığında babam çok düşkündü anneme, annem de ona. Belki de kıskandılar onları. Kimseye zararımız yoktu. Gelenimiz gidenimiz de olmazdı. Kendi halimizde bir aileydik. Sadece arada bir babam köye iner, evin eksiklerini alır, gelirdi. Biz kızları okula göndermemişlerdi. Sadece iki oğlan giderdi."

"Sizi neden yollamadılar okula?"

"Ben o zamanlar, kız olduğumuz için yollamıyorlar sanıyordum ama, şimdi düşünüyorum da, belki de köy halkının baştan beri bize pek iyi gözle bakmadığını biliyorlardı. Zaar onun için yollamadılar. Erkek kardeşlerim el ele tutuşur, yürüyerek giderdi okula ama, ayaklarının altı su toplardı. Okul hem çok uzaktı, hem de çok ıssızdı yolları. Yalnız çıkmaya korkardık. Babam, başına gelecekleri bilirmiş gibi, yanından silahını hiç ayırmazdı. Gece yatarken bile, başucunda asılı dururdu tüfeği ama ne yaptıysa, kaderin önüne geçemedi. Vurulduğu gün de silahı elindeydi. O da ateş etti. Ama tutturamadı. Zaten kalabalıktılar. Hangi biriyle başa çıksın adamcağız. Hepsi birden bastılar kurşunu. Kanlar içinde, yıkıldı kaldı adam. Aradan bunca yıl geçti, hâlâ gözümün önünden gitmiyor o manzara..."

Başını pencereden tarafa doğru çevirip dalgın dalgın bakıyor. Çoğu zaman anlamlı bir sessizlik, anlayan, paylaşan, pırıldayan bir çift göz, saatler süren bir nutka bedeldir. Meliha derin bir iç çekmesiyle yeniden başlıyor anlatmaya.

"Bir çocuk dünyaya geliyor, kaderi daha o dünyaya gelmeden yazılıyor. Ben nerede hamile kadın görsem, kendimi tutamaz, ağlarım. İnsanın nasıl bir eve, hangi annenin kucağına geleceği ne kadar önemli. Ben çocuk doğurmadan önce çok düşündüm. İyi bir anne olabilecek miyim, çocuklarımı her türlü kötülükten koruyabilecek miyim diye. Anneme bunun için çok kızarım. Babam fakir. Sen neyine güvenip de her sene bir tane doğuruyorsun? Köpekler de doğuruyor. Gerçi o zamanlar korunmayı filan bilen pek yoktu ama... Pek akıllı bir kadın değilmiş zaten benim annem. Hele heriflerin biri gelip biri gidince, olan aklı da gitti. Ancak süslenmeyi bilirdi. Kaşına gözüne rastık çeker, o halde bile daha güzel görünmenin yollarını arardı. Biz açlıktan ölüyoruz, adımız çıkmış dokuza, o hâlâ süslenme peşinde. Bir çorba karıştırıp koymazdı önümüze.

"Küçük bir radyomuz vardı. Onu açar, oyun havaları çalarsa, göbeğini sallaya sallaya oynardı. Sonra da bir avaz ağlardı. Hasta işte. Sizin bildiğiniz hastalardan... Olanlara üzülüyor mu, yoksa hiçbir şeye aldırmıyor mu, anlamazdık. Ablam bakardı bize. Ölmeyecek kadar yer, akşamları herifler gidince ablamı da çağırıp baştan aşağı su dökünür, abdest alır, sonra otururdu kapının önüne. Akşama kadar çalışmış, huzurla evine gelmiş insanlar gibi, hafif hafif türkü söyler dururdu.

"Bir zaman sonra o güzel kadın gitmiş, yerine soluk benizli, zayıflıktan kemikleri çıkmış, çirkin bir kadın gelmişti. Gözleri toprağa bakıyordu. Zaten iki-üç sene sonra yatağa düştü. Hastalığı neydi, bilmiyoruz. Aylarca hiç kalkamadı, sonra da öldü. Annemin ölümüne ağlayamadık bile. Hayatımızda değişen bir şey olmadı. Zaten ablam bakıyordu bize. Herifler yine gelip gidiyor, bu sefer uzun uzun ablamla kapanıyorlardı odaya. Giderken bıraktıkları parayla karnımızı doyuruyorduk.

"Ablam güleç yüzlü, becerikli bir kızdı. Annem ölünce evimiz, barkımız daha temiz, daha derli toplu olmuştu. Akşamları, el ayak çekilince ablam hepimizi başına topluyor ve uzun uzun konuşuyordu bizimle. Artık büyümüştük. Oğlanlar neredeyse delikanlı çağına geliyordu. Ben de genç kızdım artık. Köyün içine inemiyorduk. İnsanlar bizden bucak bucak kaçıyordu. Bizi köyde kimse istemiyordu. Bunu biliyor ve başımıza daha kötü şeylerin gelmesinden korkuyorduk. Bu işe bir çare bulmamız gerekiyordu. Yol yordam bilmiyorduk. Başımızda bir büyük, yol gösteren birileri yoktu. Hiçbirimizin elinden bir iş gelmiyordu.

"Sabahlara kadar bir yandan konuşur, bir yandan ağlardık. Hele oğlan kardeşlerimiz, boyunlarını büküp köşelerine çekilince, içimize çok dokunurdu. Hepimiz, kendimizden de hayattan da nefret ediyorduk. Ablam elinden geldiğince bir köşede para biriktirmeye çalışıyordu. O parayı nasıl biriktirdiğimizi duysanız, siz de ağlarsınız Doktor Hanım."

Meliha Hanım, başını iki tarafa sallayıp derin bir of çektikten sonra anlatmaya devam ediyor. Filmleri aratmayacak bir hikâye doğrusu. Memleketimizin gerçeklerini anlatıyor. Konuşulmayan, görmezden gelinen gerçekler. Şimdilik güven veren, onaylayan bakışlarla ağlamadan dinliyorum onu ama sonra benim de ne yapacağım belli olmaz.

"Her sabah, daha müşteriler gelmeden hamur açardı ablam. Ben de ona yardım ederdim. Eve bir çuval un, bir teneke yağ almıştık. Ocakta pişirir, üzerini yağlar, verirdi elimize. Kapının önüne ektiğimiz soğan, sarımsak, maydanoz, ne varsa, onları katık ederdik ekmeğimize. Doğru dürüst meyve sebze olmazdı bahçede. Sadece bir erik ağacımız vardı. Bol bol erik yerdik. Şimdi ağzıma sokmuyorum eriği. Bıkmışım... İçi saman dolu şiltelerin üzerinde yatardık. Oğlanların ayağına giyecek bir çift ayakkabı vardı. O ayakkabıyı, nadir de olsa köye hangisi inerse o giyerdi. Biz yaz kış yalınayak dolaşırdık. Bayramlarda kapımızı çalan olmaz, boynu bükük otururduk evimizde. Üstümüz başımız temiz olurdu. Ablam iyi bakardı bize ama kırk yama vardı giydiklerimizde. Oyuncakmış, şekermiş, tatlıymış, bilmezdik. Amanın amanın, ne zor günlerdi Allah'ım..."

Meliha Hanım başını yana eğip elleriyle yüzünü kapatarak ağlıyor. Hiç konuşmadan, sessizce bekliyorum, devam ediyor.

"Yoksulluk bir yandan, itilmişlik, kakılmışlık bir yandan... Hâlâ rüyalarıma girer o günler. Annemle babamın mezarı evimizin hemen yanı başındaydı. Geceleri mezara bakar, korkardık. Ablam hepimize dua öğretmişti. Bir odanın içinde, yere serili şiltelerimizin üzerine yatar, hep beraber ezberlediğimiz duaları okurduk. Arada bir erik ağacının üzerine baykuş konar, sabaha kadar öterdi. O geceler daha çok korkardık. Bizim oralarda baykuşu uğursuz sayarlar. Ablam, babamın öldürüldüğü günün gecesinde de sabaha kadar bu baykuş dalda öttü derdi. Kimsesizlik zor. Korkacak bahane arardık zaten. Aslına bakarsanız, her an, hepimiz ölümle burun buruna yaşıyorduk. İşin aslını konuşmaz, baykuşta arardık uğursuzluğu. Elin heriflerinin girip çıktığı bir evdi bizim ev. İti var, uğursuzu var, hırlısı var, hırsızı var... Herif alır eline bıçağı, hepimizi delik deşik eder, kimsenin ruhu duymaz. Hatta köy halkı buna olsa olsa memnun olur, pislikler temizlendi derlerdi. Bunları için için hepimiz bilir, ama konuşmazdık."

"Eve gelen erkeklerle siz bir sorun yaşamadınız mı?"

"En az zararla kurtulduk desem doğru olur. Ablam hiç tedbiri elden bırakmazdı. En çok bizlere zarar gelmesinden korkardı. Ama birkaç kere oğlanları, ağızlarından burunlarından kan gelene kadar dövdüler."

"Neydi suçları?"

"Herifler eve gelince, biz dışarı çıkar, evden uzaklaşırdık. Birkaç kere bahçeye yakın bir yerde durmuş oğlanlar. Herifler onları görünce çok dövdüler. Ablam çocukları ellerinden zor aldı. Zaten o günden sonra, ev boşalana kadar hiçbirimiz yaklaşmadık eve. Oğlanlar da ablamıza bir şey yapar gelen herifler diye korkar, hiç olmazsa onun sesini duyabilelim diye evin etrafında dolaşırlardı. Yani hepimizin derdi, birbirimizi korumaktı. Neyse, Allah sonunda kurtardı bizi oradan. Çünkü köylüden de çok korkuyorduk. Bir gün toplanıp eve baskına geliverirler diye ödümüz kopardı.

"Bir akşam, daha doğrusu gece yarısı, el ayak çekilince, biriktirdiğimiz parayı da cebimize koyup düştük yollara. Gizlice, ayaklarımızın ucuna basarak dağ yollarından yürüdük. Hepimiz çok korkuyorduk. Ayağımızda ayakkabı yok, sırtımız çıplak... Aylardan nisandı. Kışı zor geçirmiş, buradan gideceğimiz günlerin hayaliyle yaşamıştık. Sabaha kadar, elimizde bir küçük fenerle birbirimize tutuna tutuna yürüdük. Köyün içine girmeden, kenarından geçmiş, sabaha doğru kasabaya varmıştık. Güneş doğarken, bir tepenin üzerine oturup azık torbamızda ne varsa paylaştık, iştahla yedik. Hem acıkmış, hem yorulmuştuk ama içimiz kıpır kıpırdı. Yeni bir hayata başlayacaktık. Kasaba biraz hareketlenince, otobüslerin durduğu meydana indik. Bilet aldık, ver elini Ankara. Yol boyu hiç konuşmadık. Biri bizi tanır da yolumuzdan çevirir diye korkuyorduk."

"Ankara'da bir tanıdığınız var mıydı?"

"Yok Doktor Hanım, ne gezer. Daha kasabayı bile bilmiyorduk, Ankara hepten bize yabancı. Garajlarda indik. Sora sora Ankara genelevini bulduk. Kapıdaki polisler bizi içeri almadı, ablam yalnız girdi. Biz çoluk çocuk kapıda bekledik. Birkaç saat sonra ablam yanında şişman, süslü iki kadınla dışarı çıktı. Bir taksiye bindik, büyükçe bir eve geldik. Bir-iki hafta sonra, uzak bir semtte bir ev buldular bize. Çoluk çocuk içine yerleştik. Oradan ablama avans vermişler. O parayla birkaç parça eşya alındı eve.

"O son akşam, ablam evimizi yerleştirdi, yanımıza para bıraktı, telefon numarasını yazıp verdi, sonra bize dedi ki; ben artık yokum. Size her ay para göndereceğim. Konu komşuya benim gibi bir ablanız olduğunu söylemeyin. Anamız, babamız öldü ama akrabalarımız bize para gönderiyor deyin. Namusunuzla yeni bir hayat kurun kendinize. Artık siz de öteki insanlar gibi namuslu olun. Eliniz ekmek tutana kadar ben size bakarım. Eğer buraya gelip gidersem, tez zamanda ne mal olduğumuz anlaşılır. Kendinize mukayyet olun, adınıza leke sürdürmeyin. Ben yandım, siz bari yanmayın...

"O günden sonra bir daha görmedik ablamı. Arada bir telefonla konuşurduk. Yıllarca baktı bize ablam. Sonra duyduk ki, herifin biri bıçakla delik deşik etmiş. Hastanede iki gün yatmış garibim, sonra da ölmüş. Bize öldükten sonra haber geldi. Bizim uğrumuza hiç yaşamadan, bir gün görmeden bu dünyadan çekti gitti canım ablacığım. Halbuki nasıl güzel, nasıl becerikli, nasıl akıllı bir kızdı bilseniz!..."

Yine derin bir of çekiyor Meliha Hanım. Of çekilmeyecek gibi değil. Ayıp olmasa, bir of da ben çekeceğim...

"Biz, kardeşlerimizle baş başa kalınca, kendi başımızın çaresine bakmanın yollarını aradık. Ankara'nın yabancısıydık. Daha doğrusu şehir hayatını hiç bilmiyorduk. O güne kadar köyümüze bile doğru dürüst inmemiştik. Arabalar, otobüsler, apartmanlar, insanların giyimi kuşamı, sofra âdetleri, hatta konuşma biçimleri bile bize yabancıydı. Sanki aydan gelmiş gibi hissediyorduk kendimizi. Sokağa çıkınca, başımızı yerden kaldıramıyor, insanlar soru sormadıkça konuşmuyorduk. Ablamı son gördüğümüzün ertesi günü, hepimiz yere oturduk, önce hiçbirimizin ağzını bıçak açmadı. Sonra ağırdan konuşmaya, dertleşmeye, ne yapacağımızın hesabını yapmaya başladık. Oğlanlar, ilkokulu bitiremeseler de okuma yazma biliyorlardı. Biz kızların okuma yazması yoktu. Yol iz de bilmiyorduk. Bunlar yetmez gibi bir de herkese yalan söyleyecek, geçmişimizi, nereden geldiğimizi, kim olduğumuzu milletten gizleyecektik. Hiçbirimiz bütün bunları yapacak gücü kendimizde bulamıyorduk. O gece karar verdik. Ailenin reisi, en büyük olarak ben olacaktım. Kimse sözümden dışarı çıkmayacaktı. Oğlanlar, her gün sabah birlikte evden çıkacak, evin alışverişini yapacak, şehirde ne var ne yok, nasıl oturulur kalkılır, neye binilir, nerden inilir öğrenecek, akşamları da biz kızlara okuma yazma öğreteceklerdi. Kimseyle yakın arkadaş olmak, sırrımızı açmak yoktu. Herkes bizi de kendileri gibi sansın diye elimizden ne gelirse yapacak, hiç açık vermeyecektik. Dediğimizi yaptık. Oğlanlar her gün gidip dışarıda ne oluyor, öğrenip öyle geldiler eve. Yere kurduğumuz sofrada, bir yandan can kulağıyla oğlanları dinler, bir yandan da Allah ne verdiyse yerdik. Sonra da kalemi kâğıdı elimize alır, okuma öğrenmeye uğraşırdık. Hem çok korkar, hem de çok eğlenirdik o zamanlar…"

Uzaklara bakarken, hüzünlü bir gülümseme yayılıyor Meliha Hanım'ın yüzüne.

"Konuşma öğrenirken gülerdik en çok. Bizim köyde 'k' harfiyle başlayan kelimeler 'g' harfiyle söylenir. Karıya garı, kıza gız, komşuya gonşu, kahveye gayfe denir. Daha buna benzer pek çok farklılıklar vardır."

O zaman, Meliha Hanım'ın ne kadar düzgün konuştuğu, bir kere daha dikkatimi çekiyor.

"Ama siz Türkçeyi çok güzel ve düzgün konuşuyorsunuz. Bunların hepsini sonradan mı öğrendiniz?"

"Sağ olun ama kolay olmadı. Küçük bir radyo almıştık eve. Akşama kadar onu dinler, birbirimizin yanlışını düzeltir gülerdik."

"Evi âdeta okula çevirmişsiniz."

"Dahası da var. Eski kitap satan yerlerden ilkokul kitapları getirirdi oğlanlar eve. Başına üşüşür, önce keyifle resimlerine bakar, sonra da içinde yazanları heceleye heceleye okumaya, öğrenmeye çalışırdık. Biz işi iyice ilerlettikten sonra bir gün, adab-ı muaşeret kanunları diye bir kitap bulduk. Tam bizim istediğimiz gibiydi. Yazılanları tek tek okur, sonra da gülerek uygulamaya çalışırdık. Sofrada etin nasıl yeneceği, bıçağın sağ elde, çatalın sol elde nasıl tutulacağı, yenirken ağzın kapalı olması gerektiği, erkeklerin kadınlara nasıl yol verecekleri, kadının mantosunun erkek tarafından tutulacağını filan okumuştuk o kitaptan. Ne günlerdi!..."

Kaşlarımı hafifçe kaldırarak hayret ve hayranlıkla dinliyorum Meliha Hanım'ı.

"Birbirimize asri oldun derdik. Kızlar arada bir evin ortasına çıkar, sallana sallana hanım gibi yürür, bacak bacak üstüne atıp oturmaya çalışırdık. Bu dersler çok işimize yaramıştı. Artık birbirine çok bağlı, konuşan, gülüşen bir aile olmuştuk. Biz eskiden az konuşur, hiç gülmezdik. Gülmeyi de sonradan öğrendik. Giderek kendimize olan güvenimiz az da olsa gelmişti. Arada bir oğlanlar sokağa çıkarken bizi de yanlarına alıyor, evde bize anlattıkları şeyleri bize gösteriyorlardı. Korka korka, ürkek adımlarla yürüyorduk şehirde, yine her zamanki gibi başımız önümüzde. Otobüse, dolmuşa biniyor, şoföre para veriyor, bakkaldan yoğurt, kasaptan et, tuhafiyeciden iplik alıyorduk. Hatta bir keresinde hep beraber sinemaya gitmiş, filmin arasında gazoz içmiştik. Bizim için bunlar o zaman büyük bir lükstü. Işıklar yanınca gözlerimizin altından birbirimize biraz utanarak, biraz heyecanlı, biraz da manidar bakıp gülmüştük. Sanki sinemadaki herkes işi gücü bırakmış, bizi gözetliyor sanmıştık o gece. Ama yine de hayatının en mutlu günü hangisi derseniz, işte o gün derim. Türkan Şoray'ın bir filmiydi seyrettiğimiz. Hayran hayran bakmıştık Türkan Şoray'a. Ne kadar güzeldi...

"Hayaller kurmuştuk sonra. Kafamızdan değil, konuşa konuşa kurmuştuk hayalleri. Biz de zamanla öyle güzel, öyle zengin, öyle itibarlı, öyle iyi kalpli insanlar olacaktık. Bizi herkes sevecek, mahalle halkı bizi başında taşıyacak, her derdimize derman olacak, sonra da bize âşık olan o yakışıklı oğlanla evlenecektik. Oğlanlar da Kadir İnanır gibi olacaklar. Bütün kızlar hem yiğit, hem yakışıklı, hem de güçlü bu adama âşık olacak, o ise fakir ama güzel kızı, yani bizi seçecekti. Bir yandan eve gelene kadar yol boyu gülüşerek bunları konuşuyor, lafı birbirimizin ağzından kapıyor, bir yandan da bunların sadece filmlerde olduğunu, gerçekleşemeyeceğini biliyorduk.

"Ertesi gün sinemaya gitmekle bile suç işlemiş gibi bir duygu kaplamıştı içimizi. Bu paraları bize göndermek için ablamın neler çektiğini, bu parayı nasıl kazandığını biliyorduk. Aslında bu, hiçbirimizin aklından bir an bile çıkmıyordu. Onu oradan kurtarmamız gerekiyordu. Bu hepimizin boynunun borcuydu. Bir daha böyle yerlere gitmemeye, boşuna para harcamamaya karar verdik. Bir an önce kendimizi yetiştirip iş güç sahibi olup ablamızı o batakhaneden kurtaracaktık. O, bizim için hayatını feda etmişti.

"Ablamla ayda bir kere konuşabilirdik. Ayın ilk pazartesi günü, sabah saat onda hep beraber postaneye gider, ablamı arardık. Hepimiz teker teker onun sesini duymak ister, hatta onunla daha uzun konuşana kızar, bir tek bu yüzden kavga ederdik. O bizim her şeyimizdi. Daha sık aramamıza ablam izin vermezdi. Onun yumuşacık, sevgi dolu sesini duymak bile hepimize iyi gelir, kavga bile etsek, eve daha bir huzurlu dönerdik."

"Ne derdi size ablanız telefonda?"

"Her birimizin tek tek hatırını sorar, sırrımızı kimseyle paylaşmayın diye sıkı sıkı tembih ederdi. Ne yaptığımızı, neler öğrendiğimizi telefonda ona anlatırdık. Çok sevinirdi. Biz her gün yeni şeyler öğrenip daha düzgün konuşur hale geldiğimiz halde, ablam bıraktığımız gibi duruyordu. Yine eskisi gibi 'ke'lere 'ge' diyerek konuşuyor, bir yandan telefonda bizimle dalga geçerken, bir yandan da bize aferin diyordu. Onu merak etmememizi, keyfinin iyi olduğunu anlatıyordu ama öyle olmadığını hepimiz biliyorduk.

Kan kusup kızılcık şerbeti içtim diyordu. Canım ablacığım feda etti kendini bizim için..."

Meliha Hanım dolu dolu olan gözlerini siyah başörtüsünün ucuyla silerken, ona kutudaki kâğıt mendilden bir tane uzatıyorum. Hafifçe eğilerek alıyor.

"Sekiz dokuz ay sonra neyin ne olduğunu biraz olsun öğrenmiştik. O ara oğlanlar bir marangozhanede kendilerine iş buldular. Ne de olsa babam oduncuydu, bir yerlerden çekmişler ona. İlk zamanlar karın tokluğuna çalıştılar ama yılmadılar. Zamanla kendilerini sevdirdiler. İkisini de sigortaladı patron ve aylığa bağladı. Onlar artık sabah erkenden işe gidiyor, geç vakit eve geliyorlardı."

Konuşmaktan ağzı dili kurudu Meliha Hanım'ın.

"Meliha Hanım, ne içersiniz? Size ne ikram edeyim?"

Bir-iki kere yutkunduktan sonra, "Bir bardak çayınız varsa içerim," diyor. Hemen telefonun tuşuna basıp iki bardak çay ve iki bardak buz gibi su istiyorum. O yine anlatmaya devam ediyor.

"Evimiz üç katlı, eski bir apartmanın giriş katındaydı. Uzak ama iyi ailelerin oturduğu bir semtte oturuyorduk. İki odamız, mutfağımız, bir de girişte küçücük bir tuvalet vardı. Evin banyosu olmadığından banyo sobası mutfakta dururdu. Haftada bir o sobayı odunla yakar, mutfaktaki kap kacağın üzerini naylonlarla örter, sırayla yıkanırdık. Odanın birinde oğlanlar, birinde de biz kızlar yatardık. Bir de arada küçük bir sofa vardı. Oraya soba kurmuştuk. Kapıları açınca zaten küçücük olan evimiz hemen ısınıyordu. Pencerelerimize kendi ellerimizle ördüğümüz dantel perdeler asmıştık. Gündüz biz kızların yattığı odadaki yatakları kaldırıp dolaba koyduktan sonra, kenarda duran sedirlerde oturuyorduk. Yani o oda hem yatak odası hem de oturma odası olarak kullanılıyordu.

"Kış başlamadan odunumuzu, kömürümüzü alıyor, onları alıp yerine yerleştirince hepimizin içine bir huzur, bir güven doluyordu. Kışın üşümeyeceğimizi garanti ediyordu bunlar. Çünkü açlığı, yalnızlığı, soğuğu iyi tanıyorduk. Oğlanlar işe gidince üçümüz birden evi köşe bucak temizler, tahta döşemeleri ovar, akşamın yemeğini erkenden hazırlar, sonra radyodan konuşma öğrenirken, bir yandan da dantel örerdik. Artık arada bir de olsa komşular kapımızı çalıyor, bize kahve içmeye uğrayanlar oluyordu. Adam yerine konduğumuzun işaretiydi bunlar..."

Kapı hafifçe tıkladıktan sonra Ayten büyükçe bir tepsiyle içeri giriyor. Her zamanki doğal haliyle bize doğru yönelirken, birden Meliha Hanım'ın pırıl pırıl parlayan kafasını görüyor. Kısa bir an gözleri oraya takılıp kalıyor. Sonra bana dönüyor soran bakışlarla. "Acele et" der gibi bir el işareti yapıyorum, hemen toparlanıyor. Çaylarımızı ve sularımızı alıyoruz. İkimiz de önce buz gibi suyumuzu içiyoruz. Meliha Hanım çayın yanındaki şekerleri Ayten'e iade ediyor. Demek şekersiz içiyor çayını. Bana ise iki şeker bile az geliyor. Dünyadaki bütün zararlı şeyleri seviyorum ben!

Ayten odadan çıkınca, Meliha Hanım çayından bir yudum alıp anlatmaya devam ediyor.

"Sonra, mahallede herkesin elbisesini diken bir terzi kadının olduğunu duyduk. Bizim apartmandan, orada elbise diktiren bir kadın vardı, kocası maliyede memurdu. Bir gün provaya giderken beni de yanında götürdü. Bir hafta sonra ben orada işe başladım. Solgun yüzlü, zayıf, sinirli bir kadındı patron. Kocası erkenden ölünce terziliğe başlamış. Benim yaşlarımda iki çocuğu vardı. Biri oğlan, biri kız. Onlar okula gidiyorlardı. Ben her işine yardım ediyordum Nermin Hanım'ın. Evinin temizliğinden, yemeğine kadar. Bütün işler bitince yanına oturur, elime ne verirse onu öğrenmeye çalışırdım. Teyel, sülfile derken, her şeye elim yattı. Sonra benim bir küçüğüm çırak olarak geldi yanımıza. Arkasından da en küçük. Üçümüz de canla başla çalışır, sorulmadıkça konuşmaz, hiç itiraz etmeden önümüze konan her işi yapardık. Nermin Hanım'ın çocukları bizden çok farklıydı. Oğlu yakışıklı, annesi gibi sinirli, dik başlıydı. O eve gelince, biz hangi deliğe gireceğimizi şaşırırdık. Korkardık ondan. Ne de olsa erkekti ve kardeşlerimiz hariç bütün erkekler bizim için düşmandı, kötüydü. Kızı bizi hizmetçi gibi kullanır, biz de her şeye rıza gösterir, bir dediklerini iki etmezdik. Giyimimiz kuşamımız hâlâ onlardan çok farklıydı. Zamanla Nermin Hanım sevdi bizi. Bizimle tek tek uğraştı kadıncağız. Bize pek fazla para pul vermez ama, her birimize ayrı ayrı elbiseler diker, giyim kuşam öğretirdi. Arada sorular sorardı bize. En çok bundan korkardık. Evde bir araya gelince bu sorulara ne cevap vereceğimizi bir bir çalışır ama onun karşısında yine kekeler dururduk. Kadıncağız sonradan, bizim bu halimizi ana babamızı çok erken yaşta kaybetmişliğimize bağlamıştı. Bizim de işimize gelmişti bu durum.

"Artık hep beraber sabahın köründe yataktan fırlıyor, akşam geç saatte eve gelebiliyorduk ama huzurluyduk. Bir zaman sonra Ablamdan hiç para istemeden kiramızı ödeyebilecek, evimizi geçindirebilecek, hatta ablamıza da gül gibi bakabilecektik. Bunun için yemiyor içmiyor, gezmiyor tozmuyor, kenara para koymaya çalışıyorduk. Konu komşu çok seviyordu bizi. Bu devirde böyle ürkek, böyle namuslu, başı hep önde gidip gelen kızlar onların çok hoşuna gitmişti. Bizi evlerine çağırıyorlar, arada bir de onlar geliyorlar, çoğu zaman da akşam işten dönünce kapının önünde hep beraber oturuyorduk..."

Bir yandan şekerli çayımı içerken, bir yandan da heyecanlı bir masal dinler gibi dinliyorum onu. Babaannemin anlattığı masallara benziyor. Bu masal gerçekten çok heyecanlı. O da çayından büyük bir yudum alıp ağzında şöyle bir döndürdükten sonra yutuyor.

"Artık evin büyüğü ben olduğum için, her türlü idare bendeydi. Herkes kazandığı parayı bana veriyordu. Önce evin eksiklerini tamamlamış, sonra dişimizden tırnağımızdan artırabildiğimiz üç kuruşu bankaya yatırmaya başlamıştım. Nermin Hanım bizi giydirip kuşatınca, hepimiz güzel birer genç kız oluvermiştik. Aynalarda kendimize bakmaya doyamıyorduk. Bir gün üçümüzü de berbere götürdü Nermin abla. Ondan önce üçümüz de saçlarımızı arkadan örer, başka bir şey yapmayı bilmezdik. Berber saçlarımızı kesti, şekil verdi, biz bambaşka olduk. Hangimiz daha güzeliz diye birbirimize bakar durur, hepimiz kendimizi değil, birbirimizi daha çok beğenirdik. Daha önce de söylediğim gibi, annem güzel, babam da yakışıklı, babayiğit bir adamdı. Onun için bizler, her birimiz güzel insanlardık ama güzel olmaktan korkuyorduk. Annem bu kadar güzel olmasaydı, belki de başına bunlar gelmeyecekti. İşte ablamın da hali ortadaydı. İçimizde en güzel oydu. Ve Ankara'nın genelevinde güzelliğiyle vücudunu erkeklere satarak para kazanıyordu."

O zaman Meliha Hanım'ın yorgun yüzüne biraz daha dikkatli bakıyorum. Evet, bu yaşına rağmen hâlâ güzel.

"Erkek kardeşleriniz nasıldır?"

"Büyüğü, erkek güzelidir. Boylu poslu, sırım gibi bir çocuktur. Küçük o kadar değil. Bebekliğinde çok ağır bir hastalık geçirdi. Öldü sandık biz onu ama ömrü varmış, yaşadı. Onun için pek gelişemedi. Zayıf, çelimsiz, sarı benizli bir oğlandı ama evlenince kilo aldı. Şimdi o da el içine yakışıyor. Yaşlandıkça babama benzedi. Babam öldüğünde onlar küçüktü. Ablamla benden başka babamı pek hatırlayan yok. Annemi biliyorlar. Kapının önünde hiç kımıldamadan, hep önüne bakarak oturan, donuk, kirli, paslı bir anne hatırlıyorlar. Halbuki kuğu gibiydi benim annem. Ama göbeğini sallayarak oynamalarını hatırlayınca içim bir tuhaf oluyor. Bu başımıza gelenler kaderin bir oyunu muydu, yoksa annemin oynaklığından mı olmuştu her şey? Bu soruya bir cevap bulamadım gitti. Kardeşlerimle bile konuşamadım bunları. Kimbilir, benim aklıma gelenler, belki onların da aklına gelmiştir. İnsan soya çeker derler ama Allah'tan kızların hiçbiri çekmedi anneme. İçimizden oynak çıkmadı. O kadar yalnız ve çaresizdik ki, belki bir kıvılcım hepimize yeterdi o zamanlar. Bunu, için için hepimiz biliyorduk. Hele kendimi oğlanların yerine koyup da düşününce içim sızlıyor."

Burada susuyor. Başını öne arkaya hafifçe sallayarak, kendi kendine düşünüyor. Anlattıklarının her biri insanın duygu dünyasında kasırgalar estirecek kadar önemli şeyler. Ve kasırga, ruhunda ne varsa, hepsini önüne katmış, savuruyor. Kin, öfke, hırs, intikam ve son olarak da suçluluk...

Meliha Hanım oturduğu koltukta hafifçe toparlanarak yeniden başlıyor söze.

"Belki de ümitlerimizin yeniden yeşermeye başladığı zamanlardı onlar. Elimiz karnımızı doyuracak kadar da olsa ekmek tutuyor, bir iş öğreniyor ve en önemlisi toplum bizi dışlamıyordu. İşte o sırada Nermin Hanım'ın oğlu, bizim en küçük kıza sarkıntılık etmeye başladı. Gerçi annesi hep evde ama bir punduna getirip köşelerde sıkıştırıyordu kızı. Kız korktu. Tabii sadece o değil, hepimiz korktuk. Yeniden eski günlere dönmekten ödümüz kopuyordu. Durumu annesine söylesek bir türlü, söylemesek başka türlü. Sonunda üçümüz birden işten ayrılmaya karar verdik. Bir daha eski günlere dönmektense, hepimiz aç oturmaya razıydık. Nermin Hanım önceleri çok kızdı bize. Kadın haklıydı. Biz ayrılınca ortada kalıverdi. Her işini biz yapıyorduk. Sonra bir gün çıktı, evimize geldi. Çok sıkıştırdı bizi. Utana, sıkıla durumu anlattık. Çok üzüldü. Üç-dört gün sonra, bu sefer hep beraber geldiler bizim eve. Oğlum sizden iyisini mi bulacak dedi ve küçük kızı resmen oğluna istedi. Şaşırdık kaldık. Bizim için Nermin Hanım, o zamanlar ulaşılamayacak kadar yüksek bir yerdeydi. Kıza sorduk, peki dedi. Böylece en önce en küçüğümüz evlendi. Kızcağız çok eziyet çekti önceleri ama şimdi üç oğlu var. Nermin Hanım öldü. Kocasıyla beraber, konfeksiyonculara dikiş dikiyorlar. Büyükçe bir atölyeleri var. İdare edip gidiyorlar."

"Ablanız hayatta mıydı o zaman?"

"Evet, yaşıyordu. Tahmin ettiğiniz gibi kardeşinin nikâhına bile gelmedi. Zaten böyle bir ablamız olduğunu hiç kimse bilmedi. Ben o sırada mahallede açılan Kuran kursuna gitmeye başladım. Önce eski yazıyı öğrendim, sonra Kuran'ı ezberledim, hafız oldum. Durumum diğer öğrencilerden çok iyiydi. Kursun sonunda, beni aynı kursa öğretmen yardımcısı olarak aldılar. Diğer, benden küçük kız kardeşim de evin işlerini yapıyordu. O sırada mahallenin berberi talip oldu ona. Ertesi sene de onu evlendirdik. Onlar da şimdi kuaför salonunda birlikte çalışıyorlar kocasıyla. Geriye oğlanlarla ben kalmıştım. İşte o sene ablamı öldürdüler. Aman, ne acıydı Doktor Hanım. Acımızı kimselere söyleyemedik. Bizim nereli olduğumuzu bile kimse bilmez. Anam babam göçmendi, kısa bir süre Anadolu'da kalmışız derdik el âleme. Günlerce gözümüzde yaş dinmedi. Bizim uğrumuza oralarda harcandı kızcağız. Aklıma geldikçe hâlâ içim yanar..."

Elindeki mendili yüzüne kapatıp, hıçkıra hıçkıra ağlıyor Meliha Hanım.

"Siz bakmayın böyle ağladığıma. İnsanın şöyle rahat rahat derdini anlata anlata ağlaması bile bir lüksmüş. Ben de işte karşınızda bunun tadını çıkarıyorum. Hele kız kardeşlerim! O zaman ikisi de evliydi. Gizli gizli bir araya gelir, ağlardık. O günden sonra yüksek sesle Kuran okumaya başladım ben. Sanki ablama ağıt yakıyorum gibi gelirdi bana. Söylerken ağlardım. Benim mevlit okumalarım da işte böyle başladı. Yavaş yavaş evlere çağırmaya başladılar. Bir süre sonra, bu benim mesleğim oldu. Hâlâ da bu işi çok severek yaparım. O sırada bana evlenmek için çok talip çıkıyordu. Her ne hikmetse, hele ablam ölüverince, evlenmek dediklerinde, bütün tüylerim ayağa kalkıyordu. İstemiyordum. Erkeklerden nefret gelmişti bana. O sırada oturduğumuz evin sahibinin karısı öldü. En üst katta oturuyorlardı. Ben de herkes gibi, evlerine komşularla birlikte başsağlığına gittim. Bir zaman sonra kirayı almak bahanesiyle adam bizim eve girip çıkmaya başladı. Sonra da bir gün açıkça benimle evlenmek istediğini söyledi. Ben şaşırıp kaldım. Oğlan kardeşlerime söyledim. Önce onlar da şaşırdılar ama içlerinden benim o adamla evlenmemi istiyorlardı. Çünkü herif zengin. Hem zengin hem de eli kolu uzun, mahallede herkes adama çok saygı gösteriyor. Benim zaten aşkta meşkte gözüm yok. Evlen, rahat edersin dedi hepsi."

"Sizden yaşı epey büyüktü herhalde."

"Olmaz mı? Ben o zaman yirmi altı yaşındayım, adam kırk beş. Bir de yetişkin oğlu vardı evde. Okuyordu o zaman. O da bizler gibi başını yerden kaldırmaz, utangaç, çekingen bir oğlandı. Neyse, apartman komşuları da araya girdi. Ben de düşündüm. Genç, herkes gibi bir kocam olsun istemiyorum. Bari benden yaşlı, ununu eleyip eleğini asmış biriyle evleneyim, geçsin gitsin dedim. Hemen evlendik. Oğlan, sabah gidip akşam geliyor. Bana bir şey ettiği yok ama adam sert, titiz. Ben tek ayağımın üzerinde fırıl fırıl dönüyorum adamı memnun edebilmek için. Hemen hamile kaldım. Üst üste iki kız doğurdum. Ama adam kıskanç, kapı dışarı çıkarmıyor beni. Bırakın evden çıkmayı, perdenin ucunu kaldıramıyorum. Hele bir de yaş farkı olunca, adamın aklına bin bir kötülük geliyor. Bana boyna soru soruyor. Geçmişimi, ailemi, nereden geldiğimi, anamı, babamı. O sordukça, ben korkuyorum. Kem küm edip duruyorum. Ben öyle yaptıkça, bana olan güveni iyice sarsılıyor. İkide bir de bana 'Sen benden bir şeyler saklıyorsun ama, ben nasıl olsa öğrenirim,' deyip duruyor. Arkasından dayaklar başladı. Durduk yerde, bir şeyi bahane edip dövüyor adam beni. Bazen öyle fena dövüyor ki, odasından kolay kolay dışarı çıkmayan Necdet bile, beni babasının elinden kurtarmaya geliyor. Artık bütün apartman akşamları bu dayak seslerine alıştı."

"İlk eşini de döver miymiş?"

"Hayır Doktor Hanım. Biz yıllarca aynı yerde oturduk. İlk karısına elini kaldırmamış. Ben ne yapıyorum da bu adam beni dövüyor diye çok düşündüm. Yemeğini hazırlarım, o gelmeden sofrasını kurarım. Ev bark tertemiz. Çocuklar ağlamasın da adam kızmasın diye, daha o gelmeden onları yedirir, yatırırım. Sonradan biraz biraz anlamaya başladım işi. Aramızdaki yaş farkı, sanırım adamı korkutuyordu. Bir de bende aradığı sevgiyi, muhabbeti bulamamıştı. Bunlar yetmezmiş gibi bir de evdeki oğlandan beni kıskanmaya başladı. Hele babasının elinden beni almaya gelince, kafasında kurdukları iyice arttı. Halbuki Necdet, bambaşka bir çocuktu."

"Kaç yaşındaydı Necdet?"

"Necdet'le aramızda dokuz yaş vardı. Ben ondan dokuz yaş büyüğüm. Ben eve gelin geldiğimde on yedi yaşındaydı. Terbiyeli, hem babasına hem de bana çok saygılı bir oğlandı. Kız kardeşlerini de sever, onlarla ilgilenir, bakardı. Ama adam oğluna da düşman gibi davranıyordu. Çocuklar büyüdükçe adam düzeleceğine, daha beter oluyordu."

"Kocanızı hiç sevmemişsiniz siz?"

"Ne yalan söyleyim, günahım kadar sevmedim o adamı. Bana biraz daha saygılı, biraz daha şefkatli davransaydı, sever miydim, onu da bilmiyorum."

"O da bilir miydi sevmediğini?"

"Bilmez mi? Yüzüne bir şey söylemesem bile, anlardı. Senin gözün bende değil, başkasında derdi. Bu sözün yarısı doğru, yarısı yalandı. Gözüm onda değildi ama başkası da yoktu benim için. Evlenmekten muradım, dostlar alışverişte görsündü. Kocan var mı, var. Gerisi beni ilgilendirmiyordu. Adam da besbelli, genç karı almış ki, ona güler yüz göstersin, cilve yapsın. Bunların hiçbirini göremedi bende. Böyle şeyler zorla olmaz. İçinden gelecek ki, yapacaksın. Hele ben öyle bir annenin kızıyım ki, cilve yapmak filan çok ağır gelir bana. Kocam bile olsa. Tabii bunları bilmez o. Dıştan bakınca, bir şey sanmış beni. Don yağ dolması gibi otururdum karşısında."

"Don yağ dolması ne demek?"

"Bizim oralarda soğuk, sevgisiz insanlara böyle denir."

"Belki de kıskançlıkları bu yüzdendi kocanızın. Ona karşı soğuk davranmanızdan."

"Öyleydi besbelli ama o da adam olaydı da bana kendini sevdireydi. O ne yaptı? Parayla beni memnun etmeye kalktı. Halbuki önceleri bana, 'Sen benimle param için evlendin,' derdi. Sonra baktı ki benim parada pulda gözüm yok, her şeyin pahalısını, fazlasını almaya başladı bana. Aklı sıra parayla gönlümü yapacak. Bunlar, benim adama olan öfkemi daha artırdı. Beni 'şey' yerine koymaya kalkıyor. Velhasıl, ikimiz ayrı dillerde konuşuyorduk. Yıllardır ne o beni memnun edebildi, ne de ben onu..."

Bu kadın cinselliği âdeta yasaklamış kendine. Evliliğini bile laf olsun diye yapmış. Öteki kızlar sanırım onun kadar etkilenmemişler. Belki de onlardan büyük olduğu için...

"Kızlarımın biri on beş diğeri, on altı yaşlarına geldikleri sene, oturduğumuz apartmanda büyük bir yangın çıktı. Eskiden bizim oturduğumuz giriş katındaki dairede yaşlı bir kadınla alkolik oğlu oturuyordu. Gece, her ne olduysa orada başlamış yangın. Adam fitil gibi sarhoş, kadın çok ihtiyar. Önce fark edemediler herhalde. Yangın apartmanı sarınca, gece yarısı hep beraber fırladık yataklarımızdan. Yangın aşağıdan başladığı için, merdivenlerden inemedik. Alev yolu kesmiş. İtfaiye gelene kadar çok ölen oldu. Sonunda bizi balkondan aldı itfaiyeciler ama felek yine yapacağını yaptı ve o yangında büyük kızımı kaybettik."

"Nasıl oldu Meliha Hanım? Sizlere bir şey olmadı mı?"

"Aman Doktor Hanım, sen benim hangi derdimi soruyorsun? Ben şimdi hangisini yanayım sana! O geceyi hatırladıkça hâlâ elim ayağım titriyor. Bize bir şey olmaz mı? Hepimiz hastanelik olduk. Biz uyandığımızda, duman her yeri sarmış, göz gözü görmüyordu. Can havliyle kapıya koştuk. Baktık ki, oralar alev alev yanıyor. Balkona attık kendimizi. Ama büyük kızı, ne kadar seslendiysek de bulamadık. Ben odaları, o dumanda tek tek gezdim. Çok sonra itfaiye balkondan girip bizi kurtardı. Ambulanslara koydukları gibi hastanelere götürdüler. Özellikle bende yanık çoktu."

Siyah, uzun kollu elbisesinin kollarını yukarı doğru çekerek, bana yanık izlerini gösteriyor.

"Bacağımda da var bu izlerden. Ötekilerin durumu benden daha iyiydi çünkü ben büyük kızı aramak için iki kere girdim alevlerin içine. Ama bulamadım. Belki bizden önce yangını görüp de çıkmıştır dışarı diye çok umutlandık ama... Aramadığımız hastane kalmadı. Yaralılar arasında yoktu kız. Sonunda ölenler listesine dahil ettiler. O gece tam yedi kişi öldü bizim apartmanda. Cesetler tanınmayacak hale gelmiş. Kızımı teşhis etmek üzere polis bizi çağırdı. Annelik işte... Ben gidemedim. Kocam gitti ama kara kara cesetleri görünce, o da fena olmuş. Hâlâ çok suçlarım kendimi, anne olup evladımı kurtaramadım diye. Aslında bizim katta ölen olmadı. Nasıl oldu da bizim kız yandı, hâlâ aklım ermiyor. Onun yattığı oda, sokak kapısına çok yakındı. Meleğim demek korkuyla kendini kapıdan dışarı attı, sonra da alevlerin arasından bir daha çıkamadı. Çünkü evde yoktu. Bütün odaları tek tek gezdim ben. Ecel işte. Gelince insanı sıcak yatağında bile buluyor..."

Yine başlıyor ağlamaya. Ağlamayıp da ne yapsın bu kadın.

"Kızcağızımın yüzü hâlâ gitmez gözümün önünden. Rahmetli anneme benzerdi. Korkardım büyüyüp de onun gibi olacak diye. Meleğimin ömrü yokmuş. Nasıl da neşeli, hareketli bir kızdı. Okulu sevmezdi. Aklı fikri artistlerdeydi. O benim ilk çocuğumdu. Çok özenle büyütmüştüm. Hep ona ait hayaller kurardım. Benim kızım okuyacak, hâkim olacak, beraber gezeceğiz Anadolu'yu derdim. Bu adaletsiz dünyaya kızım adalet dağıtsın isterdim. Çok akıllı, cesur, tuttuğunu koparan bir çocuktu. Babasından çok dayak yedi. O küçücük yaşında, onu da hortumla döverdi bizimki. Yine de korkmaz, karşı gelirdi babasına. Küçük öyle değildi. O hiç üzmedi beni. Liseyi bitirene kadar gayet düzgün okudu. Liseden sonra da okumasını ben çok istedim ama üniversite sınavlarını kazanamadı. İki sene üst üste kazanamayınca, iyi bir kısmeti çıktı. Biz de verdik. Mutaassıp bir aileye gelin gitti. Kayınvalidesi, görümcesiyle beraber oturuyorlar. Damat babasıyla birlikte bizimki gibi mobilyacılık yapıyor. Halleri vakitleri yerinde. Şimdilik memnun. İnşallah sonuna kadar böyle gider."

"İnşallah Meliha Hanım. Bari bu konuda yüzünüz gülsün. Torun var mı?"

"Bir buçuk yaşında bir oğlumuz var. O biraz oyalıyor beni ama kızıma çok yandım Doktor Hanım. Zaten ömrüm acılarla geçmiş benim ama evlat acısı hiçbir şeye benzemiyor. Günlerce gözümün yaşı dinmedi. Çocuk yok yere gitti. Halbuki ne hayalleri vardı. Gerçi onun hayalleri benimkine hiç benzemez, bu yüzden hep kavga ederdik ama yine de ölünce içime çok dokundu. Acaba kızıma haksızlık mı ettim diye düşündüm hep. Bıraksam hiç eve girmeyecekti. Gezmeyi tozmayı, daha o yaşında takmayı takıştırmayı çok seviyordu. Onu öyle görünce içime bir korku düşerdi. Başına toka bile taktırmazdım. Bu yüzden ben de çok dövdüm kızımı. Ellerim kırılsaydı da dövmeseydim. Küçüğe bir fiske bile vurmadım. Hiç gerekmedi ki... Ah benim annem ah... Kadının mezarında kemikleri bile kalmadı ama bize öyle bir miras bıraktı ki, nerelere saklayacağımızı bilemedik."

"Onun gibi olur diye korktunuz."

"Ah nasıl korktum! Halbuki o daha küçüktü, çocuktu. Öldüğünde on altı yaşındaydı. Belki de hepsi benim kuruntumdu. Ben korktukça, o daha çok isyan ederdi."

"Siz korktukça ona baskı yaptınız."

"Öyle yaptım. Nur'dan çok daha akıllı ve becerikli bir kızdı. Öyle oynaklığı olmasa, kalbi de çok temizdi. Merhametliydi.

Babası bana yan gözle baksa, tıpkı Necdet gibi o da bana arka çıkardı. Benim yüzümden kaç kere dayak yedi babasından. Eli her işe yatkındı. O yaşında mutfağa girince kırk yıllık ev hanımı gibi yemek yapar, bulaşık yıkardı. Pek de güzeldi. Annem gibi... Ona da ne giyse yakışırdı. Gösterişliydi. Babası yetmez gibi, bir de ben baskı yaptım kıza. Sonunun böyle olacağını ne bileyim."

Bir anne için ne acı bir durum.

"Haklısınız Meliha Hanım. Siz de ne yaptınızsa, onu korumak için yapmışsınız. Onu kurtarmak için hayatınızı tehlikeye atmış, iki kere alevlerin içine dalmışsınız. Olanlar sizin suçunuz değil ki... Kim ister evladının kötü olmasını. Bazen kaderin önüne geçemiyoruz. Yangında Necdet neredeydi?"

"O zaman o askerdeydi. Şansını oralarda denemek istemiş, bir-iki yıl kalmıştı. Aslında Melek'in yattığı oda eskiden onundu. O gidince Melek yerleşti odaya. Kader işte. Belki Necdet askerde olmasa Melek yaşayacak, Necdet ölecekti. Yangını duyunca bir haftalığına izinli geldi. Hepimizle çok ilgilendi. Kız kardeşine o da çok üzüldü ama elden ne gelir!"

"Yangında sizin ev tamamen yandı mı?"

"Yandı Doktor Hanım. Ne ev kaldı, ne eşya. Kızı kaybedince hiçbir şey gözümüze gelmedi. Bizim adam da çok üzüldü kızına. Serttir filan ama demek çok severmiş kızını. Günlerce çocuk gibi ağladı. Sonra bir süre için aynı mahallede başka bir eve yerleştik. Yanan ev yıkıldı, yerine kocaman bir apartman yapıldı. Şimdi orada oturuyoruz. Necdet dönünce, babasının yanında çalışmaya başladı. Aslında Necdet hiç istemedi onunla çalışmayı ama bizimki mecbur etti çocuğu. Sonra da alelacele oğlana bir kız buldu, hemen evlendirdi."

"Necdet ne dedi bu işe?"

"Ne desin? O babasının sözünden hiç çıkmazdı. Bir-iki kere itiraz edecek oldu ama baktı ki faydası yok, sonunda peki dedi. Zaten onu eve barka sığdıramıyordu. Gözü sürekli ikimizin üstündeydi. Belki de evlenip kurtulayım dedi."

"Siz hiç karışmadınız mı?"

"Yok, istesem de karışamam ben böyle şeylere. Hele Necdet'in evlenmesi gibi kritik bir konuda, bana hiç söz düşmez. Bir kere olsun bana da sorsa, hayır derdim ben bu işe çünkü kızı hiç gözüm tutmamıştı. O sormadı, ben de bir şey söylemedim. Necdet evlendikten sonra bizimki biraz rahatladı. Zaten kızın acısı da çok yeniydi bir süre evde kavga gürültü durdu. Ama bir-iki yıl sonra bu sefer de bizimkinin işleri bozuldu. Zaten o ara işi bozulmayan kimse kalmadı. Siteler esnafı kan ağlıyordu."

"Türkiye'nin büyük bir ekonomik kriz yaşadığı yıllardan söz ediyorsunuz herhalde."

"Evet. Bir de üstüne Necdet'in birine kefil olduğu ortaya çıkınca, bizimki deliye döndü. Adam parayı ödeyemeyince, bizim eve bile haciz geldi. Neyimiz var, neyimiz yok, hepsi satıldı. Bizimki o zaman oğluna iyice düşman oldu. Hatta bir keresinde karısının ve benim yanımda dövdü koskoca, evli barklı adamı. Yapmış bir hata. Zaten baştan beri babasının yanında çalışmak istemedi. İki yıllık bir yüksekokul bitirmişti. İstese kendine bir iş bulup çalışabilirdi. Babası izin vermedi. Oğlanı hem eve sığdırmadı, bir yandan da yakasını bırakmadı. Bu dünyada saf ve temiz olmayacaksın Doktor Hanım. Kimseye iyilik etmeyeceksin. Merhametten maraz doğuyor. O günden sonra hepimiz perişan olduk. Yiyecek ekmeğe muhtaç olduğumuz günler oldu. Bir Bağ-Kur maaşına kaldık."

"Necdet ne yaptı?"

"Necdet bir daha kapımızdan içeri giremedi. Babası onu sildi defterden. Hemen arkasından karısı çocuğunu da alıp memleketine gitti. Ben o zamana kadar çalışmıyordum. Zaten benim adam buna izin vermiyordu. Bir tek Bağ-Kur maaşına kalınca, ben yeniden evlerde mevlit okumaya başladım. Hiç olmazsa, üç-beş kuruş para getiriyordum eve. İşte o sırada hastalanmış Necdet. Ben konu komşudan duydum bunu. Hemen bizimkine söyledim. Oğlundur, sonra pişman olursun. Ara sor oğlanı dedim. Hiç aldırmadı. Daha doğrusu inanmadı hastalığına. Ben çok üzüldüm. Bir gün bizimkinden gizli aradım Necdet'i. Çok sevindi sesimi duyunca. Önce öksürük başlamış. Gittiği doktorlar şurup filan vermişler, sonra hastaneye yatırıp inceleyince, kanser olduğu ortaya çıkmış. İşyerleri de kapandığından, sigortası filan da yok. Evine mevlit okumaya gittiğim hanımlardan birine anlattım durumu. Sevaptır, bari bir sigortası olsa dedim. Kadıncağız kırmadı beni. Kocası yanında sigortalı gösterdi Necdet'i. Merhametten her zaman maraz doğmuyormuş. Allah razı olsun o kadından da, kocasından da."

"Haklısınız. Merhamet insana en çok yakışan duygulardan biridir. Sonra ne oldu?"

"Üzüntüden hastalandı garibim. Gerçi Necdet o imzayı atmasa biz bu hallere düşmezdik ama yine de her şeyin tek sebebi o imza değildi. Kocam bunu hiç anlamak istemedi. Daha doğrusu iflas etmeyi, bu hallere düşmeyi hiç içine sindiremedi. Hep oğlunu suçladı. Baktım ki bizim oğlan ölüyor, ben bari sahip çıkayım dedim. Çünkü o zamanında bana çok sahip çıkmıştı. Mevlitlerden erken çıkıp sık sık Necdet'in yanına gitmeye başladım. Bir göz odada yer yatağında yatıyordu. Ne bakacak kimsesi vardı, ne de bir kaşık çorba pişireni. Her gidişimde ona yiyecek bir şeyler alıyor, çorbasını yapıyor, hatta kemo-terapiye gittiği günler, elimle ben yediriyordum yemeğini. Çok halsiz oluyordu o zamanlar."

"Eşiniz hiç bilmedi mi oraya gittiğinizi?"

"Yok be Doktor Hanım. Bilse öldürürdü beni. Sanki baktığım eloğlu. Öz be öz oğluna bakıyorum ama yaşlandıkça daha kötü oldu bizim adam. Eski hali olsa, zaten hiçbir yere gidemezdim. Yaşlanınca arkamdan gelemedi. Beni takip edemedi. Ben de mevlide gidiyorum diye her gün erkenden çıkardım evden. Her gün mevlit olacak değil ya... Doğru Necdet'in evine giderdim. O da gözleri yolda beklerdi beni. Ne kapısını benden başka çalan var, ne de arayıp soran. Yıllarca baktım ben ona. İnsan sonuçta... Gözümün önünde eriyip gidiyor. Ağlardı. Hem ağlar, hem anlatırdı bana. Sonra da ben başladım anlatmaya. Zaten çoğu sıkıntıyı, aynı evde birlikte yaşamıştık. Yani ortak noktamız çoktu. Bu sohbetler ona da bana da iyi geliyordu. Can yoldaşı olmuştuk birbirimizin. Ben, çocukluğumdan beri yaralı olduğum için, sıkıntılarımı başkalarına anlatmamaya alışkınım. Ama o konuştukça, ufak ufak ben de anlatmaya başladım. Necdet bu arada iki-üç kere hastaneye yatıp çıktı. Işın tedavisi de aldı. Bir deri bir kemik kaldı gariban."

"Babası bütün bunları hiç duymadı mı?"

"Bu konuda beni hiç konuşturmadı. Başkaları söylediyse bilmiyorum ama bir gün olsun oğlunu arayıp sormadı. Necdet çok üzüldü. Aslında o da çok kızardı babasına ama yine de aranmamak, sorulmamak içine oturdu."

"Karısı da mı hiç ilgilenmedi?"

"Ben o zaman karısını da aradım. Kocan hasta. Hem de ölümcül hastalık bu. Bunun hesabını sana hem Allah sorar, hem de çocuğun dedim ama gelmedi. Benim param pulum mu var, beni sayma ama çocuğuma kim bakacak, ne yiyip ne içeceğiz dedi. Belki de haklıydı, kimbilir?..."

Ne büyük bir çaresizlik bu böyle.

"Tedavilerden sonra biraz düzeldi Necdet. Benim geleceğim zamanı bilir, ben gelmeden önce pijamasını çıkarır, pantolonunu, gömleğini giyer, tıraşını olur, camın önüne oturur, beni beklerdi. Ben de koşarak giderdim oraya..."

Başını öbür tarafa çeviriyor Meliha Hanım. Uzun bir sessizlik oluyor. Şimdiye kadar ben sormadan, hemen her şeyi tek tek anlattı ama şimdi başka bir şey var. Bana anlatmakta zorlandığı bir şey... Neydi son cümlesi? Ben de koşarak giderdim oraya. Koşarak... Sessizlik uzuyor. Meliha yüzünü hâlâ bana dönemedi. Utanıyor. Ona biraz yardımcı olmalıyım.

"Bir yerlere koşarak gidebilmek ne güzeldir. Ben her sabah buraya koşarak gelirim. Severim çünkü burayı. Burayı da burada çalışmayı da sizin gibi birbirinden çok farklı, yepyeni insanları tanımayı da. Artık hiçbir şey beni şaşırtmıyor. Hayatın uzaktan göründüğü gibi dümdüz olmadığını, duygularımızın buna izin vermediğini öğreneli çok oldu. Aslında bunu benim kadar size de öğretmiş galiba hayat."

Başını hâlâ bana çeviremese de şimdi artık önüne bakıyor. Sonra kısık sesle, utana sıkıla anlatmaya başlıyor yeniden.

"Son yıllarda neredeyse her günümüz beraber geçmişti. Konuşurken, konuşurken, Necdet bir gün, pat diye başka türlü şeyler söylemeye başladı bana. Meğer, babasıyla evlendiğim ilk günden beri bana âşıkmış adam. Yıllarca bu sırrını kimselere söyleyememiş."

"Siz hiç hissetmediniz mi?"

"Allah yukarıda Doktor Hanım. Ben o defteri ömrüm boyu hiç açmamışım. Erkek deyince tüylerim ürperirdi. Belki de bu yüzden kocamı da hiç memnun edemedim. Bir gün bile, elin heriflerine kötü gözle bakmak aklımın ucundan geçmedi. Öyle bir annenin çocuğu olmak kolay değil. İnsanlar birbirine küfür ederken kullandıkları en ağır kelime orospu çocuğudur. Biz hepimiz biliyorduk ne çocuğu olduğumuzu. Öteki kızlar, belki de yaşları o zaman çok küçük olduğundan, bu olaylardan benim kadar etkilenmediler. Belki de bu işlerden en büyük yarayı oğlanlar aldı. Büyüğün bitmez tükenmez tikleri, küçüğün saatlerce süren el yıkamalarına hâlâ kimseler çare bulamadı.

"Herifler ananızı alıp girsin içeri, kapatsınlar kapıyı, sonra da size üç-beş kuruş para bırakıp sallanarak, bıyıklarını sıvazlayarak defolup gitsinler. Biz bunları hiç unutmadık. Ablam da köyde, sonra da Ankara umumhanesinde yine aynı şeyi yaptı. Ve bizim yediğimiz ekmeğin parası öyle kazanıldı. Başından geçmeyen bilmez bunları. Yediğimiz ekmekler taş olur, otururdu boğazımıza. Salyaları akarak, bıyıklarını burarak, yılışık yılışık gülerek gelirdi herifler. Köyden Ankara'ya ilk geldiğimiz gün, umumhanenin önünde de görmüştüm ben bu manzaraları. Sonra da bütün bunları unut, o heriflerden birine gönlünü ver..."

"Ben kimse için kıymetli olmayabilirim. Hele hele geçmişimi bilseler aşağılayarak bakar, iğrenirler benden. Ama benim gönlüm kıymetli. Öyle herkese veremem onu. Vermedim de zaten. Kocam olacak o herif, güya para harcayarak gönlümü fethedeceğini sandı. Hortumla dayak yedim ama yine de gönlümü bir gün olsun vermedim ona. İşini yaptım, yemeğini hazırladım, çocuklarımı büyüttüm. Bir günden bir güne namusuna leke sürmedim. Benim namusum ondan mı sorulmuş? Utanmaz herif, her gün beni soyup vücudumda kara bere aradı. Sonra da neymiş efendim, ben onu sevecekmişim! Sen beni adam yerine koydun mu da, benden sevgi istiyorsun. Bir zamanlar bana param için geldin diye tutturdu. Paraya hevesim olmadığını anlayınca da senin gözün gençlerde dedi. Ama bir gün olsun suçu kendinde aramadı. Neyse, bunların hepsi geçmişte kaldı. Hâlâ aklıma geldikçe, gördüğünüz gibi kendimi tutamayıp veryansın ediyorum. Ama Necdet farklı çıktı."

"Neydi Necdet'in farkı?"

"Necdet bizim evde büyümeyip herhangi bir erkek olsaydı, benim için diğerleri gibi olacaktı. Ama aynı evde, beraber büyüdük. Ben onu çocuklarımdan, kardeşlerimden ayırmadım. Öyle olunca da ondan çok uzak durmam, kaçmam gerekmedi. Ayrıca yaşadığı çilelere gözümle şahit oldum. Bir gün bile öyle şeylerin peşinde koşmadı. Babası ne dediyse onu yaptı. İstese de, istemese de... Aslında öyle zayıf karakterli bir çocuk da değildi. Ama ya temelli terk edip gidecekti bizi veya bazı şeylere boyun eğecekti. Senin için terk etmedim diyor. Ben bunları o zamanlar bilmiyordum. Uzun lafın kısası, günlerce bana olan duygularını anlattı Necdet. Önceleri bir tuhaf oldum. Kabullenemedim. Bırakıp gitsem, bir daha gelmesem, adam hasta. Ömrü az kalmış ve benden başka kimsesi yok. Kıyamadım. Nasıl olsa gidiyor, bu, belki de onun son arzusudur dedim içimden. Önceleri onu üzmemek, ömrünün son günlerinde yaşama arzusunu kırmamak için hayır demiyordum. Dinliyordum onu. Ama dinlerken bile utanıyor, böyle şeylerden sıkılıyordum. Sonra alıştım. Benim içim de ona kaynamaya başladı. Nasıl olsa kısa zamanda ölüp gidecekti. Onun ölümcül bir hastalığı olması beni etkiliyordu. Zaten, gönlümden başka bir şey istemiyordu benden. Bunun altını her seferinde o da çiziyordu ben de. Yani elim eline değmedi. O bedenimi değil, ruhumu istiyordu benim. Böyle olunca perde açıldı, daha kolay kaydım ona. Bizimki neydi, ona bir şey diyorlar..."

"Platonik aşk."

"Hah, tamam, platonik. Zaten başka türlüsüne aşk denmez bence. İşin içine öteki şeyler girince aşk meşk kalmıyor. Ah Doktor Hanım, utanıyorum size bunları anlatmaya ama, hayat aklına gelmeyeni başına getiriyor insanın. Aslında eskiye göre aramızda değişen hiçbir şey yoktu, sadece duygular karışmıştı işin içine. Hemen ölür diyordu doktorlar. Bu aşk yaşattı onu. Hayata bağlandı. Yedirdim, içirdim, kumrular gibi birbirimizin gözünün içine bakarak konuştuk, saatlerce muhabbet ettik onunla. Bu muhabbetler ona da iyi geldi, bana da."

"Bu arada kocanız ne yaptı? Hiçbir şey hissetmedi mi?"

"Hissetti. Adam zaten kıskanç. Beni dövmek için bahane arıyor. Benim uzun uzun evden ayrılışlarımdan çok rahatsız oldu. Eskisi gibi sözü de geçemiyor bana. Akşamları eve gelince baştan aşağı soyuyor beni. Vücudumda iz arıyor. En küçük bir kızarıklık görürse eğer, önce banyoya götürür, soğuk suyla iyice ıslatır. Ardından alır eline lastik hortumu, eşek sudan gelene kadar döver beni. Kaç kere hastanelik oldum. Ya eve kapanacak, hiçbir yere çıkmayacağım, ya bu dayakları yiyeceğim. Başka çare yok."

"Gerçekten başka çare yok mu?"

"İşin aslını sorarsanız, bunun bir çaresi var mı diye oturup düşündüm desem yalan olur."

"Sizin de işinize geldi değil mi dayak yemek?"

"İşime mi geldi!"

"Necdet'in yanından gelirken, suçluluk hissetmiyor muydunuz?"

"Onun eli elime değmese de içim cız ediyordu. Bunun yanlış olduğunu biliyordum."

"İşte bu dayaklar içinizdeki cızırtıya iyi gelmiştir."

"Öyle miymiş? Demek onun için bunca dayaktan sonra içime bir ferahlık geliyordu."

"Belki siz kışkırtıyordunuz adamı?"

"Onu yapar mı insan?"

"Bilmem, size sormalı."

"Kimbilir, belki de... Açıkça, onu aldattığımdan şüpheleniyordu. Hem doğruydu, hem yanlıştı düşündüğü. Hem de oğluyla hem aldatıyor, hem aldatmıyordum."

"Biraz da intikam hevesi var mıydı bu aşkta? Çünkü sadece sizin değil, oğlunun da büyük kini var babasına. Yani ortak düşmanınız o sizin."

"Vardır... Bunları hiç açıkça konuşmadık ama ikimiz de kin duyuyorduk adama. Daha çok yaşayamadığımız hayallerimizi anlatırdık birbirimize. Sonra da gerçekleşmeyeceğini bile bile hayal kurardık. O mu beni kandırıyordu, ben mi onu bilmiyorum. Sahi gibi, ciddi ciddi hayal kurardık. Arada bir bizimkinden bahsederdik. Onun hakkında konuşurken, ikimizin de gözlerinden nefret fışkırırdı."

"Necdet'le ortak yanınız çokmuş."

"Çoktu. Sizin de dediğiniz gibi düşmanımız birdi. Beni döverken o koşardı imdadıma. Sonra da ben onun imdadına koştum."

"Borcunuzu ödemişsiniz."

"Hem de ne ödemek. Doktorların verdiği ilaçlar yetmedi, sağdan soldan ne duyduysam yaptım Necdet'e. Aktarlardan almadığım ot, çöp kalmadı. Hasta, muhtaç, çok iyi birine, en zor günlerinde baktığım için bir iyilik duygusu yayılırdı içime. Ben baştan beri çok severdim Necdet'i ama bu evlat sevgisi, kardeş sevgisi gibi bir şeydi. Ona bakmak benim boynumun borcu gibi gelirdi. Öte yandan onun bana karşı duyduğu aşk, hem gururumu okşar, hem de çok utandırırdı beni. Kendi kendime kızardım. Ne olacak derdim, o ananın kızı olduğunu eninde sonunda belli ettin. Onun için eve gelince uzun uzun namaz kılar, beni affetmesi için Allah'a yalvarırdım."

"Her taşın altından anneniz çıkıyor."

"Olmaz olsun benim annem. Necdet'le aramızda olanlardan sonra annemden bir farkım kaldı mı bilmiyorum ama kendi suçum için bile ben yine anneme kızıyorum."

"Yapmayın Meliha Hanım, annenizle mukayese edebilir miyiz sizin yaşadıklarınızı?"

"Allah yukarıda. Size de yalan söyleyecek halim yok ya. Önce tek taraflı gibi başladı ama sonradan beni de içine aldı bu aşk. Düşünsenize, yıllardır kalbini bütün erkeklere kapatmış bir kadının, bir anda kapıları açtığını... İçimde kalmış ne varsa, oluk gibi aktı Necdet'e. Meğer ben de yıllardır tanıdığım ben değilmişim. Yani benim içimde de o çok ayıpladığım, kınadığım, nefretle baktığım, iğrendiğim duygular varmış. Bunları gördükçe, anladıkça, kendime çok kızdım. Ama yine de duygularım galip geldi. Üstelik Necdet, öyle herhangi biri de değildi. Kendime kefil olamam ama ona sonuna kadar her konuda kefil olabilirdim. Öteki erkekler gibi olmadığını zaten biliyordum. Bir de kanser hastası, nasıl olsa ölecek. İşte bütün bunlar harman oldu kafamda ve içimdeki buz dağları eridi, ben de onun gözlerinin içine bakar oldum."

"Aşk güzel bir duygudur."

Gözlerinin içine bakıyorum Meliha Hanım'ın. Özellikle aşkı anlatırken gözleri nasıl da parlıyor. Demek insan her yaşta âşık olabiliyor.

"Güzel demek az Doktor Hanım. Ben benden geçtim, başka biri oldum. Tuhaf bir heyecan yayıldı ruhuma. O hiç gülmeyen gözlerimin içi gülmeye başladı. Necdet'e giderken, âdeta ayaklarım yerden kesiliyordu. Hep onun yanında olmak, sesini duymak istiyordum. Çocuk gibi... Koca kadına yakışmıyor bunlar ama, gönül işte... Durdu durdu, sonra birden asileşti, ferman dinletemedim gönlüme. Bir yandan evlerde mevlit okuyorum, bir yandan gönlüm böyle yapıyor. Eğer elim eline değseydi, ben bunları kaldıramazdım. Daha o zaman asardım kendimi. Bir tek beni bu ayakta tutuyordu. Günah işlemediğime ikna etmeye çalışıyordum kendimi."

"Ama pek ikna olmamışsınız galiba..."

"Olamadım ya... Benim hayat görüşüme hiç uymuyordu olanlar. Hem de bu yaşta! Yine de vazgeçemiyordum ama."

"Necdet hasta olduğu sürece de pek böyle bir şansınız yokmuş zaten."

"Öyle... Onu üzmeye hiç kıyamıyordum. Ama sonu hiç de benim düşündüğüm gibi olmadı. Yine yanıldım Doktor Hanım. Meğer ne kadar aptal bir kadınmışım. Nasıl da kolay kanmışım her şeye. Demek kanmaya hazırmışım. Dedim ya, ne de olsa, öyle bir annenin kızıyım. Bu aşkın da sonu hüsranla bitti. Evdeki hesap çarşıya uymadı..."

Meliha Hanım, iki tarafa şöyle bir baktıktan sonra, yine anlatmaya devam ediyor. Merak ediyorum, ne olduğunu; kocasına mı yakalandılar acaba?

"Son aylarda Necdet biraz toparlandı. İştahı açıldı, kilo aldı. Beti benzi düzeldi. Son yapılan tetkikler de iyi çıkmıştı zaten. Doktorlar, tedaviye biraz ara verdiler. İkimiz de buna çok sevindik. Eskiden, Necdet hasta olduğu için gelecek diye bir şey yoktu bizim için. Ama düzelince hem sevindik hem de bundan sonra ne yapacağımızı kara kara düşünmeye başladık. Necdet, bir iş bulup çalışmak, beni de alıp Ankara'yı terk etmek istiyordu. Böyle hayalleri hep kuruyorduk ama iş ciddiye binince, ben ne yapacağımı şaşırdım. Neyse, dün gideceğim mevlit, evin hanımı hastalandığı için iptal edildi, ben de erkenden yine Necdet'in yanına gittim. Kapıyı çaldım, açan olmadı. Ben tam anahtarla kapıyı kurcalarken, Necdet kan ter içinde geldi kapıya. Zaten ev bir oda. Başımı uzatınca, yatağındaki kadını gördüm."

"Yatağındaki kadını mı?!"

Bu sözlerin aniden ağzımdan çıkıvermesine mani olamıyorum. Böyle bir son ben de beklemiyordum doğrusu.

"Siz bile şaşırdınız değil mi?"

"Evet, şaşırdım. Daha doğrusu pek anlayamadım!"

"Ben de anlayamadım Doktor Hanım. Bizimki başka türlü bir aşk diyordum. Birbirimize hem sevgili, hem arkadaş, hem dost, can yoldaşı olmuştuk. O benim kanım, canım gibi olmuştu. Buna inanamadım ben de sizin gibi. Orada öylece dondum kaldım. Tek bir söz bile söyleyemedim. Zaten söyleyecek bir sözüm kalmadı ki artık. Oraya düşüp bayılıvereceğim sandım. Hemen orada ölmek istedim. Bu hayat bazen ne kadar acımasız olabiliyor. Düşünüyorum da hiç iyi günüm olmamış benim. Onunla yaşadığımız o en heyecanlı günlerde bile içim kan ağlıyordu. Öleceğini, onu kaybedeceğimi düşündükçe deli gibi oluyordum. Bizi bir tek ölüm ayıracak sanıyordum o zamanlar. Gerçi ölüm de ayıramayacaktı. Ondan sonra ben de fazla yaşamam, hemen giderim yanına diyordum. Böyle şeyler hiç gelmiyordu aklıma. Ben mi çok aptalım, yoksa hayat mı çok zalim, bilemedim..."

Ona ne diyeceğimi bilemiyorum. Ama bildiğim bir şey varsa, o da hayatın Meliha Hanım'a pek cömert davranmadığı. Necdet neden yaptı bunu acaba? O yine anlatmaya devam ediyor.

"Benimle birlikte Necdet de dondu kaldı. Sanki bunu yapan o değil de, o da olanlara çok şaşmış gibi baktı kaldı yüzüme. Sonra ağır ağır ayrıldım oradan. Bir ara geri dönüp baktım, Necdet hâlâ kapının önünde öylece duruyordu. Eve kadar iki tarafa sallanarak, rüyada gibi geldim. Gözümden bir damla bile yaş akmadı. Taş kesildim. Beynim uğulduyor, sanki biri bana sürekli yalan, yalan deyip duruyordu. Bana söylediği her şey yalan mıymış sizce de Doktor Hanım?"

"Meliha Hanım ben hâlâ size ne diyeceğimi bilemiyorum. Bu konuda birtakım tahminlerde bulunabiliriz ama hiçbiri ne sizi tatmin edecek ne de beni. Keşke Necdet burada olsa da işin gerçeğini bize kendi anlatsa."

"Yok, artık böyle bir şey mümkün değil. İki cihan bir araya gelse bir daha onun ne yüzünü görmek isterim, ne de sesini duymak. Bir açıklama duymak da istemiyorum. Bitti bu iş. Ölse, buna dayanamam diyordum. Bu ölümden de betermiş meğer. Keşke çekip vursaydı beni. Onun elinden olsaydı ölümüm. Bundan çok daha huzurlu giderdim öbür tarafa. Çünkü şu koca dünyada beni de bir seven vardı. Yanlış yapmış, yanlış ilişkilerin içine girmiştim ama Necdet ve Necdet'in bana duyduğu o büyük aşk her şeye değiyordu. Nihayet ömrümün son demlerinde ben de yaşadığımı anlamış, hayat ne güzel bile diyebilmiştim. Allah'tan, bir yandan beni affetmesini dilerken, bir yandan da bana bunları yaşattığı için ona teşekkür ediyordum. Benim için o kadar değerliydi ki, bilmem beni anlıyor musunuz?"

"Anlıyorum galiba Meliha."

"Bundan sonra yaşamanın benim için bir anlamı kalmadı. Hayatımda bir kere kendim için bir şey yaptım, onu da yüzüme gözüme bulaştırdım. Ablam umumhanede bizim için çalışmaya başlayınca, evin ve kardeşlerimin bütün sorumluluğu benim omuzlarıma binmişti. O zamanlar Allah'tan kendim için hiçbir şey istemiyordum. Yüzümüzün akıyla kardeşlerimi evlendirmek, birer yuvaları, sahipleri olduğunu görmek istiyordum. Bir gün olsun kendim için bir şey istemedim çünkü Allah zaten baştan beri yeteri kadar korumuştu beni kötülüklerden.

"Şimdi düşünüyorum da, o zamanlar benim başıma da her şey gelebilirdi. Annemi bilmiyorum ama ablam çok korudu beni. O her türlü tehlikenin farkındaydı. Hiç gözünü kırpmadan atladı ateşe. Ne yaptıysa bizim için yaptı. Ben bütün bunları görecek, anlayacak yaştaydım o zaman. Erkek deyince tüylerim ürperiyordu. Onun için benimle evlenmek isteyenler çıkınca, korkudan dudağım uçukluyordu. Bir adamı sevmek, bilerek isteyerek onun koynuna girmek en istemediğim şeydi. Hiç evlenmesem en iyisi olacaktı ama o kadar güçlü değildim. Benim de iyi kötü bir kocam olması gerekiyordu. Bunu ben değil toplum böyle istiyordu.

"Şimdiki kocam beni isteyince, en az tehlikeli insan o gibi geldi bana. Ne de olsa yaşını başını almış, evlenmeyi olsa olsa evinin, ocağının bakımı için istiyordur diye düşündüm. Yanılmışım. O yatağına karı istermiş. Bunu o zaman anlayamadım. Boşanmayı hiç düşünmedim çünkü daha iyisi için bir umudum, bir beklentim yoktu ki... Üstelik iki tane nur topu gibi kızım olmuştu. Onları bırakıp nereye gidecektim ben. Onun için dayak mayak vız geldi bana. Neyse ne dedim içimden. Kaderime çoktan razı olmuştum. Çünkü kaderin böylesi benim için yine de kötünün iyisiydi. Ben elden ele gezen, önüne gelenin kokladığı gül olurum diye korkuyordum. Rabbim çok şükür bana bunu göstermemişti. Sonradan bir de mevlit okumaya başlayınca, kaderimle iyice barıştım. Artık evin dışında da bir işe yarıyor, edebim, namusumla yaşayıp gidiyordum."

"Necdet tam da bu dönemde girdi galiba hayatınıza."

"Aman Doktor Hanım, hayatınıza girdi filan demeyin bana. Ben öyle laflardan çok korkarım. Bizim onunla yaşadığımız başka türlü bir şeydi. Hani Türk filmlerindeki temiz aşklar vardı ya, birbirine hiç dokunmayan sevgililer, işte öyle bir şeydi. Zaten ona bile nasıl izin verdim, hâlâ bilmiyorum. Hele bir erkeğe güvenmek, kardeşlerimden başka bir erkeği sevmek, onu görünce heyecanlanmak hiç yoktu benim defterimde. Allah nasip edince, demek kaderden kaçılmıyor. Kaçılabilseydi, inanın ben kaçardım. Ama sonunda ne oldu? Ben demek haklıymışım. Erkek milletinin birbirinden hiç farkı yokmuş."

Yine derin derin içini çekiyor.

"Eve gelince, ne kadar özel eşyam varsa, hepsini mahallede ihtiyacı olanlara dağıttım. Sonra öbür mahalledeki berbere gittim. Kes saçlarımı dedim. Önce kısa kes dedim sandı. Sıfır numaraya vur dedim. Doktor öyle söyledi deyince itiraz edemedi. Bir tek saçlarıma elinin değmişliği vardır Necdet'in. Saçlarımdan kurtulmak biraz olsun rahatlattı beni. Eve geri döndüm. Büyük bir urgan vardı. Onu hazırladım. Tam abdest alıyordum ki, bizim kız geldi. Başımı öyle görünce, başladı ağlamaya. Sonunda sürükleyerek size getirdi beni."

"Çok iyi etmiş kızınız. Aferin ona. Kocan ne dedi bunlara?"

"Kocam her zamanki gibi beni önce soyup sonra da dövmeye hazırlanıyordu. Ama baktı ki, bu sefer iş başka. O da çekildi köşesine. Anladı kendime kıyacağımı."

"Böyle bir şey yapmanıza kocanız izin verir mi?"

"Ondan izin alan kim? Her gece sabaha kadar başımı bekleyecek değil ya, ben nasıl olsa yapacağımı yaparım. İnsan yeter ki istesin. Ne oldu beni yıllardır erkek sinekten bile kıskandı da? Ben yine yapacağımı yaptım."

"Pişman mısınız yaşadıklarınıza?"

"Başka türlü olabilir mi? Kirlendim Doktor Hanım, kirlendim ben. Daha bir gün önceye kadar yaptıklarıma için için çok üzülsem de kendimi bu kadar kirli hissetmiyordum. Temiz bir aşk bu diyordum içimden ama meğer temiz filan değilmiş. Ben öyle zannediyormuşum. Hani çok gençken insanın başına böyle şeyler gelse, cahildim, anlayamadım der geçersin belki de ama bu yaşta hiçbir özrüm yok benim. Gözümün içine bakarak aldatmış beni. Belki de kendine baktırmak için böyle yaptı. Yani bu kadar basitmiş her şey."

"Anlattıklarınızdan anladığım kadarıyla Necdet bunu yapacak biri değil."

"Ben de öyle sanıyordum ama öyle olmasa, o kadının o yatakta ne işi var?"

"Onu bilemem ama yaşadıklarınızın tamamını bir sahtekârlık gibi değerlendiremiyorum. Ortada bir yanlış var tabii ama belki de pire için yorgan yakıyorsunuz."

"Yok be Doktor Hanım, o kadın pek pireye benzemiyordu. Benim acımı hafifletmeye çalışıyorsunuz. Bunu anlıyorum ama maalesef gerçekler acı, hem de çok acı."

"Evet, hayat bazen çok acı olabiliyor. Zaten o böyle yapmasa da sonu acı olacakmış. O zaman da başka türlü yanacakmış içiniz. Belki de acının böylesi sizin adınıza daha kolaydır."

"Bunu ben de düşündüm. Bu adam zaten ölüp gidecek, sen yine deli divane olacaktın. Allah belki de sen fazla üzülmeyesin diye bunu gösterdi sana dedim ama olmadı. Meğer aldatılmak ölümden beter bir acıymış. Çünkü ölümde acizsiniz. Kabullenmekten başka çare yok. O acı Allah'tan geliyor. Ya bu neyin nesi?"

"Siz hayatın her gününü görmüş, gerçekçi bir kadınsınız. Necdet'le güzel günleriniz olmuş. Belki de hayatınızda ilk kez mutlu etmiş sizi Necdet. Yaşadığınızı hissettirmiş size. Bugün bunlar her ne kadar size suç ve günahmış gibi geliyorsa da o günler farklıymış. Ölüm döşeğindeki insanlar üzerinde bir araştırma yapılmış. Ölmek üzere olan insanlar en çok yaptıklarından değil, yapamadıklarından dolayı pişmanlık duyuyorlarmış."

Yüzüne bakıp bir süre susuyorum. Bu söylediklerimi hazmetsin istiyorum. Elini çenesine koymuş, düşünüyor. Kimileri ilk bakışta size sıradan, sığ biri gibi görülebilir. Sonradan fark edersiniz onun derinliklerini. Tıpkı Meliha Hanım gibi...

"Sizin hayatınıza bakıyorum da, Necdet'le bir süreliğine paylaştığınız o büyülü atmosferi başka hiçbir dönemde yaşamamışsınız siz. Belki bugün o sayfa kapanmış artık ama güzelmiş. Belki de bir gün, iyi ki yaşamışım diyeceksiniz."

"Ama yalanmış."

"Artık bunun bir önemi yok. Yalan da olsa güzelmiş. Ve siz o güzellikleri yaşamışsınız. Neden bu açıdan bakmıyorsunuz hiç?"

Yine eli çenesinde, düşünüyor. Ben konuşmaya devam ediyorum.

"Hayatın kendisi zaten kocaman bir yalan. Nasıl bir kuşun kanadında gelivermişse mutluluk, geldiği gibi, yine süzülerek gidiyor. Sizin gibi görmüş geçirmiş, nice fırtınalar atlatmış bir kadın için, bunu atlatmanın da mutlaka bir yolu vardır gibi geliyor bana. Bunca savaştan galip çıktıktan sonra şimdi teslim olmak niye?"

Gözlerinin altından bakıyor bana. Bu gözlerde sanki bir an bir umut ışığının yanıp söndüğünü görüyorum. Umut! Bütün derlerin dermanı umut...

"Ölmek üzere olan birine kızmak sonra üzer seni. Bırak, hayat yine kendi bildiği gibi versin hükmünü. Ve sen biraz da huzuru yaşa. Hiç huzur yüzü görmemişsin. Şimdi huzur zamanı. Suçlardan, günahlardan, korkulardan arın. Benim sevginin her çeşidine saygım sonsuzdur. Sen de bir sevgi yağmuruna yakalanmışsın. İşte şimdi dinmiş yağmur. Sevgi insanları kirletmez. Gerisini bırak gitsin. Yaptığın her şeyde iyiliğin izlerini gösterdin bana. Barış artık kendinle. Kendinle, hayatla barış. Huzur ancak o zaman gelir insana."

Gözlerinden sıcacık yaşlar dökülüyor Meliha'nın. Bu gözyaşlarında sanki aklanmanın, onaylanmanın, kabulün hüzünlü heyecanı var. Yakın, samimi, dostça bir hava oluşuyor aramızda. Onu anlıyorum. O da anlaşıldığının farkında. Kimbilir, belki de ilk kez yaşıyor bu duyguyu. Rahatlıyor.

"Temiz, huzurlu, onurlu bir hayatın tadına bakın isterseniz. Bence böylesi de hoşunuza gidecek. Öbür tarafa gitmek için bu kadar acele etmeyin."

"Öyle mi diyorsunuz Doktor Hanım?"

"Öyle diyorum. Kocanıza da biraz güler yüz gösterin. Suç olmayınca cezaya da gerek kalmayacak. Belki bundan sonra iyi iki arkadaş olursunuz onunla. Sizin kadar sanırım onun da böyle bir dostluğa, yakınlığa ihtiyacı var."

"Ona hep kızdım. Hiç güler yüz göstermediğim de doğru. Değişir mi acaba?"

"O da insan. Tıpkı sizin gibi. Sevilmeye, yakınlığa onun da ihtiyacı var. Göreceksiniz, hem de çok değişecek."

"Denemeye değer öyleyse. Kendi derdime düştüm, ilk günden beri hiç ilgilenmedim onunla. Temiz bir ev, sıcak yemek yeter sandım."

"Ama yetmemiş. Bir yudum sevgi insanoğlu için her zaman onlardan daha önemlidir. Bunu en iyi sizin bilmeniz gerekir."

"Doktor Hanım ben hiç gerçek ben olmadım ki... Hep sahtekârlıkla geçti hayatım. Hep bir şeyler sakladım insanlardan. En yakınlarımdan bile. Bir tek mevlit okurken hiçbir şey saklamam gerekmedi. Orada asıl ben oldum galiba."

"Şimdi anlaşıldı neden bu kadar güzel okuduğunuz. Bakın Meliha Hanım, bana bu hikâyeyi çok başka türlü anlatabilirdiniz. Burada hiç sahtekârlık yapmadınız. Eğriyi de söylediniz, doğruyu da. Benden çok kendinize dürüst davrandınız. Bu çok önemli bir şeydir. Yürekli kadınsınız. Ancak işimiz bitti sanıyorsanız yanılıyorsunuz. Şimdi bu odadan çıkmadan önce bir kere daha dinlemek isterim sizi."

Hüzünlü bir tebessüm yayılıyor yüzüne. Yavaşça sehpanın üzerinde duran siyah örtüye uzanıp dikkatle başına örtüyor. Biriki kere öne arkaya sallandıktan sonra gözlerini kapatıp başlıyor söylemeye.

"Allah adın zikredelim evvela..."

Huşu içinde dinliyorum onu. Yürekten okuyor. Sesi odamın duvarlarına yansıdıkça bir kat daha büyüyerek geri dönüyor. Gözlerim doluyor yine. Meliha gözlerinden akan yaşları silerek yüzüme bakıyor. Bir şey söylemiyor. Bazen duygularınızı anlatmaya kelimeler yetmez. İşte yine o anlardan biri yaşanıyor bu odada. Sonra ağır ağır ayağa kalkıyor. Ben de kalkıyorum onunla birlikte. Kapıya kadar uğurluyorum onu.

Bizi kapıda görünce, Nur koşarak geliyor yanımıza. Soran gözlerle bakıyor yüzüme. "İyi" diyorum, "merak etmeyin." Anne kız kol kola girerek uzaklaşıyorlar koridorda. Arkalarından bakıyorum. İçime yine o ince sızı yayılıyor. Bu sızının içindeki karmakarışık duyguların hepsi hüzne bulanmış.

İşte o anda görüyorum Tuna'nın gözlerini. Onunkiler de çok hüzünlü bakıyor. Unutulmuşluğun hüznü onunki. Bu kadar üzmese miydik onu? Sürpriz yapalım dedik ama akşama kadar perişan oldu galiba. Tuna yerinden kalkıp bana doğru gelirken, ben hızlı adımlarla ikinci salona gidiyorum. Diğer arkadaşlarımın işi çoktan bitmiş. Hepsi toplanmış bizi bekliyorlar. Nasıl da bu kadar sessiz oturmayı başarabilmişler. Beni görünce hepsi ayağa kalkıyor. Pastanın mumunu yakıyoruz. Işıkları azaltıp Tuna'yı beklemeye başlıyoruz. Çünkü benim bu tarafa geldiğimi gördü. Mutlaka gelecek peşimden.

Gerçekten de bir dakika sonra Tuna kapıda görünüyor. Hep birlikte bağırıyoruz. "İyi ki doğdun Tuna." Artık hüzün filan kalmadı. Büyük bir coşku yaşanıyor şu anda klinikte. Bu sefer de keyiften yaşarıyor Tuna'nın gözleri. Hepimiz sırayla sarılıp öpüyoruz onu. İyi ki varsın Tuna...

Eşcinselliğin Rengi Gri

Bu sabah evden erken çıktım. Asansörle zemin kata inerken, keskin bir sucuk kokusu geldi burnuma. Belli ki, birileri sabah kahvaltısında sucuk kızartmış. Apartman hayatı işte böyle. Evde pişirdiğiniz yemek bile etraftan duyuluyor. Benim ilk çocukluk yıllarım bahçe içindeki, küçük bir evde geçti. Hani ilkokulda çizdiğimiz ev resimleri vardır ya, iki yanında penceresi, ortada kapısı olan, keskin hatlı, bacasından incecik bir duman tüten, bahçesinde bir-iki ağaç olan evler, işte tıpkı öyle bir yerdi bizim evimiz. Ben beş yaşına gelene kadar, beş kişilik bir aileydik. Annem babam, babaannem, benden bir buçuk yaş küçük kız kardeşim ve ben. İşte o küçük evde, pazar günleri sabah kahvaltılarında, sucuk kızartılırdı. Diğer günler bu kadar keyifli olmazdı sabah kahvaltıları. Çünkü pazar günleri geç kalkar, öğlene kadar masada konuşa gülüşe, fırından yeni alınmış sıcacık beyaz francala ekmeklerimiz, mis gibi kokan sucuklarımız, annemin özenle hazırladığı reçellerimizle zengin bir sofra olurdu bizimkisi. Annem babam masada bizim konuşmamızı ister, biz de anlatır dururduk. Babaannem kızardı. Çok yüz veriyorsunuz bu çocuklara. Kız kısmına bu kadar yüz verilmez derdi. Ama eğer annem bize yan gözle baksa, bu sefer de bizim tarafımızda yer alır, anneme kızardı. Babam zaten pek kızmazdı bize. O kimseye kızmazdı. Bizi dinler, bize anlattığımız saçma sapan şeylerle ilgili sorular sorar, yani bizi daha o yaşta ciddiye alırdı.

Kahvaltıdan sonra yaz, kış fark etmez, kardeşimle hemen bahçeye atardık kendimizi. İp atlar, beton üzerine tebeşirle çizdiğimiz çizgi oyunu oynar, bunlardan sıkılırsak bahçede gezen karıncaların peşine düşerdik. Yaşlarımız birbirine çok yakın olduğu için, hem kardeş, hem de çok iyi iki arkadaştık biz onunla. Karıncalarla ilgili pek çok masal anlatırdı bize babaannem. Nasıl çalışkan, nasıl iyi hayvanlar olduklarını dinler dururduk. Peşlerinden iz sürer, yuvalarını bulur, içeride neler olduğunu göremediğimizden, oturur hayal kurardık. Asla onları incitmez, yuvalarını bozmazdık. Toprağın altında, kocaman, altından yapılmış bir saray hayal ederdik. Tahtında oturan kraliçe karınca, ona hizmet eden, ona yemek götüren işçi karıncalar... Kırmızı tüller içinde hayal ederdik kraliçe karıncayı. Kışın yemek için yazdan biriktirilen yemekler, altın tabaklar, salıncaklarda sallanan bebek karıncalar ve sarayda yüzlerce altın duvarlı odalar... Sonra koşarak evden ekmek alıp yuvanın çevresine atar, karıncaların onları yuvalarına taşımasını büyük bir keyifle seyrederdik.

Bir de papatyaları severdik. Bahçede kendiliğinden çıkan incecik boyunlu, sarı gözlü papatyaları. Güller bizi pek ilgilendirmezdi. Bizimki mütevazı bir bahçeydi. Ama hemen yanı başımızdaki bahçe bizimkinden çok farklıydı. Orada kocaman bir havuz, havuzda sabah akşam etrafa şırıl şırıl sular püskürten bir fıskiye, etrafta rengârenk çiçekler, yemyeşil çimenler, yürüyüş yolları ve bu yollarda her zaman yapayalnız gezen, bizim yaşlarımızda küçük bir kız vardı. Yüzü hep solgun ve mutsuzdu. Bahçenin ortasındaki ev, bizim evimizin en az dört katı kadardı. Orada her şey çok güzeldi. Ama o kız hep yalnız ve mutsuzdu. Bazen aradaki demir parmaklıklara dayanıp konuşurduk onunla. O bize imrenirdi, biz de ona. Öyle bir evde, böyle muhteşem bir bahçede bir çocuğun neden böyle keyifsiz olduğunu bir türlü anlayamazdık. Birbirinden güzel elbiseler giyerdi. Biz güzel elbiselerimizi bahçede oynarken giyemezdik. Annem buna izin vermezdi. Ama onun dolabında kimbilir daha bunun gibi kaç elbisesi vardı. O evin içini hiç görmemiş, o güzel bahçede hiç oynayamamıştık. Dedesi onun bize gelmesine izin vermezdi. Biz de oraya giremezdik. O eve sadece biz değil, kimse giremezdi. Halbuki bizim o küçücük evimize pek çok konuk gelir, sık sık onlarla yemek yenir, çay, kahve içilir, uzun uzun muhabbet edilirdi.

Eve konuk geleceği zaman, annem önce evi baştan aşağı temizler, dolaptan sadece o günlerde kullanılan, kenarları altın yaldızlı ince porselen tabakları ve fincanları çıkarır, en güzel elbisesini giyer, son olarak da tuvalet masasının tam ortasında duran mor parfüm şişesinin küçücük pompasıyla güzel kokular sürerdi. Biz kardeşimle gizlice o mor şişenin küçük pompasından yüzümüze o güzel kokuyu püskürtür ve kaçardık. Ama koku yüzünden hemen yakalanırdık. Sizi gidi yaramazlar, yine mi derdi annem. Bir de yüksek ökçeli ayakkabılarına bayılırdık annemin. Her zaman giymezdi. Kutuların içinde, dolabında saklardı topuklu ayakkabılarını. Biz yine de bir yolunu bulur ve çıkarırdık onları kutularından. Topuklarını kırmamak için dikkatlice ve sırayla giyer, odada biraz dolaşır, yine koyardık yerlerine.

Ben dört yaşına geldiğim yıl, annem hızla şişmanlıyor ve karnı şişiyordu. Bir kardeşimiz olacağını duyduk. Leylekler getirecek dediler. Günlerce gözlerimizi gökyüzünden alamadık. Ama leylek bir türlü gelmedi. Çok uzaklardan getirecekmiş meğer.

Sonra bir akşamüstü, biz görmeden Mustafa'yı bırakıp gitmiş. Halbuki biz o leyleği görebilmek için ne çok beklemiştik. Gelirken bize de birer beyaz bohça getirmişler. Demek ki kalabalık bir leylek ordusu taşımış bütün bunları. Çünkü tek bir leyleğin, bu kadar yükü, hem de uçarken taşıması mümkün değildi. Tabii doğal olarak önce bohçalarımızı açtık. Çok heyecanlıydık. Çünkü biz sadece bebek bekliyorduk. İkimiz de birbirimizin gözlerinin içine bakarak açtık bohçalarımızı. Önce mor elbiseli, yatırınca gözlerini kapatan ve ağlayan taşbebeklerimiz çıktı bohçadan. Simsiyah, uzun kirpikleri, pembe yanakları ve siyah kıvırcık saçları vardı bebeklerimizin. Sonra kırmızı çiçekli yün eşarplarımız, beyaz ipek mendillerimiz ve parlak kâğıtlara sarılı balık şeklinde çikolatalarımızı bulduk. Her çıkanın ikimizde de olup olmadığını sıkı sıkı kontrol ettik. Evet, leylekler yolda hiçbir şey düşürmemişler ve ikimize de aynı şeyleri getirmişlerdi. Sonra asıl bebeği verdiler kucağımıza. Önce bana, sonra Yükselen'e... Beyaz bohçaya sarılı, çirkin bir bebekti o. Bizimkiler çok daha güzeldi. Demek ki, bunu da annemle babama getirmişti leylekler. Bizim bebeklerimiz sadece yatırınca ağlıyor, onların bebeği bir türlü susmak bilmiyordu. Nedenini sonra anladık. Bize gelen bebekler tıpkı bizim gibi kızdı ama onların bebeği oğlanmış. Demek ki oğlan bebekler hem çirkin oluyormuş, hem de sürekli ağlıyormuş.

Bir de bu bebeğin gelişinden, annemden çok babamın mutlu olduğu gözümüzden kaçmadı. Babaannemin bebeğe hemen kocasının adını koyuşu, kulağına "Mustafa, Mustafa" diye bağırışları ve yine annemin bu bebek yüzünden bir süre hasta yattığı, o ara bizim eve her zamankinden çok daha fazla konuk geldiği, her gelenin bebeğe kırmızı kurdeleli altınlar taktığı, sonraları annemin onu kucağına alırken nasıl gururlandığı gibi ayrıntıları unutmadık. Bebek büyüdükçe güzelleşti, bize gülücükler dağıtmaya başladı. Arada bir mamasını biz yedirdik, salıncakta biz salladık ve anladık ki, artık o küçük evde nüfus beşten altıya çıkmıştı. Ancak sofraya altı tabak koyduğumuz günler çok sürmedi. Önceleri Mustafa masaya oturamayacak kadar küçüktü. O masaya oturmaya başladıktan kısa süre sonra da babaannemi kaybettik. Yine kaldık beş kişi...

Geçmişi düşünmek, düşündüğünüz şey çok eğlenceli bile olsa, insanda bazen buruk bir hüzün yaratıyor, çünkü onlar geçmiş, bitmiş. Size ait olsa da artık asla ulaşamayacağınız bir parçanız olmuş. Belki de bu yüzden bizler için daha değerli...

Bunları düşünerek Madalyon'a doğru gidiyorum arabamla. Hava kapalı. Yağmur ha yağdı ha yağacak. Güneş olmadığından renkler griye çalmış. Rüzgâr ağaçların çıplak kalmış kollarını sağa sola savuruyor. Sararmış kuru yapraklar, yolun iki tarafında rüzgârla birlikte dalgalanıyor. Kliniğin önüne yanaşınca, şoförümüz Aydın koşarak geliyor. Arabayı ona bırakıyorum. Hava soğuk. Mantomun yakasını kaldırıp koşarak giriyorum içeri. Klinik sıcak. Odama girince ilk işim lambaları yakmak oluyor. Bu kasvetli havayı bir an önce dağıtmam gerekiyor. Işıklar yanınca yumuşacık, sıcacık oluyor odam. Kliniği dolaşıyorum. Doktor arkadaşlarımın hepsi gelmiş. İlk hastalarını almak üzere hazırlanıyorlar. Mutfağın kapısını açınca, buharla karışık tereyağı kokusu geliyor burnuma. Ayten öğlen yemeklerini hazırlamaya başlamış bile. "Hoş geldiniz, hemen yapıyorum kahvenizi," diyor. Sonra Tuna'yla bugünkü randevulara bakıyoruz. Arada İsmail'in adını görüyorum. "Ücret almayacaksınız İsmail'den. Sakın bir yanlışlık yapmayın," diyorum. "Tamam, biliyorum," diyor Tuna. Sonra odama girip masama oturuyorum. Şöyle bir odayı gözden geçiriyorum. Masamın üzerini ben gelmeden önce her ne kadar toparlamaya çalışsalar da hiçbir şey istediğim yerde durmuyor. Dün akşam yine darmadağınık bırakmıştım masamı. Yeşil, pembe ve beyaz reçeteler, kalemler, damgalar, küçük masa saatlerim, hepsini yeniden yerleştiriyorum. Evet, her şey tamam. Sonra telefonun tuşuna basıp ilk hastayı içeri almasını söylüyorum Tuna'ya.

Öğlene kadar zamanın nasıl geçtiğini anlamıyorum. Öğlen, doktorlar ve diğer çalışanlarla hep birlikte yiyoruz yemeğimizi. Bu yemekler de olmasa, bazen akşama kadar bir araya gelemiyoruz. Ben yemekten kalkmak üzereyken Tuna, her zamanki gibi heyecanla giriyor içeri.

"Afiyet olsun."

"Sağ ol Tuna. Sen yedin mi yemeğini?"

"Evet efendim. İsmail Bey geldi. Ücret almayın demiştiniz ama bu sefer çok ısrarlı. Bütün itirazlarımıza rağmen parayı ödemiş."

"Tamamını mı?"

"Evet. Biz elimizden geleni yaptık. Biraz daha ısrar edersek, bize kızacak."

"Tamam Tuna. Başka bir şey söylemeyin. Ben hemen geçiyorum odama."

İsmail benim tam yirmi yıllık hastam. Bana geldiğinde henüz yirmili yaşlardaydı. İki ablası var. İlk sefer onlar getirmişlerdi İsmail'i bana. Ciddi bir ruhsal hastalığı var. Yoksul bir ailenin oğlu. Küçük bir gecekonduda oturuyorlar. İsmail inşaatlarda amele olarak çalışıyor. Ömür boyu ilaç kullanması gerekiyor ama ilaç alacak parası yoktu. İlaç firmalarının doktorlara getirdiği numunelerle başladık tedaviye. Bu arada İsmail sağlığı el verdikçe inşaatlarda çalışmaya devam etti. Çalıştığı yerlerden birinde sigortası yapıldı. Hiç olmazsa ilaçlarını SSK hastaneleri yazıyordu. Ne kadar hasta olduğunu ben de bir raporla SSK'daki arkadaşlara bildirdim. Yirmi yıl boyunca hiç kopmadı benden. Sonra çalışamaz oldu. Son görüştüğümüzde, malulen emekli olmaya çalışıyordu. Onun bütün hayali bir gün emekli olup kimseye muhtaç olmadan karnını doyurabilecek küçük de olsa bir maaş almaktı. İkinci hayali ise bir gün bana gelirken, herkes gibi ücretini ödeyerek içeri girebilmek. Demek ki, hayalleri gerçek oldu İsmail'in.

Kapıda karşılıyorum onu. Uzun boylu, incecik, esmer bir adam İsmail. Saçı, sakalı birbirine girmiş. Bana ilk geldiğinde yakışıklı, sırım gibi bir delikanlıydı. Simsiyah saçlarına aklar düşmüş artık. Beni kapıda görünce eğilerek elimi sıkıyor. Bütün içtenliğiyle gülüyor bana. Ağzında tek bir diş kalmış. Rengi kahverengiye dönmüş, uzamış tek bir diş... O gülmese bile, ağzını açtığı anda öne doğru çıkmış bu diş yüzünden insan onun güldüğünü sanıyor. Ben de gülümsüyorum ona. Bu gülüşlerde sevgi var, şefkat var, dostluk ve güven var. Ben yerime geçerken, o da karşımdaki koltuğa oturuyor ve ben daha bir şey sormadan başlıyor anlatmaya.

"Gülseren Hanım. Hayallerim gerçek oldu. Ben şu anda dünyanın en mutlu insanıyım. Emekli oldum... Size gelirken herkes gibi paramı ödedim. Ben şu hayattan başka ne isteyebilirim. Annemle bizim gecekonduda oturuyoruz. Ben ay başında maaşımı alıyorum. Annem her gün bir kap yemeğimizi pişiriyor. Kış gelince sobamızı yakıyoruz. Evimiz sıcacık oluyor. Ben her akşam ekmeğimizi fırından alıyorum.

"Sağlığımı soracak olursanız, çok iyiyim. İlaçlarımı tam sizin dediğiniz gibi alıyorum. Allah devlete ve size zeval vermesin. İlaçlarım bittikçe hastaneden yazıyorlar. Geceleri çok güzel uyuyorum. Bir-iki kere yeniden çalışmayı denedim ama olmuyor. Galiba artık çalışamayacağım ben. Ama olsun. Kimseye muhtaç değiliz. Ablamlardan da para istemiyoruz. Buraya gelirken, her zamanki gibi en temiz elbiselerimi giydim. Gelenler, biraz da yakışmalı buraya. Olmadık insanların gelebileceği bir yer değil burası. Ama tıraş olamadım. Onun için özür dilerim sizden. Gerçi şimdi moda galiba böyle gezmek. Ama siz, bir daha böyle gelme derseniz, gelmem."

"Sen nasıl istersen öyle gelebilirsin buraya İsmail. Ama neden tıraş olmuyorsun?"

"Tembellikten. Bizim mahallede insanlar buradakilere benzemez. Kimse temiz giyinmez, tıraş olmaz. Bol bol kavga ederler birbirleriyle. Mahalledeki karakol herkesi tanır. Sık sık oraya gittikleri için."

"Sen de gider misin karakola?"

"Yok Doktor Hanım. Ben gitmem. Oraya suç işleyenler gider. Ben kimseyle kavga etmem. Biliyorsunuz gezmeyi tozmayı sevmediğim için pek sık evden çıkmam zaten ama buna rağmen karakoldaki polisler tanır beni çünkü mahallede o kadar sık kavga olur ki, ikide bir şahit diye karga tulumba götürürler beni de. Karakolun önünden geçerken selam verir bana polisler. Yıllardır yanınıza çok gelip gittim. Bizim mahalledeki insanlar böyle yerlere girip çıkamazlar. Buralarda nasıl oturulur, kalkılır, nasıl konuşulur bilmezler. Ben öğrendim. Bir yanlışım olmuyor değil mi?"

"Aman estağfurullah İsmail. Sen her zaman kibar, saygılı bir adamsın. En hasta günlerinde bile öyle oldun. Biz çok memnunuz senden. Ayrıca hayallerine kavuşmana ben de çok sevindim. Sen, bugün sahip olduğun her şeyi fazlasıyla hak ettin. Hayatla çok iyi mücadele ettin. Ancak şu dişlerini ne zaman yaptıracaksın? Böyle yemek yemek çok zor oluyordur herhalde."

"Her şeyin bir sırası var. Bu ay kömür alacağız. Ondan sonra sıra dişlerime gelecek. Zaten başka da bir ihtiyacımız yok. Yıllarca sokaklarda, karın, çamurun üstünde yatan bir adam Allah'tan başka ne ister? Yemeğin önünde, hem de sıcak yemek. Soban yanıyor. Çok şükür, her şeyimiz tamam. Hem o içimdeki kötü sıkıntı da gitti. Arada bir kafam karışsa da asla eskisi gibi mecnun olup sokaklarda dolaşmıyorum. Elimi cebime atınca az da olsa param var artık. Yolda giderken canım simit isterse alıyorum. Hatta kahveye gidip çay bile içiyorum. Gerçi sık gitmem ben kahveye. Orada herkes birbiriyle konuşur, sohbet eder, oyun oynar. Ben sevmem böyle şeyleri. Evde sıcak köşeme oturur, sigaramı yakar, annemin demlediği çayımı elime alır, bol bol düşünürüm."

"Bu kadar çok ne düşünüyorsun İsmail?"

"Bilmem, dalar giderim işte. Ne düşündüğümü ben de bilmem."

"Annenle konuşmaz mısınız?"

"Yok, bir şey lazım olursa, annem söyler, ben de yaparım. Burada böyle gevezelik ettiğime bakmayın, başka yerde konuşmam ben. Daha doğrusu içimden, kafamdan konuşurum. Bunun için başkası gerekmez. Ben artık gideyim. Sizin çok zamanınızı almak istemiyorum. İşte sözümü tuttum. Size olan borcumu ödedim. Gerçi siz bana yüz kere baktınız, ben size bir kere ödedim ama olsun. Önemli olan size verdiğim sözü tutmaktı."

"Senin sözünü tutacağını biliyordum ben. Çok dürüst, sözünün eri bir adamsın. Ayrıca henüz vaktin dolmadı İsmail. Şimdi karşılıklı birer çay içip bu özel günü kutlayalım."

"Yok Doktor Hanım. İçmiş kadar oldum. Teklif etmeniz bile yeter. Zaten söyleyecek başka bir şeyim de yok. Ama biliyorum ki, eğer bir gün yine kötü olursam, kafam karışırsa, borcumu ödemiş, sözümü tutmuş biri olarak geleceğim buraya."

"Her zaman beklerim İsmail. Seni bir kere daha kutluyorum. Annene benden çok selam söyle. Seni çok iyi gördüm. İlaçlarına aynen devam et. Ne zaman istersen gel. Ben buradayım."

İsmail başıyla bana selam vererek ayağa kalkıyor. Yine eğilerek elimi sıkıyor. Ben de ayağa kalkıyorum. Ağzındaki tek dişi göstererek gülümsüyor bana. Gözlerinde hafif bir nem var. Benim de...

Koridorda ağır ağır yürürken, arkasından ben de çıkıyorum. Kapıya kadar uğurluyorum onu. Tuna'yla vedalaşıyor ve büyük bir gururla çıkıyor kapıdan. Tuna bana bakıyor, ben Tuna'ya. Sanki dünyanın bütün ödüllerini aldı da gidiyor İsmail. Hayatında hiç kimseden görmediği sevgiyi, saygıyı, dostluğu... Ona ne kadar özen gösterdiğimizin farkında. Belki de artık buraya sadece insan olduğunu hissetmek için geliyor.

Odama doğru giderken Mehmet Can'ı görüyorum koridorda. Elinden her iş gelir onun. Bu sefer de almış eline fırçayı, dış kapının bir yerlerini boyuyor. O zaman aklıma kliniğin ilk hali geliyor. İnsanın hayallerine kavuşması o kadar kolay olmuyor. Hasan, burayı Beycan Saraylı'dan kiraladığımız gün, hemen ekibiyle gelmiş, her yeri bir çırpıda yıkıvermişti. Hepimiz bu manzarayı, gözlerimiz büyüyerek, âdeta dehşet içinde seyretmiştik. Mehmet Can, o günden beri hâlâ uğraşıyor Madalyon'la. Allahtan yıktığı kadar, yaparken de hızlı hareket etti Hasan. Sonunda, Beycan Bey'in soyadı gibi muhteşem, saray gibi bir yer çıktı karşımıza. Buranın bir hastane gibi olmasını hiçbirimiz istemiyorduk zaten. Eşya seçimi sırasında, buna özen gösterdik. Sonunda sıcacık, güven veren, konforlu, rahat bir ev, bir konak oluverdi Madalyon.

Yıllardır, Ankara'da serbest muayenehane hekimliği yapan biri olarak, en büyük hayalimdi benim, böyle bir klinik. Çünkü hastane ortamına girmek istemez bize gelenler. Yüzlerce insanın sıra beklediği bir ortamda belki de istediğinizi alamadan dönersiniz evinize. Biraz kırgın, biraz sitemkâr.

Psikiyatri her zaman bir umut ışığı yakar insanlara. Hasta olmak gerekmez gitmek için. Hele ülkemiz gibi duyguları çok yoğun insanların yaşadığı yerlerde, bir gerekliliktir psikiyatri. Uzanıverdiğimizde, tutabileceğimiz mesafede olmalıdır bize.

Bu arada Madalyon'un koridorlarında yine Sezen Aksu'nun sesi yankılanıyor. "Bir yasa çıksa da, Sezen Aksu'nun uyuması yasaklansa" diyorum içimden. Gerçi bu kadar üretken olduğuna göre, sanırım pek uyumuyor. Uyuma Sezen Aksu, uyuma, çünkü uyumadığına değiyor bu şarkılar...

Odama girince, daha yerime oturmadan Tuna arkamdan geliyor.

"Randevulu hastamız sabırsızlanıyor. İki kişi gelmişler. Hep kısa boylu olanı konuşuyor benimle ama sanırım öteki girecek içeri. Geldiğinden beri hiç kafasını kaldırmadı. Sıkıntılı görünüyor. Hazırsanız hemen alalım mı içeri?"

"Tabii Tuna. Hemen gelsin."

Randevu defterine bakıyorum. İçeri girecek olan hastanın adı Şevket Yıldırım. Heyecanlanıyorum. Yeni biriyle tanışacağım. Üstelik erkek. Benim hastalarımın çoğu hanımdır. Eğer bir erkek, kalkıp psikiyatriye geliyorsa, mutlaka çok önemli bir nedeni vardır. Kadınlar kadar kendilerine ilgi göstermez erkekler. Çok zorda kalmadıkça gelmezler. Bakalım Şevket Bey'in ne derdi var.

Tuna kapıyı hafifçe aralayarak Şevket Bey'i alıyor içeri. Orta yaşlı, kır saçlı, hafif göbekli, iriyarı, heybetli bir adam. Kalın beyaz çizgileri olan lacivert bir takım var üzerinde. Kravat takmamış. Beyaz gömleğinin yakası açık. Hiç yüzüme bakmadan, karşımdaki koltuklardan birine geçip oturuyor. Kıpkırmızı olmuş yüzü ter içinde. Ellerini dizlerinin üzerine koymuş, başı önünde, sınava girmiş çocuklar gibi korkuyla oturuyor karşımda. İri, etli, kaba hatlı bir yüzü var.

Sık sık iki eliyle ceketini tutup arkaya doğru itiyor. Dudaklarının üzerinden aşağı doğru sarkan kırlaşmış, gür bıyıkları ona son derece sevimli bir hava veriyor. Sağ elinde kalın, büyükçe bir altın yüzük var. Sigaradan sararmış parmaklarının arasında sarı, iri taneli kehribar tespihi döndürüp duruyor. Sık sık ellerini başına götürerek saçlarını sıvazlarken, aslında yüzünü benden saklamaya çalıştığını anlıyorum.

Bir şeyler sormaya çalışıyorum ama ben sordukça, onun sıkıntısı giderek artıyor. Zaten oturduğu andan beri hiç yüzüme bakmadı. Karşımda oturuyor oturmasına da yolda görse tanımaz beni. O kızarıp bozardıkça, ben ne yapacağımı şaşırıyorum. Ona bir şeyler ikram etmek istiyorum, onu da kabul etmiyor. "Buyurun, sizi dinliyorum" diyorum, boynunu büküp "Ben ne anlatayım" deyip yine susuyor.

Biraz zaman kazanmak için bir sigara yakıyorum ve ona da ikram ediyorum. Almıyor. "Sigarayı yeni bıraktınız herhalde," diyorum. Başını arkaya doğru sallayarak "cık" diyor. Yani "hayır" demek istiyor galiba. Bu kadarı da biraz fazla artık diyorum içimden. Ne yani "hayır" demeye de mi utanıyor? Yoksa ikram ettiğim sigarayı alamayacak kadar çok mu sıkılıyor bu odada.

Karşısında keyifle içiyorum sigaramı. Keyfim yerinde bugün. Nedenini ben de bilmiyorum. Hani bazı günler vardır ya, neden olduğunu bilmediğiniz bir coşku, bir sevinç vardır içinizde. Yaşamaktan, içinde bulunduğunuz durumdan ayrı bir keyif alırsınız. İşte o günlerden biri bugün. Ayrıca İsmail'i görmek hoşuma gitti. Onun bugünlere gelebilmek için nerelerden geçtiğini biliyorum. Gecekondu bile olsa sıcak bir ev, bir kap sıcak yemek ve fırından alınmış taze ekmek yetiyor ona. Hatta bunun için binlerce kez şükrediyor Allah'a. İnsanın elindekilerin değerini bilmesi, bundan memnunluk duyması ne muhteşem bir duygu. Gerçi benim ruhum da genellikle bulutsuz, pırıl pırıl havalar gibidir. Arada bir sağanak yağış olsa da, çabuk atlatırım onları. Ama karşımda oturan bu sevimli koca adam, sıkıntıdan neredeyse pat diye patlayacak. İçinde bulunduğu sıkıntı, insanlara çok ıstırap veren iç sıkıntısına pek benzemiyor. O, bir şeylerden, o bir şeyleri bana anlatmaktan utanıyor. Meslekte geçirdiğim onca yıldan sonra, bundan artık neredeyse eminim. Zaten biz psikiyatrlar, bir süre sonra, daha hasta içeri girerken üç aşağı beş yukarı teşhisi koyarız. Yanıldığımız çok nadirdir. Çünkü insanların yüz ifadeleri, bakışları, mimik ve hareketleri, davranış biçimleri çok şey söyler bize. Depresyon mu, psikoz mu, yoksa hayata ait bir sorun mu hemen belli olur. Bu koca adam neden utanıyor acaba? Ona bakarken gülmek geliyor içimden. Oturduğu yerde kıpırdanıp duruyor. Ama yine de bir ağırlık, bir iktidar, bir güven var onda. Şu anda benim karşımda içine girdiği ruh hali, onun her zamanki hali değil.

Arada bir elindeki tespihin şıkırtısı yayılıyor odaya. Hemen durup tespihi avucunun içine alıyor. Ondan da utanıyor. İşin kötüsü bir tespih de benim elimde var. Bizim toplumda tespih çekmek, erkeklere has bir özelliktir. Kadınlar sadece dua ederken alırlar onu ellerine. Babaannemden hatırlıyorum. Siyah, doksan dokuzluk bir tespihi vardı. Namaz seccadesinin içinde dururdu. Namaz bittikten sonra eline alır, kıpır kıpır dudaklarıyla, ağır ağır çekerdi onu. Başı yukarıda, gözleri kapalı. İnsanın kendinden geçip Tanrısı ile baş başa kalması hoş bir duygu. İşte o, böyle seccadesinin üzerinde kendinden geçmiş, bir öne bir arkaya sallanırken, bizim Mustafa, yani en küçük kardeşim önüne geçip seccadenin üzerinde takla atmaya kalkışırdı. O zaman tam bir panik yaşanırdı evde. Annem ne yapacağını şaşırır, arkadan dolanır, bir türlü onu oradan almayı beceremezdi. Çünkü namaz kılan veya dua eden kişinin asla önünden geçilmez. Kıbleyle aralarına bir şeylerin girmesi günah sayılır. Mustafa da bir o yana, bir bu yana, muzip muzip gülerek kaçar dururdu. Babaannem o zaman kapalı gözlerini açar, içinden okuduğu duayı yüksek sesle, öne arkaya sallanmasını daha da artırarak okur, Mustafa'ya değil, buna izin verdiği için anneme öfkeli gözlerle bakardı. Annem ne yapacağını şaşırır, o da öfkesini Mustafa'dan çıkarmaya çalışırdı, eğer yakalayabilirse. Biz iki kız kardeş, bu manzarayı her zaman gülerek seyreder, içimizden hep Mustafa'nın tarafını tutardık. Yasaklar cazip gelirdi çünkü. Babaannemin önünden geçmeyi, onu daldığı rüyadan uyandırmayı aslında biz de ister ama buna cesaret edemezdik.

Bunları düşünürken hafif bir gülümseme yayılıyor yüzüme. Sonra elimdeki tespihi tıpkı onun gibi şıkırdatarak çekmeye başlıyorum. Benim tespihim küçük olduğu için onunki gibi "şık, şık" değil, "şik, şik" diye ses çıkarıyor. Önce ağır ağır çekiyorum. Sonra ritmi giderek artırıyorum. Sonra küçük küçük gülmeye başlıyorum. Sesimi duyunca kaşları hafifçe yukarı doğru kalkıyor. Gözleri hâlâ önünde. Ceketini iki eliyle yine arkaya doğru itiyor. Benim güldüğüme inanamıyor sanki. Onun bu hali benim gülmemi daha da arttırıyor. Gözlerini bir-iki kere kırpıştırdıktan sonra nihayet gözlerimiz karşılaşıyor. Ben içimden geldiği gibi gülmeye devam ediyorum. Bu sefer de hiç gözlerini ayırmadan yüzüme bakıyor. Yaprak kımıldamıyor yüzünde. Kaşları sanki alnına yapıştı da, indiremiyor onları. Adam haklı. Bin bir güçlükle kalkıp bir psikiyatra geldi. Anlatmaya çok utandığı bir derdi var belli ki... Ama hayatında ilk kez gördüğü, aslında henüz bakmadığı için iyi göremediği doktor, karşısında keyifli keyifli gülüyor.

"Şevket Bey, en azından bir ortak yanımız var. Siz de tespih çekiyorsunuz, ben de."

Gözleri elimdeki tespihe doğru kayarken, kaşları yine aynı yerinde duruyor. Alnı kırışmış, gözleri sonuna kadar açık. Sonra kocaman tespihini masamın üzerine bırakıyor. Ben de kendiminkini onun tam yanına bırakıyorum. Bir an ne yapacağını bilemiyor. Bir bana bir masanın üzerinde yan yana duran tespihlere bakıyor. Sonra kaşları yavaş yavaş yerine iniyor. Bu sefer de hafifçe çatıyor onları.

"Ya sabır çekiyorsunuz herhalde," diyor.

Sesi sigaradan kalınlaşmış. Sonra bir-iki kere hafifçe öksürüyor. Bu da sigara öksürüğü ama şu anda asıl amacı vakit kazanmak. Bu arada ben çekmecemi açıp tespih koleksiyonumu çıkarıp ona doğru uzatıyorum. Elimden alıp her birini dikkatle inceliyor.

"Meraklısınız," diyor.

"Meraklıyım. Akşama kadar ya sabır çekmek kolay olmuyor," diyorum.

Yüzüme bakmadan gülüyor. Sonra elindekileri masamın üzerine bırakıp yine iki eliyle ceketini arkaya doğru atarken, "Beğendiyseniz benim tespih de kalsın. Bende de var böyle bir koleksiyon," diyor.

"Evet, beğendim. Memnuniyetle alırım. Teşekkür ederim," diyorum.

Şimdi artık daha rahat. "Oh, hele şükür" diyorum içimden. Hazır rahatlamışken, hiç ara vermeden konuşmaya devam etmem gerekiyor.

"Sigarayı yeni mi bıraktınız?"

"Yok, bırakmadım."

"İkram ettiğim sigarayı almadınız."

"Alamadım."

"Bu kadarını düşünememiştim doğrusu. Demek bu kadar yüreksizsiniz!"

Bir anda göz göze geliyoruz. Afallıyor. Ne diyeceğini şaşırıyor ama toparlıyor kendini;

"Yok, yerine göre çok yürekliyimdir. Ama hiçbir şeyden korkmam kadınlardan korktuğum kadar," diyebiliyor.

"Kadınlardan mı?"

"Hı hı..."

"Yani kadın olmasam bu kadar utanmayacaktınız."

Yine başını sallıyor.

"Gelirken benim kadın olduğumu bilmiyor muydunuz?"

"Bizim Galip'in işleri işte..."

"Galip kim?"

"Beni buraya getiren deyyus!... Şey diyecektim... Pardon hanımefendi!"

Arkasından, "Tövbe tövbe" diyerek iki eliyle yüzünü kapatıyor. Bütün utangaç tavırlarına rağmen ulaşılmaz, uzak ve mağrur bir havası var. Demek onu buraya bir arkadaşı kandırarak getirdi. Neden, ne derdi var bu adamın? Bir erkek doktora değil de bana getirmesi de ilginç. Halbuki hemen bitişik odada Prof. Dr. Cengiz Güleç, öbür tarafta da Psikolog Mehmet Akif Sayılgan çalışıyor. Neden onlara değil de bana?

"Bu klinikte pek çok erkek doktor var ama sizi yine de bana getirdiklerine göre, var bir bildikleri. Bu Galip sizin yakın arkadaşınız mı?"

"Kendi öyle diyor ama, olmaz olsun böyle arkadaş."

"Eyvahlar olsun. Benim işim çok zor öyleyse. Sizin bana bir şey anlatacağınız yok. Bari sohbet edelim sizinle. Ne iş yapıyorsunuz?"

"İnşaat yaparım."

"Nasıl gidiyor işler?"

"Elhamdülillah, iyidir."

"Kaç yıldır yapıyorsunuz bu işi?"

"Baba mesleği. Babam inşaat ustasıydı. Biz onun yanında başladık işe. Çok şükür bugünlere geldik."

"Evli misiniz?"

"Çok şükür. Dört kızım var. Allah erkek evlat nasip etmedi."

"Nasıl gidiyor evlilik?"

"Nasıl gidecek? Onlar memlekette zaten."

"Neden oradalar?"

"Bizim sülalemiz orada. Ben iş için yıllardır Ankara'dayım. Arada bir giderim memlekete."

"Arada bir ne demek?"
"Senede bir-iki kere işte."
"Onlar gelir mi?"
"Yok, pek gelmezler. Ne işleri var burada? Hiçbir şeylerini eksik etmem onların."
"Kızlar okumuyor mu?"
"Yok, üçü evlendi. Küçük kaldı."
"Okutmadınız mı onları?"
"Liseyi bitirince iyi kısmetleri çıktı, biz de verdik. Zengin adamın kızını alan çok olur."
"Demek zengin adamın kızını alan çok oluyor!"
Bunu söylerken gülüyorum. Ben aslında onunla sohbet etmeye çalışıyorum ama konuşma soru cevap şeklinde devam ediyor. Bir türlü asıl konuya gelemiyoruz. Biraz daha dikkatli bakıyorum ona. Ne derdi var acaba bu adamın. Kadınlardan korkuyor, sıkılıyor. Şu ana kadar hâlâ doğru dürüst yüzüme bakmadı. Hep başı önünde. Bu kadar utanıp sıkıldığına göre altından cinsel bir sorun çıkacak. Adam Anadolu kokuyor. Çalışıp çabalamış ve zengin olmuş ama bir şeyler eksik. Ne yapsam acaba? Biraz daha sorayım bakalım. Belki bir yerden bir ipucu yakalarım.
"Hanım ne yapıyor oralarda? Size kızmıyor mu?"
Biraz önce inen kaşları yine kalkıyor. Kendini bir başkasına nasıl anlatacağını bilememenin acizliği çöküyor içine. Sonra on bir-on iki yaşlarında bir erkek çocuğun ana babasına isyan eder tavrıyla konuşmaya devam ediyor.
"Neye kızacakmış! Biz elimizden geleni yapıyoruz. Boş mu oturuyoruz burada!"
"Her şeyi var ama kocası yanında yok kadıncağızın."
"Bu değirmenin suyu nereden geliyor diye kimse sormuyor! Bir dediklerini iki etmiyoruz. Yanında değilsek, sebebi var!"
"Siz memnun musunuz bu durumdan?"
"Memnun olmayıp da ne yapacağız!"
Hoppala, adam neredeyse kalkıp dövecek beni. Açıkça tersliyor. Sonra alnında beliren ter tomurcuklarını görüyorum. Çok sıkıntıda. Terslensem de sormaya devam edeceğim.

"Ankara'da nerede kalıyorsunuz? Bir eviniz var herhalde?"

"Var var."

"Eşiniz burada olmadığına göre, yalnızsınız evde. Kim bakıyor size?"

"İki erkek hizmetçim vardır evde. Her şeyime onlar bakar."

"Hizmetçiniz bile erkek. Siz kadınlardan pek hoşlanmıyorsunuz anlaşılan."

"Yıldızım barışmadı işte."

"Peki, evlilik nasıl oldu?"

"Köyden, komşu kızı."

"Beğendiniz mi, sevdiniz mi eşinizi?"

"Beğenmeyip de ne olacak? Almışız bir kere."

"Başka kadınlar hiç olmadı mı?"

"Başka kadınlar mı?"

"Yıllardır Ankara'da yalnızsınız."

"N'olacak yalnızsak?"

Dudağının kıvrımında ne olduğunu tam anlayamadığım bir incinmişlik, kötülük gibi görünen bir iyilik, bir bencillik, gözlerden saklamaya çalıştığı bir öfke var. Bana kızgınlığı kaybolmasa da dozu azaldı. Artık biraz üzerine gidebilirim.

"Şevket Bey..."

"Buyrun hanımefendi."

"Ben sıkılmaya başladım. Siz anlatacak mısınız, anlatmayacak mısınız?"

"Kolay mı anlatmak? Oh, sizin keyfiniz yerinde. Kurulmuşunuz koltuğunuza, sor allah sor. Benim yerime oturun da göreyim sizi."

"Buyurun, yer değiştirelim. Bir de siz oturun bakalım buraya."

"Yok canım, öyle lafın gelişi söyledim."

"Yok yok. Siz böyle buyurun."

Ayağa kalkıyorum. Kolundan hafifçe tutarak, hatta biraz da çekiştirerek onu koltuğuma oturtuyorum. Ben de onun yerine geçiyorum. Muzip bir gülümsemeyle bakıyorum yüzüne. Gözleri fal taşı gibi açık, kaşları yine yukarıda, benim döner koltuğumun kollarını, sanki her an düşüverecek gibi sıkı sıkı tutarak bakıyor bana.

"Nasıl, rahat mısınız orada?"

"Bu Galip benden önce konuştu mu sizinle?"

"Hayır, hiç tanımıyorum Galip Bey'i."

"Allah Allah!"

"Benimle konuşsa, ne derdi bana?"

"Aman bırakın şunu. Cahilin teki. Bu herif kadınlardan çok utanıyor filan diye gevezelik ederdi."

"Bunu bana onun söylemesine gerek yok, zaten böyle olduğunu görüyorum ben."

"Eyi ya. İşte budur."

"Sizin sekreteriniz filan yok mu Allah aşkına? Yıllardır Ankara'da yaşıyorsunuz. Sanki ilk kez bir kadınla konuşuyor gibisiniz."

"Yok. Benim yanımda hep erkekler çalışır. Hem şimdi biri girecek içeri. Şu halimize bakın. Ben ne diyeceğim insanlara? Siz yerinize otursanız da öyle konuşsak. Böylesi daha zor oluyor."

"Sizi de memnun etmek çok zor galiba. Ne burayı beğendiniz, ne orayı. Bari öbür taraftaki koltuklara oturalım."

Yine ayağa kalkıyorum ama onun paniğinin daha da artığını görüyorum. Odam oldukça geniştir. Bir bölümünü sanki misafir salonu gibi döşedik. Burada bazen hastalarımla, bazen de meslektaşlarımla otururr, sohbet ederiz. Ama onunla galiba bunu yapamayacağız çünkü dehşetten açılmış gözleriyle bana bakıyor. Yine iki eliyle benim döner koltuğumun kollarına öyle sıkı yapışmış ki, onu oradan söküp almak çok zor olacak. Ne yapsam acaba? En iyisi bir süre ikimiz de yerlerimizi muhafaza edelim. Ayrıca son söylediği cümleyi atlamış değilim. Biri içeri girecek olursa, bu durumu insanlara nasıl izah edeceğinin endişesi içinde. Aklından neler geçtiğini tahmin ediyorum. Halbuki burası benim odam. Sorulacak bir hesap varsa, ona değil bana sorulacak.

Görünüşüne bakılırsa köyden yeni gelmiş, hiçbir kadınla hiçbir ilişki yaşamamış birine benzemiyor. Ayrıca çok sempatik biri. Ona nasıl davranacağımı ben de tam kestiremiyorum. Ciddi olsam, daha çok korkacak ve çekinecek benden. Şaka yapsam, takılsam ona, bu sefer de bunu bir yakınlık olarak algılayacak ve yine rahatsız olacak.

Sesimi olabildiğince yumuşatıp gözlerine bakmamaya çalışarak kendi kendime konuşur gibi başlıyorum konuşmaya.

"Bu bizim işimiz de ne zor. Akşama kadar öyle değişik insanlar geliyor ki buraya. Herkesin derdi farklı. Kimse benim halimi sormaz. Senin de bir derdin, bir sıkıntın var mı demez. Gerçi böyle bir şey beklemek yanlış, biliyorum ama yine de bazen zorlanıyorum. İşte tıpkı şimdi olduğu gibi.

"Aman bacım, ben sizi üzmeye gelmedim buraya. Ben hiç sevmem insanları üzmeyi. Hep şu Galip'in yüzünden. Ben buradan çıkınca gösteririm ona. Bir de durup dururken sizin canınızı sıktım."

Benim bu biraz üzgün ve sıkıntılı halim, ona iyi geldi. Kendi derdini unuttu, şimdi benimle uğraşıyor. Bu yolda gitsem iyi olacak galiba. Yüzünün ifadesi bile değişti. Şimdi bana çok daha yakın ve ilgili. Hatta belki de beni teselli etmeye çalışacak. Buna izin versem iyi olacak.

"Boş verin siz bana. Ben böyle geldim, böyle de giderim."

"Canım olur mu öyle şey? Ne demek böyle geldim, böyle giderim. Madem bir sorun var ortada, anlatın, dinleyelim."

"Bacım, ben kadınların yanında rahat edemiyorum. Eskiden beri utangaç herifin biriyim zaten. Bizim oralarda hep böyledir. Ama herkes bir şeyler öğrendi, ben öğrenemedim. Yıllar önce bir de olay geçti başımdan. İyice berbat oldum. Yani sizin anlayacağınız, şahtım şahbaz oldum. Büyük şehirde yaşıyorsun, yanında yüzlerce insan çalışıyor. Hâlâ böyle olunmaz ki, bunu ben de biliyorum. Ama bilmeynen olmuyor işte. Yüzüm kızarıyor, elim ayağım birbirine dolanıyor. Dilim tutuluyor. Kötü oluyorum işte. Beni iyi tanıyanlar üzülüyorlar halime. Bu bizim Galip de kötülüğünden yapmadı bu işi. Herkes biliyor derdimi. Güya beni kurtarmaya çalışıyorlar bu dertten. İşin aslını kimsenin bildiği yok. Kendi kafalarına göre iş yapıyorlar."

"İşin aslını kimse bilmiyor demek?"

Şimdi artık biraz önceki sıkıntılı hali kalmadı. Beni üzmemek uğruna yavaş yavaş anlatacak derdini. Nasıl da sevimli bir adam. Ben yine biraz sıkıntılı ve üzgün ifademi değiştirmeden, onu dinliyorum. Çünkü ben rahatlarsam, o yine sıkılacak. Aslında gerçekten rahat değilim, çünkü hastalarımın oturduğu koltuğa oturmak yabancı geldi bana. Önümde bir masa yok. Kollarımı nereye koyacağımı bilemiyorum. Ah Şevket Bey, nedir senden çektiğim?

"Anlatılacak bir şey olsa, anlatırdım... İş öyle böyle değil. Lanet ettim her şeye. Zaten erkeğe yakışmaz böyle şeyler."

Elini yavaşça sallıyor. Şimdi biraz rahatladığı için, hareketleri de daha doğal. Gözlerimi hafifçe kısmış, büyük bir dikkatle her hareketini inceliyorum. Allahtan o bunun hiç farkında değil.

"Nedir o, erkeğe yakışmayan?"

"Yani her olan, herkese anlatılmaz. Yutacaksınız bazı şeyleri."

"Ama her şey de yutulmuyor. Baksanıza, sizin boğazınızda kalmış. Ne yutabilmiş, ne çıkarabilmişsiniz."

"Vallaha doğru dediniz. Ne yutabildim ne de kusabildim bu mereti. Ben de bir daha kadın milletinden uzak durdum, oldu bitti."

"Sahi oldu bitti mi?"

"Aman bacım, olup bitse buralarda ne işimiz vardı? Bir de beni bu koltuğa oturttunuz."

Ben yine yüzümü biraz ekşitip önüme bakarak mırıldanıyorum.

"Ama size nasıl davranacağımı bilemedim ki... Benim tek derdim burada sizi rahat ettirmek."

"Tabii tabii, biliyorum. Haklısınız."

Elleriyle saçlarını, sonra da yüzünü sıvazlıyor. Ne yapacağına, ne diyeceğine karar vermeye çalışıyor. Ben yine büyük bir dikkatle izliyorum onu. Evet. Kadınları değil, erkekleri istiyor yanında.

Beni üzmemek uğruna, onu çok üzen, perişan eden olayı anlatacak galiba. Bu olay her neyse, onu çok mu etkilemiş yoksa kadınlardan kurtulmak için kullanmış mı bu olayı? Bunu şimdilik anlayamadım. Ama cinsel kimliğiyle ilgili bir sorunu var galiba.

Eğer böyleyse, Ankara'nın göbeğinde yaşa, cebinde bol paran olsun ama bu yaşa kadar bir doktora gitme. İşte buna kızıyorum. Yazık be adam, yazık sana.

Şimdi şu olay her neyse, bana anlatmasını sağlamalıyım.

"Aslında tabii sizin ne yaşadığınızı bilmiyorum ben. Ama düşünüyorum da, biraz abarttınız gibime geliyor. Bir insanı bu hale getirecek ne yaşanabilir ki?"

"Siz öyle zannedin. Allah şaşırttı beni, sonra da cezamı verdi. Sen misin şeytana uyan?"

"Şeytana uydunuz demek."

"Uydum. Şu dünyada bir tek ben miyim şeytana uyan?"

"......"

"Neden cevap vermiyorsunuz? Akşama kadar size kimbilir neler anlatıyor adamlar. Ben bir kere uydum, bu da böyle oldu. Anamdan emdiğim burnumdan geldi. Kimsenin yüzüne bakamaz oldum. Hele biri var ki..."

Şimdi ilk defa gözlerime bakıyor. Bir şeyler arıyor gözlerimde. Onu nasıl yargılayacağımı düşünüyor bence. Şu anda ben hiç konuşmamalıyım. Ağzımdan çıkacak tek bir sözcük bile bu havayı dağıtabilir ve anlatmaktan vazgeçebilir. Sadece soran gözlerle bakıyorum ona. Sağ eliyle dizine hızla vurduktan sonra, benim koltuğumda hafifçe sağa doğru kaykılıp gözlerini tavana dikiyor ve başlıyor anlatmaya.

"Ben yıllardır hiç durmadan dinlenmeden çalışan bir adamım. Hayatım zor geçti. Buralara gelmek kolay olmadı. Kadınları oldum olası sevmem. Ömrüm boyunca bana yakın olan hiçbir kadın olmadı. Anam köydeydi, ben kasabada. Şimdi de karım memlekette, ben buradayım. İkisinin de yüzü gülmez. Yanlarında olmadığıma bir yiyip bin şükrediyorum. Herkes kendine bir yol tutturmuş, gidiyor. Çoğu heriflerin hanımlarla şöyle veya böyle bir ilişkileri var. Ben yapamadım böyle şeyleri. Zaten işim gücüm başımdan aşmış. Bir yandan da bu yalnızlık canıma yetmiş. Başım önümde gidip geliyorum işe. Ama şeytan bin bir türlü şey getiriyor aklıma. Ne olsa goca Angara'da yalnızız. Sonra bir akşam geç vakit otelde yemeğimi yedim, eve geliyorum, herifin biri geldi yanıma. Gençten biri. 'Abi bir ihtiyacın varsa söyle, hemen yerine getirelim,' dedi. Daha önce de kaç kere yolumu kesmişti. O gece her zamankinden çok ısrar etti. Kafam da biraz dumanlı, şeytana uyduk. Yemekte içmişim rakıyı. Biz bu oğlanla anlaştık. Bir de ben deneyeyim, bakalım ne olacak dedim içimden. Ertesi gün otelde buluştuk. Öğleden sonraydı. Bana odanın numarasını verdi. 'Seni odada bekliyor. Çok özel müşterilerimiz için gelir. Ortalıkta gezenlerden değil,' dedi. Ben elim ayağım dolanarak çıktım odaya. Daha kapıyı tıklattığım an, kapı açıldı. Ben garıyı görür görmez, alnımın ortasından vurulmuşa döndüm!"

Başını önüne eğip elleriyle bir an yüzünü kapatıyor. Utanıyor, terliyor. Ben tam olarak ona bakmamaya çalışıyorum. Sanki odada yok gibiyim.

"Benim yakın arkadaşlarımdan birinin garısı. Ben, şaka mı yapıyor acaba, daha işe başlamadan basıldık mı diye düşünürken, garı beni elimden tutup çekti içeri. Neye uğradığımı bilemedim. Meğer garı kafayı bana takmış, o herifi de yanıma kendi yollamış. Biz yan yana oturduk ama bende hiç hal kalmadı. Ne diyeceğimi, ne yapacağımı bilemedim. Gocası hem arkadaşım hem hemşerim. Bu işin sonunda kan çıkar. Kadında ne utanma var, ne arlanma. Ben kaç kere evlerine yemeğe gitmişim. O güne kadar hiç saygıda kusur etmemişim. Garının fikri başkaymış. Ben ne bilirim? Bana eyi bir oyun etmişler. Kanı bozukmuş garının. Adam duysa, onu da vurur beni de. Ben ona mı yanayım, yoksa kendi düştüğüm duruma mı yanayım? Paraya pula ihtiyacı var desem, o da yok. Garı sırf zevk için yapıyor bunu. Bir de çocuğu var. Batsın böyle annelik. Neyse, başımdan aşağı kaynar sular indi. Garıyı çekip vuracağım, sonra 'ulan pezevenk, senin ne işin vardı orada' derler adama. Sonra bir koku geldi burnuma. Ağır bir parfüm kokusu. Midem bulandı. Kusacak gibi oldum. Ardından başım döndü. Ayağa kalkıp kaçacağım ama onu da yapamadım. Oracıkta düşüp ölüvereceğim sandım. Hayır, ölmekten korkmuyorum, orada, o garının yanında ölmekten korktum. Rengim, benzim attı. Aklımı ha kaybettim, ha kaybedeceğim. Garı anladı halimi, bana yardım etmeye çalışıyor. O bana yaklaştıkça, kokudan ben iyice kötü oluyorum. Doktor çağıracak, onu da istemedim. Beni bu garıyla kimse beraber görmesin. Çatınan pat arasında kaldım. Kanepeye uzattı beni garı. Orada ne kadar yattım, aklım gitti geldi mi, bilmem artık. Bir ara aklım başıma geldi. 'Git yanımdan, çık bu otelden, ne sen beni görmüş ol ne ben seni,' dedim. O hâlâ anlamıyor işi. Bu garı kısmı korkak olur sanıyordum ben. Meğer ne şeytan oluyorlarmış. Ayağa kalkabilsem, göstereceğim gününü ama onu da yapamıyorum. Onun kokusu burnuma geldikçe, ben daha kötü oluyorum. Sonra dedim ki, 'Bari banyoya gir.' 'Saçım bozulur' demez mi bana.

"Ben can derdindeyim, o hâlâ neler söylüyor. Ben sonunda yarı aygın, yarı baygın kendimi attım dışarı. Taksiye atladığım gibi, bir hastaneye gittim. Orada akşama kadar yatırdılar beni. Orama burama baktılar. Alerjik bir kriz geçirmişsiniz dediler. Bir-iki şişe serum verdiler. Kimse bilmiyor halimi, neler çektiğimi. Sonra bir de yatıştırıcı iğne yapıp yolladılar beni eve. İşte o günden sonra benim hayatım kaydı. Zaten sevmezdim garıları, o günden sonra bir daha onlara hiç tahammülüm kalmadı. Elimden gelse dünyadaki bütün kadınları başka bir gezegene göndereceğim.

"Korkak, pısırık bir herif oldum. Eskiden başka türlü müydün, derseniz, eskiden de iş yoktu bende ama o günden sonra iyice beter oldum. Bir daha hiçbir erkek arkadaşımın evine gitmedim. Yanımda çalışan bütün kadın takımının işine son verdim. Tazminatlarını fazlasıyla ödedim ama bir daha dişi sineğe bile tahammülüm kalmadı. Hem onlardan tiksindim, hem kendimden. Tiksinmek bir yana, korktum. Sanki bir kadında o kokuyu duyarsam, yine aynı kriz gelecek sandım. Veya her kadın öyle kokacak gibi geldi bana. O kadının kocasıyla ilişkimi hemen kesmek istedim ama o da olmadı. Erkek arkadaşlarımla bile ilişkimi azalttım. Bir daha başım derde girsin istemedim. Ama böyle olunca da çok yalnız kaldım. Şimdi yaşlı, yalnız ve zengin bir adamım. Patron oldum. Ne para ne pul ne de patronluk işime yaradı. Korkak, evhamlı, pısırık herifin tekiyim. İşte böyle. Ben mi abartmışım bacım?"

"Yok, pek abarttığınız söylenemez."

"Peki bu yaşadıklarım herkese anlatılır mı?"

"Siz de herkese anlatmamışsınız zaten".

"İyi etmemiş miyim?"

"Evet, iyi etmişsiniz."

Tam bu sırada masamdaki telefon çalıyor. O gayet doğal bir edayla telefona doğru uzanıyor. Ahizeyi alıp kulağına götürürken bağırarak, "aloo" diyen sesi odada çınlıyor. Göz göze geliyoruz. İkimizin gözleri de sonuna kadar açılmış, hayret ve şaşkınlıkla birbirimize bakıyoruz. İlk gülen yine ben oluyorum. O, telaşla ahizeyi kapatırken, gözlerindeki gülümsemeyi görüyorum. Ardından kapı hafifçe tıklıyor ve bu sefer de Tuna telaşla giriyor odaya. Bir bana, bir de benim yerimde oturan Şevket Bey'e bakıyor. Sonra soran gözlerle bana dönüp "İyisiniz değil mi efendim?" diyor. "İyiyim Tuna. Şevket Bey'le işimiz henüz bitmedi. Sen yerine geçebilirsin," diyorum. Tuna yine şaşkın bakışlarla kapıyı kapatıp çıkıyor. Biz Şevket Bey'le birbirimize baktıkça, dozu giderek artan bir kahkaha tutturuyoruz. Bir ara Şevket Bey cebinden çıkardığı mendille gözlerinin yaşını siliyor. Beyaz, tertemiz bir ipek mendil bu. Yavaşça ayağa kalkıyor ve eliyle hafif bir hareket yaparak;

"Ne olur kalkın, geçin yerinize. Yoksa bir kriz de burada geçireceğim!" diyor.

Gülerek yer değiştiriyoruz. Ben bir sigara yakıyorum. Bir tane de ona ikram ediyorum. Memnuniyetle alıyor. Bir süre konuşmadan sigaralarımızı içiyoruz. Sonra ben başlıyorum konuşmaya. Sesim artık benim asıl sesim. Yüzüm, bakışlarım artık hepsi benim doğal halim.

"Eee, Şevket Bey, demek o gün az kalsın ölüyordunuz."

"Sorma Doktor Hanım. Bende de ne şans varmış. Sen bu kadar sene dur dur, bir iş yapmaya kalk, karşına arkadaşının garısı çıksın. O da yetmiyor gibi, garı leş gibi parfüm koksun."

"Parfüm leş gibi kokmaz. Ama size dokunmuş. Belki de uzun süredir ilk kez bir kadınla beraber olmanın verdiği sıkıntıdan o gün dokunacağı tutmuş. Şimdi eğri oturup doğru konuşalım. Parfüm size dokunmasaydı neler olacaktı?"

"Yok Doktor Hanım, o kadar da sütsüz değilim ben. Arkadaşımın garısına yan gözle bile bakamam. Eğer o gün o kadınla aramızda bir şeyler olsaydı, tövbe bir daha affetmezdim kendimi."

"Bu affetmiş haliniz mi?"

Boynunu yine hafifçe sağa eğmiş, önüne bakıp suçlu suçlu oturuyor karşımda. Kimbilir neler düşünüyor içinden. Bu adam düşündüklerini, hissettiklerini bir başkasıyla paylaşmaya hiç alışkın değil. En iyisi onun yerine ben yüksek sesle düşüneyim.

"Şimdi size hissettiklerinizi bana da anlatın desem, anlatmayacaksınız. En iyisi sizin yerinize ben anlatayım. O gün oraya giderken zaten çok heyecanlı ve gergindiniz. Kararsızdınız. Böyle şeylere alışkın biri değilsiniz galiba siz."

"Aman Doktor Hanım, ölüyordum az kalsın. Kaş yapalım derken göz çıkardım. Sonradan çok kızdım kendime. Sen dedim içimden, neyine güvenip de giriyorsun böyle işlere. İnsan biraz olsun bilir kendini. Öyle değil mi?"

"Ben burayı pek anlamadım. Benim bilmediğim başka bir sorun mu var?"

"Ohoo, sizin bilmediğiniz öyle çok şey var ki... Ben hangi birini anlatayım şimdi?"

Sigarasını ezerek söndürürken, düşünüyor. Anlatmak istediği çok şey var ama bu konuda hâlâ kararsız. Buna cesareti yok. Ama biliyorum artık. Onun sorunu biraz daha derinlerde. Yine elleri başına gidiyor. İki eliyle kırlaşmış saçlarını sıvazladıktan sonra, ceketini bir kere daha yerleştiriyor sırtına. Gözleri yerde, kaşları çatık. Sonra koltuğun iki yanını tutup arkaya doğru kaykılıyor ve gözlerini tavanda gezdirirken, daha kısık bir sesle anlatmaya başlıyor. Sanki anlattıklarını başkalarının duymasından korkar gibi, çekine çekine ve o kadar yavaş konuşuyor ki, onu duymakta zorlanıyorum.

"Sizin bildiğiniz gibi değil Doktor Hanım. Heç birinin bildiği gibi değil. Siz daha en baştan, güleceğiniz kadar güldünüz bana. Olsa olsa, bir kere daha gülüverirsiniz, olur biter. En kızdığınız zaman bile gözleriniz merhametli bakıyor sizin. İnsan kendini emniyette hissediyor sizin yanınızda. Bu Galip var ya, hani beni allem edip gallem edip buraya getiren Galip, beni sever sevmesine de, benimle ilgili hiçbir şey bilmez. Memleketlimdir. Onun da esas karısı orada yaşar."

"Esas karısı ne demek oluyor?"

"Canım anlayın işte. Burada bir karısı daha var. Benim yanımda öyle uslu durduğuna bakmayın, dünya âlem korkar ondan. O sanır ki, ben garı kısmına yanaşamıyorum. Utanıyorum, çekiniyorum. Ama işler onun bildiği gibi değil."

"İşler onun bildiği gibi değil. Bu anlaşıldı."

"Sahi bana bakınca anladınız mı derdimin ne olduğunu?"

Hay Allah, ne kötü bir soru bu böyle. Ben şimdi ne diyeceğim. Aslında hafif bir şeyler hissettim, burnuma yumuşacık bir koku geldi ama tam da anladığım söylenemez. Cevap vermesem de olmayacak.

"Doğrusunu söylemek gerekirse sorununuzun ne olduğunu tam olarak anlayamadım Şevket Bey ama bir tahmin yapmam gerekirse cinsel kimliğinizle ilgili bir sorununuz olduğunu söylerim."

"Cinsel kimlik derken ne demek istediğinizi ben tam anlayamadım ama artık her şeyi anlatmanın zamanı geldi galiba. Zaten başka türlü çıkamayacağım bu odadan. Zorla, şerle mi olur, yoksa kendi rızamla, güzellikle mi olur, bu kadarını da bana bırakıyorsunuz çok şükür!"

Gülüyorum. Bıyık altından o da gülüyor. Aslında bir yandan da esprili, zeki bir adam Şevket Bey. Haklı galiba. Onu konuşturabilmek için yapmadığım numara kalmadı. Ama biliyorum ki, bir yanı anlatmayı, paylaşmayı çok istiyor.

İki elini dizlerinin üzerine yerleştirip başını yukarı doğru kaldırıyor. Ben koltuğumda arkama yaslanıyorum. Tam karşımdaki pencerenin önünde duran çiçeklere takılıyor gözlerim. Hiç konuşmadan, öylece dinleyeceğim onu.

"Kötü bir huy edindim ben. O olaydan sonra bir daha garı kısmına hiç yanaşamadım. Zaten gençliğimden beri yıldızım barışmadı hanımlarla. Gençlikte âdet böyleymiş deyip evlendik ama ondan da bir şey anlamadık. İyi ki iş güç varmış da oralarda kalmadık. O garıya gitmem de kendimi denemek içindi. Hani bu kadar uzak durduğumdan mıdır dedim kendi kendime. O gün bu defteri bir daha açmamak üzere kapattım. Anladım ki, bu işler bana göre değil. Ben başka bir âlemin insanıyım. Belki yıllardır için için biliyordum kendimi ama bu bilmeler çok korkutuyordu beni. Hep bir gün kapanır bu yara, ben de herkes gibi olurum diye avuttum durdum kendimi. Bizim oralarda hiç hoş görmezler böyle şeyleri. Yüzüne tükürürler insanın. Ben de bu terbiyeyle büyümüşüm ne de olsa. Evlendiğimde birkaç zaman rahat ettim. Ama olmadı. Sevmedim hanımı. Bu onun suçu değil. Ben bir kadını sevemeyeceğimi biliyordum zaten. Sonra uzun bir zaman içimde kapattım bu konuyu. İş güç derken, yıllar su gibi akıp geçti. Yalnızdım, mutsuzdum. Hep çalıştım. Bugünlere gelmek kolay olmadı. Piyasalar iyi tanır beni. Bana güvenir insanlar. Sözüm senettir benim. İnsanlara bunu söyletebilmek ne demek biliyor musunuz?..."

Biliyorum diyorum içimden. O yollardan ben de geçtim. Bir telefonu bile olmayan ilk muayenehanemden bugünlere gelmek kolay olmadı. Hatta bir hayat gitti bu uğurda ama hayat öyle veya böyle gidiyor zaten. Hiç olmazsa bir ideal uğruna gitmesi hiç de fena değil doğrusu. Hiç sözünü kesmeden dinliyorum onu.

"Tehlikeli iş benimkisi. Bir gün başım belaya girecek veya bir gören, tanıyan çıkacak diye korkuyorum. Bir de oralarda ölmek var. En çok da bundan korkuyorum."

Sözün burasında, sağ elini hızla dizini vurarak, bir yandan başını iki tarafa sallarken, bir yandan da cıkcık yapıyor. Ne ben ona bakıyorum ne de o bana. Onun bu doğal, kendi kendine konuşur gibi, duygulu halleri, içimde ona karşı bir sıcaklık doğuruyor.

"Yaşlı erkekleri seviyorum. Hem yaşlı hem de kasketli olacak. Seyyar satıcı, esnaf, berber, şoför, garson, oduncu, kömürcü, hepsi olabilir. Ha, bir de illa kötü semtlerde oturacak. Anadolu kokacak. Fazla okumuş yazmış, fazla akıllı olmayacak. Başında kasketi, ayağında çamuru, tırnağında kiri, yüzünde sakalı, bıyığı olacak.

"Ararım ben... Bulana kadar ararım. Sonra tanırım onu. İşte derim, işte aradığım bu. Yaşlı, temiz yüzlü, güleç, babacan, sözü sohbeti yerinde, çalışkan ve görmüş geçirmiş. Ulus, Anafartalar, Dışkapı, Samanpazarı, Hamamönü... Buralarda ararım onu. Bazı gün saatlerce dolaşırım bulabilmek için. Tebdil kıyafetle giderim oralara. Ancak yine de bu tür insanları her gün bulmak öyle kolay değildir. Bu tür insanlar senin ayağına gelmezler. Hep sen gidip onları bulmak zorundasın. Bazen de bulsan bile, emeklerin boşa gider. Çünkü adam seninle ilişki kurmaya hevesli değildir. Çok ama çok uğraşman gerekir. Şartları hep sen zorlarsın. Gün olur, boynun bükük gelirsin evine..."

Derin bir of çekiyor. Başı önünde, gözleri yerde. O kadar uysal bir hali var ki, bir an içim titriyor. Sonra gözlerini kaldırıp usulca bakıyor yüzüme, sanki kafamdan geçenleri anlamak ister gibi... Bakışları yumuşak ve nemli. Ben ilgi ve merakla dinliyorum onu, gözlerim kırmızı açmış açelyalarda. Çok ilginç şeyler anlatıyor Şevket Bey. Umduğumdan çok farklı, çok derin sorunlar bunlar. Yıllardır çok şey dinledim insanlardan. Hiçbiri, diğerine benzemedi. Ve ben yıllar sonra işte böyle, yine şaşkın, yine merakla dinliyorum hastalarımı. Ve diyorum ki içimden, "hayat hiç de göründüğü gibi düz ve basit değil. Bu senaryoyu yazan, bizden çok önde.

"Yorucu iş benimki. Her şeyden önce kendini saklayacaksın. Kimse tanımayacak seni. Kimsin, nesin, bilmeyecek. Kendi gibi sanacak. Anadolu'nun bir köşesinden, Angara'ya iş için, birkaç günlüğüne gelmiş, kendi gibi biri... Buraların yabancısı yani..."

"Strangers in the Night," diye bir şarkısı vardır Frank Sinatra'nın. Gecenin içinde bir yabancı. Hafifçe mırıldanıyorum bu şarkıyı içimden.

"Bunun için genelde kahvelere giderim. Ama aynı kahveye tekrar tekrar gitmek olmaz. Bir-iki kereden fazla gidemezsin oralara. Tanırlar seni. Eğer aradığın oradaysa oturursun yanına, başlarsın sohbete. Sonra birlikte çıkarsın onunla. Herif yola gelirse, beraber gidersin otele. Kenar mahallelerin, Anadolu kokan otellerine. Kirli, paslı, bazen bitli. Seks değildir istediğim. Adam beni içinden, gönlünden sevsin, okşasın isterim. Bana kanı kaynasın. Elini omzuma atsın, yanağını yanağıma dayasın, açık saçık espriler yapsın, olmazsa incitmeden azıcık küfür etsin. Aynı yatağa yatalım onunla. Sarılsın, ısıtsın beni. Birkaç saat yatakta laflayalım. Ellesin, okşasın her yanımı. Utanmasın, çekinmesin benden. Ben de öyle olayım. Yarenlik edelim birbirimizle. O zaman ben o olurum, o da ben. Ne utanma kalır bende, ne arlanma. İçimdeki sıkıntı, ellerimdeki titreme, nefesimdeki daralma biter. O neyse, ben de öyle olurum.

"Uzakların bu pis kokan, kalender, feleğin çemberinden geçmiş, pos bıyıklı, kaba elli, siyah tırnaklı, gönlü geniş, muzır bakışlı adamı seni her an kullanmaya da hazır, yardım etmeye de. Sana kızmaya da hazır, seni sevmeye de. Bu hesaplı, hem hesapsız kalender adamın yanında yargılamaz, kızmazsın kendine. O da kötüdür senin kadar, sen de iyisindir onun kadar. Sonra uzvunu gösterir sana. Hiç utanmaz, sıkılmaz senden. Sarı dişlerini göstererek kıs kıs güler gösterirken, sen de gülersin onunla seninkini gösterirken. Rahatlarsın. Derin bir oh çekmek gelir içinden."

İki elini birkaç kez birbirine vurarak, "biter" diyor. Yüzü kıpkırmızı, gözleri dolu. Merak ve heyecanla bakıyor yüzüme. Şaşkınlığım giderek artıyor. Kırmızı açelyalara bakmak artık işime geliyor.

"Sonra kalkıp giyinir ve hızla çıkarım otelden. Asla gerçek bir cinsellik yaşanmaz o odada. Adam da şaşırır bu işe. Kenarlara, köşelere sinerek kaçarım oralardan. Şimdi artık bir an önce kimselere görünmeden evime dönmem gerekir. Hem tarifi zor bir rahatlık, hem ağır bir pişmanlık, hem de karnı doymuş açların huzuru sarar içimi. Aramaya çıkarken hissettiğim sıkıntı renk değiştirir. Kıpkırmızı duygularım, ağır ağır yeşile çalar. Memlekette yolumu gözleyen garım, çocuklarım gelir aklıma. Utanırım. Yüz kere pişman olur, söverim kendime. Tatmin edilmeye çalıştıkça artan bir ihtiyaçtır bu. Bilirim... İlk fırsatta yine aramaya çıkacağımı bilirim. Eve gelince doğru banyoya girerim. Sanki suyun altında akar gider üzerime yapışan pislikler. Ertesi gün işime temiz gitmek isterim.

"Bazen geceleri yatağıma yatar, hayal kurarım. Herkesin hayali farklıdır. Benimki herkesinkinden farklı. Dünyanın kralı olsam, atmış yaşın üstündeki bütün erkekleri tanımak isterdim. Genç erkekler beni hiç ilgilendirmez. Ben kasketli adamlar arasından yapmak isterim seçimimi. Onların hepsi beni sarsın, okşasın, sevsin isterim. Hayal kurmayı severim. O zaman ne ben kirlenirim, ne yüreğim. Sadece hayal kurayım, yetsin isterim ama yetmez.

"Bir gün başım belaya girecek. Biliyorum. Su testisi su yolunda kırılacak. Veya bir gün tanıyacaklar beni. Bilecekler kim olduğumu. Gazeteler yazacak adımı. Bilmem ne holdingin patronu Şevket Ağa şurada basıldı, bilmem ne yaparken diyecekler. Korkuyorum. Eğer bugün buradaysam, bu zırvalıkları anlatıyorsam, korktuğumdandır. Biri beni durdursun istiyorum. Eskiden bunun kötü bir huy olduğunu, istesem kurtulabileceğimi sanırdım. Artık biliyorum. Huy muy değil, düpedüz hastalık bu.

"Galip'e sorsan, beni tanıyanlara sorsan, bambaşka bir Şevket Ağa anlatırlar size. Namuslu, dürüst, sözüne güvenilir, biraz utangaç, hele kadınlardan ödü kopan, çekingen, gezmeyi tozmayı pek sevmeyen, kendine dönük, evini seven, akşamları uzun yürüyüşlere çıkan, senede bir evine, ocağına giden, eli açık, yardımsever ama yalnız bir adam. Bu söyledikleri doğrudur doğru olmasına da eksiktir. İşin aslını bilmez kimse. Hem koskoca Şevket Ağa'ya yakışır mı benim anlattıklarım. Yakışmaz Doktor Hanım, yakışmaz. Bilirim de değiştiremem. İşte şimdi ocağınıza düştüm. Bir kadın doktora anlattım gitti, yıllardır içimde sakladığım sırlarımı. Herkesin kimseye anlatamadığı bir sırrı vardır belki de, ama kimseninki benimki kadar kötü, paslı ve çirkin değildir herhalde. Bu yüzden nasıl sıkıntıdayım bir bilseniz. Başıma gelmeyen kalmadı. Ne kadar hastalık biliyorsanız, hepsi bende. Kaç kere ameliyat oldum. Aldığım ilaçların haddi hesabı yok. Hepsi sıkıntıdan. Doktorlara kalsa, bana çalışmayı hemen yasaklayacaklar. Sanıyorlar ki, işteki sıkıntıdan ben böyle oluyorum. Esas sıkıntıyı kimse bilmez ki..."

Sözün burasında, ikimiz birden başımızı birbirimize doğru çeviriyoruz. Biraz utanarak, kafası yerde, gözlerini devirerek bakıyor bana. Koskoca Şevket Ağa çok sıkıntıda. Kaç yıldır böyle yaşıyor acaba bu adam? Pos bıyıklarının uçları aşağı doğru sarkarken, kocaman, gürbüz ve bıyıklı bir çocuğa benziyor. Bu adamı, yine kendisi gibi pos bıyıklı bir başka adamla aynı yatakta düşünemiyorum doğrusu. Çocuk gibi o adama sokulurken... Sıkıntıdan kıpkırmızı olmuş yüzüne bakıyorum, tansiyonu şu anda kimbilir kaça çıktı.

"Şevket Bey, ne zaman başladı bu hikâye?"

"Hani o garıyı anlattım ya size, onun hemen arkasından bir gece yürüyüşe çıkmıştım. Yalnızdım yine. İçmiştim. Efkârlıydım. Beraber yemek yediğimiz arkadaşlarımın her biri bir garıya gitmişti. Keyifliydiler. Benimse canım çok sıkkındı. O gün işyerinde çalışan bütün garıları işten çıkarmıştım. Artık dişi sinek bile istemiyordum hayatımda. Güvenim de kalmamıştı onlara. Yürürken bir ara yoruldum. Doktor, yorulma, zorlama kendini, tansiyonun iyi değil demişti. Yolda bir otobüs durağı gördüm. Durağın içinde bekleyenlerin oturması için bir bank vardı. İçeride kimse yoktu. Biraz nefeslenmek için girip oturdum. Biraz sonra yaşlı, kasketli bir adam geldi yanıma. 'Selamün Aleyküm' dedi. 'Aleyküm Selam,' dedim. Sonra sohbet etmeye başladık. Anadolu'da esnafmış. Angara'ya mal almaya gelmiş. Ertesi gün dönecekmiş memleketine. Oradan buradan konuştuk. Kanım ısındı adama. İçimdeki sıkıntı dağıldı. O sırada otobüs geldi. Ben de bindim onunla. Ulus'ta bir otele gidiyormuş. Yalan söyledim. Ben de iş için geldim Angara'ya dedim. 'Benim otelde kal. Ucuzdur, temizdir,' dedi. 'Olur,' dedim. Önce arkadaş, sonra yaren olduk onunla. Yatağına aldı beni. Sarıldı, okşadı. Şakalar yaptı bana. O gece bir şeyi fark ettim; rahatlamıştım. İçimin ağusu dağılmıştı. 'Ben artık gideyim, sabah görüşürüz,' dedim ve çıktım otelden. Yani kaçtım. O geceden sonra, içimin sıkıldığı her gece attım kendimi sokaklara. Onun gibi birilerini aradım hep. Kaç kere başım belaya girdi. Sen git, olmadık adamların yatağına gir, sonra da işin en heyecanlı yerinde adamı bırak, kaç, git. Öldürürler adamı.

"Sakın bana nasihat filan etmeyin. Ben biliyorum zaten her şeyi. Bazen kendim de inanamıyorum yaptıklarıma. Ben kendimi aklı başında bir herif sanırdım. Ne gençliğimde ne de çocukluğumda böyle zırvaladım. Böyle şeyler, benim bildiğim gençlikte yaşanır. Ben kırkından sonra böyle oldum. Ama demek ki varmış kanımda bir bozukluk. Zira yıllardır, hiç öteki erkekler gibi olmadım ben. Garılardan hep korktum."

Ne kadar açık konuşuyor. Bildik erkek numaralarını hayatı boyunca hiç denememiş. Yıllar içinde biraz paranın, biraz itibarın ve başarının katkısıyla ruhuna bir seçkinlik sinmiş sanki. Kadınsı bir duyarlılığın, inceliğin yanı sıra, erkeksi bir güç ve cesaret görüyor insan onda.

"Eşinizle nasıl gidiyor ilişkiler?"

"Garım benden üç yaş büyüktür. At gibi kuvvetli, becerikli ama bir o kadar da çirkin bir kadındır. Bizim oralarda eve gelin değil, hizmetçi alınır. Yorulmak nedir bilmez bizimki. Görseniz, benim yanıma yakıştırmazsınız. Başı bağlı, çoktan ihtiyarlamış bir köylü garısı oldu. Ne saçını taramayı bilir, ne de giyinip kuşanmayı. Ruhu öyle. Bu kadar zengin olduk, bizim garıya hiç faydası olmadı bunun. O, kendi düzenini bozmaz. Paranın fazlasını istemez. Harcamayı da bilmez zaten. Hâlâ kendi işini kendi yapar. Boynunda beşibirlik, kulağında altın küpe, parmağında aha bundan altın yüzük. Alsam da takmaz başka şey. Az konuşur, hiç hastalanmaz, hiç gülmez. Gezmeyi tozmayı sevmez. Ama hep çalışır. Onun yaptığı yemeği, en ünlü aşçılar yapamaz. Yıkadığı çamaşırın beyazını, bir kilometreden görürsün. Ev bark sakız gibidir. Evlendiğimiz gece, soyunup girdi yatağa. Ne utandı, ne korktu, ne de başka bir tepki gösterdi. Beni sever mi, sevmez mi, bilmem. Ama bildiğim bir şey varsa, o da iyi insan olduğudur. Dört kızımın annesi. Namusludur. Gözüm arkada kalmaz. Yeni evlendiğimiz seneler, her gidişimden sonra hamile kaldı. Dört senede dört kız doğurdu. Sonra yeter dedim içimden. Bu kadar yeter. Bir daha yatmadım onunla. O da bir şey demedi. Bu iş böyle kapanıp gitti."

Sevmemek, sevilmemek ne kadar kötü bir şey. Onu seven bir kadını olsaydı bazı şeyler değişir miydi acaba? Kendini ona sevdirecek, ona destek olacak, her şeyiyle kabul edecek, akıllı, şefkatli, erkeğine sahip çıkacak bir kadın.

"Ne yani, o zamandan beri ikiniz için de cinsellik bitti mi?"

"Bitti. Ben diğer arkadaşlarım gibi, bu işi başka kadınlarla yapmayı da beceremedim. Bunu istemedim ki zaten. Aç karnımızı doyurmanın peşine düştüm. Hep çalışayım, başarayım istedim. İçimdeki şeytan arada bir başını gösterip korkutuyordu beni. Boyumdan büyük işlerin altına girdim. Belki unuturum dedim. Herkes bunu cesaret sandı. Belki de bu yüzden iş hayatımda çok başarılı oldum. Ama yine de iyi olmayı beceremedim. Gençliğimde, bir gün iş güç sahibi ve zengin bir adam olursam mutlu olacağımı zannederdim. O da yalanmış. Bunlar hiç mutlu etmedi beni."

İçinde yaşadığımız dünyada öyle meseleler vardır ki, düz mantıkla bunları çözümleyemez, anlayamaz ve bir yerlere kolayca oturtamayız. Tıpkı şimdi olduğu gibi. Bir yandan bakınca bu adam, erkeklere takılan bir sapık. Yani kötü, yani suçlu, yani günahkâr... Bunları bize düz mantık söylüyor. Gerçekten öyle mi? Bu adam adi bir sapık mı, yoksa pek çoğumuzdan daha akıllı, daha çalışkan, daha yardım sever biri mi?

"İyilik, kötülük sadece bunlarla ölçülemez Şevket Bey. Her şeye aynı gözlükle bakamayız. Bilim, felsefe, din, tasavvuf, hatta matematik neden var? İnsanlar her gün biraz daha gelişmenin peşindeyse eğer, asıl gerçeği yakalayabilmek içindir. Anladığım kadarıyla, siz yıllarca aseksüel yaşamışsınız. Yani hayatınızda cinselliğe hiç yer vermemişsiniz."

"Ama sonradan kadınlardan kaçıp yakınlığı, şefkati, hatta seksi erkeklerde arar oldum. Onların dünyasında yaşamak istedim."

"Peki neden ille de kasketli?"

"Bilmem. Sadece kasketli olması da yetmiyor. Yaşlı olacak. Temiz yüzlü, iş güç sahibi, görmüş geçirmiş, feleğin çemberinden geçmiş olacak."

"Bir bakışta bütün bunları anlayabiliyor musunuz?"

"Hemen anlarım. Bir şey beni çeker ona doğru. Şimdiye kadar bu tarif ettiğim özelliklere sahip olmayan kimseyi çekici bulmadım."

"Yani genç ve yakışıklı bir erkek size bir şey ifade etmiyor."

"Yok, hiç etkilenmem onlardan. Hele gençler hiç ilgimi çekmez. Yaşlı olacak."

"Hiç düşündünüz mü, neden diye?"

"Pek de düşündüm sayılmaz. İçim öyle istiyor işte."

"Sanki biraz sığınma ve sevilme ihtiyacı var bu ilişkilerde."

"Var."

"Geçmişinizde bu tarif ettiğiniz insanlara benzeyen birileri var mı?"

"Geçmişimde mi?"

"Evet, geçmişinizde. Geçmiş, geçip gitmiş bir şey değildir. Geçmiş şimdiki zamanın içinde yaşar."

Ellerini iki yana açıp başını sallayarak "yok" diyor.

"Emin misiniz?"

Başını yine yukarı kaldırıp lambaları sayar gibi uzun uzun bakıyor tavana. Sonra gözlerini kapatıyor. Ellerini birbirine vuruyor. Buldu. Sonra aniden bana dönüp;

"Babam böyle biriydi," diyor. "Biraz sertti. Vurdu mu patlatırdı ama gönlü iyiydi. İnşaatlarda duvar ustalığı yapardı. Çok gariban bir aileydik. Fakirdik. Kimsesizdik. Anam bir dağ köyünde otururdu. Yani asıl evimiz oradaydı. Yıkık, derme çatma bir kulübemiz vardı. Soğukta çatlasan ısınmaz. Köydeysek, akşama kadar çalı çırpı toplardık kardeşlerimle. Ama ben genelde babamla kasabada otururdum. Benden başka oğlan doğuramamış anam. Babam kasabada çalışırdı. Tek oğlan ben olduğum için biraz yaşım büyüyünce, babamla inşaatlarda çalışmaya başladım. Daha doğrusu benimkine çalışmak denmez. Babama yardım ederdim. Akşam gün batarken, ikimiz beraber gelirdik kaldığımız tavan arasına. Tek bir odamız vardı tavan arasında. Abdesthane en alt katta, bahçedeydi. İkimiz kirli ama sıcak yatağımıza girer, birbirimize sokulur, öyle yatardık. Bir sobamız vardı ama pek yakmazdık onu. Alt kattakiler sobalarını yakınca, bizim tavan arası onların sıcağıyla biraz ılınırdı. Zaten doğru dürüst penceresi bile yoktu odamızın. Alt kattakilerin soba boruları, bizim küçük camın yanından tüter, kara kara dumanlar içimi ısıtırdı. Eve gelirken babamla köşedeki bakkaldan taze ekmek, yanına bazen peynir, zeytin, bazen de helva alırdık. Odamızda gazete kâğıdının üzerinde yerdik yemeklerimizi. Sonra babam kahveye çıkardı. Beni götürmezdi. Kahvede ne işi var çoluk çocuğun derdi. Sıkılırdım o küçük, duvarları isli, yerleri kirli odada."

"Kaç yaşındaydınız o zaman?"

Şevket Bey iç cebinden gümüş bir sigara tabakası çıkarıyor. Önce bana ikram ediyor, bir tane de kendisi alıyor, sonra yine gümüş bir çakmakla yakıyor sigaralarımızı. Hareketleri bu koca göbekli, pos bıyıklı adamdan beklenmeyecek kadar zarif. Uzun bir nefes aldıktan sonra sigaradan, anlatmaya devam ediyor.

"Sekiz-dokuz yaşlarında başladı bu macera. On dört-on beş yaşlarına kadar da sürdü. Ben ilkokulu kasabada, babamın yanında okudum. Zaten köyde okul yoktu. Geri kalan beş kız kardeşim hiç okula gitmediler. Onlar köyde annemle yaşayıp sonra da kendilerine münasip birileriyle evlendiler. Şimdi yirmi tane yeğenim var. Ben oğlan olduğum için babam beni okutmak istedi. İlk zamanlar annem de kasabada oturuyordu. Başka bir evimiz vardı. Ama olmadı. Kasabada geçinemedik. Amelelikle altı çocuğa bakamadı babam. İşte o zaman anam kızları da alıp köye gitti. Orada ne de olsa biraz bağ bahçe vardı. Geçim daha kolaydı. Biz de babamla o tavan arasına yerleştik. İlk ve ortayı orada bitirdim ben.

"Hem okuyor, hem de babanıza yardıma gidiyordunuz."

"Evet, okuldan çıkınca inşaatlara, babama yardım etmeye gidiyordum. Gitmezsem kızardı babam."

"Okumanızı desteklemez miydi?"

"Hem okumamı, hem de onun yanında çalışmamı isterdi. Akşamları işin ne, çalış, derdi. Sert, az konuşan ama görmüş geçirmiş bir adamdı. Nerede ne yapacağını bilir, işine her zaman sahip çıkar, yanında çalıştığı patronlar hem sever, hem de güvenirlerdi babama. Sabahtan akşama kadar kan ter içinde kalır, ama işini bitirmeden asla inşaattan çıkmaz, aldığı paranın hakkını her zaman verirdi. Orada herkese nasıl davranacağını bilir, patronlar gelince onlara saygıda kusur etmez ve sarı dişlerini göstererek gülerdi onların yanında. Onun bu gülen yüzüne hep hayran hayran bakardım ben. Çünkü ancak o zaman görürdüm babamın güldüğünü. İnşaatta başı sıkışan babama gelir, ondan yardım isterdi. Kimine para verir, kiminin izin işini hallederdi. Ama işini ihmal edenin de gözünün yaşına bakmaz, basardı ensesine tokadı. Bazen bu tokatlardan ben de nasibimi alırdım. Bir işi yanlış yapar, bir şeyleri döker saçarsam kızardı. Ben de onun gözüne girebilmek için çok çalışırdım. Hem okulda, hem inşaatta. Asker gibi dururdum karşısında. O zaman hoşuna giderdi. Hiç yüzüme bakmadan 'aferin' der, o geceler yatakta bana sarılır, oramı buramı okşardı benim. En büyük mükâfattı bana bunlar. O geceler içim bir tuhaf olur, sevinçten uyuyamazdım."

Oramı buramı okşardı diyor. Ne yani, babası oğluna açıkça tacizde mi bulunuyor?!

"Bu okşamalarda biraz cinsellik de vardı galiba!"

Başını önüne eğiyor Şevket Ağa... Ve sanki çırılçıplak kalmış gibi yüzünün kızardığını görüyorum. Bir yandan da ellerini ovuşturuyor. Muhtemelen bütün bunları ilk kez bir başkasına anlatıyor. Şimdiye kadar ona hiç de garip gelmeyen bu olaylar, ağzından çıkarken, her zamanki doğallığını kaybediyor. Nihayet kendisi de fark ediyor, bana anlattıklarının pek o kadar da doğal olmadığını. Ben sessiz ve yorumsuz dinliyorum onu. Neredeyse nefes bile almıyorum. Her şeyi bahane edip gülen ben, şu anda en küçük bir tepki vermekten korkuyorum. Çünkü hikâyenin çok nazik bir noktasındayız. Babasıyla ilişkisinin, şu anda yaşadığı olaylarla bağlantısını kurmak üzere...

"Yanağımı okşar gibi okşardı oralarımı. Arada bir de sıkardı. O zaman bunun ne olduğunu bilmezdim ben ama yaptığı her neyse hoşuma gider, sevinirdim."

"Neden sevinirdiniz bu kadar?"

"Nedeni var mı? Anam zaten köyde. Kardeşlerim, öteki akrabalar, hiçbiri yok. Çocuğum. Birileri de beni sevsin, beğensin isterdim demek ki... Çiçeğe bile su verirken konuşur, gülersen daha çabuk serpiliyor. Babam benim hayatımın en önemli kişisiydi. Tek hayalim onun gözüne girmek, öyle ters, asık suratlı bir heriften aferin almaktı. Anam zaten sevmeyi bilmezdi. Benim garı gibi, sever mi sevmez mi belli değildi. O anca iş yapsın, yıkasın paklasın. Başka şeyden anlamazdı. Babam öyle değildi. Sevmeyi de bilirdi, kızmayı, dövmeyi de. Gülmeyi de bilirdi, ağlamayı da.

"Kardeşlerimden biri köyde zatürreeden ölünce, sabaha kadar gözyaşı dökmüş, kendini harap etmişti. Çoluğu, çocuğu köy yerinde kendi başlarına bıraktığı için lanet ederdi kendine. Beş kuruşu düşünerek harcar, eline geçen parayı hemen köye, anama yollardı. Ama anamda iş yoktu. Kaba ve cahil bir kadındı. Babamın yolladığı paraları çar çur etmez ama nasıl harcayacağını da bilmezdi. Anam ben on beş yaşındayken, aniden ölünce, yastık kılıfının içinden bir sürü para çıktı. Çoluğa çocuğa yedirmemiş, içirmemiş, o paraları yastığın içinde saklamış. Bakımsızlıktan öldü o kız. Zavallı babam, üçü beş yapacağım, çocuklarıma yollayacağım diye paraladı kendini. O soğuklarda inşaatlarda çalışmak kolay mı? Kahvede içtiği bir bardak çayın bile hesabını yapardı. Ne günlerdi onlar. Bir bardak sıcak, demli çay bile ne kadar kıymetliydi. Biz bir tas sıcak çorba içmeden geçirirdik koca kışı.

"Şimdi çok param var Doktor Hanım. Beş-altı yüz kişi çalışıyor yanımda. Her gün tas tas çorba dağıtırım çalışanlara. Her yerde mis gibi sıcak çay vardır. Ama ne fayda... Babama bunların hiçbiri kısmet olmadı.

"Ben liseyi okumak için Angara'ya gitmiştim. Babam o zaman geceleri de inşaatlarda kalıyor, biraz daha fazla kazanabilmek için bekçilik ediyordu. Üşüttü herhalde. Hastalandı. Bir ay yattı hastanede. Akciğer yetmezliği dediler. Ciğerleri su toplamış. Ben bıraktım okulu. Bir ay hastanede, başında oturdum. Her zaman yanına çıkamazdım. Kapılarda sabahladığım günleri bilirim. Sonra bir gece, 'Kardaşların sana emanet oğlum, ananda iş yoktu. Ben de bir şeyleri yanlış yaptım galiba. Onlara sen bari sahip çık. Şurada şu kadarcık para var. Gerisi sana kalmış. Benim sana güvenim tamdır,' dedi. O gece ikimiz el ele tutuşup ağladık. O sabah da öldü babam. Sabahleyin kasketini, gri ceketini, ayakkabılarını getirdi hademeler. Hastane kapısında öylece kalakaldım. Ihh bile diyemedim. Babamın cenazesini köye götürdüm. Anamın yanına gömdük. Kardaşlarımın hepsi de evlenmişti zaten.

"Sonra babamın patronları aradı, ilgilendiler benimle. Ankara'da okuduğumu bildikleri için, burada bana iş verdiler. Bir yandan liseyi bitirdim, bir yandan çalıştım. Zaten inşaat işlerinin acemisi değildim. Çocukluğum inşaatlarda geçmiş, kolay mı? Sonra yavaş yavaş kendi işimi kurdum. Önce ufak tefek inşaatlar, sonra devlet ihaleleri derken, büyüdük. Şimdi dev bir imparatorluk kurduk ama eski günler aklıma gelince, içim hâlâ cızır cızır yanar. Ne zaman bizim çalışanlardan biri hastalansa, ölse, hastaneye ya da cenazeye muhakkak ben de giderim. Mezara konana kadar başından ayrılmam. Cenazenin çoluğun çocuğun eline kalmasından korkarım. Ne de olsa, unutmadım yaşadığım sıkıntıları."

Hayal kırıklıklarıyla dolu, öfkeli bir mutsuzluğun içinde boğulduğu o korkutan, insanı bezdiren günleri hiç unutmamış Şevket Bey.

"Siz, iyi bir insansınız Şevket Bey. Peki, kardeşleriniz ne âlemde?"

"Eyidir. Keyifleri yerinde. Hiçbir sıkıntıları yoktur. Paralarını, pullarını eksik etmem. Çocuklarının çoğu bizim şirkette çalışır. Enişteler gül gibi bakar bizim gızlara. Çekinirler benden. Sülaleye yeterim ben. Ama anama babama faydam olamadı. Ona üzülürüm hâlâ. Hele babam hiç içimden çıkmıyor."

"Şu hastane önü, galiba en zoruymuş. Babanızın kasketini elinize tutuşturdukları an..."

Bir an pencereden dışarı doğru bakıyor, sanki o gün yaşadıklarını görür gibi.

"He. O bir başkaydı. Nasıl da donup kalmıştım kapının önünde. Elimde babamın kasketi..."

"Kasketi."

Usulca içini çekiyor Şevket Ağa. Sesinde bir umutsuzluk, hissedilir bir acı var.

"Bana tarif ettiğiniz o adamlar, babanıza ne çok benziyorlar."

Efkârlı efkârlı başını sallarken, elleriyle bıyıklarını sıvazlıyor.

"Babanız gibi görmüş geçirmiş, iş güç sahibi, yaşlı, kasket takan, kasabalı adamlar. Kolay kolay gülmeyen ama gülünce sizin içinizi ısıtan, kolay elde edilemeyen, kir kokan, sarı dişlerini göstererek size gülen yaşlı adamlar."

"He. Sarı dişlerini göstererek gülen, kir kokan, yaşlı adamlar... Hepsinde babamı arıyorum demek ki ben. Babamın bana sarılışını, sevinçten, heyecandan uyuyamadığım o kış gecelerini... Kolay mı, babamın gözüne girmişim. Seviyor, beğeniyor beni. İşte o zaman dünyalar benim olurdu. İşte o zaman her şey tamam olurdu. Soğuk biter, karnımın açlığı gider, babamın kir ve ter kokusu bile dünyanın en güzel kokusu gibi gelirdi burnuma. Gözlerim nemlenir, yüreğim çarpardı. Anam zaten sevgisiz bir kadındı. Bir gün beni kucağına alıp sevdiğini hatırlamıyorum. Halbuki ben o evin bir tanecik oğluydum. Belki ben çok küçükken kucağına aldıysa, onu da ben bilmiyorum. Ne gördüysem babamdan gördüm."

Bunları anlatırken sesi tatlı ve yalvarış dolu bir tını kazanıyor.

"Okul bitince doğru inşaata giderdim. Sokakta her çocuk gibi oynadığımı da bilmem hiç."

"Arkadaş, anne, baba, âmir, yani her şeyi babanız temsil ediyor sizin hayatınızda."

"Öyle olmuş. Hayat bize de böyle nasip etmiş. Kardeşlerim köyde, sokakta oynardı. Ben, orada da oynayamazdım. Yapmam gereken bir sürü iş vardı. Hâlâ da öyle. Yapmam gereken işler hiç bitmedi. Bu gidişle biteceği de yok. Bugün 'yeter artık, paydos' desem, bir oğlum bile yok ki, işleri benim bıraktığım yerden götürsün. Benim kazandığım bütün sülaleye yeter de, onca insan işsiz güçsüz kalır. Onlara da kıyamam ben. Çoğu 'baba' der bana. Bilmezler babalarının nasıl bir adam olduğunu."

Kaşları alaylı bir ifadeyle yukarı doğru kalkıyor şimdi. Kendi kendiyle dalga geçer gibi bir hali var. Dokuz-on yaşındaki elleri soğuktan donan, tavan arasında helva ekmek yiyen zavallı bir çocuk değil artık Şevket Bey. Hayatında çok şey değişmiş. Kimse aynı kalamıyor zaten. Zamanla hepimiz başkalaşıyoruz.

"Sizce nasıl biri babaları?"

"Anlattım işte size kendimi. Nasıl biri olduğuma siz karar verin artık."

"Çocuklara iyi bir baba, kardeşlerinize iyi bir ağabey ve yanınızda çalışan onca insana iyi bir patronsunuz siz. Babanız hayatta olsa kimbilir ne kadar gurur duyardı sizinle. O zaman, o zor şartlarda bile çok iyi bir evlat olmuşsunuz. Bana anlattıklarınızsa sadece sizi ilgilendiren konular. Sadece sizi..."

Sigarasını söndürürken, kaşlarını yine hayret eder gibi kaldırıyor. Onu öven bu sözlerime hem biraz şaştı hem de hoşuna gitti böyle söylemem.

"Çok yalnızsınız siz. Sadece şimdi değil, bütün hayatınız yalnız ve ağır sorumluluklar altında geçmiş. Yalnızlık insana göre değildir. İnsan ruhu yalnızlığa hep isyan etmiştir. Siz ısrarla kendinizi yalnızlığa mahkûm etmişsiniz."

"Bu devirde dost bulmak kolay değil Doktor Hanım. Ben bir zamanlar çok fakirdim. Zavallıydım. Muhtaçtım. Fakirin dostu olmaz. Neden derseniz, fakirin sana dost olacak ne zamanı vardır ne de buna mecali. Adam kendi derdiyle o kadar meşguldür ki, istese de sana dostluk edemez. Şimdi de çok zenginim. Zengin adamın da dostu olmaz. Sana yaklaşıyorsa, muhakkak bir isteği vardır. Bana yaklaşanı hiç geri çevirmedim. Ne istedilerse verdim. Tabii elimden geliyorsa eğer. Belki de Yüce Allah bunun için bu garibi zengin bir adam yaptı. Ama bu vermeler de beni dost sahibi edemedi. Bunları yanlış anlamanızı istemem. Kimseye sitemim yoktur. Eğer bu kadar yalnızsam, benim de yanlışlarım, eksiklerim olmuştur. En büyük eksiğimin ne olduğunu biliyorum ben. Zaman. Öyle çok çalıştım ki, hayata, yaşamaya, gezmeye, tozmaya, insanlarla yarenlik etmeye hiç zaman ayıramadım. Şimdi zaman var ama artık bende iş kalmadı. Zaten bu yaştan sonra kimse kimseye dost olmaz. Her şeyin bir zamanı var. Çocukken çocuk olamadım, gençken genç. Şimdi yaşlandık artık. Bak işte onun hakkını veriyorum. Arada bir bizim şirketin yemekleri olur. Oraya giderim. Gitmezsem kırılır adamlar. Orada koca bir masaya oturur, şuradan buradan konuşur, kafa çekeriz. Çok iyi çocuktur hepsi. Hep aynı insanlar gelir o yemeğe. Yeni birinin gelmesini istemem. Neden derseniz, hem beni yakından tanıyan insan sayısının artmaması gerekir. Hem de gruba sonradan katılanlar her zaman huzurumu kaçırır benim. Abuk sabuk sorular soran, her lafa karışan, bir anda içli dışlı olmaya çalışan kişilerden hoşlanmam."

"Haklısınız. Gruba sonradan dahil olan kişiler, bunu bilmenin huzursuzluğu ile, herkesle yakınlık kurmaya çalışırlar. Bu yüzden her lafa karışır ve etrafa fazlaca yakınlık gösterirler. Oysa ki uzun süredir devam eden grupların yazılmamış kuralları vardır. Yazılı olmayan, söylenmeyen ama asla çiğnenmeyen kurallar. Zaten grupları bir arada tutan işte bunlardır."

"Doğru söylediniz. Bizim grubun da söze dökülmeyen kuralları vardır. Belli bir mesafeyi kimse aşmaz. Ama yemeğin sonunda gözümün içine bakarlar. Bir an evvel gitse de, garıdan gızdan konuşsak diye. Benim yanımda konuşamazlar böyle şeyleri. Geriye bir Galip kalıyor. Herkes korkar, çekinir ondan da benden de. Kapıdan kovsan, bacadan girer Galip. Hasta olsam, başucumdan ayrılmaz. Benden küçüktür yaşı. Büyük bir sülalenin yaramaz çocuğudur. Serttir, cesurdur ama hem sever, hem de sayar beni. Belinden tabanca eksik olmaz. Kimseye güvenmez benden başka. Buraya da onun sayesinde geldim ya zaten. Memlekete de beraber gideriz.

"Bir de bizim müdür vardır. Terbiyeli adamdır. Ben fazla insan tarafından tanınmak istemem. Gazetelere hiç çıkmam. Gerçi her gün gazeteciler kapımda beklemez ama bizim şirketin her tür işini yapan adam vardır. Ben hep geride dururum. Karanlık adam olunca, mecburen böyle yapacaksınız. Öyle tehlikeli bir iş yapıyorum ki, bir tanıyan çıkarsa, mahvolurum. Gerçi bu yüzden başıma gelmeyen kalmadı ya."

"Evet, tehlikeli iş yapıyorsunuz. Bu yüzden canından olan bile var. Biliyorsunuz."

"Bilmem mi? Öldüğüme yanmam, rezilliğe yanarım."

Yumuşak ve nemli bakıyor gözleri Şevket Bey'in.

"Şu başınıza gelenleri anlatsanız da dinlesek."

"Aman Doktor Hanım. Boş ver. Senin gözünden düştüğüm yeter. Daha fazla düşmeyelim. Bir-iki kere ölümden döndüm. Her adam kabul etmez benim istediğimi. Hırlı mıdır, hırsız mı bilemezsin. O senden korkar, sen de ondan. İşin püf noktası çok. Bir kere beraber olduğun adamla, bir daha asla aynı işi yapmayacaksın. Onun için hafızan çok iyi olacak. Unutmayacaksın adamları."

"Neden, neden bir daha asla?"

"Çünkü bir kere bana yaklaştı mı, benim için onun sihri biter. Bir daha o mutluluğu, o sevinci bulamam aynı adamda. Sonra hiç açık vermeyeceksin. Adam seni tanımayacak. Bunun için hep yalan söyleyeceksin. Yalanlar birbiriyle tutarlı olacak. Adam senden hiç şüphelenmeyecek. Kendi gibi, seni de bir gariban sanacak. Bunun için konuşman, oturman, kalkman her şeyin değişecek. Uzun vadeli bir şey istemediğini iyi anlatacaksın. Ertesi gün senin peşine düşmeyecek. Hemen, o gece ortadan kaybolacaksın. Ve aynı adamla bir daha asla, hiçbir yerde karşılaşmayacaksın.

"Ben niye her yere gitmem? İşte bunun için. Çok lüks, çok pahalı, onların kapısından bile giremeyeceği yerlerde yer içerim. Korkarım içlerinden birinin karşıma çıkmasından. Ama benimki ters iş. Böyle lüks ortamlarda da benim aradığım adamlar yoktur. Onun için akşamları şoför beni yürüyüş yapma bahanesiyle bir yerlere bırakır. 'Sen git, ben dolaşa dolaşa geleceğim,' derim. Yürüyüş yapacağımı sandıkları için giyimim, kuşamım dikkatlerini çekmez.

Sonra yalnız kalınca, yavaşça kasketimi başıma takarım. İşte o zaman ben de onlardan biri olurum. Nerede toz var, çamur var, içine girerim. Başımı hiç yerden kaldırmam. Dünyayı aşağıdan seyrederim. Kimseyle göz göze gelmem. Kötü bir gözlüğüm vardır. Kara çerçeveli. Onu takarım gözüme. Hafif aksayarak yürürüm. Bütün bunları niye yaparım? Kimse beni tanımasın diye. Hep aynı şeyleri giymem. Kötü bir cüzdanım vardır. Onu alırım yanıma. İçinde ne kredi kartı, ne de benim kim olduğumu belirten bir kimlik vardır. Tespihim bile farklıdır. Parfüm marfüm zaten sürmem. Garı gibi kokmayı sevmem. Topukları eskimiş çoraplar giyerim ayağıma. Bazen burnu delik. O geceler içki içmem. Kafam bulanık olsun istemem."

"Ne diye tanıtırsınız kendinizi?"

"Genellikle kırtasiyeciyim derim. Bazen İzmir'de bazen Tokat'ta, bazen başka bir ilde dükkânım var derim. Küçük bir dükkân. Angara'ya mal almaya geldim derim."

"Neden kırtasiyeci?"

"Çünkü başka türlü bir iş yapıyorum desem, ellerimden anlarlar yalan söylediğimi. Siz hastalarınız içeri girer girmez, onları nasıl baştan aşağı süzüyor, ellerine bile dikkat ediyorsanız, ben de öyle yaparım. Hem onu baştan aşağı süzerim, hem de kendimi tanıtırken bir yanlışlık yapmamaya dikkat ederim. Hem kırtasiyecilik bu adamlar için biraz daha saygın bir meslektir. Fazla çapulcu takımından olmamalısın. Yoksa korkarlar senden. Yanında bıçak veya başka bir silah taşımadığını da göstermelisin onlara. Bunun için de gayret ederim. Ceketimin önü hep açıktır. Ceplerimde şişkinlik yapan bir şey taşımam."

"Sanki film çeviriyorsunuz. Hayatın içinde iki ayrı karakter olarak yaşıyorsunuz. Ve bunu kendi isteğinizle yapıyorsunuz."

"Buna pek istek demeyelim isterseniz. Çünkü bu istekten çok mecburiyet benim için. Özellikle içime o sıkıntı gelince atarım kendimi sokağa. Eğer o gün iyiysem, içim sıkılmıyorsa evimde otururum."

Konuşurken arada bir gözlerini kısıyor. Bu gözlerden gizli kapaklı bir görmüş geçirmişlik yansıyor.

"Bundan kurtulmak istiyor musunuz?"

"Bazen çok istiyorum bu dertten kurtulmayı. Bazen de derdim bana arkadaş oluyor. Bir yandan insanlardan utanıyorum, bir yandan kendimden. Bu yaptıklarım, yakışmıyor bana."

"Yakalanmaktan korkmasanız, pek şikâyetçi olmayacaksınız gibi geldi bana."

"Aslında hem istiyor, hem istemiyorum. Tek sorun yakalanmak değil. Vicdanım sızlamasa, kendi kendimi kınamasam... Yahu, içime o sıkıntı gelince arı sokmuşa dönüyorum. Hemen kendimi sokağa atıyorum. O anda bende ne akıl kalıyor, ne mantık. Bu, ağrıdan beter bir şey. Bir yerin ağrısa, alırsın ilacını, yatarsın aşağı. Bu hiçbir şeye benzemiyor. Morfinmanlara benziyorum. İlacı bulamazsam krize gireceğim, ölüvereceğim gibi geliyor bana. Ağzım dilim kuruyor. Hiçbir şey düşünemez oluyorum. O zaman bir tek hedefim oluyor; o adamı bulmak. Nasıl bir heves, bir heyecan geliyor üstüme... Size bunu nasıl anlatayım? Sanki çölde susuz kalmışsınız gibi, susamak gibi, acıkmak gibi bir şey işte. İçim cayır cayır yanar. Ben, benden giderim. O adamı bulana kadar sokak sokak dolaşırım. Daha uzaktan görür görmez tanırım onu. Heyecanım iyice artar. Elim ayağım birbirine dolanır. Avına konsantre olan avcı gibi giderim peşinden. Bir yandan da korkarım. Ya avı elimden kaçırıverirsem diye."

"Hiç bulamadığınız oluyor mu?"

"Olmaz mı? İşte onu sormayacaksınız. Günlerce perişan olurum. Uyku girmez gözüme. Morfinmanlar gibi elim ayağım titrer. Rengim, benzim atar. Sinirli olurum. Ekmek aş yiyemem. İşe güce gitmez aklım. Sanki böbrek ağrısı gibi gider gider, geri gelir. Şu bizim Galip, belki de onun için getirdi beni buraya. Neden olduğunu bilmezler ama kötü bir şey olduğunu anlarlar. Kimse yanaşamaz yanıma. O zaman her gece çıkarım aramaya. Bulana kadar."

"Aslında bugüne kadar aradığınızı hiç bulamamışsınız."

"Bulamamış mıyım?"

"Bulamamışsınız. Tek tek bütün dünyayı arayacaksınız size kalsa. Ama aradığınız bu dünyada değil gibi geldi bana."

"Bu dünyada değil de hangi dünyadaymış benim aradığım?"

"Öteki dünyada. Gideli çok olmuş. Gidişine çok üzülmüşsünüz."

"..."

"Hâlâ farkında değil misiniz neyi aradığınızın?"

"..."

"Gözünüzden akan yaşlar, bana, kimi aradığınızı bildiğinizi söylüyor."

"Babamı diyorsunuz. Biliyorum. Onu arıyorum besbelli. Ama deli miyim, manyak mıyım ben? Adamın mezarında kemikleri kalmadı. Onu hâlâ özlüyor musun derseniz, özlüyorum. Ama elin adamlarında babamı aramak da nereden çıkıyor. Babam öleli yıllar olmuş. Babasını kaybeden tek kişi ben değilim. Hem artık çocuk muyuz canım? Ölüm Allah'ın emri. Bir gün hepimizin gideceği yer orası. Ama ben ne yüzle gideceğim oraya, ne yüzle çıkacağım babamın karşısına. Böyle kepazelik olur mu! Hem şimdi düşünüyorum da..."

"Evet, şimdi çok iyi düşünme zamanı."

"Benim babam herkesin babasından daha mı iyiydi? Çok dayağını yedim. İt gibi çalışırdım yanında. Daha yumruk kadar çocuktum, inşaatlarda soğuktan donarken. Aç, susuz, ellerim soğuktan morarmış, ağzım dilim kurumuş, yaşıtlarım sokakta oynarken, oradan oraya koştururdu beni. Yine de yüzü gülmez, bir gün sırtımı okşamazdı."

"Haklısınız. Onun onayını almak çok zormuş."

"Haklı mıyım!"

"Haklısınız. O küçücük çocuğun dünyasında, babasından onay almak, bir küçük aferin almak çok önemliymiş. Üstelik anneniz de yanınızda değil. Sizi sevebilecek, koruyabilecek tek kişi babanızmış. O da bu konuda hiç de cömert değilmiş. Çok büyük gayretlerin sonunda belki o gece size sarılacak, sevecek, okşayacak. O günlerde hayatın tek tadı, işte buymuş. İçinizdeki sıkıntı, muhtemelen o yaşlarda babanıza kendinizi beğendirebilmek için çabalarken de vardı. Şimdi de aynı mekanizma kendini tekrar ediyor."

Şevket Bey, koltuğunda arkaya doğru yaslanmış, beyazları pembeye çalmış gözlerini devirerek bakıyor yüzüme. Gözleri gibi yüzünün rengi de kızarmış. Ellerini yumruk yapmış, sanki dövecek birini arar gibi, yumruklarını birbirine vuruyor.

"O sıkıntı ha? Aynısı. Çocukluğumdaki sıkıntı. Ama babam gece bana sarılıp oramı buramı okşamaya başlayınca, beni öpüp sevince nasıl da kaybolurdu. Nasıl da geçerdi bütün yorgunluklarım. Sevinçten, keyiften gözüm yaşarırdı. Ama öyle nadir yapardı ki bunu. Öyle çok çalışmam gerekirdi ki bunu elde edebilmek için. Ah be bacım, çok eskiye gittik. Utanmasam şimdi hüngür hüngür ağlayacağım."

"Bunda utanacak ne var?"

"Onları yaparken utanmıyorsun da şimdi ağlamaya mı utanıyorsun diyorsunuz değil mi? Babam, eğer söylediği işi onun istediği gibi yapamazsam, dik dik bakardı yüzüme. İşte o zaman çok utanırdım. Utanmayı ilk o zaman öğrendim. Gece bana sarılınca utanma filan kalmazdı. Bir hoş olurdum. Şimdi iyi hatırlıyorum, ben Şevket değil, o olmak isterdim. Babamın öldüğü gün hem yetim hem öksüz kaldım bir anda. Gönlüm öksüz kaldı. O sadece duvar ustası değildi, benim hayatımın da ustasıydı. O ölünce ustasız kaldı hayatım. Bomboş... Bir daha ne dayak yedim, ne de 'aferin' aldım. Ne iyi yaptın diyen oldu, ne kötü. Baksana halime bacım, koca Şevket Ağa oldum ama, bir aferin diyen olmadı bana. Bunların tadını çıkaramadım hiç."

Şevket Ağa gülerken bile bir sabrın, gerçek bir zekânın ve yoğun bir kederin izleri yansıyor yüzüne. Hayatı boyunca takdir görememenin acısı, zehir gibi çökmüş yüreğine.

"O kasketli ihtiyarlar da olmasa, başımı okşayan kimse olmayacak. Demek o heriflerde yıllardır babamı ararmışım ben. Sarılacak, bana sarı dişlerini göstererek gülecek, oramı buramı okşayacak. Vay anasına yandığımın dünyası!"

"Ne kadar masum bir şeyin peşinde olduğunuzu anladınız, değil mi?"

"Zira, herifler de şaşırır işin sonunda. Ben aniden yataktan fırlayıp giyinmeye başlayınca, buna bir anlam veremezler. Aslında yıllardır ben de buna bir anlam veremezdim. Eşcinsel olmasına eşcinselim de, onu bile doğru dürüst yapamamışım.

"Aslında tipik bir homoseksüalite değil bu."

"Tipik olsa ne, olmasa ne... İçim ne kadar çok sıkılırsa, ben o kadar çok düşerim bu işin üzerine. Gençlikte işim o kadar çoktu ki, içimin sıkılmasına bile zamanım yoktu. O zamanlar sık sık babamı rüyamda görürdüm. Hele iyi bir iş başarmışsam, mutlaka bunu rüyamda babama müjde ederdim. O da bana sarılırdı. Sonraları bu rüyalar bitti. Ben de unuttum sandım her şeyi. Meğer unutmamışım."

"Unutmamışsınız. Bazı şeyler öyle içimize işler ki, yıllar geçer ama onların bizde bıraktığı izler geçmez... Biraz önce 'ben o olmak isterdim,' dediniz."

"He, babam gibi olmak isterdim."

"Bunu hâlâ istiyorsunuz galiba."

"Nereden anladınız?"

"Çünkü kendinizi sokaklara attığınız zaman, siz de onlar gibi giyiniyor ve onlardan biri olmak için elinizden geleni yapıyorsunuz."

"Yapıyorum. Babamın sapı kırık, siyah çerçeveli bir gözlüğü vardı. Bazen gazete okurken takardı onu. Geceleri sokağa çıkarken taktığım o berbat çerçeveyi bulabilmek için çok gezdim. Zaten yıllardır orada burada kullanılmaktan, benimkinin de kırılmadık, eğrilmedik yeri kalmadı. Bir şeyi daha itiraf edeyim artık. Babamdan bana yadigâr kalan tek şey kasketidir. Hastanenin önünde elime tutuşturdukları o eski kasket. Yıllardır sakladım onu. Benim her şeyimi alabilirsiniz. Ama kasketimi asla..."

"Demek başınıza babanızın kasketini takıyorsunuz?"

"Kaç kere tamire gitti bir bilseniz. Ama içinde babamın kokusu var. Kir, ter, toz ve eski kokar o kasket. Onu başıma geçirince..."

"O zaman Şevket değil, o oluyorsunuz."

"O oluyorum ve yine onu arıyorum."

"Halbuki siz artık koskoca Şevket Ağa'sınız. Babanız hayatta olsaydı, eminim ki, sizinle gurur duyacaktı. Tüm sülaleye bakmak, yüzlerce insana iş vermek, ekmek vermek ve pek çok yapıya imza atmak az şey değil. Hayata imza atmışsınız siz. Ne mutlu size ve ne mutlu sizi yetiştiren babanıza. Neydi adı babanızın?"

"İsmail."

"Ne mutlu İsmail Ağa'ya."

"O hiç ağa olamadı."

"Şimdi oldu işte. Şevket Ağa'nın babası İsmail Ağa olalı çok olmuş."

Şevket Ağa gözlerini bir an açıp hayretle yüzüme baktıktan sonra, o gözlerden yağmur gibi yaşlar akmaya başlıyor.

"Gözlerimi yaşarttınız Doktor Hanım."

Şevket Ağa cebinden çıkardığı beyaz ipek mendille siliyor gözlerini. Hem ağlıyor, hem arada bir bana kaçamak bakışlarla bakıp gülüyor.

"Anlattıklarınız da benim gözlerimi yaşarttı Şevket Ağa. Çok çalışmış, çok güzel mücadele etmişsiniz hayatla. Kolay mı oralardan buralara gelmek? Aferin size. Koca bir aferini gerçekten hak etmişsiniz siz."

Benim bu sözlerim, Şevket Ağa'nın gözlerinden akan yaşı daha da artırıyor. Mendili yüzüne kapatıp bir süre öylece duruyor. Bu aferini alabilmek için neler vermiş bu adam. Sonra ağlamamaya çalışarak bana doğru dönüyor.

"Anasına yandığımın dünyası. Hep kötü olmuyor, arada bir iyi sürprizler de yapıyor insana. Ulan Galip, yaşadın. Bana yaptığın iyiliğin ne kadar büyük olduğunu sen hiç bilmeyeceksin ama, ben de sana öyle bir sürpriz yapacağım ki, rüyanda görsen inanmayacaksın."

"Bu işten en karlı çıkan Galip olacak desenize."

"Böyle içten gelerek ağlamayalı kimbilir kaç yıl oldu. Demek o sıkıntı, ta o zamanki sıkıntıymış ha? Az uğraştırmadım sizi de. Ama allem edip gallem edip konuşturdunuz beni. Allah razı olsun. Ayıplamadınız beni. Tersine hep iyi yanlarımı gösterdiniz bana. En azından, şu odaya girdiğim gibi değilim şimdi. Kendimi pis bir sapık gibi hissetmiyorum. Biliyor musunuz, kötüysen, kötülük yapmak kolaydır. Ama biri sana iyi derse, işin zorlaşır. Eskisi gibi kolay olmaz kötü olmak. Siz bana ısrarla iyisin, diyorsunuz. Demek iyiyim. Yalnız o sıkıntı yine gelirse diye korkuyorum."

"Korkmayın. Ben onu da halledeceğim. Sıkıntı gelirse, onu hemen yok edecek ilaç vereceğim size. Yanınızda dursun. Bu ilaç, o sıkıntıyı beş-on dakika içinde yok edecek. Gerisi size kalıyor."

"O sıkıntı geçerse mesele kalmaz."

"Mesele kalmaz diyorsunuz ama asıl mesele bence sizin yalnızlığınız."

"Yalnızlık mı, o da neymiş. Ben artık yalnız değilim. Buraya tekrar gelebilirim değil mi?"

"Tabii gelebilirsiniz."

"Demek ki Avrupalılar onun için sürekli ruh doktorlarına gidiyorlar. Onlar da benim gibi yalnız anlaşılan. Konuşmayı, derdimi anlatmayı, başka biriyle sohbeti özlemişim. Şu odaya girdiğimden beri hep konuşuyorum. Akşama kadar otursam, çenem hiç durmayacak. Her gelişimde bu kadar konuşacak laf bulacak mıyım, işte onu bilmiyorum."

"Siz onu hiç merak etmeyin. Siz bitirirseniz ben başlarım."

"Sağ ol Doktor Hanım. Bundan sonrası ne olacak, nasıl olacak bilmiyorum ama, ben buraya gelip sizinle konuşmaya, içimde ne varsa anlatmaya devam edeceğim. Keşke daha önceden akıl etseymişim buraya gelmeyi. Galip çok söyledi ama dinlemedim. Neyse, zararın neresinden dönsen kardır derler. Ben artık gideyim."

Şevket Ağa, iki eliyle dizlerini tutarak ayağa kalkıyor. Ceketinin düğmelerini ilikledikten sonra, başını hafifçe öne eğerek selamlıyor beni. Ben de ayağa kalkıp onu odamın kapısına kadar uğurluyorum. Kapıdan çıkınca ağır ağır Tuna'nın oturduğu salona doğru gidiyor. O sırada kısa boylu, şen yüzlü bir adam, ceketinin düğmelerini ilikleyerek Şevket Ağa'nın yanına doğru koşuyor. Önce ne yapacağını bilemeden yüzüne bakıyor onun. Sonra biraz şaşkın, iyice yakından bakıyor ona. Şevket Ağa ona hiç yüz vermeden Tuna'yla konuşuyor. Yeni bir randevu alıyor kendine. İçeri girerken Tuna'yla konuşmak bir yana, kafasını bile kaldırmayan Şevket Ağa, bu sefer yeni randevusunu bizzat kendisi alıyor. Galip olduğunu tahmin ettiğim bu adam, merakla bana çeviriyor gözlerini. Sonra kimseye fark ettirmeden, sağ elinin başparmağını havaya kaldırarak "bu iş tamam" işaret yapıyor bana. Ben de karşılık veriyorum ona gülerek.

Ne demişti Şevket Ağa; "kötüysen, kötülük yapmak kolaydır, ama biri sana iyi derse, kötü olmak artık o kadar kolay olmaz…"

Saate bakıyorum, bundan sonraki hastayı epeyce geciktirmişim. Tuna bir hışımla giriyor içeri.

"Çok geciktik efendim. Hastamız sabırsızlandı. Hatta biraz da söylendi. Ama Aydın Bey beş dakika görmek istiyor sizi. Aman ne olur, uzatmayın, ben zor durumda kalıyorum sonra."

"Aydın mı? Tamam, bekliyorum, hemen gelsin."

Tuna odadan çıkar çıkmaz Aydın, yani eşim görünüyor kapıda. Uzun boyu, atletik vücudu, bembeyaz saçlarıyla onu görmek beni her zaman heyecanlandırıyor. Şu sıralar bizim ısrarımızla saçlarını biraz uzattı. Ensesinde kıvır kıvır toplanıyor saçları. Arada bir-iki tel alnına düşüyor. Kocaman yemyeşil gözleri iki türlü bakar hayata; ya öfke şimşekleri çakar bu gözlerde ya da sevgi ve şefkat akar, çağlayan gibi. Bana bakarken genellikle ikinciyi seçer. Kot pantolonu, desenli gömleği ve lastik ayakkabılarıyla sanki pikniğe gidiyor. Sevmez öyle takım elbiseleri, ütülü pantolonları. Elinden hiç düşürmediği sigarasıyla koşarak giriyor içeri.

"Ne haber karıcığım? Seni rahatsız etmeye geldim."

Bir an, ne diyeceğimi bilemiyorum. O, hızla karşımdaki koltuğa geçip oturuyor.

"Herkesin benim odama gelip çay kahve içmeye fırsatı oluyor, bir tek sen çıkmıyorsun odandan. Verdiğin ev ödevlerini bitirdik. İstediğin listeler hazırlandı. Madalyon Web sitesi hazırlıkları da iyi gidiyor. Ve ben bu arada seni özledim. Ya sen arada bir çıkar benim odama gelirsin ya da ben işte böyle seni huzursuz ederim!"

Gülüyorum. Değişik bir adam benim kocam. Çocuksu, çok genç ruhlu biri o. İlk kez aynı çatı altında çalışıyoruz. O, bundan çok memnun. Çünkü yıllardır hep onun işi benden daha önce bittiği için, akşamları yolumu bekledi. Şimdi bir arada çalışmanın, evden birlikte çıkıp, yine birlikte dönmenin keyfini çıkarmak istiyor. Genelde eşler bu kadar çok bir arada olmak istemezler. Sıkılırlar birbirlerinden. Biz, belki de çok iyi bir arkadaşlık döneminden sonra evlendiğimizden veya birbirimize duyduğumuz ve hiç bitmeyen sevgi ve hayranlıktan dolayı, bugüne kadar sıkılmadık.

"Aferin size, boş oturmak yok. Hasan ne yapıyor?"

"Bilgisayarcılarla boğuşuyor. Biliyorsun, ben de aynen senin gibi, pek anlamıyorum o işlerden."

"Biliyorum."

"Beyefendi, ne de olsa doğduğu gün tanıştı bilgisayarla. Ne sorsam, biraz önce anlattım ya, diyor. Zannediyor ki, söyledikleri çok kolay anlaşılır şeyler. Aptal gibi hissediyor insan kendini. Ama kararlıyım, bu işi ondan daha iyi öğreneceğim. Yeni bir laptop ısmarladım kendime. Sahi Hasan kaç yaşındaydı biz ona ilk bilgisayarı aldığımızda?"

Düşünüyorum.

"Yedi yaşında filandı herhalde."

"Kerataya aldığımız bu kaçıncı bilgisayar kimbilir. Araba gibi bunların da modası çabuk geçiyor anlaşılan. Neymiş efendim, eskisi çok yavaşmış."

"Kızma, kızma. Adam bu işi biliyor. Hasan olmasa, ben hâlâ kitapları bile defter kalemle yazıyor olacaktım."

"Hadi canım sende. Ne kalemi! Babadan kalma daktilolara ne oldu?"

Bu sefer ikimiz birden gülüyoruz. Tak tak diye ses çıkaran daktilo makineleri geliyor gözümüzün önüne. Tam bu sırada Tuna giriyor içeri.

"Keyfinizi bozmak istemem ama randevulu hastamızı bekletiyoruz."

Aydın sigarasını aceleyle söndürüp, "Aman Tuna, sen de hiç rahat vermiyorsun insana!" diyerek çıkıyor odadan.

Tuna, "Bu gidişle bir gün dayak yiyeceğim Aydın Bey'den," diyerek hastayı içeri almak üzere salona doğru yöneliyor.

Mazoşizmin Rengi Siyah 1

Madalyon'un en geniş odası benimki. Kocaman bir salonu andıran, halısından perdesine, lambasından duvardaki resimlerine, varak çerçeveli aynadan koltuklarına ve en küçük aksesuarına kadar, odamın her şeyini çok özenle hazırladım. Çünkü zamanımın çoğu bu odada geçiyor. Muayenehanemde olduğu gibi yine kırmızı hâkim odamda. Bordoya çalan, koyu kırmızı... Tavandan aydınlatmayı sevmiyorum, onun için pek çok lamba var odamda. Koyu kahve, deri dresuvarın üzerinde duran ve gece gündüz yanan kadife şapkalı lambanın soluk ışıkları, hemen arkasındaki Mona Lisa tablosuna yansır. Bu tabloyu bana, bir süre önce ebediyete intikal eden çok sevdiğim bir hastam hediye etmişti. Hem ünlü bir avukat hem de saza, söze, edebiyata, resme, yani sanatın her dalına meraklı biriydi. Geldiğinden beri karşımdaki duvardan hiç inmedi Mona Lisa. Âdeta odamın bir parçası haline geldi. Zaman zaman diğer eşya değişse de o hiç değişmedi. Nereye gitsem taşırım onu. Bir psikiyatrın odasına en çok yakışan tablo o gibi gelir bana. Çünkü kadın mı erkek mi, hüzünlü mü mutlu mu, ağlıyor mu gülüyor mu belli değil... Onu, o anki psikolojik durumunuza göre yorumlayabilir ve bütün duygularınızı paylaşabilirsiniz.

Klinik, Çankaya'da, Ankara'nın en işlek caddelerinden biri olan Cinnah Caddesi'nin üzerinde. O nedenle akşama kadar arabaların motorlarından yükselen birbirinden farklı homurtular odama kadar yansır. Ancak müzik Madalyon Kliniği'nin bütün koridorlarına yumuşacık, dalga dalga yayılır. Çünkü müzik, sözcüklerin ifade edebileceğinin, hissettirebileceğinin çok ötesinde şeyler hissettirir insana. Gizli ruhsal güçleri ortaya çıkarmak, bıkkınlık veren gündelik uğraşlardan kurtulmak ve insana özgü ruh dünyasına girmeyi sağlamak için müzikten daha etkili bir şey yoktur.

Gün o kadar hızlı tükeniyor ki, havanın çoktan karardığını görünce lambalarımı teker teker yakarken anlıyorum yine akşam olduğunu. Akşama kadar yine çok ilginç şeyler anlattı hastalarım. Hepsini merak ve heyecanla dinledim.

Herkesin düşünceleri, buna bağlı oluşan duyguları, kendi dünyasını oluşturur. Yani iç dünyalar benzersizdir, tektir, birtakım benzerlikler gösterse de başkalarına yabancıdır. Hepimiz kendi dünyalarımızın hapishanesinde, vazgeçemediğimiz düşünce ve duygularımızla âdeta tutsaklığımızı yaşarız. Arzularımız, beklentilerimiz, korkularımız ve düşünce tarzımızdan kaynaklanan ıstıraplar kol gezer bu hapishanede. Halbuki dünya, sadece çevremizde gördüğümüz, işittiğimiz, dokunduğumuz, kokladığımız şeylerden ibaret değil. Yani bütün bu dış dünyayı oluşturan ögelerin dışında bir de iç dünya dediğimiz ruhsal dünyamız var. Düşüncelerimizle, duygularımızla, algılarımızla, yorumlarımızla, heyecanlarımızla, aşklarımızla renklendiririz bu eşsiz dünyalarımızı. Dolayısıyla herkesin dünyasının farklı ve eşsiz bir rengi vardır. İnsanların dertlerini, üzüntülerini, birbirinden çok farklı sorunlarını paylaşırken, yeni dünyalar keşfetmek, yani bu paylaşım, bu katılım, bu armoni, bir başkasını anlamak, onu yaşamak gibi olağanüstü bir duygu yaratır insanda. Bu da yaşamanın en gerçekçi tariflerinden biri değil midir?

Psikoterapinin sevgiyle verilen bir hizmet olduğunu savundum hep. İnsanlara sevgiyle hizmet etmeyi hep sevdim. Acının ilacı sevgidir, dostluktur. İyi bir terapist, acının her çeşidini hafifletmeye çalışır; böylece insanların sevgiyle, giderek biraz daha büyümesini, olgunlaşmasını sağlar.

Bugün yine birbirine hiç benzemeyen, rengârenk dünyalarında gezindik hastalarımla birlikte. Onlarla kol kola, omuz omuza... Şimdi son hastam girecek içeri. Odam her ne kadar sıcacık olsa da Ankara bugün soğuk. Biraz nefes almak için penceremi açıyorum, soğuk hava kuyu suyu gibi çarpıyor yüzüme. Havada rutubetle karışık is ve mazot kokusu var. Caddeden geçen arabaların far ışıklarından, karla karışık yağmurun yağdığını görüyorum. Arabalar sıra sıra dizilip uzun bir konvoy oluşturmuş. Trafik çok ağır ilerliyor. Kaldırımlarda şemsiyelerini açmış, bir yerlere yetişmeye çalışan insanların telaşlı gölgeleri var. Caddenin iki yanındaki dev ağaçları belediye bu yıl budadı. Ama bu bile ağaçların haşmetli görünümünü azaltmamış. Kimbilir bu ağaçlar kaç yıldır buradalar. Penceremi kapatıyorum. Tuna'dan bir bardak su istiyorum telefonla. Elinde buz gibi suyla koşarak, bir hışımla giriyor içeri Tuna.

Yok yok, bu kadın hiç yaşlanmayacak. Eskiden korkardım onun yaşlanmasından çünkü onu kaybetmeyi hiç istemiyordum. Artık bundan korkmuyorum. O yaşlanacağı yerde giderek gençleşiyor. Hele saçlarını kısacık kestirince, yuvarlak yüzü, her zaman yaşam heyecanıyla parlayan gözleri daha da öne çıktı.

Madalyonu çok sevdi Tuna. Madalyon da onu. Artık sadece bana değil, çok değerli dört hocamıza da sekreterlik yapıyor. İkinci salonda hepimizin odaları yan yana ve ortamızda Tuna. Masasındaki telefon hiç susmaz. Karşısında hastalar... Ama maşallah hepsine yetişir benim Tunam.

"Ne var Tuna, bu ne telaş."

"Yok bir şey. Yoruldunuz değil mi, ama siz keyfinize bakın. Ben son hastanızı oyalarım. Gerçi biraz huzursuz ama..."

"Yani bana acele et diyorsun!"

Gülerek yerinde sallanıyor. Buz gibi suyu bir dikişte içiyorum. İçim yanmış.

"Tamam tamam, ben hazırım. Hemen gönderebilirsin."

Bardağı elimden alarak hızla çıkıyor kapıdan. Randevu defterine şöyle bir göz atıyorum. Son hastamın adı Salih Ersan. İlk geliyor. Böyle ilk gelen hastalar salonda beklerken biraz huzursuz olurlar. Sonra alışırlar buraya. Koridorda bana doğru yaklaşan ayak seslerini duyuyorum onun. Hızlı yürüyor. Bunlar genç birine ait ayak sesleri. İçime, yeni birini tanıyacak olmanın o kıpırtılı heyecanı yayılıyor. Yavaşça ayağa kalkıyorum.

Esmer, uzun boylu, otuzlu yaşlarda bir delikanlı giriyor içeri. Utangaç bakan gözlerinin tanımlanamayan çekiciliğinin yanı sara munis, yumuşak, korunmaya muhtaç bir yanı var sanki. Özenle kesilip taranmış jöleli siyah saçları, Grek tarzı muntazam burnu ona soylu bir hava veriyor. Bedeni sıkı, çevik ve güçlü. Ayakkabıları ayağını sıkıyormuş gibi rahatsız yürüyor. Veremeyeceği bir sınava giriyormuş gibi sıkıntılı ve umutsuz görünüyor.

Belki de boyu oldukça uzun olduğundan, elimi sıkarken iyice eğiliyor. Masamın tam önünde duran koltuklardan hangisine oturacağına bir süre karar veremeden, öylece bakıyor. Sonra yavaşça masamın sağ tarafındaki pencereye yakın olanına oturuyor. Koyu renk saçlarının perçemleri hafifçe alnına düşüyor ve sık sık elleriyle saçlarını düzeltiyor. Yanaklarından tüm yüzüne yayılan pembelik, onu daha cazip gösteriyor. Gri, ütülü pantolonu ve siyah gömleğiyle tertemiz bir görünümü var. Gömleğinin yakası hafif açık. Kolunda pahalı bir saat ve elinde son model bir cep telefonu var. Ellerini nereye koyacağını bilemediğinden, telefonuyla oynuyor.

Bana bakmak yerine, önce gözleriyle bütün odayı tarıyor. Sonra sol kolunu masama dayıyor. Gözleri elinde tuttuğu telefonunda, kulağı bende. Parmaklarının hafifçe titrediğini, gözlerini gözlerimden ısrarla kaçırdığını hissediyorum. Utanıyor...

Görgülü bir aileden geldiği her halinden belli oluyor. Ve muhtemelen ilk kez bir ruh doktoruna geliyor; acemi... Benimle rahat ilişki kurmasını, beni kendisine yakın hissetmesini sağlamam gerekiyor. Bu meslekte yıllandıkça, buraya gelen insanların, kendilerini bana yakın hissetmelerinin, bu işte ne kadar önemli olduğunu öğrendim. Bir psikiyatr, karşısındaki kişiyi dinlemeyi ve kendini onun frekansına ayarlamayı çok iyi bilmelidir. Onu zorlamak, soru yağmuruna tutmaktan çok, onun hayatına sevecen, önyargısız, hoşgörülü bir onur konuğu olarak girebilmektir.

İşte başlıyorum...

"Off, çok yoruldum bugün. Burası koca bir klinik olalı beri pek çok şeyle uğraşıyorum. Hastalarım, burada çalışan meslektaşlarım, sekreterler, hepsiyle tek tek ilgilenmem gerekiyor, ayrıca, idari sorunlar hiç bitmiyor. Yine randevuları kaydırmak zorunda kaldım. Seni de beklettim galiba," diyorum gülerek.

Aslında hastalarıma ilk seanslarda mutlaka "sen" değil, "siz" diye hitap ederim ama bu delikanlı zaten çok sıkıntıda, yaşı da benden çok genç. Aramızdaki mesafeyi bir an önce kapatmaya çalışacağım.

"Önemli değil," diyor.

Biraz kırık ve sitemkâr ama kendisine çok yakışan samimi, yapmacıksız bir sesi var.

"Çiçeklerimi de ihmal etmişiz. Baksana, nasıl da solmuşlar. Şuradaki çiçeği çok sevdiğim bir hastam getirmişti bana. Öyle güzel bir rengi vardı ki, biraz önce bol bol su verdim. Şimdi dirilir. Sen de sever misin çiçekleri?"

"Severim ama onlara bakmayı bilmem. Annem bakar bizim evdeki çiçeklere."

"Çiçeklere annen baktığına göre, demek ki sen hâlâ bekârsın."

"Bekârım. Aslında dulum demem gerekiyor galiba. Bir evlilik geçti başımdan. Çok kısa sürdü. Ama yordu beni. Sonra yine annemin evine döndüm. Sevmedim evliliği."

"Ne kadar evli kaldın?"

"Kısa, çok kısa ama, onunla tanıştığım günden itibaren, bütün huzurum kaçtı. Her şeyi berbat ettim. Benim yüzümden ortalık birbirine girdi. Ben de çok üzüldüm, onlar da. Neyse, sonunda ayrıldık. Şimdi eskiye göre daha iyiyim."

"Demek bu iyi halin. Sıkıntılı görünüyorsun."

Gözleri tekrar elindeki telefona dönüyor. Onu elinde evirip çevirip duruyor. Hâlâ hiç rahat değil. Halbuki bana anlattıkları, herkese anlatılabilecek türden şeyler. Yine de bu kadar sıkıntılı ve utangaç olmasının nasıl bir nedeni olabilir?

"Şu telefonu bana versene. Çok şık bir şeye benziyor."

Hemen uzatıyor telefonu bana. Biraz inceledikten sonra, ona teknik birkaç şey soruyorum telefonla ilgili. Heyecanla anlatıyor.

Bu işten hiç anlamadığımı görünce hafifçe gülümsüyor. Ben de zaten, onu biraz olsun gülümsetebilmek için istedim o telefonu. Biraz rahatladığını ve artık bana bakmaktan korkmadığını görüyorum.

"Birbirinizi seviyor muydunuz?"

"Akrabalar tanıştırmıştı bizi. İyi bir ailenin kızıydı Bilge. Güzel, aklı başında, üniversite mezunu bir kız... Üç ay arkadaşlık ettik. Ailesiyle Kayseri'de oturuyordu. O nedenle sık görüşemiyorduk. Ben zaman zaman onu görmeye Kayseri'ye gidiyordum. Bu kadar kısa sürede birbirimizi pek iyi tanıyamadık galiba."

"Ama yine de evlendiniz."

"Evlenmek için tanıştırılmıştık."

"Sanki bir mecburiyet varmış gibi anlatıyorsun."

"Yok, görünürde bir mecburiyet yoktu ama ikimizin ailesi de bu ilişkinin mutlaka evlilikle sonuçlanmasını istiyordu."

"Yani açıkça baskı yapıyorlarmış."

"Açıkça değil."

"Öyleyse daha kötü."

"Ailem her gün evde benim artık evlenme yaşımın geldiğini ve bu kızın gerek ailesi, gerekse tahsili ve terbiyesiyle bana ne kadar uygun olduğunu söylüyordu."

"Sen ne hissediyordun?"

"Ben Bilge'yi beğendim beğenmesine de..."

"Eee?"

"Ben evlenmeye hazır hissetmiyordum kendimi."

"Neden bunu ailene açıkça söylemedin?"

"Bazı şeyler herkese, özellikle de aileye açıkça söylenmez."

Bunu söylerken yüzüne yine bir pembelik yayılıyor ve kafasını yavaşça önüne eğiyor. Belki de bu soruyu böyle sormamalıydım. Onu daha çok utandırdım. Acaba onlara anlatamadıklarını, burada, bana anlatabilecek mi?

"Evet, bunda haklısın. Bazı şeyler vardır ki, anlatması zordur. Keşke o zaman gelseydin buraya."

"Çok düşündüm, ama buraya gelmek de sandığınız kadar kolay değil."

Küçük bir kahkaha atıyorum. Attığım bu kahkaha onun da hoşuna gidiyor. Yüzüme hiç bakmadan, bıyık altından gülüyor.

Bak, bunda da haklısın, diyorum içimden. Bizler akşama kadar pek çok insanı dinlerken, bazen onların ne kadar zorlandığını unutuyoruz artık. Soru sormaya bu kadar erken başlamasam iyi olacak.

"Önceleri aramızda pek bir sorun yoktu. Düğün hazırlıkları sırasında ortalık gerginleşmeye başladı. Ev döşenirken, gelinlik dikilirken ve düğünle ilgili diğer ayrıntılarda, bizimkilerle kızın ailesi arasında problemler çıktı. Ben, bu işlere karışmak istemedim, sessiz kaldım.

"Babam yok. Annem büyüttü, bugünlere getirdi beni. Yıllardır, beni evlendireceği günlerin hayalini kuruyordu. Benim sokaktan bir kız getireceğimden hep çok korktu."

"Bu korku yüzünden, alelacele Bilge'yi bulmuşlar sana."

"Ama olmadı işte. Kadıncağız evimizin iğnesinden ipliğine kadar her şeyi özenerek aldı. Geline düğünde takacağı takıları bile yıllardır büyük bir titizlikle hazırlamıştı. Sonunda hiçbiri makbule geçmedi. Bilge, sevmek şöyle dursun, nefret etti annemden."

"Neden acaba?"

"Pek anlayamadım ama, annem her şeye biraz fazla karışır. Düğünde herkes mutsuzdu. Ben dahil."

"Bütün bunlara rağmen, iki taraf da evlenmekten vazgeçmedi."

"Ben birkaç kere, bu işten vazgeçsek dedim ama bütün olanlara rağmen ne Bilge ne de annem buna yanaştı. İkisi de aralarında hiçbir şey yokmuş gibi davranıyorlar, sonra beni yiyorlardı."

"Bilge ne diyordu sana?"

"Sen ne biçim erkeksin, daha şimdiden her şeyimize annen karar veriyor, sonra kimbilir neler olacak diyordu."

"Annen ne diyordu?"

"Hemen hemen o da aynı şeyleri söylüyordu. Sen ne biçim erkeksin, kızı şimdi susturamazsan ileride tepemize çıkar diyordu."

"Zor bir durum. Üstelik daha nişanlıyken oluyor bunlar. İki ateş arasında kalmışsın. İşin kötüsü iki taraf da senin erkekliğinden şikâyetçi."

"Sadece iki taraf değil, bundan memnun olmayan bir üçüncü taraf daha var."

Ben konuşmadan, onu dinliyorum. Annesi ve eşi gibi, bir de ben üzerine gitmesem, onu kendi haline bıraksam iyi olacak galiba. Ancak bu üçüncü taraf konusunu pek anlamadım ama, nasıl olsa çıkar ortaya. Yine önüne bakıyor. Telefonu elleriyle bir o tarafa, bir bu tarafa çevirip duruyor.

"Annem yaşlı bir kadın. Ama Bilge de az değilmiş hani. Annemin onun için yaptığı hiçbir şeyi beğenmedi. Her konuda onun dediği olsun istedi. Sanki annemi rakibi gibi gördü. Onun adını bile duymaya tahammül edemiyordu."

"Seni paylaşamamışlar. Gelin kaynana arasındaki sorunlar, neredeyse evrenseldir, yani bütün dünyada çok yaygındır. Çünkü bir erkeğin annesi de karısı da önceliğin kendisinde olması gerektiğini düşünür."

"Bunu anlayamıyorum. Onun için de olayların olabildiğince dışında kalmaya çalıştım. Hiç karışmadım."

"Sen karışmadıkça, sessiz kaldıkça, olaylar daha da büyümüştür."

"Kime ne diyeceğimi bilemedim ki... Aslında ikisini de haksız buluyordum. Özellikle benden, onları korumamı istemelerine çok şaşıyordum. Korunmaya muhtaç insanlar değillerdi ki. İkisinde de bir çene, bir çene..."

"Galiba orada asıl korunmaya muhtaç kişi senmişsin."

"Onlar birbirleriyle uğraşmaktan, benim ne halde olduğumu göremediler bile."

"Senin sessizliğinden cesaret almışlar gibi geldi bana."

"Olabilir. Ama yüz kere evlensem, yine de farklı bir şey yapabileceğimi sanmıyorum."

"Neden, hep böyle sessiz bir adam mısın sen?"

"Pek sayılmaz. Arkadaşlarımın yanında konuşkan ve esprili biriyimdir. Severler beni."

"Yani senin dilin iki kadın arasında kalınca tutuldu. Her neyse, evlilik bu yüzden mi hemen bitti?"

"Pek sayılmaz..."

Bu sorudan hoşlanmadı. Başını yine elindeki telefona doğru eğerken, yüzüne dalga dalga bir pembeliğin yayıldığını görüyorum. Bana söylemek istediği muhtemelen cinsel bir sorunu var. Sessizlik, onu daha da çok rahatsız ediyor. Sonra başını kaldırmadan, o kırık ses tonuyla yeniden konuşmaya başlıyor.

"İlk gecemiz çok kötü geçti. Rezil oldum sizin anlayacağınız."

Evet, tahmin ettiğim gibi cinsel bir başarısızlık söz konusu. Ve bundan utanıyor. Demek durumdan memnun olmayan üçüncü taraf kendisi. Cinsel başarısızlık, dünyadaki bütün erkeklerin korkulu rüyasıdır.

"Olur böyle şeyler. Daha önce hiç yakınlaşmadınız mı Bilge'yle?"

"O bana yaklaşmak için çok uğraştı ama ben hep uzak durdum. Zaten bizim ailemizde böyle şeyler pek hoş karşılanmaz."

"Ailenizin kuralları nedeniyle mi yaklaşmadın Bilge'ye?"

"O, öyle zannetti ama işin aslını sorarsanız, biraz da çekindim."

"Daha önce bu tür ilişkilerin hiç olmadı mı?"

"....."

Yine rahatsız edici bir sessizlik kaplıyor odayı. Çok zorlanıyor bana bir şeyleri anlatmakta. Bu böyle olmayacak. Konuşma bir türlü akıp gidemiyor. Film ikide bir kopuyor. Ona, şaka ve espriler yaparak, daha yakın olmayı deneyeceğim. Çünkü, aramızda hâlâ iyi bir iletişim kurulamadı.

"Nerede o, arkadaşlarının yanında espriler yapan, sıcak, konuşkan adam? Bugün dut yemiş bülbül gibisin maşallah. Kendimi sıfırcı hocalar gibi hissediyorum. Kolejde okurken, böyle bir hocamız vardı. Sözlüye kalkınca, tıpkı şimdi senin olduğun gibi, kızarıp bozarıp dururduk. Kadıncağız haklıydı. Bilemezdik sorduğu soruları. Sonra da otur yerine, sıfır derdi bize. Anlatacak mısın, yoksa ben mi sorayım?"

Bu sözleri yüksek sesle ve gülerek söylüyorum.

"Tamam tamam. Anlatacağım."

Hafif bir gülümseme yüzünü yalayıp geçiyor. Sonra derin bir nefes alıp nihayet bana dönerek anlatmaya başlıyor.

"Belki size komik gelecek ama, evlenmeden önce benim hiçbir kadınla cinsel bir yakınlaşmam olmadı."

"Burası Türkiye. Ülkemizde insanların çoğu, toplum tarafından onaylanan bir cinsel birliktelik elde edebilmek için evlenirler. Senin gibi, evlenmeden önce hiç kimseyle cinsel birliktelik yaşamayan insanların sayısı zannedildiğinden çok daha fazladır. Gerçi son yıllarda özellikle büyük şehirlerde işler değişiyor galiba."

"İşte ben o değişime ayak uyduramayanlardanım. Arkadaşlarımın çoğu, cinselliği kız arkadaşlarıyla yaşayabiliyorlar. Bunu yapabilmeyi ben de isterdim ama olmadı. Üniversite yıllarında bir kız arkadaşım vardı. Severdim onu. Bir yıl kadar çıktık onunla. Sonra ilişki cinsel yakınlaşmaya doğru gitmeye başlayınca ayrıldık. Ona dokunmaya cesaret edemedim. Bir yıl sonra bile bir kıza hiç dokunamıyorsan, ayrılacaksın ondan. O hiç bilmedi neden ayrıldığımızı. Üstelik çok üzüldü. Severdi beni. Ona nasıl söyleseydim, ben sana dokunamıyorum, korkuyorum bu işlerden diye. Bir sürü saçma sapan bahaneler uydurdum. Zaten ondan sonra da bir daha hiçbir kızla çıkmadım. Sadece arkadaşlık ettim onlarla. O zaman sorun olmuyor... Konuşkan, rahat bir adam oluyorum. Şimdi aklınıza kimbilir neler geliyordur?"

Onu eşcinsel zannetmemden korkuyor. Bir an aklımdan geçtiyse de, onun eşcinsel olduğunu sanmıyorum. İstisnalar olsa da, gerçek bir eşcinsel bundan asla bu kadar utanmaz çünkü. Şimdiye kadar çoktan bu kimliği benimsemiş olur. Başka bir sorunu var bu çocuğun. Onunla konuştukça, kendimi giderek ona daha yakın hissediyorum.

"Senin eşcinsel olup olmadığını merak ettiğimi düşünüyorsun değil mi?" diyorum gülerek.

"Evet, ama eşcinsel değilim. Kendi cinsime ilgi duymam. Kadınlardan hoşlanıyorum ama onlara dokunamıyorum."

"Korkuyorsun."

"Evet, korkuyorum."

"Ereksiyon sorunun var mı?"

"Yani iktidarsız mısın diyorsunuz galiba."

"Evet, bunu soruyorum."

"Var galiba. Hem böylesin hem de neden evlendin demeyecek misiniz?"

Onu sorguya çektiğimi, yargıladığımı, ayıpladığımı, kınadığımı sanıyor. Halbuki bunu ben değil, o kendine yapıyor.

"Daha neler diyeceğimi bir bilsen!... Sen benim yerime düşünmekten ve soru sormaktan vazgeçsen de şu işi bana doğru dürüst anlatsan, belki birlikte bir şeyleri çözebiliriz. Burada bana bile anlatmaya çekindiğine göre, sanırım bugüne kadar kimseyle paylaşmadın bu sorunlarını."

"Şu sizin kitabınızı okumasaydım, buraya gelmeye de cesaret edemezdim. Bir psikiyatristle konuşmanın yıllardır hayalini kurardım. Salonda beklerken, bir ara içeri girmekten vazgeçmek geçti aklımdan. Sekreteriniz Tuna Hanım'dan utandım. Gidemedim. Şimdi de işte böyle saçmalayıp duruyorum. Filmlerdeki kadar kolay olmuyormuş bu işler. Evlendiğim gün de işte böyleydim. İçki filan içtim ama faydası olmadı. Korktum. Rezil olmak vardı işin ucunda. Düğün burnumdan geldi. Sanki sınava girecek bir öğrenci gibi hissediyordum kendimi. Üstelik hayati bir sınav."

"İçeri ilk girdiğinde hissettim. Psikiyatriye ilk gelen insanlar bazen böyle hissedebiliyor ama merak etme, gelmeye devam edersen, bir daha asla böyle hissetmeyeceksin. Demek düğün günü de böyleydin. Bunu sınav gibi görmüşsen, baştan kaybetmişsin zaten oyunu."

"Maalesef öyle gördüm. Aylarca o geceyi düşündüm. Bilge çok güzel bir kızdı. Kaprisliydi, huysuzdu, kıskançtı ama güzeldi. Onu çok beğeniyordum. Onunla birlikte olmayı çok istiyordum. Bana sık sık ondan önce neler yaşadığımı, kimlerle, nasıl ilişkiler kurduğumu sorup duruyordu. Bense bu sorulara cevap vermiyor, geçiştiriyordum. Sanırım bunları yaşadığımı ama ona anlatmadığımı düşünüyordu. Böyle düşünmesi benim de işime geliyordu. Nikâhta keramet vardır der büyüklerimiz. Nikâhta keramet filan yokmuş."

Çocuk gibi kıvrılıyor dudakları. Ağzı kasılarak gülmeye çalışıyor ama yüzüne ağır bir hüzün çöküyor. Ben sessizce, soru sormadan dinliyorum onu.

"Düğün sanki hiç bitmeyecek gibi geldi bana. Çok kalabalıktı zaten. Yüzlerce insan vardı. Özellikle Bilge'nin ailesi, gösterişe çok meraklıydı. Düğünü Ankara'nın en lüks otellerinde birinde yapılmasını istediler. Bizimkiler de buna hiç itiraz etmedi. Ne de olsa onlar da oğullarının mürüvvetini görecekler. Kiminin elini öptük, kiminin yüzünü. Smokinin içinde çok daraldım. Hem annem, hem Bilge biraz gülümsememem için beni sıkıştırıp durdu. Bu düğün dernek işini sevmiyorum ben. Kızlar seviyorlar. Biz erkeklere kalsa, düğün filan yapmaz kimse."

"Sahi mi?"

"Tabii ya. Arkadaşlarım da evlendi. Düğün isteyen hep kızlar. İnsan kendi düğününde hiç eğlenemiyor. Hem bir sürü para harcıyorsun, hem de kimseyi memnun edemiyorsun. Üstüne üstlük çekilen onca eziyet ve yorgunluk..."

Doğru söylüyor diyorum içimden. İnsanlar evlenirken mutlaka bir tören yapılmalı bence de, ama bu tören en çok o gün evlenen çifti eğlendirmeli, mutlu etmeli. Son yıllarda ülkemizde düğünler özellikle büyük şehirlerde tam bir güç gösterisine döndü.

Aklım kızım Yağmur'un düğününe gidiyor. Yağmur doğal, içten, olduğu gibi bir kızdır. Bütün doğallığına rağmen babası gibi utangaçtır, ortalığa çıkmayı pek sevmez. O gün ilk kez makyaj yapılmıştı Yağmur'a. Pembe beyaz yüzü, kocaman yeşil gözleri ve beline kadar inen doğal sarıya çalan saçlarıyla tam bir peri kızına dönmüştü. Henüz yirmi yaşındaydı. Evlenmek için oldukça genç bir yaş... Damat bey de henüz yirmi ikisindeydi. Okulda başlayan arkadaşlıklarını evlilikle noktalamak istemişler, biz ailelere de söyleyecek fazla bir şey kalmamıştı. Çünkü ikisi de Bilkent Üniversitesi'ni bitirmiş ve kendi çabalarıyla iş güç sahibi olmuşlardı bile. Yağmur Bilkent Üniversitesi'nin belki de en genç mezunuydu.

Düğünün bütün detaylarını kendileri hazırlamış, biz anne babalara da siyahlar giydirmeye karar vermişlerdi. İki baba siyah smokinler içinde daraldıkça, biz siyah uzun elbiseli anneler gülüyorduk. İkimiz de memnunduk hayatımızdan. Elbiselerimizle aramız iyiydi. Alışkındık. Ama o peri kızı bütün gece tam bir kâbus yaşamıştı; otelin beyaz tüllerle donatılmış salonunda gelinliğinin eteklerini sürükleyerek dolaşamamış, rimel sürülen uzun kirpiklerini utancından bir türlü kaldıramamış, eşiyle şöyle rahat rahat bir dans bile edememişti. Bir an için kafamın dağıldığını hissediyorum ama hemen toparlanıyorum. Salih kendi düğününü anlatmaya devam ediyor.

"Ben zaten öyle manken gibi ortalığa çıkmayı pek sevmem. Bütün dikkatler sizin üzerinizde oluyor. İnsanlar baştan aşağı, dikkatle süzüyorlar gelinle damadı. Gerçi damattan çok geline bakıyorlar Allah'tan. Bilge bütün bunlardan hiç şikâyetçi olmadı. Kızlar gösteri yapmayı seviyorlar. Bir de gelinlik vardı ki üzerinde, bütün gece o kadar ağır bir giysiyi üzerinde nasıl taşıdı anlayamadım. Modelini kendi seçti zaten. Gelinliğin kuyruğu bile metrelerceydi. Her neyse, sonunda düğün bitti ve biz oteldeki odamıza çıktık. Zaten bütün gece yorgunluktan ve heyecandan perişan olmuşum... Üstelik de çok içmiştim, rahatlamak istiyordum. Odamıza şampanya göndermişlerdi. Hemen açtım. Bir-iki kadeh de şampanya içtim. Artık ayakta duracak halim kalmamıştı.

"Bilge soyunmaya başlamıştı ona yardım etmemi istiyordu. Gelinliği kendi başına üzerinden çıkarması mümkün değildi. Düğmeler, pırıltılı taşlar filan... Çıkarana kadar epey uğraştık. Bilge rahat rahat soyunuyordu karşımda ama o da tedirgindi. Onun tedirginliğini, o halime rağmen görüyordum. Üzerine ince bir gecelik giydi ve birlikte otelin balkonunda oturmak üzere dışarı çıktık. Ben sadece ceketimi çıkarmış, soyunamamıştım. Onun yanında çıplak kalmaktan bile utanıyordum.

Bir süre balkonda oturduk. O da yorgundu, konuşmuyorduk. Bir süre sonra Bilge düğünde ona takılan takıların bulunduğu torbayı sordu. Annem, takıların başına bir şey gelmesin diye onları almış ve emin bir yere götürmüştü. Bilge buna çok kızdı. Takılar kız tarafında dururmuş, annem ne yapmaya çalışıyormuş, her şeye burnunu sokmasa olmaz mıymış... İşte bunun gibi bir sürü şey söyledi. Bana sarılmadı, sokulmadı. Öylece oturdu ve bu saçma sapan şeylerle uğraştı. Ben hiç konuşmadan ve son derece gergin bir şekilde dinliyordum onu. Ardından başka bir konuya geçti.

"Ben ona, benden önceki hayatıyla ilgili hiç soru sormamıştım. Ama onun bakire olduğunu sanıyordum. Bu durum beni hem memnun ediyor, hem de cinsel anlamda daha da korkutuyordu. Sen hiç sormadın ama artık söylesem iyi olacak; ben bakire değilim dedi. Ne hissedeceğimi bilemedim. Üzülmeli mi yoksa sevinmeli miydim? Kafam iyice karıştı. Yüzüm allak bullak olunca, Bilge bunu bir tepki olarak algıladı. Çağımızda bunun ne kadar normal bir şey olduğuyla ilgili uzun bir nutuk attı. Sonra balkonda bana sarılmaya başladı. Ama o kadar samimiyetten uzak, yapmacık sarılmalardı ki, bu hali benim huzursuzluğumu daha da artırdı.

"İçeri girdik. Bu gece sadece dinlenelim dedim. Bu sözüme Bilge çok kızdı. İlk gece dinlenmek de ne demek oluyormuş. Ben ne biçim bir erkekmişim gibi laflar etmeye başladı. Bir yandan bana hakaret ediyor, bir yandan ona sarılmamı, onu sevmemi istiyordu. Çok gergindim. Onun bekâretinin olup olmaması değil, bunu bana şimdi söylemesi ve hemen ardından bana sarılmaya kalkışması, yapmacık hareketleri, çok içime dokunmuştu. Beni kandırmasına gerek yoktu. Açık olması yeterdi.

"Aslında ben de onun karşısında aynı durumdaydım. Erkek olarak kendime güvenemiyordum. Bunu daha önce kimseyle denememiş ve bütün bunlardan ona hiç bahsetmemiştim. Demek ben de onu kandırmaya çalışıyordum. Bu düşünce, içimdeki sıkıntıyı iyice artırmıştı. Aslında Bilge'yle bunları konuşabilseydik, belki de ikimiz de rahatlayacaktık."

"Keşke öyle yapabilseydiniz."

"Bilge buna izin vermedi ki... Bu gece sadece konuşalım, dinlenelim, birbirimizi anlamaya çalışalım dedim yeniden. Benim bu sözlerim onun gerginliğini daha da artırdı. Ben zaten günlerdir bu geceyi düşünmüş ve korkmuşum, o ise ısrarla benimle sevişmek istiyor, bu konuda bana açıkça baskı yapıyordu. Normal bir erkeğin belki de hoşuna giderdi karısının böyle istekli oluşu ama bu beni iyice korkutmuştu. Hani sizin o sıfırcı hocanız var ya, işte öyle bir hoca tarafından zorla sözlüye kaldırılan ve derslerine çalışmamış, tembel bir çocuk gibi hissediyordum kendimi. Elimden tutup zorla yatağa çekti beni. Yatakta kör dövüşü yapıyorduk sanki. O üzerime geldikçe, ben kaçıyordum. Sonunda Bilge avaz avaz ağlamaya başladı. Etraftan duyacaklar diye korktum. Ona sarıldım, ben de başladım ağlamaya. Bir süre birlikte ağladık. Sonra, sen beni sevmiyor musun yoksa demeye başladı. Son olarak bedenimin değişik yerlerine dokununca, ben kendimi attım yataktan."

"Birisi sana zorla tecavüz etmeye çalışıyor gibi mi hissettin?"

Başını sallıyor. Bir süre önüne baktıktan sonra nemli gözlerini bana doğru çeviriyor.

"Sonunda işin aslını anladı Bilge. Bana öyle bir bakışı vardı ki... Ömrüm boyunca o bakışı hiç unutamayacağım."

Masada duran kutudan bir kâğıt mendil alıp önce alnında biriken teri, sonra da gözlerini siliyor. Biraz zaman kazanmaya çalışıyor. Ben onu yine sessizce dinliyorum.

"Böylece zaten küçücük olan ümitlerim, o gece bir daha geri dönmemek üzere terk etti beni. Sabah olduğunda, ben bir dakika bile uyumamış ve bütün gece için için ağlamıştım. Bilge ise arkasını döndü, rahat rahat uyudu. Benim o halime hiç aldırmadı bile. Uykusunda arada bir sağına soluna dönerken uyanıp gözlerini aralayarak, bana sanki bir yılana, bir mikroba ya da iğrenç bir varlığa bakar gibi bakıyor ve tekrar uyumaya devam ediyordu. O gün balayını geçirmek üzere yurtdışına çıkacaktık. Uçak biletlerimiz alınmış, otel rezervasyonlarımız yapılmıştı.

"Sabah saat on bire doğru Bilge uyandı. Bana hiç bakmadan bir-iki kere gerindikten sonra, sanki o günün diğer günlerden hiçbir farkı yokmuş gibi kalktı yataktan. Tuvalete gitti, sonra bir sigara yaktı, balkona çıkıp oturdu. Ben, yatağın tam karşısındaki koltukta öylece oturuyordum. Sigarası bitince odaya geri döndü ve yüzüme hiç bakmadan bir yandan giyinirken, bir yandan da bana tuhaf bir ses tonuyla, çok acıtıcı sorular sormaya başladı."

"Ne tür sorular?"

"Namuslu erkek numaralarının sebebi buydu demek dedi. Sonra, doktora gidip gitmediğimi, iktidarsız bir erkek olduğumu bilip bilmediğimi, ailemin bunlardan haberi olup olmadığını sordu. Ne cevap vereceğimi bilemedim. O anda tek istediğim şey ölmek, yok olmak ve bu eziyetten kurtulmaktı. Ama artık ağlamıyordum. Kaskatı kesilmiş, bir an önce bu eziyetin bitmesini bekliyordum. Bilge ise sigara üzerine sigara yakıyor, bazen gülerek bazen de aşağılayarak konuşmaya devam ediyordu. Bir anda kendimi kaybettim. Konuştuklarını duymuyordum artık. Freni boşalıvermiş bir araba gibiydim sanki. Daha önce hiç böyle olmamıştım. Her yanım titriyor, gözümden ateşler çıkıyordu. Ben koltuğumdan yavaşça doğrulurken, Bilge bağırarak tuvalete kaçtı ve kapıyı içeriden kilitledi. Arkasından gittim. Eğer içeri girebilseydim, sonradan çok pişman olacağım şeyler yapacaktım belki de. Gerçekten ona zarar verir miydim, bilmiyorum. Başka biri olmuştum sanki. Ben öyle saldırgan, insanları döven, söven biri hiç olmadım. Kendim de şaşırmıştım bu duruma.

"Beni şaşırtan başka bir şey daha vardı. Sinirden, öfkeden elim ayağım titrerken, hiç olmadığı kadar erekte olmuştu cinsel organım. Bilge ise içeriden bana hakaretler yağdırıyor, odadan çıkıp gitmezsem otel görevlilerini arayacağını söylüyordu. Aklımda kalan son cümlesi şu oldu. 'Seni sürüm sürüm süründüreceğim, iktidarsız herif.' O anda boşaldığımı hissettim. Sonra üzerimden ağır bir yük kalktı. Rahatladım biraz. Hızla giyindim ve oteli terk ettim. Oradan, doğru havaalanına gittim. Bulduğum ilk uçakla İstanbul, sonra da Kıbrıs'a uçtum. Cep telefonumu kapattım. Beni kimsenin bulmasını istemiyordum. Bir hafta bulamadılar zaten."

Biraz nefeslenmek için duruyor. Bilge cahilliğinden mi böyle yaptı, yoksa onun da böyle davranması için başka sebepleri mi var, bilmiyorum...

Telefonun tuşuna basıp Tuna'dan iki bardak su istiyorum. Tuna hemen getiriyor buz gibi suları. Birini ona veriyorum, birini ben alıyorum. İkimiz de bir dikişte bitiriyoruz sularımızı.

Şimdi birbirimizi çok uzun süredir tanıyormuş gibi hissediyoruz. Teşekkür ettikten sonra yine başlıyor anlatmaya.

"Kıbrıs'a giderken, uçakta bütün duygularım donmuştu sanki. Hiçbir şey hissetmiyordum. Bilemediğim bir düşmandan kaçıyor gibiydim. Limiti oldukça yüksek birkaç kredi kartı vardı cebimde. Arada bir çıkarıp onlara bakıyordum. Sanki birer kurtarıcı gibi görüyordum onları. Bir ara uçak koyu bir bulutun içine girdi ve bir süre havada sallandık. Bütün yolcular korkmuştu. Ben de şöyle bir yokladım kendimi. İçimde herhangi bir korku hissetmiyordum. Hatta hoşuma gitmişti bu durum. Uçak düşse sanki bütün sorunlarımdan kurtulacaktım. Ama düşmedi... Havaalanına iner inmez herkes koşarak uçağı terk ediyordu. En son ben çıktım. Hemen bir taksiye binip adını duyduğum ama daha önce hiç gitmediğim, kumarhaneleriyle ünlü bir otele gittim. Geniş bir oda verdiler bana.

"Hemen kumarhaneye indim. İçerisi çok kalabalıktı. Kimse bana bakmıyor, benimle ilgilenmiyordu. Bu durum iyi geldi bana. Daha önce hiç kumar oynamamıştım. Önce ürkek ürkek dolaştım etrafı. Sonra garsonlardan içki isteyip rengârenk makinelerden birinin önüne oturdum. Kredi kartımı verince, görevli makineyi açtı. Sanki herkes gibi ben de kumar oynamaya gelmiştim. Kadehim boşaldıkça garsonlar hemen yeniliyor ve ben de makinenin tuşlarına daha hızlı basıyordum. Eski Mısır firavunlarına benzer resimler vardı kumar makinesinde. Onlar yan yana dizildikçe puanlar artıyordu. Sağdan soldan insanlar bakıyor, arada bir 'bol şanslar' diyorlardı bana. Kazanıyordum ama ne kazandığımı bilmiyordum. Görevlilerden birini yanıma çağırıp puanları nakde çevirmesini istedim. Biraz sonra elinde bir tomar parayla geldi görevli. Odama gitmek, kendimle baş başa kalmak istemiyordum. Elimde içki kadehiyle diğer makineleri dolaşmaya başladım. Hangisine dokunsam, içinden oluk gibi para akıyordu. Ben kazandıkça insanlar imrenerek bakıyorlardı bana ama ben hiç hoşlanmamıştım bu kadar kazanmaktan. Bilirsiniz, aşkta kaybedenler kumarda kazanırmış. Vay canına dedim içimden, demek bu söz doğruymuş. Hatta bir ara kumarhane müdürü geldi yanıma. Güya benimle sohbet ediyordu. Ama bu kadar çok kazanmamdan belli ki rahatsız olmuşlardı. Beni bu konuda profesyonel biri sandılar. Halbuki hayatımda ilk kez kumar oynuyordum.

"Sonunda koca bir tomar Amerikan Dolarıyla oradan ayrıldım. Ne yapacağımı, nereye gideceğimi bilmiyordum. Duygularım gizlendikleri yerlerden yavaş yavaş çıkıyor ve sanki alay eder gibi uzaktan göz kırpıyorlardı bana.

"Sokağa çıktım. Önce yerde önüme çıkan taşları tekmelemeye başladım. Sonra elektrik direklerini, yolda park etmiş arabaları tekmeledim. Bu arada önüme kızlı erkekli kalabalık bir grup çıktı. Onların üzerine doğru gittiğimi hatırlıyorum. İsteseler beni evire çevire bir güzel dövebilirlerdi ama korktular benden. Belki de korkmakta haklıydılar. O andaki ben, şimdi, burada oturan benden çok farklıydı. Bağırarak kaçıştılar. Arkalarından koştuğumu hatırlıyorum. Allah'tan yakalayamadım hiçbirini. Çok içmiştim, ayakta zor duruyordum. Sonra sendeleyerek otele döndüm. Odamı zar zor bulup olduğum gibi yatağıma uzandım. Sızmışım.

"Ertesi gün öğleye doğru uyandım. Otelin ikinci katındaydı odam. Başım ağrıyor, hafifçe midem bulanıyordu. Ağzımda kötü bir tat vardı, yüreğimde ise bir taş oturuyordu sanki. Biraz hava almak için balkona çıktım. Bana inat hava pırıl pırıldı. Etrafta rengârenk çiçekler insanın gözünü alıyordu. Gördüğüm bu manzara canımı daha çok sıktı. Çünkü bu güzelliklerden zevk alamıyordum ben. Bu dünya bana göre değildi. Bunu zaten baştan beri biliyordum ama önceki gece sanki hayat bunu bir kere de yüzüme karşı haykırmıştı. Yanlış olan dünya değildi, bendim. Bir yanım hep eksikti, zayıftı. O güne kadar kendimi aşağıladığım çok olmuştu ama intihar etmeyi, kendimi öldürmeyi, yok etmeyi hiç düşünmemiştim. Demek bunu düşünmek için bile biraz güç, iktidar gerekiyordu. Yani bende hiç olmayan o iktidar..."

Doğru söylüyor, diyorum içimden. İntihar etmek bile bir güç, irade işidir. Çok ağır depresyonlardaki hastalar en çok iyileşmeye başladıkları, biraz güçlendikleri zaman intihar ederler.

"Aşağı atlasam ölmezdim. Odam ikinci kattaydı. Ayrıca otel odaları birbirine bakıyordu. Başkalarının, ben böyle bir şey yaparken bana bakmalarını, beni seyretmelerini istemiyordum. Tabancam yoktu. Belki bir bıçak bulabilirdim ama onunla kendimi öldürmek pek uygun gelmedi bana. Sonra içeri girip başka bir yol aramaya başladım. Kalın bir ip bulsam, tavanda bunu asacak yer yoktu. Banyoya girdim, orası da bu iş için uygun değildi. İlaçla ölmek en güzeliydi ama midemi yıkayıp beni kurtarmalarından korkuyordum. Bunu da yüzüme gözüme bulaştırmak istemiyordum.

"Yatağımın üzerine oturup uzun uzun düşündüm. Acı çekmekten korkmuyordum. Hatta acı hoşuma bile gidebilirdi. Kendimi her türlü cezaya müstahak biri olarak görüyordum. Hatta birinin beni yavaş yavaş, acı çektirerek öldürmesini becerebilsem, mutlaka ilk tercihim bu olacaktı. Öyle birini bulmanın hayalini kurdum bir süre. Acaba önce nasıl başlardı işe? Önce bana hakaret etmesini, beni yerlerde süründürmesini, vurmasını, hiç acımadan her yanıma vurmasını, canımı çok acıtmasını istiyordum. Ölüm ancak bundan sonra güzel olabilirdi.

"Elimi yüzümü yıkayıp otelden çıktım. Şehre indim. Önce uzun uzun dolaştım sokaklarda. İnsanların yüzüne bakmaya bile korkan ben, o gün herkesin gözünün içine bakıyordum. Biri beni fark etsin, bana kızsın istiyordum ama bana inat bütün insanlar keyifle geziyorlardı sokaklarda. Yürümekten yorgun düşünce bir pastaneye oturdum. Bir şeyler içerken artık hayallerim bitmişti. Beni hayal ettiğim gibi öldürecek birilerini bulamayacaktım. Gözlerim, oturduğum yerin tam karşısındaki eczaneye takıldı. Hesabı hızla ödeyip kalktım. Ne tür ilaçlar almalıydım Acaba? Ağrı kesicilerin en doğru seçim olduğuna karar verdim. Eczacı hanım yüzüme bakıp duruyordu. Yüzüm zaten günlerdir içtiğim içkiden dolayı son derece kötü görünüyor olmalıydı. O zaman iki gündür hiç yemek yemediğimi hatırlayıp sevindim. Ölüme biraz daha yakın hissediyordum kendimi. Çok ağrım var, ağrı kesici ilaç istiyorum dedim. İki kutu ilaç alabildim. Bunlar yetmezdi. Yeniden dolaşmaya başladım. Artık başka eczaneler arıyordum.

İki eczane daha buldum. Onlar da ikişer kutudan fazlasını vermediler. Elimde altı kutu ağrı kesici vardı. Sonra süper marketlere girdim. Oralardan da böcek ilaçları aldım ve koca bir torbayla oteldeki odama döndüm.

"Buzdolabında küçük şişelerde içkiler vardı. Önce sırayla onları içtim. Sakinleşmiştim. Kendimi oldukça iyi hissediyordum. Ne yaptığımı biliyordum. Bugüne kadar hiç kimseye faydası olmamış, hep asalak yaşamış, ailesinin bütün çabalarına rağmen adam olamamış, erkek olmayı bile becerememiş bir zavallıyı yok edecektim. O zaten yaşamayı hiç hak etmemişti. Öfke yine çakmak çakmak gözlerime yerleşmişti. Biten her şişeyi hızla odanın bir köşesine fırlatıyor, çıkan sesten büyük bir zevk alıyordum. İçkiler bitmiş, sıra ilaçlara gelmişti. İlaçları tek tek, büyük bir zevkle girdikleri deliklerden çıkarıyor, leblebi gibi yiyordum. Acı, dilime, hatta beynime iyi geliyordu. İlaç şişelerini de duvarlara fırlatırken, kapıya "rahatsız etmeyiniz" tabelasını asmadığımı hatırladım. Bir tesadüfün kurbanı olmak ve kurtarılmak istemiyordum. Yalpalayarak gittim kapıya. Tabelayı astıktan sonra yatağıma uzandım.

"Aslında henüz hiçbir şey yaşayamadan ölüyordum. Bunun sorumlusu olarak Bilge'yi görmüyordum. Ben onun tüm söylediklerini hak etmiştim. Benim neyimeydi evlenmek... Ama evlenmeyi de ben istememiştim. Başka türlü ailemin elinden kurtulamayacağımı biliyordum. Ah benim şu kör olası ümitlerim diyordum içimden. Hepsi onların yüzünden gelmişti başıma. İşte şimdi onları tamamen öldürüyordum. Ümitlerimin de benimle birlikte öleceği fikri, beni rahatlatıyordu.

"Karnım ağrımaya başlamıştı ama bilincimi hemen kaybetmek istemiyordum. Olabildiğince çok acı çektikten sonra ölmeliydim. Onun için böcek ilaçlarını sona saklamıştım. Onlar, ilaçlardan daha hızlı öldürebilirlerdi beni. Sanki kutsal bir şeye dokunuyormuş gibi aldım elime böcek ilaçlarını. Biri tablet, diğeri sıvıydı. Önce tabletleri aldım. Sıvıyı içerken, karnımdaki ağrıdan artık yatakta yatamaz olmuştum. İki büklüm, yerlerde kıvranıyordum. Midem bulanıyor, kusmamak için büyük bir çaba harcıyordum ama durduramıyordum kusmayı..."

Son derece ciddi bir intihar girişimi bu. Biz psikiyatrlar, intihar olaylarını her zaman çok ciddiye alırız. En basit girişim bile, ciddi bir haberci olabilir. Bu çocuğun anlattıkları ise, insanın tüylerini diken diken ediyor. Kendini ne kadar suçlu, ne kadar aşağılık hissediyor! Sade bir ölüm bile onu kurtarmıyor. Acı çekerek yok etmek istiyor kendini.

"Karnımdaki ağrı yüzünden bilincim bir türlü kapanmıyordu. Kustukça nefes alamıyor, gözlerimden yaşlar geliyordu. Hayal ettiğimden daha fazla acı çekiyordum. O sırada her tarafta ziller çalmaya başladı. Kulaklarım çınlıyor ve ben nihayet ölüyordum galiba. Ölüm, demek zil çalarak geliyordu insana. Çektiğim acının dozu arttıkça ruhum hafifliyor, sanki yavaş yavaş ayaklarım yerden kesiliyordu. Sonra kapım gürültüyle açıldı, koşturmalar, gürültüler geldi kulağıma. Ve film burada koptu. Meğer ben öğürerek kusarken tesadüfen kapının önünde bulunan temizlik görevlileri sesimi duymuş ve otelin güvenlik bölümüne haber vermişler. Hemen ambulans gelmiş ve beni hastaneye kaldırmışlar. Midem yıkanmış, serumlar takılmış ama ben yine de üç gün komada kalmışım. Üçüncü günün akşamı kendime gelebildim."

"Ne hissettin uyanınca?"

"Önce yaşadığımı anlayamadım. Derin derin nefes aldım. Tıpkı dünyadaki gibi dedim içimden. Sonra yanımda yatan diğer hastayı gördüm. Her tarafı sargılar içindeydi. Kolumda takılı serumu, vücudumun değişik yerlerine bağlanmış hortumları ve diğer tıbbi aletleri görünce, hastanede olduğumu anladım. Buna inanamadım. Sonra hemşireler ve doktorlar geldi yanıma. Neden intihar ettiğimi sordular. İnkâr ettim. Karnım çok ağrıyordu. Bol miktarda ağrı kesici aldım. Üzerine de içki içtim. Zaten hep içerim dedim."

"İçer misin?"

"Hayır. Pek sevmem içkiyi. Sadece arkadaşlarımla beraberken kendimi daha rahat hissedebilmek için bir-iki kadeh içerim. İntihar etmek gibi bir fikrimin olmadığına inandırmaya çalıştım onları. Ama böcek ilaçları işleri karıştırdı. Birkaç gün sonra hortumları çıkardılar vücudumdan. Ve psikiyatri bölümünden konsültasyon istediler. Genç bir hanım geldi yanıma. Bana pek çok soru sordu. Yeni evlendiğimi, eşimle kavga ettiğimizi, ani bir öfkeyle intihara karar verdiğimi söyledim ona. O kadar ısrarcı oldu ki, sonunda, eşimin bakire olmayışına taktığıma inandırdım onu. Boşanmaya karar verdiğimizi, eşimin o nedenle yanımda olmadığını söyledim. Bana bekâretin artık o kadar önemli olmadığıyla ilgili uzun bir nutuk çekti. Hiç konuşmadan dinledim. Çok pişman olduğumu, en kısa sürede eşimle barışacağımı, bir daha böyle saçma sapan işlere kalkışmayacağımı söyleyerek bitirdik seansı. Eve döner dönmez bir ruh doktoruna gideceğime söz verdim ona. Ertesi gün hastaneden taburcu oldum. Çok şanslıymışsınız, kat görevlisi bu kadar dikkatli olmasa, şimdiye kadar çoktan terki diyar etmiştiniz dediler bana. Güldüm."

"Neden güldün Salih?"

Ona ilk kez adıyla hitap ediyorum. Acıyla buruluyor yüzü. Hüzünlü gözleri ve gülüşündeki içe dokunan ulaşılmaz yalnızlık olduğundan daha derin gösteriyor onu.

"Sanki kurtulmayı çok istemişim de şansım yaver gitti diye sevineceğim. Kurtulmak isteyen insan neden öldürmek istesin kendini? O kararı alabilmek, ilaçları eczanelerden tek tek toplayabilmek için neler çektim ben. Bazen bu doktorlar çok acayip oluyorlar. İntihar eden adama çok şanslıymışsın denir mi? Hadi yoğun bakımda çalışanları bir tarafa bırakalım. Ama başıma gelen psikiyatrist hanım da öyle başladı lafa. Çok şanslıymışım. Evet çok şanslıydım. Kumarda çok para kazandım. Keşke gerçek yaşamda da bu kadar şanslı olabilseydim."

Dirseklerini dizlerinin üzerine koymuş, başı önünde, kamburunu çıkarmış, çaresiz bir çocuk gibi oturuyor karşımda. İçimden merhametle karışık bir şefkat duygusu geçiyor. Kendi kendine konuşur gibi anlatmaya devam ediyor.

"Ama neden ölmediğimi ben de düşünüp durdum. Yine zayıf davranmış ve ölmeyi bile becerememiştim. Ama sanki bir yanım memnundu. İlaçları aldığım gün otel odasında çektiğim acı, hastanede bir hafta boyunca her yanıma açılan delikler, sokulan hortumlar, vücudumdan şişelere akan kan anlayamadığım bir şekilde rahatlatmıştı beni. Hafiflemiştim..."

Suçlu her zaman cezanın peşindedir diyorum içimden. Çektiği onca acı ilaç gibi gelmiş ruhuna. Ama gerçekten suçlu mu bu çocuk? Ortada bir suç yok ki suçlu olsun. Bakalım bunu ona anlatabilecek, daha da önemlisi buna onu inandırabilecek miyim? Kendi gözünden düşmüş Salih. İçimdeki ince sızı devam ediyor.

"Otele döner dönmez annemi aradım. Ağlayarak açtı telefonu. 'Neredesin oğlum,' diyordu. Geliyorum dedim ve ertesi gün eve döndüm. Yüzüme bakar bakmaz anladı çok kötü olduğumu. Sanki bir hafta içinde bambaşka biri olmuş, zayıflamış, çökmüştüm. Bu iş bitti, hemen boşanma işlemlerine başlayalım dedim. Korktu halimden. Bir şey sormaya cesaret edemedi. Bu arada Bilge ve ailesi ile ben yokken, çok şiddetli kavgalar yaşanmış."

"Onlar seni merak etmemişler mi?"

"Etmişler etmesine de, bunun öfkesini herkes birbirinden çıkarmış."

"Ailene hiçbir şey anlatmadın mı?"

"Halimi, perişanlığımı da görünce, fazla soru soramadılar bana. Herkes kafasında bir yorum yaptı. Ve sonunda ayrıldık."

"Bilge ayrılmayı hemen kabul etti mi?"

"Bilge sadece para istedi. O evi, yani içinde hiç yaşamadığım evi tapusuyla eşyasıyla Bilge'ye bıraktım. Şimdi yeni eşiyle birlikte o evde oturuyor."

"Evlendi mi?"

"Evet, benden boşandıktan kısa bir zaman sonra evlendi."

"Ne zaman boşandınız?"

"Dört-beş yıl oldu."

"Ben yeni zannettim. Demek boşanalı çok oldu."

"Bige'yle düzgün, mutlu bir evlilik yapsaydık belki ben de bu hallere düşmezdim... Her neyse, geride kaldı o günler."

Bu hallere düşmezdim derken ne demek istiyor acaba? O hiç kafasını kaldırmadan anlatmaya devam ediyor ama asıl konuya henüz gelmedi anlaşılan.

"Hastanede yanıma gelen psikiyatrist hanıma verdiğim sözü tutamadım, yani bir ruh doktoruna gitmedim o zaman. Madem bu işler çoktan kapandı, şimdi burada ne işin var diyorsunuz içinizden."

İkimizin de üzerine sinen bu hüzünlü havayı dağıtmanın tam zamanı. Şimdi yine takılacağım ona.

"Senden de hiçbir şey kaçmıyor. Benim, senin düşüncelerini okumam gerekirken, bunu sen yapıyorsun. Üstelik çok da başarılısın. Evet, aynen böyle diyorum."

"İlk kez kendi isteğim ve irademle bir ruh doktoruna geliyorum ama psikoloji ve psikiyatriyle ilgili çok şey okudum. Madem cesaret edip bir ruh doktoruna gidemiyorum, öyleyse kitaplardan bir şeyler öğreneyim istedim. Çocukluğumdan beri severim kitap okumayı. Şiir ve bilimsel kitap severim."

"Demek şiir seviyorsun. Duyguları güçlü, iç dünyaları zengin ve zeki insanlar sever şiiri. Çünkü onlar şiirin içinde bir yerlere saklanan duyguları bir bir keşfetmeyi, yakalamayı, bu farklı renkteki duyguları tanımayı bilirler. Bilimi sevmek ise dünyaya duyulan ilgi, merak ve heyecan demektir. İyi ki o gün ölmeyi becerememişsin. Hem bilimi hem de şiiri seven bu adama yazık olacakmış."

Hafifçe tebessüm ederek başını önüne eğiyor. Kızmadı bu sözlerime, hatta övülmek hoşuna gitti. Ama her zaman gergin, gururlu ve ulaşılmaz bir havası var Salih'in.

"Gerçekten böyle mi düşünüyorsunuz?"

Evet anlamında başımı sallıyorum gülerek. Hüzün bulutları yavaş yavaş terk ediyor odayı.

"Teşekkür ederim. Size tahmin ettiğimden de çok şey anlattım. Bu benim için önemli bir başarı. Aradan geçen yıllar çok acı verdi bana. Hem ruhum hem de bedenim çok acı çekti. Kendimi hiç olmadığım kadar yalnız hissettim. Annem bana çok düşkündür. Benimle konuşmak, acılarımı, dertlerimi paylaşmak için çok uğraştı. Ama olmadı, ulaşamadı bana. O zamana kadar az da olsa bir şeyler konuşabiliyordum onunla. O günden sonra sadece annemle değil, hemen hemen tüm çevremle yakın ilişkiyi kestim. Yine eski dostlarım ve arkadaşlarımla beraberdim ama hiçbirine yakın değildim. Bu konuda kimse üzerime gelemedi. Ayrıca Bilge'yi yakından tanıdıktan sonra, kızlardan da ümidi kestim. Hepsinin derdi aynı. Para ve lüks istiyorlar. Çok benciller. Kimsede duygu filan kalmamış."

"Hepsi mi?"

"Belki hepsi öyle değildir ama ben kötü bir örnekle işe başladım. Gözüm korktu kızlardan. Hiçbiri göründüğü gibi değil diye düşünmeye başladım. Arkadaşlarımın bazıları evli. Onlar da pek memnun değiller hayatlarından. Ben zaten oldukça duygusal biriyim. Her ne kadar Bilge'yi ailem aracılığıyla tanısam da ilişkinin zamanla aşka dönüşeceğini düşünüyordum. Bende başlamıştı böyle duygular. Onun da benim için benzer şeyler hissettiğini sanmıştım. Ama sonra gördüm ki, işler hiç de benim düşündüğüm gibi değilmiş. Bilge hiç gözünü kırpmadan sattı beni. Biraz olsun sevseydi böyle aşağılamaz, reddetmezdi değil mi?"

Maalesef öyle galiba diyorum içimden. Bilge'yi tanımıyorum. Ona haksızlık etmek istemem ama gelin hanım Salih'te öyle derin yaralar açmış ki, bu sevimli genç adam az kalsın ölüyormuş bu yüzden. O nasıl hissetti acaba bütün bunlardan sonra? Bilge için her şey göründüğü kadar kolay mı oldu? Eğer bazı şeyleri Bilge bilerek yaptıysa, hayat ona bunların hesabını mutlaka soracaktır. Aslında hayat değil, bilinçdışı desem daha iyi olacak galiba. Her şeyi herkese yutturabilirsiniz ama bilinçdışına yutturamazsınız. O hiçbir şeyi atlamaz ve unutmaz. Gün gelir bunların hesabını sorar Bilge'den. Şimdi bunları Salih'e uzun uzun anlatmak istemiyorum. Yeri ve zamanı değil. Bilge'yi suçlayarak bu işin içinden çıkamayız. Hafifçe gülümsüyorum Salih'e, bir şey söylemeden.

"Sanıyorum şimdiki eşiyle tanışıklıkları yeni değil. Belki o da ailesinin hatırı için benimle evlenmeyi kabul etti. Veya mantığını kullandı. Çünkü ben varlıklı bir ailenin oğluyum. Halbuki ilişkimiz boyunca bana bunu hiç hissettirmedi. Bana çok yakın ve sevecen davrandı veya ben öyle sandım. Ne de olsa bu işlerin acemisiyim. Böyle hesapları anlayamadım. Bilge hedefi tam on ikiden vurdu. Hem benden kurtuldu, hem de maddi sorunlarını çözdü. Şimdiki kocası onu bekliyormuş zaten. Hemen evlendiler. Bense, defolu bir mal gibi ortada kaldım ve hâlâ yalnızım."

"Kolay değil yaşadıkların. Kim olsa etkilenir bunlardan. Henüz çok gençsin. Gençlikte insan her şeyin acemisi oluyor. Duygular derin, deneyim az gençlikte. Sonradan insan her şeyi öğreniyor ama o zaman da duygular bize böyle derinden eşlik edebiliyor mu, işte bunu bilemiyorum. Bu uğurda az kalsın ölüyormuşsun. Şu anda kimbilir ne çok sorunun var ama unutma ki yaşıyorsun. Hâlâ genç ve sağlıklısın."

"Asıl sorunlarımı henüz anlatmadım size. Gülersiniz diye korkuyorum."

"Gülerim diye mi korkuyorsun!"

"Hı hı."

"Hiç gülmeden ve çok ciddi bir ifadeyle seni dinlememi istiyorsun. Peki, eğer istiyorsan öyle yaparım ama istersen sen anlat, birlikte gülelim. Ne de olsa odaya girdiğin andaki acemiliğin pek kalmadı. Milli oldun bir kere!"

Düşünüyor ama her şeye rağmen daha rahat.

"Milli oldum değil mi? Belki de beraber gülsek daha kolay olur anlatmak."

"Ben hazırım. Beraber gülmeye de beraber ağlamaya da..."

"Hastalarınızla beraber ağladığınız da oluyor mu?"

"Aslında ben bunu pek istemiyorum ama yine de bazen gözyaşlarımı tutamadığım oluyor."

"Ben psikiyatristlerin hiç tepki vermeden hastalarını dinlediğini sanırdım. Kitabınızı okuyunca, sizin her zaman böyle yapmadığınızı anladım. Belki de bunun için size geldim."

"Hem bana bunun için geldin, hem de tepkilerimi yok etmek için baştan pazarlık ediyorsun."

"Tepkileriniz hoşuma gitti ama yine de bir parça korktum. Anlattıklarımı duyduğunda basar kahkahayı dedim içimden."

"Aslında pek haksız sayılmazsın. Bizim meslekte her birimizin kendine has bir tavrı, bir yöntemi vardır. Klasik psikanalizde ruh doktorları pek tepki vermezler. O, başlı başına farklı bir yaklaşımdır. Şimdilerde biz hekimlerin asıl amacı, bir an önce hastalarımızın sorunlarını anlayıp elimizden geldiğince çözümlemede onlara yardımcı olmaktır. Bunun için ilk yapılması gereken şey, bize başvuran kişilerle olabildiğince çabuk, yakın ve güvenilir bir ilişki kurabilmektir. Herkesle çabucak böyle bir ilişki kurmak kolay olmuyor."

İşaretparmağımla onu göstererek;

"Şekil bir A'da görüldüğü gibi!" diyorum.

Gülüyor. Gülerken bile, kendine has bir duruşu var Salih'in. Yaşıyla tezat oluşturan, ağır bir duruş bu.

"Evet, karar verebildin mi? Gülecek miyiz, yoksa ciddi mi olacağız?"

"İçinizden nasıl geliyorsa öyle yapın. Açık olduktan sonra, sorun yok bence. Bugün sanırım zamanımız doldu. Bir dahaki sefere belki daha kolay olur anlatmak."

"Bu da bir çeşit kaçış mı yoksa?"

"Hayır, hayır... Yine geleceğim."

"Tamam o zaman. Fazla gecikme."

"Bakın, sizin çiçek dirilmeye başlamış."

"A, evet... Bir daha onu hiç ihmal etmeyeceğim."

"Çiçekleri seviyorsunuz."

"Seviyorum. Çiçekleri, ağaçları, böcekleri, hepsini seviyorum ben."

"Belki bir gün ben de severim. İlginize teşekkürler."

Ayağa kalkıyor Salih. Telefonunu eline alıp hafifçe eğilerek, saygıyla sıkıyor elimi ve yine başı önünde çıkıyor odadan. Arkasından bakıyorum. Çok acı çekmiş insanların ifadesi var bakışlarında. Ama henüz anlayamadım onu. Bazı şeyleri bütün ayrıntılarıyla anlatırken, bazı şeylere hiç değinmiyor. Kendini anlatmaya alışkın değil. Aslında istese, biraz daha kalabilirdi. Asıl anlatmak istediklerinin bunlar olmadığı belli. Aklım en çok aniden ortaya çıkıveren öfke nöbetlerine takıldı. İşin kötüsü ereksiyon sadece bu öfke patlamalarında ortaya çıkıyor. Çok sakin insanlardan oldum olası korkarım. Öfke bu kadar geri çekilirse, sonra ne yapacağı belli olmaz.

Ayrıca düzgün, mutlu bir evlilik yapsaydım belki bu hallere düşmezdim dedi ve bir daha bu konuya geri dönmedi. Ben de ona şimdilik pek bir şey sormadım. Cevaplamakta zorluk çekeceğini düşündüğümüz soruları daha ilk seansta genelde sormayız hastalarımıza. Onunla konuşurken her zaman çok dikkatli olmalıyım. Ona yakın davranmam, arada bir şaka yapmam hoşuna gidiyor ve bunu asla istismar etmiyor. Yine de esrarlı bir hali var bu genç adamın. Belki de bir daha buraya gelme cesaretini gösteremeyecek.

Hemen telefonun tuşuna basıp Tuna'yı arıyorum.

"Tuna, şimdi çıkan hastaya en yakın tarihe bir randevu ver."

"Ama efendim, biliyorsunuz..."

"Ver dedim Tuna!"

"Tamam efendim."

Tuna da şaşırdı ne yapacağını. Hem beni bu kadar yorma diyorum, hem de onu yine ben sıkıştırıyorum. Olsun, arada bir şikâyet etsem de, çok yorulsam da yine de seviyorum işimi. Ben yıllarca Ankara'da, kendime ait bir muayenehanede yalnız çalıştım. Bu yıllar içinde sayıları binleri, on binleri geçen hastaya baktım.

Genelde fiziksel hastalıklar için muayenehanelere cebinde bol parası olan insanlar gider. Ama psikiyatriye başvuran insanlarda durum farklıdır. Parası olup da gelen kadar, bunu yaparken çok zorlanan hastalarım da oldu.

Onları uzun uzun dinledim, konuştum, güldüm, ağladım onlarla. Ve zamanla mesleğim hayatımın en önemli parçası, hatta anlamı haline geldi. Odamda kendilerini tek ve çok özel hissettiler. Aradan yıllar geçse de ne ben onları unuttum ne de onlar beni.

Ancak elimden gelen her şeyi yapsam da zamanı durduramıyordum. İki önemli sorun vardı. Birincisi, her ne kadar sevgili hastalarımı kimselere emanet edemiyorsam da, kalıcı olmadığımı biliyordum. Örneğin doktorların kendisine verdiği ilaçlara bir türlü güvenmediğinden, onları bana gösterebilmek için

Avustralya'dan uçağa atlayıp yirmi dört saatlik bir seyahatten sonra karşıma geçerek, bu ilaçlar bana uygun mu, değil mi diye soran hastalarım vardır benim. Onları öylece bırakıp gitmek olmazdı. Güvenebilecekleri, kalıcı bir kurum gerekiyordu.

İkinci önemli sorun ise para meselesiydi. Yani benimle görüşebilmek için ödenen vizite ücretleri konusu. Madalyon Klinik öyle bir yer olmalıydı ki, hastalarım muayenehane özenine ellerindeki sağlık karneleriyle ulaşabilsinler. Orada mesleğinde başarılı, güvenilir genç doktorlar çalışsın. İlaçları doğrudan karnelerine yazılabilsin.

İşte Madalyon Klinik bu amaçlarla kuruldu ve adını, 2004 yılında yayınlanan *Madalyonun İçi* adlı ilk kitabımdan aldı.

Odama ilk günler pek fazla aksesuar almadım çünkü biliyordum ki, hastalarım o odayı yavaş yavaş birbirinden güzel, benim için çok değerli armağanlarla dolduracaklar. Gerçekten de öyle oldu. Her birinin getirdiği armağanlarda kendilerinden bir parça, ruhlarından o küçük şeylere yansıyan bir sevgi, bir sıcaklık var. O yüzden odam sıcacık...

Mazoşizmin Rengi Siyah 2

TED Ankara Koleji okullarında velilere yönelik olarak hazırladığımız bir dizi konferans bu hafta başladı. Ben TED 1965 mezunuyum. İki çocuğum ve damadım Tolga da bu kolejden. Son olarak da kızımın kızı Zeynep Su, bu yıl kolejin ana sınıfına başladı.

Üç kuşağa eğitim veren okulumuza artık vefa borcumuzu ödemenin zamanı geldi. Veliler bu konferanslara tahminlerin çok üzerinde ilgi gösteriyorlar. Bir zamanlar öğrencisi olduğum bu okulda, bu kadar güzide bir topluluğun karşısına çıkmak beni çok duygulandırıyor. Artık insanlar çocuklarına daha fazla özen gösteriyor ve insan psikolojisine daha çok ilgi duyuyorlar. Madalyon bu konferansa tüm kadrosuyla katılıyor.

Açılışı ben yaptım. Bir süre tatlı tatlı sohbet ettik velilerle. Daha sonra sevgili arkadaşım Prof. Dr. Cengiz Güleç aldı mikrofonu. Salonda çıt çıkmadan dinledi insanlar onu. İki saat sonra konferans bittiğinde, "Neden bu kadar kısa tuttunuz süreyi?" diye soruyordu veliler. Cengiz konuşurken onu dinlemeye doyamadılar anlaşılan. Ben de yıllardır doyamadım onun tatlı sohbetlerine. O bir derya...

İşimiz bitince küçük öğrencilerin arasından geçerek ayrıldık okuldan. Yol boyu hep çocukluğumu düşündüm. Benim çocukluğum genelde hep güzel anılarla doludur ya da ben hep güzel olanlarını hatırlarım. Bazen bizi biz yapan amansız yazgı ile çevresel koşulların ve tesadüflerin oluşturduğu tuhaf karışımı hayret ve çoğu zaman da şükranla düşünürüm. Duygu dolu, coşkulu, meraklı, hayalleri olan, son derece zeki ve duyarlı bir anne ile yüreği hiç yaşlanmayan, saf, temiz, hayatı ve insanları olduğu gibi kabul eden, kendisiyle ve çevresiyle barışık, herkese saygılı, biraz mesafeli, biraz otoriter ama bakışları hep sevgi dolu bir babanın ilk çocuğu olarak dünyaya gelmişim.

Çocukken, özellikle yağmurlu gecelerde, ortasında soba yanan evimizin camına burnumu yapıştırır, ellerimi yanaklarıma dayayarak dışarıyı seyrederdim. Evimizin dışındaki hayatı merak ederdim. O pencereden dışarı uçmak, hayatın içine karışıp kaybolmak isterdim. Sonra nefesimden iyice buğulanan cama parmağımla yazılar yazar, resimler çizerdim. Aslında daha fazlasını görmek, daha fazla şey bilmek ve daha fazlası olmak istiyordum.

Her çeşit kitap, dergi, hatta ansiklopedi okurdum. Özellikle de yaşamöykülerinden hoşlanırdım. Bilime merakım daha sonraları başladı. Bilimadamlarını ve onların hayatımıza getirdikleri katkıları hayranlıkla öğrendim.

Ailenin ilk çocuğu olarak, çabuk büyüttüler beni. Yetişkinlere has sorumluluklar dünyasına belki de gereğinden çok daha erken adım attım. Sanırım bu yüzden, hâlâ uzatmalı bir çocukluk yaşıyorum. Bir süre sonra sıra, varoluşun gizemli sorularını cevaplamaya geldi. Varoluşun büyük sorularını cevaplamanın yolu dinden mi, yoksa bilimden mi geçiyordu? Yoksa ikisi de aynı hedefe mi gidiyordu; ayrı yollardan, aynı hedefe... Bilim bir anlamda benim dinsel arayışım; dünyayı ve dünyanın içinde kendi yerimi anlamlandırma yolundaki en büyük umudum oldu. Hâlâ hüzünlü gecelerde en büyük sığınağım olmaya devam ediyor.

İnsanlara tutku derecesinde ilgi duyuyorum. Yazarken müzik dinliyorum ve yazdıklarıma belli bir müzik dilinin, farklı bir bestenin, bir makamın egemen olduğuna inanmak istiyorum. Segâh mı, saba mı, hicaz mı, mahur mu öyle bir şey işte... Duyguların her türüne ayrı ayrı hitap eden, onlara dokunan, onları yoklayan, kucaklayan, koklayan, bazen sızlatan, bazen de kışkırtan bir makam...

Ama ben hâlâ gecenin bir yarısında yalnız başıma, penceremden görünen evren parçasına bakarken, orada neler olduğunu merak eden, ama artık bütün dinlerin üstünde bir yaklaşımla hayatı kavramaya çalışan, tasavvufa meraklı, Mevlana'nın kitaplarını hiç elinden bırakmayan, oralarda bir hikmet arayan, meraklı ve heyecanlı küçük bir çocuğum. Tasavvuf okumak, hem bilimi hem de inanmayı seven bu çocuğa iyi geliyor. Bilimle mistizmin ortak bir yanı var çünkü. Her ikisi de evrende bir düzenin varlığını kabul ediyor. Görünenin ötesinde gizli, derin bir anlam, farklı bir gerçek olduğuna inanıyor. Mistik bunun akılla değil, gönül yoluyla (batıni) sezilebileceğine inanırken, bilimadamı bu gerçeğe akılla, mantıkla, gözlemle, deneyle, akıl yürüterek (zahiri) ulaşmaya çalışıyor. Aralarındaki bu farka rağmen, bence her mistik biraz bilimadamı, her bilimadamı biraz mistiktir. Araştırıyorum, okuyorum, tanıdığım her insana merakla, dikkatle, heyecanla bakıyor ve hâlâ kendime "neler oluyor" diye soruyorum. Kimbilir, belki bir gün...

Kolejden Madalyon'a gelirken, yol boyu arabada bunlar geçiyor aklımdan. Kliniğe yaklaşınca, nihayet saate bakmak geliyor aklıma. Geç kaldık. Hızla iniyorum arabadan. Madalyon'un önünde, arabalarımızdan, uzun bir konvoy oluşuyor. Şoförümüz hangi birimize bakacağını bilemeden oradan oraya koştururken, her birimiz anahtarı arabaların üzerinde bırakıp koşarak giriyoruz kliniğe. Hepimizin randevulu hastaları var. Bir an önce odalarımızda olmamız gerekiyor.

Odama girer girmez masamın üzerinde duran kocaman, kırmızı açelya karşılıyor beni. Çocuk sever gibi kucağıma alıyorum seramik saksının içindeki çiçeği. Gerçekten çok güzel görünüyor. Taptaze yapraklarından sanki yaşam fışkırıyor. Tuna hemen arkamda, gülerek beni seyrediyor. Benim gibi o da meraklıdır çiçeklere.

"Ne güzel değil mi, Salih Bey getirdi. Kendisi de salonda sizi bekliyor."

"Evet, harika. Gecikmedim değil mi?"

"Pek sayılmaz. Nasıl geçti konferans?"

"Çok iyiydi Tuna. Eski okulumda olmak, beni çok heyecanlandırdı. Demek bu çiçeği Salih Bey getirdi. Ben hazırım. Salih Bey'i hemen içeri alabilirsin."

"Ama yemek yemediniz."

"Ziyanı yok. Salih Bey'i bekletmeyelim."

"Hay Allah, sonra da midem ağrıyor dersiniz. İnsan bu kadar saat aç kalırsa midesi ağrımaz mı!" diye söylenerek dışarı çıkıyor Tuna.

Ben daha yerime oturmadan, Salih elinde çiçekle giriyor içeri. Onu kapıda karşılıyorum. Açelyayı onunla birlikte hemen yanı başımdaki pencerenin önüne yerleştiriyoruz. Üzerindeki jelatin kâğıdı çıkarırken bana yardım ediyor. Kendisine teşekkür ediyorum. İlk geldiği gün de onunla çiçeklerden konuşmuştuk. Bu çiçeği, bana ve tedaviye karşı gösterdiği bir yakınlık, bir kabul gibi algılıyorum ve bu hoşuma gidiyor. Bugün beyaz, uzun kollu gömlek giymiş. Gömlekte en küçük bir kırışık bile yok. Masamın önünde karşılıklı duran koltuklardan, cama yakın olanına oturuyor yine. Onu genellikle profilden görüyorum. Yüzünü bana pek sık dönmüyor. Yine biraz sıkıntılı ve huzursuz görünüyor. Geçen seferki gibi cep telefonu elinde. Tam ben konuşmaya hazırlanırken, söze o başlıyor.

"İkinci kitabı yazacak mısınız?"

"İnşallah."

"Beni de yazarsınız artık."

"Yazmamı ister miydin?"

"Kendimi sizin baktığınız pencereden görebilmek için o kitapta kendimi okumayı isterim doğrusu. Çünkü siz anladığım kadarıyla farklı bir açıdan bakıyorsunuz insanlara."

"Nasıl bir açı?"

"Bilmem, sanki daha sevecen ve reddetmeyen bir bakış. O zaman insan kendi kusurlarından bile pek korkmuyor. Belki kendime duyduğum nefret o zaman biraz azalır."

"Demek kendinden nefret ediyorsun. Yalnızsın sen. Bir sahibin bile yok."

"Nasıl bir sahip?"

"Bizler, her birimiz kendimizin sahibi, koruyanı, anlayanı, arka çıkanı olmalıyız. Kendinden nefret eden biri, sahipsizdir, yalnızdır. Neden bu kadar kızıyorsun kendine?"

Yüzünü ekşiterek, başını pencereye doğru çeviriyor. Nefretin de ötesinde, sanki kendinden iğreniyor gibi bir hali var. Erkekler, eğer cinsel bir sorunları varsa, bunu her zaman çok ciddiye alırlar. Hatta bu tür sorunlardan çok korkarlar. Erkekliklerini kaybetmek onların korkulu rüyasıdır. Ölmekle eş tuttukları bir korkulu rüya. Salih de korkuyor. Bana anlatmak istediği başka şeyler var. Ona yardımcı olmalıyım.

"Kitaba girecek kadar ilginç bir hikâyen var galiba. Baştan bilesin, ilk gelişinde anlattıklarınla o kitaba giremezsin."

"Keşke öyle olsa ama maalesef esas sorunlarımdan henüz bahsetmedim size. Öyle zor ki bunları bir başkasına anlatmak. Nihayet siz de insansınız. Garibinize gidecek, belki de içinizden dalga geçeceksiniz benimle. Bunları bana başkası anlatsa, fena halde dalga geçerim onunla. Komik şeyler. Ancak bir manyak yapar bunları. Zaten internetten baktım. Benim gibilerine cinsel sapık deniyor. Kendim için değil ama annem adına çok üzülüyorum. Bunca emek vererek yetiştirdiği oğlu sonunda cinsel sapık olup çıktı. Üstelik ailem çok mutaassıptır. Dayılar, amcalar, halalar, teyzeler, yani hepsi de koyu Müslüman yani. Bilseler, dünya başlarına yıkılır. Bir daha yüzüme bakmazlar. Belki de beni reddederler. Kimbilir? Bunları düşününce, aklımı oynatacak gibi oluyorum. İyice nefret ediyorum kendimden. Zaten hep başım önümde gezerim. Kimsenin yüzüne bakamam. Utangaç biri olduğumu düşünürler hep ama işin aslını bilmezler. Ama bu böyle devam etmeyecek. Bir gün foyam meydana çıkacak. Öyle korkuyorum ki bunu başkalarının öğrenmesinden. Hâlâ evlen, deyip duruyor annem. Demesi kolay... Bir kere denedim, elime yüzüme bulaştırdım. Elin kızı seni neden bu kadar kolay terk edip gitti diye bile merak eden yok. Kendi kafalarına göre senaryo yazıyorlar. Tabii kimse suçu bende aramıyor. Bütün olanlardan Bilge'yi sorumlu tutuyorlar. Ben bu halde nasıl evlenirim? Belki de bu uğurda bir gün geberip gideceğim. Benim gebermem önemli değil de, nasıl geberdiğim anlaşılırsa, işte o zaman rezil olacağız âleme."

Başını hiç kaldırmadan, elindeki telefona bakarak konuşuyor Salih. Ama hâlâ bana derdinin ne olduğunu söylemedi. Bu gidişle lafı dolandırıp duracak. Onu rahatlatmanın bir yolunu bulmalıyım.

"Demek öyle... Şu sapıklık her neyse anlatsan da, birlikte dalga geçsek."

Gözlerinin altından, hafifçe gülümseyerek bakıyor yüzüme. Bu iyi. Şaka yapmamdan hoşlanıyor. Şimdi biraz daha ileri gidebilirim.

"Birlikte gülsek... Gülmek, tek başına yapıldığında, pek anlamlı bir eylem gibi gelmiyor bana. Ama aynı şeye iki kişi birden gülebiliyorsa, bunun çok değerli olduğunu düşünüyorum. Bu, iki kişinin aynı duyguyu paylaşması demektir. Hele psikiyatride, buna çok önem veririz biz. Geçen sefer gülecek miyiz, yoksa ciddi mi olacağız karar verememiştin, hatırladın mı? Sonunda siz nasıl isterseniz demiştin bana."

Başını sallıyor hafifçe.

"Evet, başla bakalım Salih."

Ani bir baş hareketiyle gözlerimiz kısa bir an karşılaşıyor. Hafifçe gülümsüyorum ona. Yakın, şefkatli, yargılamayan bir gülümseme bu. Başını bir-iki kere salladıktan sonra, yine önüne bakarak konuşuyor.

"Bir gün, sizinle karşılıklı gülmeyi çok isterim. Zaten bunun için geldim buraya. Belki bir gün..."

"Geçen hafta, bir daha gelmezsin diye endişelenmiştim. Kolay değildir insanın çok özel yaşantılarını bir başkasına anlatması. Ama işte geldin. Filozofun dediği gibi, 'insana ait hiçbir şey yabancı değildir bana' Salih. Ve bilirim ki, kimse durup dururken yanlış yollara sapmaz. Baksana, ne kadar üzülüyor, yaptıklarından nasıl da utanıyorsun."

"Ama yine de çağırınca koşarak gidiyorum."

İşte başlıyor. Dikkatle dinliyorum onu.

"Kim çağırıyor seni?"

"Domina."

"Domina kim?"

"Bu işi yapanlara domina denir."

Domina. Bu kelimeyi daha önce hiç duymadım.

"Salih, yeter. Bilmece gibi konuşmaktan vazgeç. Şunu doğru dürüst anlat bana."

Gülüyor. Gülmek Salih'e çok yakışıyor. Biçimli ağzı, bembeyaz, muntazam dişleri var ama öyle az gülüyor ki...

"Marki de Sade diye birinin adını duydunuz mu?"

"Duydum tabii, Sadist kavramı, adını ondan almıştır. Edebiyat kitaplarına konu olan, kadınlara seks sırasında inanılmaz eziyetler eden, resimlerde bir elinde kamçıyla çizilen, hep siyahlar giyen Marki de Sade... İlk geldiğin gün, sen de siyahlar giymiştin."

"Bakmayın öyle arada bir siyahlar giydiğime, ben sadist değilim. Marki'nin ayaklarının altındaki kişiyim."

Çok kısa bir sessizlik oluyor aramızda. Demek mazoşist. Bu hiç gelmemişti aklıma.

"Dominant kadınları seviyorum. Kadının üstünlüğünü kabul ediyorum. Daha açık söylemek gerekirse, dominant kadının bana açıkça eziyet etmesinden, canımı acıtmasından, beni olabildiğince aşağılamasından hoşlanıyorum. Size çok garip geldi, değil mi?"

"Evet. Bu konu bana her zaman biraz garip gelir. Yüzleri, gözleri kızararak acı biber yiyenlere bile şaşarım ben. İnsanların acı çekmesine dayanamam çünkü. Sen de acı sevenlerdensin demek!"

"Aslında acıyı seviyor muyum, yoksa anlayamadığım nedenlerle acıya ihtiyacım mı var, tam olarak bilemiyorum."

"Belki bu soruların cevaplarını birlikte ararız."

"İşin kötüsü, çekmek istediğim acının derecesi giderek artıyor. Böyle giderse başım çok derde girecek. Perişan olacağım... Acı çekmekten hoşlanan birini anlayabilecek misiniz?"

Gözlerinden bir an için güvensizlik duygusu şimşek gibi çakıp geçiyor. Şimdi bir güven sorunu yaşanıyor aramızda. Benim bu konuyu yadırgadığımı hissetti. Daha doğrusu acı sevenlere hep çok şaştığımı, konuşmanın başında ben söyledim ona. İçimden geçtiği gibi, hiç sansür koymadan, açık bir itiraftı benimkisi. Bu ilişkide, benim açık ve doğal olmam, onu rahatlatıyor ama yine de onu anlayamayacağımdan ürktü. Çok profesyonel bir ilişki şekli Salih'i ürkütür. Şimdi, onu anlamak için elimden geleni yapacağımı iyi anlatmalıyım ona.

"Seni anlamaya çalışacağım ama bu zor olacak. Hayatta kolay olan ne var ki? Senin şu anda yaptığın kolay mı? Bunun ne kadar zor olduğunun farkında değil miyim sanıyorsun?"

"Bir haftadır, size bunları nasıl anlatacağımı düşünüp duruyorum. Geçen hafta geldim ama bunları söyleyemedim. Siz de fazla ısrarlı olmadınız."

"Geçen hafta sen bana düğün gecesini anlattın. Eğer Bilge o gece acele etmeseymiş, seninle konuşmayı deneseymiş, seni çok sıkıştırmasaymış, her şey çok farklı olabilirmiş. Aynı hatayı benim de yapmam yanlış olurdu."

"Psikiyatride her şey böyle hesaplı mıdır?"

"Hayır, hesaplı değildir. Dikkatli ve saygılıdır psikiyatri. Eğer hesaplı olsaydı, sen acı çekmekten hoşlandığını söylerken, ben sana acı sevenlere hep şaştığımı, buna dayanamadığımı söylemezdim."

"Evet, siz de açık konuşuyorsunuz. Aslında o gün anlattıklarım da benim için çok özeldi ve onları da kimseyle paylaşmamıştım. Ama onlar benim sorunlarımın en kolay anlatılabilir bölümleriydi. Asıl beni korkutanlar bugün anlatacaklarım."

"Evet, böyle olduğunu tahmin etmiştim."

Salih derin bir nefes alırken bakışlarının sık sık hüzün ve öfkeyle gölgelendiğini fark ediyorum. Aramızda bir güven sorunu kalmadı. Artık her şeyi anlatmaya kararlı.

"Eskiden spor yapardım, gezmeyi, eğlenmeyi severdim. Şimdi onlar da bitti."

"Aklın fikrin dayak yemekte yani!"

Gülüyor. Her ne kadar anlatmaya kararlı olsa da yüzünün rengi giderek kırmızıya dönüyor ve alnında ter tomurcukları birikiyor. Haklı... Toplumun ve bilimin sapıklık olarak kabul ettiği, yanlış olduğunu kendisinin de bildiği ama yine de zevk aldığı şeyleri, bir başkasıyla paylaşmak o kadar da kolay değil.

"Bir süre önce yine İstanbul'daydım. Eskiden bu iş için sık sık yurtdışına gitmem gerekiyordu. Orada bu işi çok iyi yapan profesyoneller var. Şimdi internette bu konuya ilgi duyanlar için yüzlerce site var. O sitelerden birinde bulduğum bir hanım var İstanbul'da. Arada bir beni arar. Geçen gün yine aradı ve ben de gittim."

"O mu seni arar?"

"Evet, genelde o arar. O beni arayınca, iki elim kanda olsa, her işimi bırakıp gidiyorum İstanbul'a. İşim mi varmış, hasta mıyım, bir başka yerde randevum mu var, hepsi bana vız geliyor ve hemen o anda arabama atlayıp yola çıkıyorum."

"İyi ki bu ara seni aramamış, yoksa bugün burada olamayacaktın."

Gülerek başını sallıyor.

"İçimde kıpır kıpır bir heyecan oluyor. Âdeta uçarak gidiyorum oraya."

"Bir hayat kadını mı seni arayan?"

"Bu işi para karşılığında yapıyor ama herhangi bir hayat kadını değil. Özel biri, yani o da benim gibi hasta. O eziyet etmeyi seviyor, ben de acı çekmeyi."

"Kaç yaşlarında?"

"Yaşı benden çok büyük."

"Evine mi çağırıyor seni?"

"Evet, evine gidiyorum."

"Senin onu aradığın hiç olmuyor mu?"

"Yok, aramam ben."

"Aranızda duygusal bir ilişkinin varlığından söz edebilir miyiz?"

"Hayır, hayır. O bir profesyonel. Benim gibiler gider ona. Zaten çok ilginç şeylerle doludur evi!"

"Neler mesela?"

"Çeşitli boylarda kamçılar, bandajlar, kafesler filan işte."

Anlaşıldı. Bugün çok farklı, ilginç şeyler dinleyeceğim ondan. Daha önce hiç dinlemediğim türden hikâyeler. Hiç bilmediğim yepyeni yaşantılarla tanıştıracak beni. Heyecanlandığımı belli etmemeye çalışıyorum. Sanki okunmamış çok ilginç bir kitabın kapağını açarmış gibi hissediyorum kendimi. Bu işi seviyorum. Bin kere gelsem dünyaya yine bu işi yaparak yaşamak isterdim.

Hafifçe koltuğumda toparlanıp ona doğru eğilerek soruyorum.

"Kamçının ne işe yaradığını tahmin edebiliyorum ama kafesin ne işi var evde?"

"Ceza için kullanılır kafes."

"Nasıl bir ceza?"

"Mazolarda amaç kontrol edilmek, tâbi olmak, cezalandırılmaktır. Domina onları kafese kapatarak cezalandırır."

Mazo derken genel olarak mazoşitleri kastediyorsun herhalde."

"Evet. Biz aramızda birbirimize kısaca Mazo deriz."

"Aklım şu kafeslerde kaldı. Biraz tarif etsene bana şu kafesi."

"Bildiğiniz kafes işte. Hayvan kafesi gibi. Bir insanın içine zor girebileceği çelik kafesler. İçine girebilmek için iki büklüm olması gerekir insanın. Domina oraya kapattığı köleleri bazen yirmi dört saat orada bırakır. Kapıyı çeker gider."

"Peki ya sonra? Yemek filan?"

"Yok öyle şeyler."

"Tuvalet ihtiyacı?"

"O da yok. Adam zaten oraya bütün bunları bilerek giriyor."

Hayret ve şaşkınlıktan âdeta dilim damağım kuruyor. Bu kadarına pes doğrusu. Neler hissettiğimi o da tahmin ediyor. Biraz çarpık, biraz buruk bir tebessüm yayılıyor yüzüne.

"Herkesin mazoşizm dozu farklıdır. Baştan pazarlık edilir. Ne istediğinizi söylersiniz dominaya, o da ona göre hareket eder. Daha doğrusu, birlikte bir senaryo hazırlanır ve seans, bu senaryo doğrultusunda geçer. Herkesin yaşamak istedikleri farklıdır. Kimi tecavüze uğramak ister, kimi dayak yemek, kamçılanmak, kimi aşağılanmak, hakarete uğramak, kimi de acı çekenleri seyretmek.

Ama hepsinin esası, tapınma isteğidir. Kendinden üstün bir güce tapınma, teslim olma isteği. Zorlanmak, aşağılanmak, itilip kakılmak, birinin kontrolüne girmek, idare edilmek, emir almak, tâbi olmak isterler. Hatta başvuranların bir kısmı, dominaya hizmet etmekten zevk alır."

"Hizmet edenlere ne isim veriyorsunuz?"

"Köle."

"Domina, dominant sözcüğünden mi geliyor?"

"Evet, dominant kadın, anlamında kullanılır. Goddess, yani tanrıca veya mistress, yani efendi gibi adlarla da anılırlar."

"Sen de bir köle misin?"

"Evet."

"Ne tür hizmetler yapar köleler?"

"Her şey olabilir. Şoförlük, hizmetçilik. Yirmi dört saat çalışanlar vardır. Yani bir tür yaşam biçimidir. Life-style... Bu işler yurtdışında, özellikle gelişmiş Batı ülkelerinde çok daha yaygındır. Oralarda dominayla, köle arasında sözleşme imzalanır. Bu sözleşmeye her iki taraf da isteklerini yazar. Bu uğurda dominayla evlenenler, bütün servetini onun üzerine yapanlar ve ömür boyu ona her türlü hizmeti yapmayı açık ve ayrıntılı olarak kontrata yazıp imzalayanlar vardır. Onlar ömür boyu işkence çekerek yaşamak isteyenlerdir. Bizim gibiler ise belli zamanlarda, cinsel bir ihtiyaç olarak görürler bu olayı. Başka erkekler cinsel tatmin için normal kadınlara giderken, bizim gibiler de dominaya gider. Onlardan daha yüksek ücret öderiz bunun için. Bir dominanın, birden fazla kölesi olabilir. Şu sıralar internette köle arayan ve amatör olarak çalışan bir kadının ilanları çıkıyor."

Şimdi artık soru cevap şeklinde akıyor konuşma çünkü bu anlattıkları bana çok yabancı. Daha önce hiç böyle bir hastam olmadı. Otuz yıldır bu işi yapıyorum ama olmadı işte. Mazoşizm ve sadizm her ne kadar psikiyatride sık işlenen bir konu olsa da, bunu gerçek ve somut anlamda uygulayan birini tanımadım hiç. Ancak ülkemizde sado-mazoşizm kişiler arası ilişkide çok yaygındır. Özellikle kadınlarımız mazoşizmi, yani acı çekmeyi, erkeklerimiz de sadizmi, yani acı çektirmeyi tercih ederler. İki taraf da sanki bu rol için yaratılmıştır. Anne babalarında görmeye alışkın oldukları bu ilişki biçimi, bir zaman sonra onların hayatına da kolayca yerleşiverir. Salih ise bana bunun en somut şeklini anlatıyor.

"Kendisine köle arayan bir kadının ilanları çıkıyor demek. Amatör çalıştığına göre para istemiyor yani."

"Evet, köleden para istemiyor. Kendisi, acı çektirmekten zevk alan bir kadın. Şu anda bir kölesi var ama o daha fazlasını istiyor. Cinsel ilişkiye girmiyor."

"Dur, dur biraz. Cinsel ilişkiye girmiyor ama kölelerine acı çektirmeyi seviyor. Böyle bir kadının yanında köle olmak isteyen oluyor mu?"

"Olmaz mı... Bu durum, aday köleler adına büyük bir onurdur."

"Yani hakiki sadist bu kadın. Sadizmi cinsellikten ayırıyor."

"Evet, saf sadizm. Yapılan sözleşmede, kölelerin hiçbir kural koyma hakkı yoktur. Bütün kuralları domina istediği gibi koyar."

"Yani tek taraflı bir anlaşma."

"Pek öyle sayılmaz. Aday köleler, zaten baştan o kadının ne istediğini aşağı yukarı tahmin eder ve bunları bilerek başvururlar."

"Her başvuru kabul edilmiyor mu?"

"Kesinlikle hayır. Hele amatör çalışıyor ve para almıyorsa, dominanın şartları çok ağırdır. Zaten kimse bunlara itiraz etmez. Çünkü körün istediği bir göz, Allah vermiş iki göz misali, koşullar ne kadar ağır olursa, dominanın sadizm seviyesi o kadar yüksek demektir. Burada esas olan, köleliğe kabul edilip edilmemektir. Sanırım o kadına çok başvuru var. İçlerinden bir veya iki tanesini seçecek."

Vay canına diyorum içimden. Köle aramak için kadın internete ilan veriyor, köleleriyle cinsel ilişkiye girmiyor ve üste para istemiyor diye kıyamet kopuyor. Bakalım sınavı hangi şanslı köle kazanacak! Zaten bir kölesi varmış, o yetmemiş yenilerini arıyor. Bir veya iki kişiden fazlasını da kabul etmezmiş. Neler anlatıyor bu çocuk! Bazı şeyleri ne kadar bilseniz de bunu yaşayan birinden duymak insanı rahatsız ediyor. Hafifçe genzimi temizledikten sonra yine başlıyorum sormaya.

"Yani kazanılması çok zor bir sınava giriyor köleler. Ciddi bir yarışma ha! Ve o, seçtiği kişileri her işinde köle gibi kullanacak."

"Gayet tabii. Zaten köleler yumuşak, anlayışlı, güler yüzlü efendilere hizmet etmekten hoşlanmazlar. Onların derdi acı çekmek, zorlanmaktır. Yani durumları normal bir hizmetçiden çok farklıdır. Çok kötü muamele görürler. Şu sıralar Türkiye'den de saf dominalar çıkmaya başladı. Şimdi öyle bir kadın var. Varlıklı bir ailenin, okumuş yazmış, aklı başında, evli bir ferdi bu hanım. İnternette kendine ait bir site kurdu. Hatta şu sıralar bazı yarışmalar düzenliyor."

"Ne gibi yarışmalar?"

"Kim en uzun süre orgazm olmadan durabilecek, onu ölçüyor?"

"Biraz daha ayrıntılı anlatman gerekiyor çünkü ben bundan pek bir şey anlamadım."

"Aslında bu konuda saatlerce konuşabilirim. Bir erkeğin sertleştikten sonra boşalmadan durabilmesi hem keyifli hem de zor bir şeydir. Bazı aletler var, boşalmaya mani olan. Testislere takılıyor ve boşalmaya mani oluyor. Buna bizim âlemde 'Cheastity Belt' denir. Bir çeşit kemer işte. Bu kadının sitesinde satılıyor bunlar. Bazı erkekler günlerce bu kemerle dolaşırlar. İşlerine bile böyle gidip gelirler."

"Başka neler satılıyor o sitede?"

"Ayakkabı, çorap, iç çamaşırı ve daha bir sürü saçma sapan şeyler."

Bunu söylerken, her zamankinden huzuruz olduğu gözümden kaçmıyor. Demek satılanlar bunlarla bitmiyor. Başka ne satılıyor acaba?

"Ben o saçma sapan dediğin şeyleri de bilmek istiyorum."

"Şey işte, idrar filan..."

"Kimin idrarı?"

"Kendi idrarı tabii ki."

Başlıyorum yüksek sesle gülmeye. Bunları gülmeden dinlemek neredeyse imkânsız hale geldi. Kadın kendi idrarını satıyor demek. Ne yapıyorlar acaba idrarla? O da gülerek bakıyor yüzüme.

"Salih beni bu kadar meraktа bırakma lütfen. Ne yapıyorlar o idrarı? Umarım içiyorlar demeyeceksin."

"Maalesef öyle diyeceğim. Kimi içer, kimi bu idrarla yıkanır. Bu oyunun adına da 'golden shower' yani altın duş denir. Ayrıca köle istiyorsa, domina onların üzerine işer. Dahasını isterseniz bana sormayın, siz tahmin edin."

Evet, tahmin ediyorum. Demek işler buralara kadar geliyor. Tam bir dram bu insanların hali.

"Peki bu hanım evli demiştin galiba. Eşi biliyor mu bütün bunları?"

"Bilmez olur mu, gizli saklı bir şey yapmıyor. Adı, adresi, hepsi var internette. Bu kadın para karşılığı mazolarla seans yapıyor ama cinsel ilişkiye girmiyor. Bazen de sanal ortamda yapılıyor seanslar. Biliyorsunuz, artık internette konuşurken insanlar birbirlerini görebiliyorlar. Domina köleye emirler vermeye başlıyor. Köle de bu emirleri yerine getiriyor. İki taraf da birbirini görüyor ve karşılıklı doyum sağlanıyor. İşte o seanslarda bile domina izin vermezse köle boşalamaz."

"Yani esas olan boşalma değil, acı çekme ve bu acı sırasında alınan doyum."

"BDSM âlemi işte böyle bir şey."

"BDSM ne demek?"

"Bondage-Disiplin-Sado-Mazoşizm kelimelerinin kısaltılmış şeklidir. Gereğinde insanı mumya gibi bandajlar ve saatlerce böyle bırakırlar. Seks yoktur. Özel maskeler var. Bunu taktığınızda nefes alamazsınız. Sonunda ölüm olmaması için zaman zaman açılır maskeler. Yani sizin limitlerinizi zorlarlar. Bu zorlanma, insanların hoşuna gider. Ama bazen iş kazaları olur ve köle ölür. Geçenlerde gazetelerde böyle bir haber vardı. Asılarak acı çekmek isteyen kölelerden biri, maalesef ölmüş."

"Evet, ben de okudum o haberi. Asılmak da arzu edilen ceza biçimlerinden biri demek ki..."

"Evet, acının ve korkunun her çeşidi denenir buralarda. Sanırım asmak için kullanılan ipin düğümünü zamanında çözememişler. Çok olur ölen."

"Yani ölümle dalga geçiyorsunuz."

"Hayır, dalga geçmiyoruz, dans ediyoruz onunla. Acı ne kadar büyük, ölüm bize ne kadar yakınsa, alınan zevk o kadar büyük olur."

"Bu bir cesaret gösterisi, kendini kanıtlama biçimi midir?"

"Pek sayılmaz. Hani sizin en başta söylediğiniz bir acı biber örneği vardı. Gözlerinden yaş gelerek acı yiyen insanlar bundan nasıl zevk alıyorsa, bizimki de öyle bir şey. Aşağılanmaktan, canımızın yanmasından tuhaf bir zevk alırız. Ve zamanla bu bir yaşam biçimi haline gelir. Acı olmadan yaşamanın bir anlamı kalmaz. Sası gelir hayat. Aslında uzaktan bakınca çok komik geliyor insana ama bu işler böyle işte. Sizin de dediğiniz gibi iç dünyamızdan tam bir trajedi yaşanır. Hastayız hepimiz."

"Çok ciddi sorunları olmayan biri, böyle bir muameleyi kabul edemez. Bir de bunlar için dominaya para ödeniyor."

"Evet, çünkü bu işi yapan kadın sayısı pek fazla değil. Şu sıralar bu işin iyi para getirdiğini duyan bazı hayat kadınları sahte domina olarak sahneye çıktılar ama foyaları çabuk çıkıyor. İnternet sitesinde, herkes bu konuda birbirini uyarıyor."

"Nasıl bir uyarı?"

"Ben şu kadına gittim, sahte çıktı, gitmeyin diye yazıyorlar. Veya tam tersi olabiliyor. Gerçek bir domina varsa, ondan ne kadar memnun kaldıklarını da yazıyorlar. Size biraz önce anlattığım hanım gerçek bir domina, yani hakiki sadist."

"Dominanın sahte olduğu nasıl anlaşılıyor? Eline kamçıyı alan herkes, isteyene bunu yapamaz mı?"

"Benim gibi hastalar, dominanın sahte olup olmadığını hemen anlar. Her eline kamçı alan domina olamaz. Daha kamçıyı tutuşundan anlarız onun ne mal olduğunu. Bu bir duygu, bir paylaşım işidir. Siz ne kadar kırmızıysanız, o da o kadar siyah olmalıdır. Birbirini tamamlayan bir ilişki şeklidir bizimki. Sizin çektiğiniz acıyı, aynı anda o da duyar yüreğinde ve bundan birlikte zevk alırsınız. Tıpkı cinsellikte birlikte orgazm olmak gibi bir şey işte. Sizin canınızı en iyi nasıl yakacağını bilir. Size nasıl bakacağını, nasıl hitap edeceğini, nasıl hakaret edeceğini, nasıl aşağılayacağını bilir. Her kadından domina olmaz."

"Anlıyorum. Her kadından domina olmaz."

"Sizin canınızı ne kadar çok yakabiliyorsa, bundan o derecede cinsel bir zevk duyar domina. Bunu size de hissettirir. Sizin canınız acırken, size merhamet duyan veya bir şey hissetmeyen birinden domina olmaz.

"Size merhamet edilmesini istemiyorsunuz. Anladığım kadarıyla bunu bir zayıflık olarak görüyorsunuz, halbuki domina asla zayıf olmamalı."

"Evet, olmamalı çünkü burada dominaya tapınma söz konusu. Kendini çok değersiz hisseden biri, kendinden üstün, güçlü bir varlığa teslim oluyor. Onun kontrolüne giriyor. Domina köleye kesinlikle hâkim olabilmeli, ona hükmedebilmeli."

"Burada asıl amaç, sanırım kişinin kendi iradesini bir başkasına devretmesi. Şiddet ise bu teslimiyetin derecesini gösteriyor."

"Evet, öyle, yani köle yanlış yaparsa domina onu durdurabilmeli, cezalandırabilmelidir."

"Düğün gecesi Bilge de sana benzer şeyler yapmıştı. Ama sen o gece pek hoşlanmamışsın bu tavırdan."

"Bu macera zaten öyle başladı. Ben o gece hissettim bazı şeyleri ama Bilge iyi bir domina değilmiş. Benim öfkelendiğimi görünce ilk işi kaçıp banyoya saklanmak oldu. O bana hakaret etmeye, beni aşağılamaya başladığında önce hiçbir tepki veremedim, sustum kaldım. Ama hakaretin dozu arttıkça içimdeki öfkeyi hissettim. Bu, benim pek alışkın olduğum bir durum değildi. Çocukluğumda bile kimseyle kavga etmedim, kimseye vurmadım. Bununla övünmüyorum, aksine nasıl korkak, pısırık biri olduğumu gösteriyor bunlar bana. Ama o gece öfkem arttıkça bir güç, bir güven geldi üzerime ve bir anda kontrolümü kaybettim. Daha da önemlisi ereksiyon işte tam o anda oldu."

"Yani hakarete uğrama ve aşağılanmayla cinsellik arasındaki bağlantı böylece kuruldu."

Başını sallıyor.

"Peki, gelelim yine dominalara. Domina hep kadın mı olur?"

"Hayır. Nadir olarak bunu erkekler de yapar. Onlara da master denir. Kadın köleler erkek, erkekler de kadın dominayı tercih ederler. Bazıları ise hem kadına hem erkeğe kölelik ederler. Eşcinsel köle olanlar da var. Ama bu pek yaygın değil."

"Dominaya hep erkekler mi gider?"

"Dünyada yaygın olan erkek mazoşizmidir. Şimdi sayıları o kadar çoğaldı ki, Avrupa'da dernekler kuruldu. Kendilerine ait kulüpleri var. Yani bunu yaşam tarzı haline getiren insanlar, artık bir araya geliyorlar. Sadistler, mazoşistler, internet aracılığıyla buluyorlar birbirlerini. Hatta sık sık özel geceler düzenliyorlar."

"Sen hiç gittin mi böyle bir yere?"

"Evet, gittim. Herkes giremez o kulüplerden içeri. Beni internetten tanıdıkları için girebildim."

"Anlatsana, neler oluyor o kulüplerde?"

"Dekor olarak tam bir zindan seçilmiş. Her yer kapkaranlık. Bazı bölümlerde, eski ve paslı demir parmaklıklar var. Sanırım onları gerçek zindanlardan söküp getirmişler. Çoğu kadın olan dominalar, ellerinde kamçılarıyla köşeleri tutmuşlar. Kocaman, kalın zincirler sarkıyor tavandan. Dominaların önünde, yerde yatan mazoşistlerin feryatları, fon müziği oluyor. Kimilerine de ortalıkta, herkesin gözleri önünde tecavüz ediliyor."

"Dur, dur bir dakika, kim kime tecavüz ediyor?"

Onu ne kadar merak ve heyecanla dinlediğimin, duyduklarıma çok şaştığımın farkında. Bu durum hoşuna gidiyor.

"Kadınlar, bellerine taktıkları yapay penislerle, erkeklere tecavüz ediyorlar. Adamlar zincire vurulmuş. Hatta kiminin ağzında bant vardı. Nefes bile almakta zorlanıyorlar. Tekme tokat, sürükleyerek adamları sahnenin ortasına getiriyor dominalar. Bir yandan kamçıyı acımasızca vururken, bir yandan da herkesin gözleri önünde tecavüz ediyorlar adamlara. Çünkü ağır mazoşistler, ortalık yerde, herkesin gözleri önünde aşağılanmaktan daha fazla zevk alırlar. Bu durum acının dozunu yükseltir."

"Bu bir şov mu?"

"Pek sayılmaz. Çünkü bu şova katılabilmek, yani ortalıkta tecavüz edilebilmek için de para öder insanlar. Yani bütün bunlar, oraya gelenlerin isteği ve rızasıyla yapılır. Önce oturulur, ne yapılacağı karşılıklı konuşulur, anlaşılır, bunun için gerekli para ödendikten sonra eyleme geçilir. Bazıları da bu gösteriyi seyretmekten hoşlanır. Seyredenler de yoğun bir haz duyarlar bunlardan. Mazoşizmin çeşidi çoktur. İnsana acı veren, korkutan, stres yaratan her şeyi sever onlar. Örneğin bazıları kaçırılmak ister. Senaryo ona göre yazılır. Bu kişiler zor kullanılarak kaçırılır ve her türlü işkenceyi görürler. Domina, köleye izinsiz hiçbir şey yapmaz. Yapılan her şey izne tâbidir. Kaçırılan köle, önceden ne istemişse, onlar yapılır. Kamçıyla mı dövülecek, hangi büyüklükte kamçı kullanılacak, kafese mi kapatılacak, ağzı bantlanacak mı, tecavüz mü edilecek, bunların hepsi önceden konuşulur. Ancak köle, işin yarısında asla bunlardan vazgeçemez. Bu, sonu olmayan bir fantezi dünyası. Rehin alınanlar mı ararsınız, karısının telefon numarasını dominaya verip tehdit ve şantajla eziyet çekenler mi? Hepsi vardır bu dünyada."

"Salih, ben bu dünyayı hiç tanımadığım için söylediklerinin bazılarını hiç anlamıyorum. Karısının telefon numarasını veren mazoşistin ne yapmak istediğini anlamadım ben."

"Haklısınız. Ben bile bazı şeylere hâlâ şaşıyorum. Mazo, karısının telefon numarasını dominaya verir. Şantaj yapın der. Onlar da önce adamı kaçırırlar, sonra da şu kadar para vermezsen, kocana tecavüz edeceğiz, işkence edeceğiz filan derler. Gerçekten de kadın parayı bulup gelene kadar, kadına telefonda söylenen her şey yapılır adama. Bir heyecan yaratılmak istenir. İnsanların hayal dünyası çok geniş. İşte bu hayaller ve fanteziler bu kulüplerde hayata geçirilmeye çalışılır."

"Sen o kulüplere gittiğinde ne istedin?"

"Ben sadece seyirci olarak katıldım. Oraları merak ediyordum. Tahminimden daha fazlasını gördüm orada. Ürktüm. Ben de onlar gibi olmaktan korktum. Bu öyle bir dünya ki, bir kere içine girdiniz mi, kolay çıkamıyorsunuz. Kimse ilk girdiğinde, size biraz önce anlattıklarımı yapamıyor. Benim gibi biraz ürküyorlar baştan. Sonra bir-iki derken, ağır ağır bu batağın içine giriyor insan. Morfin gibi, eroin gibi bir şey. Önce küçük dozlarla alınan haz, giderek azalıyor. Daha büyük dozlara ihtiyaç duymaya başlıyorsunuz."

"İstanbul'da gittiğin eve ne tür insanlar geliyor?"

"Eve gelenler birbirleriyle karşılaşmak istemez, o nedenle randevuyla gideriz. Böylece kimse, kimseyi görmez. Ama internetten anladığım kadarıyla, bazen gruplar halinde geliyorlar. Hatta oranın müdavimi bir doktorlar grubu var. Her ne kadar bizler şahsen birbirimizi tanımasak da internette bu konuda farklı isimlerle sohbetler yaparız."

"Nasıl sohbetler?"

"Genelde fantezilerimizi yazarız birbirimize. Kurduğumuz hayallerde acının dozu çok daha fazladır. Gerçek hayatta kimse bu acıya dayanamaz. Bir fantezide acının dozu ne kadar fazlaysa, en çok ilgiyi o görür. Hayalimizde eskiyip yıpranana kadar mastürbasyon sırasında kullanırız bu fantezileri. Sonra heyecanını kaybedince yeni ve daha heyecan verici acıların peşine düşeriz uyarılabilmek için."

"Senin fantezilerinde de acının dozu fazla mıdır?"

"Evet, ne yazık ki çok fazladır. Ama ben uygulamada acının fazlasından korkuyorum şimdilik. Birkaç kere denedim ama dayanamıyorum."

"Neydi denediğin?"

"Kamçılanmayı denedim. Hem de en küçüklerini kullandılar bende. Çok kötü bir şey. Onda bile insanın çok canı yanıyor. Bir daha da senaryoya böyle şeyler hiç koydurmadım. Ama bu gidişle bir gün ben de onlar gibi olacağım çünkü artık küfür, tekme, tokat, hakaret filan yetmiyor bana. İstesem de istemesem de yakında acının dozu artacak. Dünyada bu işe meraklı çok insan var. Bizim gibi kuralları çok olan ülkelerde ise, bu işler hep yeraltında faaliyet gösteriyor. Ama son zamanlarda, yavaş yavaş yeraltından çıkmaya başladı. Hele internet ülkemizde yaygın olarak kullanılmaya başlandıktan sonra işler iyice değişti. Artık bu işe meraklı insanlar, isim vermeden rumuz kullanarak birbirleriyle konuşabiliyorlar."

"Biraz önce doktorlar grubu dedin, değil mi?"

"Evet, anladığım kadarıyla bu işler, üst sosyokültürel seviyeden insanlar arasında daha yaygın. Hemen hepsinin maddi durumu ortanın epey üzerinde. Gelenler arasında sanatçılar da var. Kadınlar pek nadir geliyor."

"Hele bizim ülkemizde kadın mazoşistlerin böyle yerlere gidip bir de üstelik para ödemesine gerek var mı?!"

Bu sefer gerçekten gülüyor.

"Haklısınız, evde kocaları bu konuda eksiksiz hizmet veriyor çoğuna. Bizim de istediğimiz böyle şeyler zaten. Dayak, küfür, aşağılama filan. Ama erkek mazoşistlere hizmet edecek kadın sayısı henüz çok az. Alt sosyokültürel seviyenin içinden pek mazoşist çıkmıyor."

"Psikanalitik olarak da, böyle olması beklenir. Varoşlarda yetişen insanların, genellikle öfkeyi içlerinde tutmak yerine, dışarı çıkarmaya eğilimleri daha yüksektir. Bu nedenle de oralarda mazoşizm yerine sadizm, dolayısıyla da suç işleme oranı yükselir. Tabii bunun daha pek çok nedeni var. Belki daha sonra bu konulara yeniden döneriz. Önce pazarlık ediliyor demek!"

"Herkesin esas amacı ruhsal ve bedensel acı çekmek, aşağılanmaktır. Küfür, dayak, hakaret ve cezanın her türlüsü vardır."

Bunları kitaplarda, masal okur gibi okumuştum ama gerçeğiyle bugüne kadar hiç karşılaşmamıştım. Ne garip bir meslek bu.

"Peki, sen ne istiyorsun dominadan?"

"Ben gidince önce birlikte birer kahve içer ve neler istediğimi söylerim ona. Canımın fazla yanmasını istemem. Somut uygulamalardan çok, ruhsal eziyet severim. Bana emirler versin, küfürler etsin, aşağılasın, isteklerimi yapmasın, ona yalvarıp yakarayım, köle olayım, beni olabildiği kadar çok süründürsün, üzsün, reddetsin, kızsın, hakaret etsin. Böyle şeyler işte."

"Tıpkı düğün gecesi Bilge'nin yaptığı gibi. Peki, sonra?"

"Sonra birlikte odaya gireriz ve oyun başlar. Oyunun asıl amacı hükmeden bir kadına boyun eğmek, cezalandırılmak, onun isteklerini yerine getirmektir. Ben soyunurum. Onun sadece ayakları ve bacakları çıplak olur. Bana kızmaya başlar. Emirler verir, hakaret eder. Ayaklarını yıkar, onlara masaj yaparım. Bir çeşit seks köleliği işte. Ayaklarının altında süründürür beni. Senin varlığının tek nedeni beni mutlu etmek gibi şeyler söyler. Sen bir kölesin, hiçsin, değersizsin, ben ne istersem onu yapacaksın der. Tekmeler, tokat atar. Arada bir de en küçük kamçıyı kullanır. İz bırakmaz. Şimdilik böyle istiyorum. Eskiden acının dozu daha azdı, şimdilerde daha fazlasını istemeye başladım."

"O sana eziyet ettikçe, sen zevkten dört köşe oluyorsun."

Bu tabiri özellikle kullanıyorum. Çok zevk alıyorsun yerine, zevkten dört köşe oluyorsun diyerek olayı biraz daha hafife aldığımı, yadırgamadığımı, sadece onu anlamaya çalıştığımı göstermek istiyorum. Çünkü tam da bu noktada yani bütün bu aşağılanmalardan ne kadar zevk aldığını anlatırken, yeniden utanmasından ve duygularını saklamasından endişe ediyorum. Bu tabir onun da hoşuna gidiyor. Sanki çok olağan bir şey anlatır gibi söze devam ediyor.

"Öyle oluyor. Hoşuma gidiyor bunlar."

"Hoşuma gidiyor ne demek?"

"Olay yavaş yavaş cinsel bir şekle dönüşüyor. Eziyetin dozu arttıkça erekte olmaya başlıyorum. Sanki bu Salih gidiyor, başka bir Salih geliyor. Bambaşka biri oluyorum."

Öfke ve suçluluk duygusu bu çocuğun ruhsal dünyasında hep kol kola geziyor. Öfkesini dominanın evindekine benzer kafeslere kapatmış. Kolay kolay dışarı çıkmalarına izin vermiyor. Hakaretin, eziyetin ve acının dozu dayanabileceği seviyenin üzerine çıkarsa, ancak o zaman kafesin kapağı açılıyor, öfke dışarı çıkıyor ve işte o zaman başka bir Salih oluyor. Neyin peşinde olduğunun henüz farkında değil.

"O farkı bana biraz daha anlatabilir misin?"

"Zor... Başka biri işte."

Zor ya, biliyorum zor olduğunu. Tahmin ettiğim gibi henüz kendi gerçeklerini göremiyor.

"Ne kadar sürer bu seanslar?"

"Bir, bazen bir buçuk saat. Bu sürede o ne isterse yaparım. Onun da hedefi benim sertleşmemi sağlayabilmektir. İşin kötüsü hafif seanslarda artık etkilenmiyorum. Bundan korkuyorum. Böyle giderse canım çok yanacak."

"Yani yeterince canın yanmazsa sertleşemiyorsun. Senin erkekliğinle canının yanması arasında nasıl bir bağlantı var acaba?

"Bilmem. Onu ben de bilmiyorum ama bu gidiş korkutuyor beni. Şimdi bazen benim bile hayretle izlediğim öteki mazoların bu hale nasıl geldiğini daha iyi anlıyorum. Sanırım onlar da bu işe benim gibi ufak ufak başladılar. Gittikçe acının tiryakisi oldular. Artık onlar için tek bir hedef var; daha çok acı çekebilmek. Geleceğe baktıkça tüylerim diken diken oluyor. İnsanın öleceğini bilmesi gibi bir şey bu. Korkuyorum işte."

"Evet, haklısın. Seni çok iyi anlıyorum. Merak etme, birlikte mutlaka bir çözüm bulacağız. Bu seanslar sırasında boşalma oluyor mu sende?

"Eğer izin verirse olur. Bazen buna izin vermez. Ama boşalma olup olmaması benim için çok önemli değil."

"Peki nedir asıl aradığın?"

"Başka bir Salih olmak, yani tam bir erkek gibi sertleşebilmek. Müthiş bir haz veriyor bu bana."

Başka bir Salih, aslanı kafesten çıkarabilirse oluyor. Demek aradığı saf bir cinsellik değil. O başka bir şeyin peşinde. Kedi gibi, kadının ayakları altında sürünürken bir anda aslan kesiliyor. Sanki bir bilmeceyi çözermiş gibi hissediyorum kendimi. Bu işi benim çok iyi anlamam gerekiyor. Ben yeterince anlamazsam ona yardımcı olamam.

Salih karşımda bunları anlatırken oturduğu koltukta yine iki büklüm olduğunu görüyorum. Fazla ciddi olduk galiba. Sıkıldı, bunaldı. Bunları anlatırken kim sıkılmaz ki? Şimdi yine havayı değiştirecek bir şeyler yapmalıyım.

"Yani boşa gitmiyor yediğin dayaklar. Çektiğin eziyete değiyor."

Acıyla karışık hafif bir gülümseme yayılıyor yüzüne. Sesi giderek boğuk ve kırılgan oluyor.

"Keşke eziyetsiz yakalayabilsem bu hazzı ama olmuyor işte."

"Acı olmadan haz yok yani."

"Yok."

"Ya sonra?"

"Seansın sonunda bana giyin der ve seans biter."

"Sen o zaman nasıl hissedersin kendini?"

"Biraz yorgun, biraz hüzünlü olurum ama tuhaf bir rahatlık gelir üstüme. Hak ettiği cezayı çekmiş insanların huzurudur bu. Bir yandan da yaptığımın yanlış olduğunu bilir, yeniden suçlarım kendimi. Pişman olurum... Böyle karışık duygular işte."

"Annesinden gizli yaramazlık yapan çocuklara benziyorsun sen. Uyuşturucu kullananlarda da böyledir. Onlar da yaptıklarının yanlış olduğunu bilir ama yine de yaparken bundan büyük bir haz alır, sonra da hüzünlenirler... İstanbul'dan Ankara'ya dönüş hüzünlü olmalı."

"Evet, hem rahatlamış hem de suç işlemiş çocuklar gibi dönerim evime. Hem huzur hem huzursuzluk aynı anda oturur içime. Ama beni ertesi gün arasa, yine aynı heyecanla koşarım ona. Biraz önce anlattığım koşulların dışında erekte olamıyorum ben. Yaşım otuzu geçti ve ben bir girdabın içinde dönüp duruyorum. Bu gidişle hiç kurtulamayacağım bu işten. Zamanla o kafeslere ben de gireceğim. Hayatım mahvolacak.

"Hem ailem hem de arkadaşlarım yeniden evlenmem konusunda beni sıkıştırıp duruyorlar. Kimse bilmiyor işin aslını. Bilmelerinden çok korkuyorum zaten. Herkes böyle sizin gibi dinlemez beni. Kimbilir neler düşünür, neler söylerler hakkımda. Zaten daha şimdiden belki de eşcinsel olduğumu sanıyorlardır. Kimse yanımda bir kızla görmüyor beni. Kızlar var ama hepsi arkadaşım. Hele başımdan geçen o berbat evlilikten sonra, bütün kızlardan çok korkuyorum. Toplum baskısı, özellikle ailem olmasa belki de buraya hiç gelmezdim. Çünkü bir yandan da çok seviyorum o yaşadıklarımı. Uyuşturucu alışkanlığı gibi bir şey işte."

Yüzüne bir hüzün çöküyor. Yine telefonuyla oynamaya başlıyor. Şu anda söze nasıl devam etmesi gerektiğini bilmiyor. Bu işten vazgeçmek isteyip istemediği bile belli değil. Bence en çok bu nedenle kafası karışık. Şu anda hayatında zevk aldığı, doyum bulabildiği tek şey dominayla yaşadıkları. Geri kalan hiçbir şeyin anlamı kalmamış onun için. İşimiz sandığımdan da zor olacak. Bu çocukla ilgili bilmem gereken daha çok şey var benim. Şu anda en önemli konu onu bir an önce bu kararsızlıktan kurtarabilmek. Bunun için tünelin ucundaki ışığı ona gösterebilmeliyim. Kaybettiği umutlarını bir an önce yeniden yakalamasını sağlamalıyım.

"Kararsızsın gibi geldi bana."

"Özellikle erkekler için biliyorsunuz cinsellik çok önemlidir. Hayatın anlamıdır bazen. Benim için cinsellik sadece bu. Başka türlü hiçbir şey hissedemiyorum. Sanki duygularım buzdolabına konmuş gibi donuyor. Ama dominant bir kadın varsa karşımda, beni çekip çevirebiliyorsa, her şey değişiyor. Ama ayaklarının dibinden kalkıp yanına uzandığım anda her şey bitiyor. Sönüyorum. Böyle birine erkek denebilir mi?"

Yeşil gözleri nemleniyor. "Dominant bir kadın varsa karşımda" sözü dikkatimi çekiyor. Evet, şu anda, karşısında dominant bir kadın var ve ilk günden beri o da bunun farkında. Acaba bu durum onun psikolojisini nasıl etkiliyor? Zayıf, dominant olmayan bir kadın doktora güvenmezdi. Ama böyle, dominant kadınların karşısında onun yeri, kadının ayaklarının altı. Onu ilk tanıdığım günden beri hem yakın, hem de çok saygılı davranıyorum ona. Yani dominant kadın asla ondan üstün değil, bunu görsün istiyorum. Onun sorunlarının çözümünde benim bu tavrım çok etkin olacak. Bu arada sorunun ne kadar derin olduğunu fark ediyorum. Tam bir empotans yani iktidarsızlık anlatıyor bana. Derin bir iç çekmeyle karışık bir hıçkırık yankılanıyor odamda ve;

"Onun için de hiçbir kadınla beraber olamıyorum ben..." diyor.

Sonra yine ağlamaklı bir sesle anlatmaya devam ediyor.

"Benim de bir karım, ailem, çocuklarım olsun isterdim."

"İnsanların yüzüne daha rahat bakabilmek, toplum içinde kendini suçlu çocuklar gibi hissetmemek, herkesi aldattığın, kandırdığın, kendini olduğundan çok daha farklı göstermek gibi duygulardan kurtulmak isterdin."

"Evet... Kendimi hilekâr, düzenbaz biri gibi hissediyorum."

"Sanki kimsenin bilmediği bir sakatlığın var ve sen bunu onlardan hep saklıyorsun."

"Evet, anladınız beni. Yıllardır birilerine bu yaşadıklarımı anlatmayı ve paylaşmayı öyle çok istedim ki... Ama bu öyle bir şey ki, kimseye anlatamazsınız. Yüzüme söylemeseler bile içlerinden beni nasıl kınayacaklarını öyle iyi biliyorum ki... Ben kınamıyor muyum, kızmıyor muyum kendime!"

"Sen de kızıyor musun?"

Şimdi yeşil gözleri ışıl ışıl. Sanki sınava çok iyi hazırlanmış bir öğrenci gibi bütün bildiklerini bir çırpıda anlatmak istiyor bana. Hafifçe gülümseyerek dinliyorum onu.

"Hem nasıl kızıyorum bir bilseniz. Bilerek, isteyerek ve çok zevk alarak yapıyorum ben bunları. Hani taammüden adam öldürmek derler ya, tıpkı onun gibi. Her şey bittikten sonra bir hüzün çöküyor üstüme. Utanıyorum, tiksiniyorum kendimden. Beni seven insanların yanında suçlu hissediyorum kendimi. Çoğu zaman yüzlerine bile bakamıyorum. Gözlerimden anlayıverecekler ne halt ettiğimi sanıyorum. Ve işte hayat böyle geçiyor."

"Oldukça hüzünlü bir hikâye. Hayat da öyle değil mi zaten? Trajikomik. Bir yandan insanı güldürürken, bir yandan hüzünlendiriyor. Oldukça yakışıklı, aklı başında bir insansın. Her şeyin de farkındasın. Beğenmiyorsun, sevmiyorsun yaptıklarını. Sen de herkes gibi olmak, utanmadan, sıkılmadan, huzur içinde yaşamak istiyorsun. Diğer arkadaşların bir yandan arzu ettikleri cinselliği en iyi şekilde yaşarken, bir yandan da toplum içinde rahat ve huzur içinde olabiliyorlar. En büyük fark işte burada. Sen yasak, günah, çarpık ve insanların kabul etmeyeceği bir yerde bulmuşsun doyumu. Şimdi bize düşen bu enerjiyi bir başka tarafa yönlendirebilmek. Önce direksiyonu sıkı sıkı tutmayı öğrenmelisin. Korkuyorsun direksiyonu tutmaktan. Onun için kontrol edilmek, tâbi olmak, yönetilmek istiyorsun. Senin yerine başkası alsın sorumluluğu istiyorsun. Aslında araban çok güzel. Bir de onu iyi kullanmayı bilebilsen, her şey çok güzel olacak."

Bu sözlerim hoşuna gidiyor. Koltuğunda iki büklüm oturan Salih yavaşça doğruluyor. Gözlerinde bir umut pırıltısı var şimdi. Benim de istediğim tam olarak buydu.

"Buraya ilk geldiğimde de söylemiştiniz. Sen sahipsizsin demiştiniz bana. Araba da şoförsüz. Benden iyi bir şoför olabilir mi sizce? "

"Olur olur. Yeter ki sen bunu gerçekten iste. Şu aslanı da kafeslere kapatmaktan vazgeç. Bırak arada bir hava alsın. Başını bile uzatamıyor gariban."

"Aslan mı dediniz? Hangi aslan?"

"Onu da sen bul. Bugün bana daha önce dinlemediğim bir sürü şey anlattın. Şimdi sıra bende. Ben de sana bilmediğin bir sürü şey anlatacağım ama buna daha sıra gelmedi. Bir dahaki seansta yine sen anlatacaksın. Yani sorgun henüz bitmedi!"

Ayağa kalkarken ikimizin de yüzüne muzip bir gülümseme yayılıyor. Salih'in gözlerindeki pırıltı hâlâ yerli yerinde duruyor. Elimi sıkarken artık ilk günkü gibi yerlere kadar eğilmiyor. Dostça, sevgiyle sıkıyor elimi. Onu kapıya kadar uğurlarken ben de sevgiyle bakıyorum ona. Elinde telefonu, yaylanarak yürüyor koridorda. Artık ayakkabıları ayağını sıkmıyor galiba. Doğrudan Tuna'nın yanına gidiyor. Yeni bir randevu alıyor kendisine. Elimle uzaktan Tuna'ya işaret ediyorum, yakın bir tarihe randevu vermesi için.

Bu arada yemek yemediğimi hatırlıyor, mutfağın yolunu tutuyorum. Aman ne güzel, mutfakta yalnız olmayacağım. Sevgili arkadaşlarım Ayşe, Emine, Cengiz ve Mehmet Akif de oradalar. Demek onlar da hastalarını bekletmemek için yemek yemeden hastalarını görmüşler. Bir yandan yemeğimizi yerken bir yandan da koyu bir sohbete dalıyoruz.

Mazoşizmin Rengi Siyah 3

Ankara'ya dün gece kar yağdı. Gece sabaha kadar ince ince indi Ankara'nın üzerine. Evimin belki de en önemli özelliği, kocaman balkonları ve vadiye bakan inanılmaz güzel manzarası. Vadinin bitiminde Elmadağ uzanıyor. Elmadağ, üzerinde dik yamaçlar barındırmayan, etrafına yumuşacık, dalga dalga yayılan bir dağ. Sol tarafımızda ise Hüseyin Gazi var ki, Elmadağ'a inat, sert ve dik çizgilerle uzanıyor gökyüzüne. İnsanlar gibi, dağların da kendine has kişilik özellikleri olsaydı, biri ne kadar uyumlu, alçak gönüllüyse, diğeri de o kadar dik başlı, kendini beğenmiş diye tarif ederdim onları.

Gece evimizin ışıklarını kapatıp pencerenin önündeki koltuklara yerleştik Aydın'la. İkimiz de kar yağarken seyretmeyi çok seviyoruz. Ellerimizde sıcak saleplerimiz, bir yandan mırıl mırıl konuşuyor, bir yandan da evlerin çatılarını yavaş yavaş beyaza çeviren karı seyrediyoruz. Kar durmadıkça ne o yatar ne de ben. Böyle bir doğa şölenini bir daha ne zaman bulacağız? Yüzlerce ev var vadide. Her biri renkli oyuncaklar gibi görünüyor yüksekten. Gecenin ilerleyen saatlerinde çatılar iyiden iyiye beyaza dönüp ışıklar ağır ağır sönünce, peri masallarından kopup geliver-miş bir tabloya dönüyor ortalık. Kar, sesleri öyle bir emiyor ki, koca vadide çıt çıkmıyor. Ağaçlar, incecik dallarıyla gecenin siyahında birer iskelete benziyorlar. Uzaklarda küçük bir arabanın kırmızı ışıkları görünüyor. Bembeyaz yolda siyah çizgiler bırakırken, bir o yana bir bu yana kayarak ilerlemeye çalışıyor. Sabah erken kalkmamız gerekiyor ama ikimizin de bu manzarayı bırakıp yatmaya niyeti yok.

Gecenin bir yarısında, odasında, bilgisayarının başından hiç kalkmayan oğlumuz Hasan geliyor yanımıza. Biraz da onunla oturuyoruz. Sonunda kar duruyor ve hafiften sendeleyerek hepimiz yataklarımızın yolunu tutuyoruz.

Sabah uyandığımızda, Elmadağ bütün haşmetiyle duruyor karşımızda. Güneş dağın beyazlarında ışık oyunları yapıyor. Gözlerimiz kamaşıyor bu beyazlıktan. Güneş alan yerler kızıla çalmış. Gölgelerde karanlıklar var. Bulutlar öbek öbek pembeden beyaza uçuşuyor havada. Vadideki camilerin minarelerinin uçları güneşte gümüşten kılıç gibi parlıyorlar.

İşimiz var. Çok oyalandık. Koşarak çıkıyoruz evden. Madalyon Klinik, her zamanki gibi hareketli. Bir yandan telefonlar hiç susmadan çalarken, Madalyon ekibi, bize başvuranları memnun edebilmek için koridorlarda koşturup duruyorlar. Bağ-Kur, SSK ve Emekli Sandığı hastalarını kabul etmeye başlayalı beri, hasta sayımızda ciddi bir artış oldu. Bu sayının artmasıyla birlikte, kadromuzun da sürekli büyümesi gerekiyor.

Odama girince, içimi tatlı bir heyecan kaplıyor. Çok güzel oldu odam. Daha üzerimdeki ceketi çıkarmadan pencerelerimin önündeki çiçeklerin başına gidiyorum. Evet hepsi de çok iyi görünüyor. Koca Benjaminin de keyfi yerinde. Mona Liza'nın yanında asılı duran varak çerçeveli aynada kendime şöyle bir göz atıyorum. Saçlarım dağılmış. Üstümdekileri çıkardıktan sonra tekrar aynanın karşısına geçip kendime çekidüzen veriyorum. Madalyona gelirken genellikle etek ceket giyerim. Ceket giymeyi hastalarıma gösterdiğim saygının bir ifadesi olarak görürüm ben. Karşılarına sıradan bir kıyafetle çıkmak istemem. Buna hep dikkat etmişimdir.

Masamdaki lambayı yakarken Tuna görünüyor kapıda. O beni genellikle kapıda karşılar. Eğer yoksa, bunun mutlaka önemli bir nedeni vardır. Elinde birtakım kâğıtlarla her zaman ki gibi gülümsüyor bana.

"Sizi bugün karşılayamadım çünkü İl Sağlık Müdürlüğü'nden kliniğimizi denetime geldiler. Onlarla ilgilenmem gerekti. Hasan Bey'in yanına girdiler. Başhekim olarak sizin de imzanız gerekiyor. Çalışma belgenizi de alacağım."

Kâğıtları veriyor. Her birini tek tek imzalıyorum. Sonra duvarda asılı olan çalışma belgemi yerinden çıkarıp uzatıyorum ona. Sağlık Bakanlığı işi sıkı tutuyor. Bu sırada İl Sağlık Müdürlüğü'nün elemanları kapıda görünüyor. Kliniği çok beğenmişler. Beni kutluyorlar. Hoşuma gidiyor böyle söylemeleri. Kısa bir sohbetten sonra çıkıyorlar odamdan.

Hemen randevu defterimi açıyorum. İlk seans Salih'in. Bakalım bana bugün neler anlatacak. Onunla iki kez görüştük ama onu hâlâ pek iyi tanımıyorum. İlk seansta evliliğini anlattı bana, sonra da dominalarla yaşanan maceraları. Bunun dışında onunla ilgili pek fazla bilgim yok henüz. Onun gibi bir gencin nasıl bu hale geldiğini hâlâ bilmiyorum. Evlilikte yaşadığı travma onu buralara getirmeye yetmez. Başka önemli şeyler var onun geçmişinde.

Bu hafta mazoşizmle ilgili pek çok şey okudum. Psikiyatri bu konuyu daha çok sado-mazoşim olarak ve ilişki bazında incelemiş. Cinsel sapıklık olarak mazoşizme çok az rastlanıyor. Halbuki Salih'in anlattıklarına bakılırsa, ülkemizde ve dünyada bizim sandığımızdan çok daha fazla sayıda insan bu tür sorunlarla yaşıyor. İnternet sayesinde birbirlerini nasıl da çabucak bulmuşlar. Teknolojik gelişmelerin insan hayatı üzerindeki etkileri inanılmaz. İnsan çağı yaşarken yeniliklerin hayatımızı nasıl değiştirdiğini pek fark edemiyor. Sanki yavaş yavaş dünyanın rengi değişiyor ve biz eski renkleri unutup yeniliklere adapte oluveriyoruz.

Kendi hayatımı düşünüyorum da, yarım asrı geçen yıllar içinde öyle çok şey değişti ki... Bundan sadece kırk beş-elli yıl önce bizim eve ilk buzdolabı, teyp geldiğinde, bütün apartman komşularımız imrenerek bakmışlardı bu lükse. Bunlara lüks demek bile artık komik geliyor insana. Radyoların yerini alan televizyonlar, sonra renklileri, özel kanallar, DVD ler, VCD'ler cep telefonları ve son olarak da bilgisayarlar...

Her biri yavaşça giriyor hayatımıza ve hemen hayatımızın bir parçası haline geliveriyor. Sanki yıllardır bunlarla iç içe yaşamışız gibi... Ama galiba yeniliklerin en etkileyici olanı bilgisayar. Dünyada yaşayan bütün insanları bir anda birbirine bağlayıverdi. Artık dünyamız eskisi kadar büyük, eskisi kadar uzak ve gizemli değil. Siz sıcacık odanızda otururken bütün dünyayı ayağınıza getiriveriyor.

Bütün bunlar hâlâ çok garip geliyor bana. Yirminci yüzyılın ikinci yarısında dünyaya gelenler, yani bizim neslin insanları daha önce gelip gidenlerle mukayese edildiğinde hızla değişen bir dünyada yaşadılar. Dünya var olduğu günden bu yana hiç bu kadar hızlı değişmemiş, gelişmemiş. Bundan sonra gelecekler için durum ne olacak acaba? Yine bu kadar hızla değişecek mi her şey? Üç-beş yüzyıl sonra, şöyle bir gelip kapıdan bakmak isterdim. Ne de olsa ben meraklı bir insanım...

Açık duran kapımın bir-iki kere hafifçe vurulmasıyla kendime geliyorum. Yine alıp başımı gitmişim çok eskilere. Salih kapıda duruyor. Hemen onu karşılamak üzere ayağa kalkıyorum. Birbirimize gülerek, dostça el sıkışıyoruz. O her zamanki koltuğuna otururken, ben de kendi yerime geçiyorum. Artık gözlerini benden kaçırmıyor. Dostça bakıyor bu gözler bana.

"Hoş geldin Salih. Ne haber, nasılsın görmeyeli?"

"Sağ olun, iyiyim. Siz nasılsınız? Çok iyi görünüyorsunuz bugün."

"Teşekkür ederim. Sabahları genelde daha formda olurum. Ne de olsa akşama kadar biraz yoruluyor insan. Ben sabah kahvemi içmedim henüz. Sen de içer misin?"

"Ben kahve değil ama varsa bir bardak çay alabilirim."

"Memnuniyetle," diyerek telefonun tuşuna basıp bana kahve, Salih'e çay getirmelerini söylüyorum.

"Evet, hiç vakit kaybetmeden yine sorguya başlayalım istersen!"

"Tabii, tabii, buyrun."

"Bakıyorum artık sorgu sual filan korkutmuyor seni."

"Çok şükür kurtuldum ben. Anlatmaya korktuğum her şeyi anlattım size, hem de bütün ayrıntılarıyla. Bundan sonra size anlatacağım pek ilginç bir şey de kalmadı zaten. Asıl ben sizi dinlemek istiyorum artık."

"Yani sorgulama sırası bende diyorsun ama yanılıyorsun. Daha senin sorgun bitmedi. Ben seni hâlâ pek tanımıyorum. Biraz da geçmiş hayatından bahsetsene bana."

"Size başımdan geçen evliliği anlattım. Benim geçmişimde bundan başka, ilginizi çekecek gibi bir şeyler yok."

"Yine başladın benim yerime düşünmeye!"

"Ne tecavüze uğradım, ne cinsel taciz yaşadım. Ailem gül gibi baktı, büyüttü beni."

"Yani cezayı hafifletici sebep yok diyorsun."

Gülüyor. Artık ikimiz çok eski iki dost gibiyiz. Burada bulunmaktan, benim sorularıma cevap vermekten memnun. Telefonu önündeki sehpanın üzerinde duruyor. Artık onunla oynamıyor. Sesinin tonundaki o kırık, o sitemkâr hava bile değişti. Gözlerinde hüzün yerine umut kıvılcımları dolaşıyor. Benim onu ne kadar önemsediğimin farkında. Önemsenmek, saygı ve sevgi görmek herkes gibi Salih'in de hoşuna gidiyor, üstelik kendisiyle ilgili anlattığı şeylere rağmen... Bir de bütün hafta onu daha iyi anlayabilmek için internette hep sado-mazoşimi taradığımı bilse...

Bu sırada kapı hafifçe vurulduktan sonra Serpil elinde tepsiyle içeri giriyor. Benim kahvemi, onun da çayını veriyor. Yanında buz gibi sularımız. Salih çayı alırken hafifçe doğrularak teşekkür ediyor. Bütün bu ayrıntılara her zaman dikkat etmişimdir. İnsanları sadece size anlattıklarıyla tanıyamazsınız. Onları en çok bu küçük ayrıntılar ele verir.

Bir yandan çayını karıştırırken, bir yandan konuşuyor.

"Cezayı hafifletecek sebep yok benim geçmişimde. Yani idamdan kurtaramayacaksınız beni!"

"Biz hele bir başlayalım bakalım, neler bulacağız geçmişinde."

"Ne anlatmamı istiyorsunuz?"

"Bütün bu yaşadıklarının nedenlerini arayacağız geçmişinde. Bunun için mutlaka çok trajik olaylar gerekmiyor. Nereden ve nasıl gelmişsin bugünlere, bunu arayacağız birlikte. Hayatta her şeyin bir nedeni, bir açıklaması vardır."

Çayından bir yudum aldıktan sonra gözlerini uzaklara çeviriyor ve yine o kırık ses tonuyla başlıyor anlatmaya.

"Annem üç oğlan, bir kız doğurmuş, ama şimdi bir tek ben kaldım. Ailenin en küçük çocuğuyum. Babam yıllar önce köyden şehre gelmiş ve sülalenin tek okuyan çocuğu olarak, ailesine büyük bir ün ve onur kazandırmış. Hayatla göze göz, dişe diş mücadele etmiş. Ve sonunda koca bir inşaat şirketinin sahibi olmuş. Sonra köyden kardeşlerini ve yakın aile fertlerini de almış yanına. Her birine iş, oturacak ev, yiyecek aş vermiş. Anlı şanlı bir şirkete adını vermiş. Devletten büyük ihaleler almış. Sonra teyzesinin kızıyla evlenmiş. Ailenin tek kızı olan ablam, maalesef zekâ özürlüydü. Çok sonra doğurmuş annem beni."

Sessizce dinliyorum onu. Buraya kadar hiç duraksamadan anlatıyor. Ama şimdi eline yine telefonunu alıp onu evirip çevirmeye başlıyor. Bundan sonra anlatacaklarıyla ilgili bir şeyler var kafasında. Sessizlik uzuyor. Başını bana çevirdiğinde, yeşil gözlerine kara bulutların indiğini görüyorum. Telefonu sehpanın üzerine bıraktıktan sonra, derin bir nefes alıp arkasına yaslanıyor ve yeniden anlatmaya başlıyor.

"Annem bana hamileymiş... O gün..."

Yine duruyor ve yine koyu bir sessizlik kaplıyor odayı... Başını benim tam karşımda duran pencerelere doğru çeviriyor. Kahvem önümde soğuyor ama odaya öyle ağır bir hava çöktü ki, hareket etmeye bile çekiniyorum. Bir süre sonra oldukça boğuk bir sesle devam ediyor.

"Babamla küçük ağabeyim yeni başlayan inşaata gitmek üzere sabah erkenden evden çıkmışlar. Büyük ağabeyim o sırada İstanbul'daymış. Her zamanki gibi annem onları kapıya kadar uğurlamış. Öğleye doğru eve haber gelmiş. Hafriyat sırasında bir kaza olmuş. Babam, küçük ağabeyim ve iki işçimiz o kazada hayatlarını kaybetmişler."

Bir şey yok dediği geçmişe bak, diyorum içimden. Hem babayı hem ağabeyi aynı gün kaybediyorlar. Tanrım ne büyük bir acı. Yine önüne bakıyor. Demek daha doğmadan babayı kaybetmiş. Babasız geçmiş bir çocukluk... Küçük ağabey de aynı gün gitmiş. Efkâr basıyor, hemen uzanıp bir sigara alıyorum paketten. Sigaramı yakarken göz ucuyla ona bakıyorum. Dimdik oturuyor koltukta. Gözleri yerde, hiç kıpırdamadan. Sesine ağır ağır bir uzaklık sindi.

"Bütün sülale perişan olmuş. Olayı gazeteler günlerce yazmış. Bizim ev dolup dolup boşalmış. Evimiz koyu bir yasa girmiş..."

Bedeni, elleri ve asıl gözleriyle öylesine yürekten konuşuyor ki... Yaşaran gözlerini elinin tersiyle sildikten sonra, kısık ve hüzünlü sesiyle anlatmaya devam ediyor.

"Annem, babamın ölümünden bir buçuk ay sonra dünyaya getirmiş beni. Sanırım üzüntüden olacak, beklenenden erken doğmuşum. Kilom da normalin altındaymış. Aslında annem hiç istememiş beni, çünkü benden önce zaten üç çocuğu varmış. Kazara hamile kalmış. Günah diye aldırmamışlar. Daha doğrusu babam buna izin vermemiş, yoksa annem beni aldırmaya kararlıymış. İçine doğmuş demek ki kadının. Neyse, isteseler de istemeseler de sonunda ben dünyaya gelmişim ve annem beni hem hiç istememiş hem de yaşatabilmek için elinden ne geliyorsa yapmış. Aylarca kuvözde kalmışım. Sabahlara kadar başımda beklemiş. Üzüntüden sütü hemen kesildiği için yurtdışından özel mamalar gelmiş. Annem bir yandan bana, bir yandan da zekâ özürlü Zekiye ablama bakmak için çok uğraşmış. Gecesi gündüzü kalmamış kadının. O tarihlerde yorgunluktan ve üzüntüden kırk üç kiloya düşmüş. Doktorlar zafiyet geçiriyorsun, dinlenmen lazım demişler ama o hiç kimseyi dinlememiş ve bizim için koşturmaya devam etmiş. Bu arada işin başına en büyük ağabeyim geçmiş."

Yine derin derin içini çekiyor. Çok hüzünlü bir hikâye. Geçmişiyle ilgili bir şeyler öğrenmek isterken doğrusu bu kadar trajik bir hikâye beklemiyordum. Günah ve yas bu çocuğun bedenini yıllardır kemiriyor demek.

"Kader bununla da yetinmedi. Bu sefer de büyük ağabeyimi aldı elimizden. Ben beş yaşındaydım, hayal meyal hatırlıyorum. Pisi pisine bir ölüm... Bir iş için İstanbul'a gitmiş, yakın bir arkadaşının evinde kalıyormuş. Banyoya girmiş. Şofben zehirlenmesiyle hayatını kaybetmiş. Cenazeyi eve getirdiler. Bir gece evde yattı ağabeyim. Annemin feryatlarını hiç unutmuyorum..."

Dudağının kıvrımında bir incinmişlik beliriyor ve bulutlanmış gözlerinden yağmur gibi yaşlar inmeye başlıyor. Masada duran kâğıt mendil kutusunu önüne doğru uzatıyorum. Kutudan bir mendil alıyor ve yüzünü onunla kapatıyor. Boğazına düğümlenen hıçkırıkları sıkı sıkı tutmaya çalışıyor.

Hiç konuşmadan bekliyorum rahat rahat ağlasın diye. Zamanın eskitemediği o yoğun acıyı duyuyor şimdi içinde. Aslında bazı duygular söze dökülemez. İşte gözlerinden akan, bana göstermemeye çalıştığı gözyaşlarına gizlenmiş şimdi onun duyguları. Acı mı, öfke mi, onlar ölürken yaşıyor olmanın suçluluğu mu, istenmeyişe duyduğu isyan mı, babasız büyümenin ezikliği mi, hangisi? Belki de hepsi...

Kimbilir belki de onlar için ilk kez ağlıyor çünkü o doğmadan kapıyı çalmış acılar. Birden ona karşı derin bir şefkat duygusu uyanıyor içimde. Onu her türlü derdinden kurtarmak için güçlü bir arzu duyuyorum. Böyle bir hikâyeden etkilenmemek mümkün mü? Kader dedikleri işte bu... Kaderi değiştirebilmek için, burada Salih'in yapabileceği hiçbir şey yok.

"Daha önce onlar için hiç ağladın mı Salih?"

Kafasını hiç kaldırmadan önüne bakıyor. Sonra bir hıçkırık sesi yankılanıyor odada. Yeni bir mendil alıyor ve bu sefer kendini tutmaktan vazgeçip rahat rahat, omuzları sarsılarak, sık sık içini çekerek ağlıyor Salih. Gözyaşlarını tutma sırası bana geliyor. Hay Allah, ben de ağlamak istiyorum. Aslında benim bu koltukta otururken bu tür hikâyelerden böyle etkilenmemem gerekiyor. Doktor dediğin biraz soğukkanlı olur. Duygularını pek belli etmez ama ben bu işi bir türlü öğrenemedim. Bu saatten sonra da öğrenemeyeceğim kesin. Sigaramdan derin bir nefes çekip kutudan bir mendil de ben alıyorum. Sonra beyazları pembeleşmiş ıslak gözlerini bana çeviriyor.

"Onlar için ilk kez ağlıyorum. Masal gibi dinledim bunları yıllardır. Sanki başkalarının hikâyesiydi dinlediğim. Şimdi ne oldu anlamadım. Çocuk gibi... Özür dilerim. Sizi de üzdüm galiba."

"Boş ver," diyorum. "Ağlamak bazen güzeldir. Nasıl beraber güldüysek, şimdi de beraber ağladık işte."

"Geriye Zekiye ablam, annem ve ben kaldık. Bu hüzün ve yas hiç bitmedi bizim evde. Yıllar çok zor geçti. Annem zaten az konuşan, sert mizaçlı, otoriter bir kadındır."

"Otoriter bir kadın, yani dominant," diyorum.

Bir ışık parlayıp sönüyor gözlerinde. Anlamlı bir gülümsemeyle bir an dışarı bakıp sonra yine anlatmaya devam ediyor.

"Çocukluğum işte böyle yaslı, acılar yaşanan kasvetli bir evde geçti. Yıllarca kimse gülmedi bizim evde. Hâlâ çok az güleriz biz. "

"Gülmeyi unutturmuş size hayat."

"Ben gülmeyi hiç öğrenmedim ki!... Belki biraz adam olduktan sonra öğrenebilirdim, ama öyle bir illete tutuldum ki, içim kan ağlıyor. Gülmeyi yakıştıramıyorum kendime. Sanki buna hakkım yok gibi geliyor. Yaptıklarımı bütün dünyadan saklayabilirim ama kendimden nasıl saklayacağım? Hem her türlü sapıklığı yap hem de gül. O zaman bu sapıklığımı onaylamış olurum. Bu benim sapık olduğum gerçeğini değiştirmese bile, hiç olmazsa şimdilik gönlüm buna karşı çıkıyor. Kimbilir, belki bir süre sonra o da susacak ve ben tam bir psikopat olarak yaşayacağım."

Geçmişi silmek istiyor. Bu, o silmek istedikçe direnen, umutlarını yerle bir eden bir geçmiş... Hem etini hem de ruhunu, cezalandırarak içindeki zehri akıtmak, ondan kurtulmak istemiş yıllarca. Çocukluk masumiyeti ile günah duygularının açık bir savaşı bu. Sonunda arzunun arsız kollarına bırakmış kendini.

"Ama bunu istemiyorsun. Ve bunun için buradasın. Yani istemediğin bir şeylerden kurtulmak üzere harekete geçtin. Bu çok önemli. Sen böyle söyledikçe, benim tedaviden elde edebileceğimiz sonuçlar konusunda ümitlerim artıyor. Gerçek bir psikopat, bundan kurtulmayı gerçek manada asla istemez. Sen gönülden istiyorsun bundan kurtulmayı."

"Aslında umutlanmaktan korkuyorum. Hayal kırıklıklarından yoruldum."

"Demek baştaki kararsızlığın bu yüzdendi. Sapıklık dediğin bu durumdan kurtulmayı isteyip istemediğini bile bilmediğini söylüyordun. Şimdi anlıyorum ki, bunu çok istiyor ama bir yandan da kurtulmayı becerememekten korkuyorsun. Cesaret nedir, biliyor musun Salih? Cesaret bence korkudan korkmamaktır. Korkularımıza yenilip hedefimizden vazgeçmemektir. Yıllar önce, öğrencilik yıllarımda televizyonda spikerlik yapıyordum. O zamanlar bant kaydı pek yoktu. Bütün programlar canlı olarak yayınlanır ve ben de o programlarda sunuculuk yapardım..."

Merak ve heyecanla dinliyor beni. Ona kendi hayatım ve geçmişimle ilgili bir şeyler anlatıyor olmam, hoşuna gitti. Şimdi daha da eşit olduk. Dominant bir kadının eşiti, muhatabı oldu.

"Beni tanıyanlar, arkadaşlarım, hep benim ne kadar cesur olduğumu, milyonların karşısına çıkarken hiç korkmadan, heyecanlanmadan bunları yaptığımı düşünür, hatta bir kısmı, kendilerinin böyle bir şeyi asla yapamayacaklarını söylerlerdi. Halbuki yanıldıkları bir konu vardı. O programları sunarken ben hiç de onların zannettiği gibi rahat değildim. Aksine her seferinde çok korkuyor ve heyecanlanıyordum ama korkuma yenilmedim. Sen de öyle yaptın. Korkularına yenilseydin, buraya gelemezdin zaten."

Salih sırtını hafifçe dikleştirerek koltuğa yaslanıyor. Bu oturuş biçimi bile, sözlerimden etkilendiğini hissettiriyor bana. Şu anda yine iki arkadaş gibi sohbet ediyoruz onunla.

"Ne iş yapıyorsun Salih?"

"Üç arkadaş küçük bir şirket kurduk. Dekorasyon işleri yapıyoruz."

"Nasıl gidiyor işler?"

"Fena değil, ilk yıllar biraz zorlandık ama şimdi iş artık oturdu."

"İşini seviyor musun?"

"Üzerime düşeni yapıyorum. İşime zamanında gider gelirim. Sorumluluklarım konusunda titiz davranırım."

"Ortaklarınla ilişkileriniz nasıl?"

"İyi. Zaten hepsi de eski arkadaşım. Birbirimize güveniyoruz."

"Eğitimin nedir?"

"İki yıllık bir yüksekokulu bitirdim. O da paralı."

"Bunu küçümsüyor musun, bana mı öyle geldi?"

"Zar zor iki yıllık bir yer okuyabildim. Özel bir üniversitede."

"Kendini hayatta başarısız buluyorsun."

"Öyleyim çünkü. Şu anda para kazanıyorum ama ailemin beklentileri sanırım bu değildi. Yıllar önce köyden şehre gelip onca imkânsızlıklara rağmen üniversite okuyup mühendis olmuş bir babanın yani Yüksek'in oğluyum ben."

"Yüksek babanın adı mı?"

"Hayır, lakabı. Boyu çok uzun olduğu için Yüksek derlermiş babama. Adından çok lakabıyla tanınır babam."

"Babanla mukayese ediyorsun kendini."

"Kiminle edeceğim? Yıllarca bizim evde bundan başka bir şey konuşulmadı ki..."

"Üstelik senin elinde her imkân varken, sen hiçbir şey yapamadın."

"Yapamadım. Ağabeylerim çok başarılı olacaklarmış ama onlara da hayat izin vermemiş. Zaten bu Tanrı'nın işini anlamıyorum. İyiler, başarılı ve çalışkanlar hemen gidiyor. İkisi de çalışkan, aslan gibi delikanlıymış. Hiç olmazsa büyük ağabeyim ölmeseymiş..."

Yine başını önüne eğiyor. Yüzüne hafif bir pembelik yayılıyor.

"Onlar ölmüş, sen kalmışsın. Yaşamaktan utanıyor gibisin."

"Haksız mıyım?"

"Yakınlarını kaybeden insanlarda olur böyle suçluluk duyguları, ama zamanla geçer. Onlar öldüğünde sen daha çok küçükmüşsün. Aradan yıllar geçmiş ama senin suçluluk duyguların ilk günkü tazeliğiyle duruyor. Kendine haksızlık etme."

"Bu saatten sonra benden ne köy olur, ne kasaba."

"Köy ya da kasaba olup ne yapacaksın. Oluyorsan şöyle büyük bir metropol ol da görelim!"

Gülüyor.

"Benim gibi birine söylüyorsunuz bunları. Zaten ben çok çalışsam bile, daha fazlasına kader izin vermez."

"Bunu da nereden çıkardın?"

"Öyle işte..."

Yaramazlık yapmış çocuklar gibi boynunu bükmüş oturuyor karşımda.

"Kendini günahkâr olarak görüyorsun demek."

"Bizim ailede herkes inançlıdır. Annem namaz kılar, orucunu tutar, başını bağlar. Bana gelince, ne olduğum belli değil. Elimden geldiği kadar bu konulardan uzak durmaya çalışıyorum. Evimizin çevresinde bir sürü cami var. Ezan okunduğu zaman içime bir sıkıntı gelir. Elimden gelse hepsini yasaklayacağım. Ne ezan, ne Kur'an, ne de din ve Tanrı'yla ilgili bir şey duymak istiyorum. Çocukluğumda bizim evde sürekli mevlit okunurdu. Ve hep ağlardı bizimkiler. Annem namazdan sonra dua ederken yine ağlardı. Ramazan aylarını da hiç sevmem. İftar sofralarında ağlayarak yediğimiz yemekleri hiç unutmuyorum."

"Yani din ve Tanrı, sende hep acıyı ve korkuyu çağrıştırıyor."

"Evet, evet. Bu yüzden bu konuları konuşmak bile beni huzursuz ediyor. Kendimi tam bir günahkâr gibi hissetmektense, bu konuları tamamen reddedip tam bir ateist gibi yaşıyorum. Annem, ben küçükken, 'Sen de ellerini aç ve amin de,' derdi. O zaman ne olduğunu bilmeden, ben de tıpkı annem gibi ağlayarak ellerimi açar ve amin derdim. Korkardım. Kötü bir şeyler olduğunu hisseder ama nedenini bilmezdim."

"Hâlâ bilmiyorsun. İnsan en çok bilmediğinden korkar. Belki bilsen, bu kadar korkmazsın."

"Bunda bilinmeyecek ne var? Geberip gideceğiz cehennemin dibine."

"Ben bilmiyorsun sanmıştım ama görüyorum ki, sen çok şey biliyorsun. Hatta ölünce cehenneme gideceğinden bile eminsin."

"Bunları konuşmasak!"

Sözün tam burasında, tuhaf bir tesadüfle uzaklardaki bir camiden okunan ezan sesi odaya kadar dalga dalga yayılıyor. Öğlen ezanı okunuyor. İkimiz birden ezan bitene kadar susuyoruz. O, sanki suçüstü yakalanmış biri gibi önüne bakarak, koltuğunda büzülüyor. Bu sesi dinlerken, ikimiz çok farklı şeyler hissediyoruz. Ama ortak bir noktası var duygularımızın, o da hüzün. Yaşamın geçici, bizim ise dünyaya bir süreliğine konuk edilmiş yolcular olduğumuzu hatırlatır bana ezan sesi. Ve yaşama dört elle sarılırım. Bu süreyi olabildiğince gönlümce yaşamak, hayatı koklamak, hissetmek, daha çok çalışmak, daha çok sevmek isterim. O ise, avcıdan kaçan bir av gibi, bir gün nasıl olsa yakalanacağını bilerek kaçıyor. Kaçtıkça korkuları daha çok büyüyor, korkuları büyüdükçe daha çok kaçıyor. Ezan bitince söze yine ben başlıyorum.

"Bazı şeyler vardır ki, çok istesek de onlardan kaçamayız. Bak, işte yakalandın. Korktuğun şeyler dışarıda değil, senin yüreğinde. Kendinden kaçamazsın. Gel bu korkulara birlikte bakalım."

"Siz Tanrı'ya inanıyor musunuz? Bilimle uğraşan insanlar genellikle Tanrı'ya inanmazlar."

"Tanrı'yla hiçbirimizin tanışıklığı yeni değildir Salih. Daha doğduğumuz gün tanışırız onunla. Bizim ilk Tanrı'larımız bize bakan, bizi büyüten, yedirip içiren, doğruyu, yanlışı gösteren anne babalarımızdır. Zamanla bu küçük tanrıların adedi çoğalır. Ablalar, ağabeyler, dayılar, halalar, öğretmenler, amirler, müdürler, başkanlar ve son olarak toplum. Bizler, işte bu küçük tanrılardan öğreniriz sevmeyi, saymayı, hoşgörüyü ya da isyanı. İşte bu yüzden kiminin Tanrısı sert, katı ve hoşgörüsüz, en ağır cezaları vermeye hazır, çatık kaşlı olurken, kiminin Tanrısı her zaman güler yüzlü ve hoşgörülüdür. Affetmeye her zaman hazırdır. Tanrısı çatık kaşlı olanlar, ondan korkmayı bilir sadece. Cezalar ne kadar caydırıcı olabiliyorsa, o kadar durdurabilir Tanrı onları. Ancak, güler yüzlü Tanrının çocuklarını durdurmak için çoğu zaman cezaya gerek yoktur. İki taraf da birbirini sevdiği ve hoş gördüğü için, aralarında pek sorun çıkmaz. O nedenle daha kolay, korkmadan sorgulayabilirler hayatı ve kendilerini..."

Çocuk gibi gözlerini açarak dinliyor beni. Nasıl da korkuyor!

"Binlerce yıl tanrısız yaşadı insan. Kitabı ve peygamberi olan tek tanrılı, yani semavi dinlerin ortaya çıkışı, sanıldığı kadar eski değildir. Kendi yaptığı putlara taptı önce. Çünkü inanmak, insan için vazgeçilmez bir ihtiyaçtı. Düşündü, taşındı, merak etti, araştırdı, dolayısıyla gelişti. Keşfettiği her şey, insanın bu muhteşem düzene olan hayranlığını artırdı. Sonunda, bu işlerin putlar-

lerim ama onlarla oynayacak arkadaşım yoktu. Sokağa bırakmazlardı beni. Balkonun demirleri bile hapishane demiri gibi tavana kadar uzanıyordu. Düşüveririm diye ödleri kopardı. Zaten kırk yılda bir sokağa çıksam, hemen hastalanırdım. Böyle hasta bir çocuğu sokağa nasıl bıraksınlar? Onlardan çok kendime kızardım, hep hasta olduğum için..."

Tabii kendine kızacaksın. Tek sahibin olan anneye kızmak gibi bir lüksün var mı senin? O senin doğmanı zaten istememiş. Vazgeçilmez çocukların hakkıdır anneye kızmak. Yani normal çocukların. Normal çocuklar, anneleri tarafından çok sevildiğini, vazgeçilemez olduğunu bilen, hisseden çocuklardır. Onlar için bu, dünyanın en normal, en doğal şeyidir. O yine devam ediyor.

"Okula bile annem götürüp getirir, servise bindirmezdi beni. Titiz bir kadındır. Babamla küçük ağabeyimin öldüğü gün, annem evde bahar temizliği yaptırıyormuş. Halılar bile yıkanmış o gün. Tam bu sırada gelmiş acı haber. Annem öyle çok dövünmüş ki, aylarca bacaklarındaki morluklar kaybolmamış. Bir yandan ölüm acısı, bir yandan da başsağlığı dilemek için eve gelen insanlar... Ve karnı burnunda hamile bir kadın. O günden sonra her şey değişmiş bizim evde. Kocası ile oğlunu aynı anda kaybeden annem, bir daha hiç gülmemiş. Ben küçükken arada bir fenalaşırdı annem. Odanın ortasına bağdaş kurup oturur, bir saat bağırır ve dövünürdü. O zaman yanına yaklaşmaya korkardım. Ben bunun ne olduğunu, annemin ne yapmaya çalıştığını bir türlü anlayamaz, sadece korkar ve ben de başlardım ağlamaya ve bağırmaya. Büyük ağabeyim de ölünce, son kez dövündü. Bir daha ağlayamadı... Dondu kaldı kadıncağız."

Ne büyük acılar yaşanmış ailede. Ve kayıpların hepsi olağandışı. Hastalık yok. Ölüm her seferinde sürpriz yapmış aileye. Yani kapıyı çalmadan girmiş içeri. Ve bu arada hiç istenmeden dünyaya gelmiş, sürekli ağlayan, ilgi, sevgi ve şefkat bekleyen küçücük bir çocuk var ortalıkta.

Salih çocukluğun en masum, en zayıf, korunmaya muhtaç dönemlerini işte böyle bir ortamda geçirmiş. Yıllarca herkes gibi olabilmenin mücadelesini vermiş hayatla. Uçurumların kıyısında dolaşmış korkarak. Ve sanki bir gün nasıl olsa aşağı düşeceğini biliyormuş gibi, bırakıvermiş kendini usulca.

"Zor günlermiş."

"Çocukluğum deyince, tüylerim diken diken olur. Üşürüm. Acıdan başka bir şey yoktu ki... Annem ve teyzelerim mutfaktaki yemek masasının etrafında toplanır, bir yandan konuşur, bir yandan ağlarlardı. Beni hiç istemezlerdi yanlarına. Ben ayaklarının altında dolaşır dururdum. Onları huzursuz etmek için, elimden ne gelirse yapardım. Salona oyuncakları yığar, orada kendi başıma oynamamı isterlerdi. Hiçbir çocuğa benim kadar çok oyuncak alınmamıştır herhalde, ama ben yine de çok sıkılırdım. O zamanlar ne yapar eder, ağlayacak bir şey bulur, bağıra bağıra ağlardım. 'Olmaz olasıca,' derdi hep annem."

Nasıl da çocuk gibi dudaklarını bükerek söylüyor bu son cümleyi. Hayattaki tek sahibi olan annesi tarafından istenmediğini bilmek, hele bir çocuk için dünyadaki acıların en büyüğüdür. Mazoşistler ne kadar kafa patlatsalar da fantezilerinde bundan daha büyük bir acıya ulaşamazlar!

Galiba ona suçlu gibi bakmaları, yaşadıklarının en kötüsü, en acıtanı. Bunların hesabını ödemek yine Salih'e düşmüş. Yerlerde kıvranarak, dövülerek, sövülerek, aşağılanarak ödeyecek sevilmeyi becerememenin, sevilmeye layık olamamanın cezasını. Af dileyerek, yalvarıp yakararak rahatlamanın yolunu arayacak.

"Hiç arkadaşın yok muydu?"

"Yoktu. Herkesten mikrop kapacağımı düşünür, kendileri bile bana doğru dürüst yaklaşmazlar, öpüp koklamazlardı. Onlar benden uzak durdukça, ben de zamk gibi yapışırdım onlara."

Öpülüp koklanmadan nasıl çocuk olunur? Batsın bu mikroplar!

Sanırım anne iki oğlunu birden kaybedince Salih'e de bir şey olur diye çok korktu ve o nedenle büyütürken üzerine çok düştü. Bir yandan kızdı ona, bir yandan da gözünün bebeği gibi korudu.

"Koca delikanlı olana kadar annemin koynunda yattım. Yalnız yatmaya korkardım. Geceleri yatağımı ıslatırdım ve annem buna çok kızardı. Çişini yaparsan, çükünü keserim, seni bir daha koynuma almam diye korkuturdu beni. Ben gece uyanıp da, altımı ıslak bulunca çok korkardım ama korksam da yine aynı şey olurdu. Annem her gece bağıra çağıra, ite kaka beni banyoya götürür, belden aşağımı yıkardı. Çocukluk işte. O zaman koşarak Zekiye ablamın yanına giderdim. O bile istemezdi beni. Sidikli derdi."

"Sidikli derdi demek..."

Aklıma o kadının idrarını içen, idrarla yıkanan mazolar geliyor.

"Bu anlattıkların, senin bugün içinde bulunduğun durumla ilgili pek çok ipucu verdi bana. Sen fark edebildin mi?"

Yine gözlerini heyecanla açıyor.

"Hayır. Zaten hepsi benim yıllardır bildiğim şeyler bunlar. Merak ettim, ne gibi ipuçları buldunuz?"

"Bilmek, bazen anlamaya yetmez. Bu sözü pek çok hastamdan duydum. Çoğu buraya gelirken, her şeyi biliyor zaten. Bizler en akıllı, en zeki olanımız bile, kendimiz ve yakınlarımızla ilgili konularda tarafsız olamayız. Çok basit gerçekleri bile göremeyiz bazen. Psikiyatri bilimi, işte burada devreye giriyor. Tarafsız ve bilimsel bir gözle dinliyor anlatılanları. Sana gelince, babasız, erkeksiz bir evde büyümüşsün. Üstelik çok küçük yaşlarda kaybetmişsin hepsini. Hepimiz çocukken bize örnek olabilecek birilerine ihtiyaç duyarız. O zaman hiçbirimizin çok özel, belirgin kişilik özelliklerimiz yoktur. Bunlar, önümüzdeki örneklere bakarak zamanla oluşur. Sizin eve sanırım erkek sinek bile girmedi yıllarca."

"Evet, girmedi."

"İlkokul öğretmenin erkek miydi?"

"Hayır, o da kadındı."

"Böyle bir çocuk erkek kimliğini nasıl kazanacak? Dominant bir anne ve teyzelerle geçen bir ömür. Ne onlardan biri olabilmişsin ne de karşı cins. Seni aralarına almamışlar."

"Bu kadar acılı bir ortamda mızmız bir çocuğa bakmak ne demek, bunu biliyor musunuz siz?"

"Bu kadar acılı bir ortamda çocuk olmak ne demek, sen bunu biliyorsun ama."

Başını iyice öne doğru eğip birkaç kez hafifçe sallıyor. Yüzünün bütün hatları aşağı doğru bakıyor. Sanki içinden geçenleri onaylıyormuş gibi, başını sallamaya devam ediyor. Şu anda muhtemelen kendisiyle hesaplaşıyor. Sonra mırıldanır gibi konuşmaya devam ediyor. Sesini çok zor duyuyorum.

"Biraz büyüyüp aklım bir şeylere ermeye başladığı zaman, kendimi o evde fazlalık, baş belası gibi hissetmeye başladım. Çektikleri onca acı yetmezmiş gibi, bir de ben vardım. Sonraları, derslerimde başarılı olarak onları memnun etmek istedim. Bunu gerçekten istedim. Ama onu da yapamadım. Mutsuzdum. Canım ders çalışmayı hiç istemez, dersin başına oturunca, aklım hep içeride oturan ve birbirleriyle sürekli konuşan aileme giderdi. Çünkü beni başlarından atmanın yolu önce oyuncaklar, sonra da dersler olmuştu. Ne zaman o masadan kalkıp biraz yanlarına gitsem, annem hemen kaşlarını çatar; ders çalış, dolaşma ortalıkta derdi. Sanki beni görmekten bile rahatsız oluyor gibi bir hali vardı. Veya ben öyle hissederdim. İşte o zaman iyice canım sıkılır, yine başlardım evde sorun çıkarmaya. Ya hasta olur yatar, ya da bir bahane bulup yine ağlardım.

Ortaokula gelince ergenlik başladı. Çok utandım. Özellikle geceleri çarşaflara bulaşan şeylerden iğrendim. Bir zamanlar çişimi kaçırırdım. Kızarlardı bana. Şimdi de çarşafları başka türlü kirletiyordum. Annemin, çarşafları toplarken of çeken sesini duyardım. Kendi kendine söylenirdi. Bana küfür mü ederdi, yoksa beddua mı, bilmiyorum. Ama çok iyi bildiğim bir şey vardı; ben iyice iğrenç biri olmuştum. Annem, teyzelerim ve Zekiye ablam evde erkek olmadığından, hiç sakınmazlar, bazen yarı çıplak dolaşırlardı ortalıkta. Özellikle Zekiye ablam, iç çamaşırını bile benim yanımda değiştirirdi. Beni adamdan saymazlardı. Gözüm onların çıplak bedenlerine kayınca içim bir tuhaf olurdu. Kesip atmak isterdim bazı şeyleri..."

Kafası hâlâ önünde. Şu anda benimle değil, kendi kendisiyle konuşuyor. Bu konuşan artık o değil. Madalyonun kapağı açıldı. İçindekileri ağır ağır dışarı boşaltıyor. Nasıl da suçluyor kendini. Erkekliğinden utanıyor ve hatta ondan kurtulmak istiyor.

Kendi ailesine yan gözle bakan, kötü çocuk... Böyle yargılıyor kendini.

"O yaşta bir delikanlının bunlardan etkilenmesini doğal buluyorum. Her delikanlı böyle dönemler geçirebilir. Çarşaf meselesi de öyle. Otomatik şeyler bunlar. Senin elinde değil. Çoğu aile bunları doğal karşılar, hatta oğlumuz erkek oldu diye sevinirler. Kızların regl olması gibi yani... Doğal şeylerden utanmışsın. Çünkü bunları söyleyen olmamış sana. Evdekilerin hepsi kadın. Bazı şeyleri bilseler bile, bunu seninle konuşmaya cesaret edememişlerdir. Bunları konuşabileceğin bir baba veya ağabey bulamamışsın. Arkadaş da yok. Kimbilir ne kadar sıkıntı çektin o zamanlar."

"Ama sonra bunlar giderek azaldı."

"Bunlar azaldı derken, ne demek istiyorsun?"

"Azaldı işte. Çarşaflar temiz kaldı, annem de rahatladı."

"Yani kendini kastre ettin. Erkekliğini yok ettin. Bunu nasıl yaptın Salih?"

Hiç kımıldamadan, gözlerini dikmiş bana bakıyor. Sonra yine başını önüne eğerek, yavaş ve yumuşak bir sesle yanıtlıyor beni.

"Bilmem. Bunu nasıl yaptığımı tam olarak ben de bilmiyorum. Onların çıplak bedenlerini gördükçe, bir tuhaf olurdum. Aslında bunu hiç istemezdim. Gözlerimi ne kadar kaçırsam da bazı şeylere mani olamazdım. Bir süre sonra içimdeki erkek yavaş yavaş ölmeye başladı. Artık hem gece boşalmalarım azalmış, hatta neredeyse yok olmuş hem de onları çıplak bile görsem, o tuhaf şeyleri hissetmez olmuştum."

İçime yine o ince sızı yayılıyor. Bu yakışıklı, bu akıllı, zeki, duygulu çocuk, onun mutlu olmasını en çok isteyenler, onu korumak, kollamak için hiçbir fedakârlıktan kaçınmayanlar tarafından nasıl da yok edilmiş, bitirilmiş. Kastre edilmiş, erkekliği elinden alınmış. Ve eminim aile bütün bunların farkında bile değil... Annesini tanımıyorum ama eminim, oğlunun kılına zarar gelecek diye ödü kopuyordur. Bilmiyor ki, oğlunu kamçıyla dövüyor kadınlar! Bu, tam bir trajedi...

Üstelik bütün bunlar, uzaklarda bir gecekonduda, zavallı, çaresiz bir ailede yaşanmıyor. Hali vakti yerinde, ünlü, varlıklı, saygın bir ailenin çocuğu Salih. En lüks otellerde düğün dernek yapılıyor onun için. Geline takılacak mücevherler bile yıllar öncesinden hazırlanıyor. Ah keşke başka alanlarda da gösterilseymiş bu özen.

Eğitimsizlik desem, o da değil. Eğitimli bir anne de aynı şeyleri yapabilirdi bizim ülkemizde. Eğitim dediğin zaten nedir ki? Lisede tarih, coğrafya, fizik, matematik. Üniversitede ise hangi dalı seçersen, onunla ilgili daha geniş bilgiler... Hayat, okullarda öğrenilmiyor. Hayatı bize, ya raflarda dizi dizi duran kitaplar ama daha çok da hayatın kendisi öğretiyor. Ve bu öğreti her ülkede farklı. Sadece ülke mi, her köyün bile örfü, âdeti başka. Örneğin Anadolu'da, yoksul bir köyde yetişseydi bu çocuk, şimdi olduğundan daha az yara alırdı belki de. Çünkü çocuk yetim kalsa da, sokağa çıkar, arkadaşlarıyla oynar, sokaklarda düşer kalkar, köyün yaşlı erkekleri, yetimdir diye o çocuğun başını daha çok okşar, arkadaşlarıyla kavga eder, arada bir döver, çoğunda dövülürdü belki ama hayatı bu Salih'ten daha yakından tanırdı. Bu kadar yabancı olmazdı her şeye.

Anadolu'da, erkek çocuklar biraz büyüyüp bıyıkları terlemeye başladığında, hem evdeki hem de sokaktaki kadınlar ondan sakınmaya, ona saygı göstermeye başlar. Evde kimse onların yanında soyunmaya, çıplak gezmeye kalkışmaz. Zaten on sekizine geldiği an, askerlik çağı gelmiştir oğulun. Çarşaftaki lekeler kimselere gösterilmeden, of pof çekilmeden yok edilir ortalıktan. Anne gurur duyar o zaman oğluyla. Hayat o anneyi çok ezse de o zayıf, o ezilmiş anne, sonunda güçlü, dünyaya kafa tutabilecek, önce annesini koruyacak bir erkek çocuk doğurmuş olmanın gururunu yaşar. Çarşaftaki lekeler, olsa olsa bu zaferin kanıtlarıdır. O nedenle son derece doğal karşılanır böyle şeyler. Kazma kürek tutuşturulur ellerine. Ağır işler onlara verilir. Çarşıya, alışverişe onlar gider.

Oralarda hayatı tanımayanlar erkekler değil, kadınlar da değil, kızlardır. Başı bağlanan, çarşaflara sokulan, en küçük bir yanlışlarında başlarına vurulan, gizlisi saklısı olmadan, açıkça ezilen kızlar...

Demek sevgili Salih bugünlere böyle gelmiş. Efkâr basıyor bana yine. Salih, oturduğu koltukta neredeyse iki büklüm olmuş. Nereden başlasam acaba? Derin bir nefes alıyorum söze başlamadan önce ve elim hemen sigara paketine gidiyor. Bu sefer bir tane de ona ikram ediyorum. Sağ elini göğsüne koyup başını hayır anlamında iki yana sallıyor. Koltuğumda arkama yaslanıp oldukça mesafeli, otoriter, dominant bir sesle konuşmaya başlıyorum.

"Annenin gözünde kötü çocuk olmamak uğruna, nelerden vazgeçtiğini, şimdi daha iyi anlıyor musun Salih?"

"Hayır, anlamıyorum, anlamayacağım da!"

Diyerek kızgınlıkla bağırmaya başlıyor Salih.

"O benim için bütün hayatını verdi, ben onun için bu kadarcık bir şey yapabilmişim, çok mu!... O benim annem... Kötü olan o değil, benim, ben!..."

Şimdi karşımda âdeta çırpınıyor. Yüzü kızarmış, gözlerinden alevler çıkıyor.

"Neden beni koruyorsunuz? Banyoda bile o kötü şeyleri yaparken, o çıplaklıklar gelirdi gözümün önüne. Evde yılan besliyorlar derdim içimden, yılan!... Yine de durduramazdım kendimi. Annesine, ablasına göz diken bir sapık olup çıkmıştım. Annem seziyor, biliyordu ne mal olduğumu. Onun için öyle bakıyordu yüzüme. Onun için çarşaftaki lekeleri gördükçe, iğreniyordu benden. Onun için hep 'olmaz olasıca' diyordu...

"O gece rüyamda Zekiye ablamı görmüştüm. Yine çıplaktı ve ben onunla oynaşıyordum... Zekiye ablam o sabah öldü. Ben o rüyaları görürken, kızcağız meğer son nefesini veriyormuş!... Belki de o yüzden öldü ablam. Bir de beni koruyorsunuz. Hiçbir şeyden haberiniz yok sizin. İçimdeki şeytanı daha ne zaman göreceksiniz? Üstelik başlarında taşıyorlar bu melek yüzlü şeytanı!... Annem bana oğlum dedikçe, yanıma yaklaştıkça, elektriğe tutulmuş gibi her yanım titriyor!... Dokunmasınlar bana! Bu günah topuna kimse dokunmasın!..."

Salih'in sesi bağırmaktan çatallanıyor. Şimdi arada bir incelen, arada bir çatlayan veya kısılan bir sesle konuşuyor. Bilinçdışı, kapılarını araladı. İçindeki zehir oluk gibi akıyor dışarı.

"Çocukken beni kucağına bile almayan annem, şimdi dizimin dibinden ayrılmıyor. Her gün eli üzerimde. Bunu istemiyorum!... Beni sevmesinden, bana hizmet etmesinden, geceleri yolumu beklemesinden nefret ediyorum!... Beklemesin beni!... Hizmet etmesin bana!... İkide bir çarşaflarımı değiştirmesin!... Temiz artık onlar, temiz!..."

Salih var gücüyle karşımda bağırıp çağırıyor. Dominanın ayakları altında sürünmeden, onca acıyı çekmeden, aşağılanmadan bir türlü ortaya çıkamayan Erkek Salih, şimdi tüm haşmetiyle karşımda. Öfkenin dozu giderek artıyor. Öfke arttıkça, oklar sanırım gerçek sahibine, yani anneye doğru dönecek.

"Domina beni ayaklarının altında ezerken, kamçının bana değmeden önce çıkardığı ıslık gibi ses kulaklarımda yankılanırken, acıdan yılan gibi yerlerde kıvranırken, keşke yanımda olsa!... Baksa bana, görse beni!... Belki o zaman kına yakar bir yerlerine..."

İşte oldu. Hedefi tam on ikiden vurdu Salih. Sessizce dinliyorum onu. Açıkça izin veriyorum içini boşaltmasına. Şimdi de destekleyeceğim, arka çıkacağım ona. Çünkü aksi halde bu söylediklerinden dolayı yine kendini suçlayacak. Buna mutlaka mani olmalıyım.

Mırıl mırıl konuşuyorum onunla. Alçak sesle, sevecen. "Haklısın, ben de olsam böyle hissederdim," diyorum.

Ağlıyor...

Bu psikiyatri bilimi böyle bir şey işte. Karşınıza oturan her hasta yepyeni bir bilmece sunuyor size. Buraya gelirken hayatıyla ilgili her şeyi bildiğini sanıyor. Aslında bu doğru. O biliyor, siz bilmiyorsunuz. Ondan öğrendiklerinizle çözeceksiniz bu bilmeceyi. Ayrıca çoğu zaman bilmeceyi çözmek de sorunu halletmiyor, hastanızı mutlu, huzurlu, umutlu yapmaya yetmiyor. Bazen de bilmeceyi çözerken, eskimiş yaraları iyileştirmeye çalışırken, o yaralar kanıyor. Bir de bunun acısını çekiyor, bazen bir anne, bir çocuk, bir dost gibi gördüğünüz, hiç kıyamadığınız o insanlar.

Salih'le tekrar görüşmek üzere sözleşiyoruz. Salih gidince, bir süre onu düşünmekten alamıyorum kendimi. Sanki duygularım da onunla beraber gidiyor. Kapım açık. Koridorlara dalga dalga yansıyan hafif müzik sesi geliyor kulağıma. Bırakıyorum kendimi müziğin yumuşacık kollarına. Bu kollarda şimdi hüznün sisli burukluğu var.

Çocukluğum geliyor aklıma. Heyecanlı, meraklı ve masum çocukluğum. Yalanın dolanın, acının ıstırabın, hastalığın ölümün hiç bilinmediği acemi yıllar. Sıcacıktı evimiz. O sıcak evde yaşayan herkes, gündüzden çok geceyi severdi. Çünkü ancak gece olunca bir araya gelebilir, annemin ördüğü beyaz dantel örtünün süslediği kocaman radyomuzun başında toplanabilirdik. Belki de bu yüzden, ben hâlâ geceyi severim. Gece hiç bitmesin isterim.

Pazartesi akşamları saat 21.00 de yayınlanan "Mikrofonda Tiyatro"yu merakla beklerdik. Annem kenarları kulplu gümüş tepside çaylarımızı getirirdi. Salonda dört tane büyük pembe Berjer koltuğumuz vardı. Annemle babam, ellerinde çayları o koltuklara otururlardı. Biz çocuklar ortadaki yuvarlak sehpanın etrafına dizilir, bir yandan tıngır tıngır çaylarımızı karıştırırken, bir yandan da annemin yaptığı kurabiyeleri yerdik. Babam en çok çayı karıştırırken çıkardığımız seslere, annem ise kurabiye yerken yerlere dökülen kırıntılara kızardı. Hepimizin kulağı radyoda olduğundan kimse yüksek sesle konuşmaz, annemle babam bile bize kızarken bu işi kaş göz işaretiyle yapardı. Heyecanla dinler, konuşan sanatçıları merak eder, göremediğimiz için hayalimizde canlandırırdık her şeyi. Hayaller, her zaman gerçeklerden daha heyecan verici ve kişiye özeldir. Aynı şeyleri dinlerdik ama hepimiz farklı hayal eder, farklı etkilenirdik. Rejisör, tam da bizim arzu ettiğimiz tiplere oynatırdı o rolleri. Seslere âşık olur, seslere üzülür, yine seslere kızardık.

Bir de konser programları vardı. "Aziz dinleyiciler, şimdi Zeki Müren'den şarkılar dinleyeceksiniz," derdi spiker. Hiç bitmesin isterdik o konser. Koca bir konser salonunda, beyaz smokini, tel çerçeveli gözlükleri ve muhteşem saz ekibiyle hayal ederdik Zeki Müren'i. O güzel sesli spikerin yerinde olmak, bu konseri orada dinlemek isterdik. Her şarkının sonunda Zeki Müren, eğilerek selamlardı bizi hayalimizde.

Belki de o yüzden, on dokuz yaşında oturdum o mikrofonların başına. Konser programlarını ben sundum. Hem de Arı Stüdyosu gibi muhteşem bir salonda, yüzlerce seyircinin önünde. Rengârenk tuvaletler içinde, birbirinden güzel hanımlar ve siyah smokin giymiş genç ve yakışıklı sanatçılar vardı o programlarda. Muzaffer İlkar yönetiminde, TRT Ankara Radyosu'nun muhteşem sanatçı kadrosu çıkıyordu sahneye. Muazzez Abacı, Ela Altın, Hülya Sözer, Seçil Heper gibi muhteşem seslerden oluşuyordu koro. Bir başka gün gözleri gibi yeşil kadife ceketiyle Ahmet Özhan çıkıyordu sahneye. Müzeyyen Senar, Hamiyet Yüceses, Mustafa Sağyaşar, Emel Sayın, Gönül Akkor, Behiye Aksoy ve hatta Zeki Müren geliyordu televizyona konser vermek için. Hepsiyle ayrı ayrı tanışıyor, program öncesi sohbet ediyor, makyaj odasında yan yana oturuyorduk.

Ama sunduğum hiçbir program, çocukluğumda radyoda dinlediklerim kadar muhteşem gelmedi bana. Ne sanatçılar ne de spikerler ulaşılmazdı. Hele radyoda, çocukluğumda hayranlık duyduğum o sesleri günlük kıyafetleri içinde görmekten hiç hoşlanmadım. Ev hanımlarından hiçbir farkı olmayan, anonsları bitince birbirlerine yemek tarifi yapan, çocuklarının sorunlarından söz eden spikerleri görmek, canımı sıktı. Radyodaki konser programlarının düzenlendiği büyük stüdyodan da nefret ettim. Çünkü benim hayal ettiğim yer değildi burası. Televizyonda çalışırken, makyaj odasında hayranı olduğum bir sanatçıyla yan yana oturmak, onları makyajsız, gündelik halleriyle görmek, hayallerimdeki sırça köşkü yerle bir etti. "Mikrofonda Tiyatro" gibi programların hazırlandığı stüdyolarda seslendirme yaptım yıllarca. Benden önce, ellerinde kâğıtlarla, tiyatro sanatçılarını o stüdyodan çıkarken görmek, sinirime dokundu.

Ya Türk filmleri! Yetişkin insan olduktan sonra gittiğim hiçbir film beni onlar kadar etkileyemedi. Ne güzel aşklardı onlar!...

Güzeldi güzel olmasına da o filmler çok yanlış tanıtmış bize hayatı. İşin aslının o filmlere hiç benzemediğini yaşaya yaşaya gördükçe, bizim kuşak ciddi bir hayal kırıklığı yaşadı. Ama yine de ne güzel hayallerimiz vardı. Tıpkı Türk filmlerindeki gibi....

"Görür görmez bize âşık olmuş olan sevgilimizle sinemaya gidecek, giderken de neden bilmem, beyaz pilili etek ve mavi bluz giyecektik. Düğünümüzde giyeceğimiz beyaz gelinliğin her yanından tüller fışkıracak, sevgilimizin gözüne bakarken çok utanacaktık. Küçük, beyaz badanalı evimizin perdeleri kırmızı olacaktı. Bordoya çalan koyu kırmızı...

Bir de çikolata meselesi vardı. Evimizde mavi, porselen bir şekerliğimiz olacak ve içindeki çikolatalar hiç bitmeyecekti. Kapağında kuş resimleri olan, oval bir şekerlik... Çünkü bizim evde çikolatalar bu şekerliğin içine konurdu. Beyaz badem şekerlerinin üzerinde duran kırmızı, mavi, yeşil parlak kâğıtlara sarılı, küçük yuvarlak çikolatalar... Hâlâ markete gittiğimde, sepetler dolusu çikolata alırım eve. Her çeşit ve her markadan... Severim çikolata yemeyi, ama o küçük, yuvarlak, rengârenk parlak kâğıtlara sarılı çikolataların tadını bir türlü bulamıyorum onlarda. Ama vazgeçtin mi derseniz, hayır, vazgeçmedim. Aramaya devam ediyorum...

Günahın Üç Rengi

Zaman su gibi akıyor. Madalyon Klinik dün birinci yıl dönümünü kutladı. Ankaralı meslektaşlarımızın çoğu katıldı bu keyifli geceye. Psikiyatr ve psikologlar bir araya gelince genellikle çok eğlenirler, çünkü bizler yıllarca hep normalin oldukça dışında yaşanan dünyalara tanıklık ettiğimiz için zamanla kafamız biraz karışır. Ruhumuz esner. Bu esneklik her birimizde farklı yansır çevreye. Kimimiz hayata biraz boş verirken, kimimiz filozof olur, kimimiz alkolik, kimimiz âşık... Ama yine de önemli bir ortak yanı vardır bu insanların. Herkes tek bir hayatı yaşayıp bitirirken, bizler pek çok hayatın içine girer, pek çok hayatın tadına bakar ve kendimizi o insanların yerine koymazsak işimizi iyi yapamayacağımızdan, zamanla tek bir kişi olmaktan çıkar, çoğalırız. İçimizde bizden çok farklı benliklerin gölgeleri dolaşır hep.

İşte dışarıdan bakıldığında tek kişi gibi görünen bu çok ruhlu kişiler bir araya geldiğinde oldukça renkli, coşkulu, hayatın kurallarından olabildiğince sıyrılmış, farklı bir atmosfer çıkar ortaya.

Ertesi gün biraz yorgun, biraz mahmur herkes. Her zaman olduğundan biraz daha geç başlatıyoruz randevularımızı. Tuna yine erkenden gelmiş. Kliniğe girdiğimde gülerek karşılıyor beni. Odama geçiyoruz birlikte. Randevu defterine bakıyorum. Hem Şevket Bey'in, hem de Salih'in randevusu var bugün. Tuna kahvemi getirmek üzere odadan çıkınca önce Salih'e gidiyor aklım. Ne tatlı bir çocuk bu Salih. Nasıl da tertemiz bir ruhu var. Bu bir yıl içinde buraya çok sık geldi. Her gelişinde çok farklı konular üzerinde konuştuk onunla. İçinden geldiği gibi, bir şeyleri hiç saklamadan, gizlemeden konuşmayı özlemiş bu çocuk. Bu sohbetlerde içinde yaşadığı dünyayı da kendini de yeniden buldu ve tanıdı. Başkalarından aslında çok da farklı olmadığını, hayret ve biraz da sevinçle gördü. Dünyadaki bütün insanların dönem dönem güven sorunu yaşayabildiklerini, kendine yüzde yüz güvenmenin aslında kimse için mümkün olmadığını hissettikçe korkuları azaldı. Dominant bir kadına köle olmadan da varolabileceğinin ipuçlarını yakaladı.

İlk günler bir kadınla beraber olmaya pek cesaret edemedi. Sonra yavaş yavaş kadınların kendisine yaklaşmasına izin verdi. Acemiliğin heyecanını, coşkusunu yaşadı. Kadınlar sevdiler Salih'i. Giderek bu beraberlikler hayatının vazgeçilmezi oldu. Dominalar, mazolar geçmişin alacakaranlığında kaldı.

Şevket Ağa'ya gelince. Benimle olan randevularına âdeta koşarak geliyor. Odamda oturup kalkmadığı yer kalmadı. Her gelişinde bir başka koltuğa oturup ilk gün bu odada çektiklerinin acısını çıkarıyor sanki. Konuşmak, içindeki zehri dışarı akıtmak ve hiç kınanmadan anlaşıldığını hissetmek çok iyi geldi ruhuna. En çok çocukluğunu anlatmayı seviyor. O günlerin izleri hiç eskimemiş sanki. Burada o günleri çoğu zaman gözleri nemlenerek anlatıyor. Bazen babasına çok kızıyor, bazen de çok üzülüyor onun için. Ama hep onu anlatmak istiyor. Ben böyle zamanlarda hiç konuşmadan, sessizce dinliyorum onu. Arada bir onay istiyor. Bir şekilde onu anladığımı, hak verdiğimi bilmek istiyor. Çocuk gibi... Bu onaya ne kadar ihtiyacı olduğunu biliyorum. Elimden geldiğince bu konudaki açlığını gidermeye çalışıyorum. Sık sık başımı sallıyor veya gülümsüyorum ona.

Önceleri bana yakın olmak az da olsa tedirgin ediyordu onu. Çünkü ne de olsa ben de onun o çok korktuğu kadınlardan biriydim. Sonra bu yakınlık, bu dostluk, cinsel kimliğimizdeki farklılığı yavaş yavaş yok etti. Saf arkadaş, dost olduk onunla. Korktuklarını da korkmadıklarını da, istediklerini de istemediklerini de su gibi anlattı bana. Anlattıkça, yüreğinde yumruk gibi oturan sızı ağır ağır terk etti onu.

Salih de Şevket Ağa da bana geldikleri günden sonra bir daha yollara düşmediler. Her ne kadar sorunları şimdilik tam olarak çözülmemiş de olsa, hoş bir umudun peşine düştüler.

Ayten elinde kahve tepsisiyle içeri girerken, daldığım düşüncelerden hemen sıyrılıyorum. Kahvenin taa Yemen'de duyulan kokusu bile bana her zaman çok iyi gelir. Daha kahvemden bir yudum alamadan Tuna telaşla giriyor içeri.

"On bir randevumuz geldi. Ay bir ara nasıl korktum size anlatamam. Kapıda Galip Bey'i görünce yanında Şevket Bey var zannettim. Halbuki onun randevusu saat on ikide. Onlar mı erken geldiler, yoksa ben mi bir hata yaptım diye ödüm koptu. Dün geceki yemek nedeniyle bu ara kafam karışık zaten. Defterde bir hanımın adı yazıyor çünkü. Demek Galip Bey bu randevuyu telefonla almış. Meğer bu sefer de eşini getirmiş bize."

"Söylediklerinden hiçbir şey anlamadım ben Tuna. Galip Bey kim Allah aşkına?"

"Canım, Şevket Bey'i buraya getiren bir adam vardı ya, işte o."

"Ha evet, şimdi hatırladım. İlk hastamız onun eşi mi?"

"Evet, evet. Şevket Bey ondan sonra gelecekmiş meğer. Şimdi hazırsanız Hayat Hanım'ı içeri alabilir miyim?"

"Tamam Tuna. Hazırım."

Uzun boylu, esmer, güzel yüzlü, tesettürlü ama oldukça havalı genç bir hanım giriyor içeri. Yerlere kadar uzanan krem rengi, ipekten pardösünün üzerine yine ipekten, bol renkli ve son derece güzel, büyük bir eşarp bağlamış. Eşarp o kadar güzel bağlanmış ki, yuvarlak yüzünün tüm hatları çıkmış ortaya. Otuz yaşlarında gösteriyor. Siyah parlak gözlerinde makyaj yok. Hafif sivri ve kalkık burnuna, sanırım bir doktorun eli değmiş. Pardösünün açık olan düğmelerinin arasından, boynundaki iri taşlı pırlanta kolye hemen göze çarpıyor. Sağ kolunda üst üste binmiş altın bilezikler, sol kolunda ise etrafı pırlantalı, altın Rolex marka saat var. Kuyumcu dükkânı gibi yani... Parmaklarındaki yüzükleri de katarsanız, üzerinde taşıdığı mücevherlerle lüks bir daire alınabilir. Ama buna rağmen yüzü solgun ve mutsuz görünüyor. Gözlerinin altında mor halkalar var. Ya çok içki içiyor ya da günlerdir uyumamış. Hafifçe sallanarak odama girdikten sonra, bezgin bir ifadeyle bana elini uzatarak kendini tanıtıyor.

"Ben Hayat. Oturabilir miyim?"

"Tabii Hayat Hanım, buyurun."

Hayat elindeki büyücek dore çantayı sehpaya yerleştirdikten sonra, bacak bacak üstüne atıp bana doğru dönerek oturuyor. Tam konuşmaya hazırlanırken vazgeçip masaya henüz koyduğu çantasına uzanıyor. İçi oldukça kalabalık olduğu çıkan seslerden anlaşılan çantayı altüst ettikten sonra, aradığını buluyor. Küçük bir kâğıt mendil paketini dikkatlice açıp mendili eline aldıktan sonra, başlıyor konuşmaya.

"Gülseren Hanım, beni eşim biraz da zorla getirdi buraya. Psikiyatri deyince, insan ne de olsa biraz korkuyor. Buradan içeri girer girmez, korkulacak bir şey olmadığını anladım ama, önce bilmiyor insan. Ben son günlerde çok sinirli oldum. Hem eşime hem de küçük oğluma karşı olmadık şeyler yapıyorum. İçimde bir sıkıntı var. Özellikle akşam yaklaşınca bacaklarım titriyor, sıkıntım iyice artıyor. Çatacak adam arıyorum. O zaman elim hemen içki bardaklarına gidiyor. Kocam da sever içki içmeyi. Akşamları birlikte içeriz ama ben biraz ileri gidiyorum. O kadar çok içiyorum ki, sonra ne yaptığımı hatırlamıyorum. Neyime güvenip bu kadar içiyorsam! Bizimki benden sinirlidir. Kızınca ne yapacağı belli olmaz. Bir eve iki deli çok. Birimizin akıllı olması gerekiyor. Kocam hiçbir zaman akıllanamayacağına göre, bari ben biraz kendimi toparlasam iyi olacak."

Çok sigara içmeye bağlı biraz kalın ve kısık bir ses tonuyla konuşuyor. Mendili, benimle konuşurken yumruk yaptığı sağ elinde sıkı sıkı tutuyor. O mendile her an ihtiyaç duyabilir gibi bir izlenim alıyorum. Konuşurken ikide birde başını şuh bir hareketle arkaya doğru atıyor. Her atışta, başındaki şu eşarp olmasa, saçları da hareketlenecek. Başını sıkı sıkı bağlamış bir hanımın bu hareketi, insana yabancı ve itici geliyor. Bu hali, bir yandan onu gergin ve sinirli gösterirken, bir yandan da sanki öne çıkma, bir şekilde insanlara kendini gösterme ihtiyacı gibi algılanıyor.

Hareketleri, ses tonu, ayrıca şikâyetleri tesettürlü bir hanıma pek uymuyor. Muhtemelen sonradan ve eşinin isteğiyle kapanmış. Bu arada gözlerim, bacak bacak üstüne atınca görünen dore pantolonuna gidiyor. Bir şeyler farklı bu kadında.

"Demek birinizin akıllı olması gerekiyor! Sizi buraya gelmeye eşiniz ikna ettiğine göre, şimdilik o daha akıllı galiba."

"Yok canım... Bir gün elinde kalacağımdan korkuyor o."

Tuhaf bir cevap. Bir gün elinde kalacak demek! Bu havalı, süslü, edalı kadın, kocasından dayak yiyormuş. Yok canım derken, sanki konuşmuyor, şarkı söylüyor. Ama söylediği şarkının nağmeleri ile sözleri hiç de uyumlu değil.

"Hayat Hanım, sorun her neyse, bana biraz açar mısınız?"

Kendi sesim, kendimi bile korkutuyor. Fazla ciddi ve otoriter. Neden bilmem ama, bu kadının bir tarafı beni rahatsız ediyor. Bu tavrım karşısında, hemen toparlanıyor. Bacaklarını indiriyor. Kısa bir an önüne baktıktan sonra, biraz daha terbiyeli ve saygılı bir sesle yeniden başlıyor konuşmaya.

"Gülseren Hanım, sorunumu size söyledim. Bu sinirliliği benden alacak bir ilaç mı verirsiniz, yoksa başka bir şey mi yaparsınız, bilmem."

Hemen kâğıdı kalemi elime alıp herhangi bir ilaç vereceğim, kalkıp gidecek. Bu randevuyu alabilmek için kimbilir kaç gündür bekliyor. Gözlerim, bu sefer de parmaklarındaki yüzüklere takılıyor. Amma çok yüzük takmış. Yakutu var, firuzesi var, zümrütü var. Bir zamanlar ben de severdim böyle takıp takıştırmayı. Şimdi neden bilmem, eskisi kadar sevmiyorum bu işleri. Her şeyin bir zamanı varmış. Acaba insanlar da bana bakarken, tıpkı benim şimdi düşündüğüm gibi mi düşünüyorlardı?

"Hayat Hanım, sorununuzu henüz hiç anlamadım. Bana biraz hayatınızdan bahsederseniz, belki birlikte bir çözüm buluruz."

Bu sefer sesim daha yumuşak ama o önüne bakıp duruyor. Neden anlatmıyor acaba? Halbuki kadınlar konuşmaya bir başladı mı, bir daha susturmak zordur. Öyle depresyonda bir hali de yok. Konuşur belki diye biraz daha bekliyorum, yine tık yok.

"Eh, anlaşıldı sen anlatmayacaksın. Bari ben sorayım. İstersen evliliğinden başlayalım. Nasıl gidiyor evlilik? Ne iş yapıyor kocan?"

Ona siz demekten hemen vazgeçtiğimi, biraz geç de olsa fark ediyorum. Daha ikinci cümlede çok gerekmedikçe böyle bir şey yapmam ben. Yapıyorsam da bunun bir nedeni vardır ve ben ne yaptığımı bilirim. Bu sefer öyle olmadı. İkinci cümlede, hem de tamamen spontan olarak, ona sen diye hitap etmeye başladım. Artık geri dönmek de olmaz. Canım sıkılıyor...

"Kocam serbest çalışıyor. Çoğu zaman Ankara dışındadır. Seyrek gelir buraya. Bir oğlum var. Eve hizmetçiler, kapıya şoför bırakır giderken. Benim rahat etmem için elinden geleni yapar."

"Sen ne yaparsın? Nasıl geçer günlerin?"

"Evde bana yapacak iş yoktur zaten. Çocuğumun bakıcısı da ayrıdır. Ben akşama doğru kalkarım yataktan. Kahvemi, sigaramı içene kadar akşam olur. Sonra da o sıkıntı başlar içimde. Hemen içkiye sarılırım. Bütün gece içer, sabaha karşı da sızar kalırım."

"Hepsi bu mu?"

Hay Allah, yine berbat bir ses çıktı benden. Neredeyse kadına bu yaptıklarının hesabını soracağım. Bir de küçük oğlum var diyor.

"Kocam gelince pek böyle yapamıyorum. Onun kalktığı saatte benim de kalkmam gerekiyor. Bir yere giderse uğurlamamı ister."

"Bu kadar mı?"

Yine sorgu hâkimlerini aratmıyorum. Bu nasıl bir hayat böyle! Sadece içi sıkılıyorsa, iyi. İnsan böyle nasıl yaşar?

"Kocan sabah kaçta kalkıyor?"

"Akşamları içtiğimiz için, bir yere yetişmeyecekse o da geç kalkar. Ama yine de benim gibi akşamı bulmaz. Öğlen olunca kalkar."

Hay Allah, öğlen kalkmak zor oluyordur herhalde! Zavallı kadıncağız! İyi ki kendimi tutuyorum da bunları ona söylemiyor, sadece düşünüyorum. Ama seans böyle devam ederse, her an daha fazlasını söyleyebilirim. Ben bu kadını daha görür görmez bir şeyler ters gitti. Hoşlanmadım ondan. Ne zor bir durum. Bu koşullarda ona yardımcı olamayacağım. Ne yapsam acaba? Biraz sabırlı olmalıyım. Henüz seansın başındayız. Biraz daha soru sorayım bari. Kendi bir şey anlatmayacak.

"Nasıl gidiyor evlilik?"

"Onun suyuna gidersem, iyi adamdır kocam. Bir dediğimi iki etmez. Sever beni ama suyuna gideceksiniz."

"Suyuna gitmek ne demek?"

"Kıskançtır. Evden çıkarmaz beni. Buraya da kendisi getirdi. Yalnız bir yere çıkamam. Yanımda hep adamları vardır. Bir de o ne derse o olacak. Her dediğine peki diyeceksiniz. Böyle alışmış. Kadına saygı duymayı bilmiyor bunlar. Ha kadın, ha hayvan. Yemini verince iş bitiyor. Ben aklım başımdayken ne gerekirse onu yaparım ama şu içkiyi içince havam değişiyor. Hata yapıyorum. Bizimki hiç hata affetmez. Döver beni."

Bir şey söylemeden dinliyorum onu ama hâlâ bir şey anlamış değilim. Böyle bir kadına saygı duyan erkek var mıdır acaba?

"Dövmek dedimse, iki tokat atar sanmayın. Öldüresiye döver o. Hiç sağı solu yoktur. Elini kaldırınca şuurunu kaybediyor galiba. Nerenize geldiğine bakmaz. Birkaç kere ben de kendimi korumaya kalkıştım. Gördüğünüz gibi ben de kolay lokma sayılmam. Ama olmadı. Hastanelik etti beni. Şimdi sarhoş da olsam, ona el kaldırmamayı öğrendim. Hayır, ölsem bir şey değil de sakat kalmaktan korkuyorum. Bizim gibiler hep bundan korkar. Ölmek vız gelir bize."

Hayda... Bu biz kim acaba? Bizim gibiler... Yani hayat kadınları! Doğru mu anlıyorum acaba?

"Hayat, şu bizim gibiler sözünü iyi anlayamadım ben. Ne demek istiyorsun?"

"Bizim gibiler işte... Anladınız siz onu. Daha odaya girdiğim anda anladınız."

Oturduğu andan beri sağ elinde sımsıkı tuttuğu mendille yüzünü kapatıp küçük hıçkırıklarla ağlamaya başlıyor. İçim bir tuhaf oluyor. Şaşırıyorum, kızıyorum, suçluluk hissediyorum. Duygularım karmakarışık oluyor. Ben böyle bir şeyi nasıl yaparım? Yıllardır, her hastama özen göstermekle övünen ben, neden bugün böyle yapıyorum. Hem de onun ne olduğunu bile bilmeden. Daha kötüsü, ben ne yaptığımı bilmezken, Hayat her şeyin farkında!...

"Tamam Hayat. Haklısın galiba. Aslında ne demek istediğini hemen anladım ama yine de bir hata yapmamak için senden duymak istedim."

Mendili yüzünden çekerek yan gözle bana bakıyor.

"Ne yani, odaya girer girmez, ben aslında vesikalı orospuydum, bu herif beni o batakhaneden kurtardı mı deseydim?"

Hay Allah... Şimdi durum daha da kötü oldu. Nasıl düzelteceğim ben bu işi? Çırpındıkça daha çok batıyorum. Ama ona haklısın diyerek bu işin altından kalkamayacağım belli. Bu düzeltmeyi biraz geciktirsem iyi olacak, çünkü bırakırsam, ipin ucu kaçacak. Haklısın dediğim anda, sesinin tonu bile değişti. Şimdi ipleri tekrar ele almanın zamanı geldi.

"Her neyse. Şimdi kalan zamanı iyi kullan Hayat. Bana şu işi baştan anlat bakalım. Sen o batakhaneden kurtulmuşsun ama hâlâ mutsuzsun. Kocanı seviyor musun?"

Mendili yine yüzüne kapatmış, başını iki tarafa sallayarak "Hayır," diyor.

"İndir o mendili yüzünden."

Bu emre hemen itaat ediyor ve mendili indirip yüzünü bana doğru dönüyor. Emir almaya alışkın.

"Evet, böylesi daha iyi. Şimdi en başa git ve başla anlatmaya. Nasıl vesikalandın sen?"

Koltuğun arkasına yaslanmış, dimdik oturuyor. Gözleri bende. Anlatıp anlatmamakta bir an tereddüt yaşıyor. Hafifçe gülümsüyorum ona. Ama bu bir komutanın gülümsemesi. Şimdilik onun en iyi anladığı dili kullanmam gerekiyor. Sonra başını önüne eğip mendiliyle burnunu sildikten sonra önüne bakarak başlıyor anlatmaya.

"Daha çok küçüktüm o zamanlar. Mahallede bir oğlan vardı. Gizli saklı buluşuyorduk onunla. Lise birinci sınıftaydım ama derslerim hiç iyi gitmiyordu. Annem babam oku diye baskı yapıyorlardı. Benimse aklım dersten başka her şeye gidiyordu. Sık sık okuldan kaçıyordum. Zaten ortaokulu çok zor bitirmiştim. Bir de kız kardeşim vardı. Benim tam zıddım. Sanki aynı anadan babadan doğmamışız, aynı evde büyümemişiz. Sinir olurdum ona. Her şeye boyun eğer, hiç sesi çıkmazdı.

"Bir gece, ben gizlice bütün ev halkı uyurken, yavaşça sıvıştım evden. Ondan önce de birkaç kere gece çıkmış, kimse duymadan yine eve girmiştim. Bizim ev en üst kattaydı ve benim odam kapıya en yakın odaydı. Ağabeyim askere gidince yerleşmiştim oraya. O gece, herkes uyuduktan sonra yine yavaşça çıktım evden. Erkek arkadaşımla sokaklarda biraz gezip tozduktan sonra, tam bizim evin önüne geldik, bir de baktık, bizim ev cayır cayır yanıyor. Ortalık insandan geçilmiyor. İtfaiyeler, ambulanslar, hepsi bizim evin önünde. Önce ikimiz de çok korktuk. Sonra yavaşça uzaklaştık oradan. Zaten gece karanlık, uzaktan olanları seyrettik. Bizimkilerin olduğu kata itfaiyeciler merdiven kurdular. Balkondan çıkardılar dışarı. Onların kurtulduğunu görünce biraz ferahladım ama benim evde olmadığımı fark etmişlerse diye çok korktum. O gece tam yedi kişi yanarak öldü bizim apartmanda. İşte o geceden sonra bir daha eve gitmedim. Herkes beni öldü sandı. Bu da benim işime geldi ve yeni bir hayata başladım."

Hiç konuşmadan onu dinliyorum. Bu hikâye bana hiç yabancı gelmiyor. Sanki ben bunu bir kere daha dinledim ama tam böyle değildi. Kimdi Tanrım? Kimdi? Gözlerim masamda duran yeşil banker lambasının ışıklarına kayıyor. Yıllardır durur bu lamba masamda. Sevgili kızım Yağmur, yıllar önce muayenehaneme getirmişti bu lambayı. Kızım Yağmur. Bu kimin kızıydı? Tanıyorum ama kimdi? Sonra yavaş yavaş lambaların ışığında pırıl pırıl parlayan, büst gibi bir kafa canlanıyor gözlerimin önünde. Meliha Hanım'ın kızı... Yangında öldüğü sanılan kız... Hay Allah! Hafifçe öksürmeye başlıyorum. Bu kız, o kız... Öksürüklerim gittikçe şiddetleniyor. Hemen telefonun tuşuna basıp Tuna'yı arıyorum.

"Tuna bana hemen bir bardak soğuk su gönder."

Hayat hiç konuşmadan bakıyor yüzüme. O sırada kapı açılıyor, Tuna telaşla giriyor içeri. Suyu elinden alıp bir dikişte içiyorum.

"Başka bir şey ister misiniz? Su da çok soğuktu. Öyle bir dikişte içmeseydiniz keşke. Bitki çayı yapalım mı hemen?"

"Yok Tuna, istemem. İyiyim ben. Bir gıcık tuttu. Sigara içenlerde olur böyle şeyler."

"Şu sigarayı keşke bir gün birlikte bırakabilsek."

"İnşallah canım. Teşekkür ederim. Hayat sen bir şey ister miydin?"

"Hayır, teşekkür ederim," diyor Hayat.

Tuna kapıyı kapatıp çıkarken, benim aklım hâlâ Meliha Hanım'da. Hayat annesini tanıdığımı bilmiyor. Kadıncağız kızının öldüğüne bir türlü inanamıyordu. Demek işin içinde iş varmış. Şu dünya bazen ne kadar küçük. Yıllar sonra koca Türkiye'de, koca Ankara'da kız dönüp dolaşıp bana geliyor. Şimdi artık daha bir merak ve heyecanla dinleyeceğim onu. Meliha Hanım nasıl acaba? Bir yıldır ne aradı, ne sordu... Acaba hâlâ hayatta mı, yoksa dediğini yapıp öldürdü mü kendini. Gerçi o gün buradan çıkarken, intihar etmekten vazgeçmiş gibiydi ama. Bir denk getirsem de sorsam!

"Affedersin Hayat. Evet, şimdi yine seni dinliyorum. Demek o yangın senin bütün kaderini değiştirdi!"

"Öyle oldu ama yangın olmasa da, o evden kaçmanın bir yolunu bulurdum ben. Annem babam çok tutucu insanlardı. Herkesin babası sert bile olsa, annesi daha anlayışlı olur. Benim annem bu konuda babamdan da beterdi. Bir kere çok dindardı. Sabah akşam namaz kılar, dua eder, arada bir evlere mevlit okumaya giderdi. Kısa giysem kızar, saçımı örmesem ona da kızardı. Sanki başka bir dünyadan gelmişti."

Evet, o başka bir dünyadan gelmişti, diyorum içimden. Kızı da annesinin geçmişini bilmiyor. Dünyada anne ile kızdan daha yakın bir ilişki düşünemiyorum. Ama bu anne kız, birbirleriyle ilgili en önemli şeyleri bilmiyorlar. Zavallı Meliha Hanım, kızının ölmediğini, yaşadığını, hem de vesikalı orospu olduğunu bilmiyor demek!... İyi ki bilmiyor. Kadıncağızın en korktuğu şeydi bu.

"Ama yine de severdim annemi. Babam çok döverdi kadıncağızı. Aralarında çok yaş farkı vardı. Kimbilir belki de kıskançlıktan dövüyordu annemi. Yine de bizi babasız bırakmamak, el âleme rezil olmamak için gık demezdi kadıncağız."

"Bir daha hiç görmedin mi anneni?"

"Ne görmesi Doktor Hanım. Onların hepsi de beni öldü biliyorlar. Gerçi ben uzaktan da olsa, onları hep takip ettim. Kız kardeşim evlenmiş. Tam aradığı gibi birini bulmuş. Kimbilir damat beyi ne kadar beğenmiştir annem. Kızın başını hemen örtmüşler. Beş vakit namaz kılıp oturuyormuş."

"Söyleyene bak. Sen de kapalısın. Ne farkın var kız kardeşinden?"

"Ohoo, ben bu saatten sonra kapansam ne, kapanmasam ne?"

Bu tarz konuşmaları sinirime dokunuyor. Ellerini sallayarak, meyhanede sohbet eder gibi bir hali var. Evet diyorum içimden, haklısın. Sen kapansan da olmamış zaten.

"Her neyse, konuyu dağıtmayalım. Annenle babana ne oldu?"

Kısık, tereddütlü bir sesle soruyorum soruyu. Biraz daha dikkatli olsa, bendeki merak ve sıkıntıyı fark edecek.

"İkisini de daha yeni kaybettim. Önce annem öldü. Ben hep babamın önce öleceğini sanırdım çünkü aralarında çok yaş farkı vardı. Geçen gün mezarını ziyarete gittik Galip'le. Zaten hemen arkasından da babam öldü. Bizim şoförü sık sık o mahalleye gönderirim ben. Oralarda oturan akrabalarım vardı. Çaktırmadan öğren bakalım ne haldeler derim. O da kahvede hem bir bardak çay içer, hem de her şeyi öğrenir."

Demek Meliha Hanım öldü. Işıkların altında parlayan sıfır numaraya vurulmuş başı ve simsiyah, hüzünlü gözleri geliyor aklıma. Ne güzel ilahi okumuştu. Ayağa kalkıp "Merhaba derde derman, merhaba," derken nasıl da şaşırtmıştı beni. Ne çok hüzünlenmiştim onu dinlerken. Ne zaman ve nasıl öldü acaba? İntihar mı etti yoksa, hayatın yüküne daha fazla dayanamadı da öyle mi gitti, bilmek isterdim doğrusu. Şimdi bu konuda daha ayrıntılı soru sorsam şüphelenecek. En iyisi fazla acele etmemek.

"Üzüldün mü onlar için?"

"Bilmem. Yıllardır birbirimizden öyle uzakta yaşadık ki, ben nasıl onlar için ölmüşsem, onlar da benim için ölmüşlerdi. Gerçi babamın değil ama annemin mezarına gidince, içim bir tuhaf oldu. Annem mezardan çıkıp bana yaptıklarımın hesabını soracak sandım. Bir gün nasıl olsa ahirette hesaplaşacağız. Ben onlara soracağım bazı şeylerin hesabını, onlar da bana..."

"Onların sana ne soracağı belli de, sen onlara ne soracaksın?"

"Ama Gülseren Hanım, insan parmak kadar çocuğa o kadar baskı yapmaz ki... Okumazsam kıyamet mi kopardı? Kız kardeşim okudu da ne oldu? Bu dünyada herkes istediği gibi yaşamalı. Belki o zaman ben de bu hallere düşmezdim. Belki bulurdum gönlüme göre birini, benim de düzgün bir hayatım olurdu. Ben neler çektim bu hayattan siz biliyor musunuz?"

Daha parmak kadar çocukken gece yarıları aileden habersiz oğlanlarla gezmeye gidiyor, sonra da baskı yaptıkları için ailesine kızıyor. Ne biçim mantık bu böyle. Bir de baskı yapmasalar, evin yolunu hepten unutacakmış. Şimdilik bu düşüncelerimi kendime saklasam iyi olacak.

"Anlat bakalım şu çektiklerini. O gece yangından sonra ne yaptın?"

"O gece erkek arkadaşımla birlikte kaçtık oralardan, çünkü bizi bir gören olsa yanmıştık. Onların oturduğu apartmanın altında sığınak gibi bir yer vardı. İçi böcek ve fare dolu bir yer. Biz korka korka geceyi orada geçirdik. Sabaha kadar sokaktan gelen sesleri dinledik ve sürekli konuştuk. İkimizin de başı fena halde dertteydi. O gece evde olmadığımı ailem anlarsa, başıma gelecekleri düşünmek bile istemiyordum. Benim babam kızarsa, adamı hortumla döver. Kaç kere annemi döverken, bu dayaklardan biz de payımıza düşeni almıştık. Ben evin en asi çocuğuydum. Bu halime annem çok kızardı. Kız kısmı böyle olmaz, biraz utanır, yüzü kızarır der, dururdu. Benim de kardeşim gibi mıymıntının teki olmamı istiyorlardı. Aslında onların kızdığı şeyler, benim yaptıklarımın yanında leblebi çekirdek sayılırdı. Her şeye böyle kızan insanlar, benim geceyi sokakta, bir oğlanla geçirdiğimi duysalar, kimbilir ne yaparlardı!"

"Yangın çıkmasaydı da bir şekilde onlara yakalanabilirdin. Bunu o zaman hiç düşünmedin mi?"

"Düşünmez olur muyum? Ama biraz da cahil cesareti işte. Başıma gelecekleri bile bile, yine de yapacağımı yapardım. Gülseren Hanım, bu içten gelen bir şey. Kardeşimle aynı evde, aynı şartlar altında büyüdük. Ben ne kadar ateş gibiysem, o da buz gibi bir kızdı. Belki ben de öyle olabilsem, bu yollara düşmezdim. Ama yine de iyi ki öyle olmamışım."

Hayat bunu söylerken, iğrenir gibi bir ifadeyle birlikte omuz silkiyor. Omuzlarıyla birlikte, pardösünün altından bile olsa, göğüslerinin sallandığını fark ediyor insan. Bu kadın bir şeyden iğrendiğini anlatırken bile cilve yapıyor gibi. Demek doğal hali bu.

"Kime benziyorsun sen Hayat? Annene mi babana mı?"

"Ben hiç anneme benzemem. Benim annem ok gibi, dümdüz bir kadındı. Aslında yaşı babamdan çok genç olmasına rağmen, gönlü genç değildi. O çoktan ölmüştü de ağlayanı yoktu."

Sen öyle zannet, diyorum içimden. Sen hiçbir şey bilmiyorsun. O yine anlatmaya devam ediyor.

"Babama da benzemem. Ben tanımadım ama annemin söylediğine göre, rahmetli anneanneme benzermişim. Ben onu hiç tanımıyorum. Ben doğmadan çok önce ölmüş. Çok güzelmiş benim anneannem. Kendimi övmek gibi oldu ama, annem işte böyle söylerdi."

Hafif utanır gibi yaparken, omuzlarıyla birlikte, göğüsleri yine sallanıyor. Gerçekten her yönüyle anneannesine çekmiş bu kız. Acaba göbeğini de onun gibi sallıyor mu? Kızı, Meliha Hanım'a hep anneyi ve unutmak istediği eski günleri hatırlatıyormuş demek ki...

"Peki, sonra ne oldu?"

"Ertesi gün sabah herkes uyurken, İrfan yavaşça eve girip İstanbul'daki evlerinin anahtarını aldı. Erkenden çıktık yola ve doğru garajlara gittik. Otobüse bindiğimiz gibi İstanbul'da aldık soluğu. Aslında ev onların değil, dayısınınmış. Dayısı Almanya'da çalıştığı için, anahtarı bunlarda duruyormuş. Biz bir süre keyifle yaşadık o evde. Bekâretimi orada kaybettim ama yaşım daha çok küçüktü. İrfan hem yaptı yapacağını, hem de korktu. Çünkü küçük bir kızı alıkoymaktan ve tecavüz etmekten, hemen hapse girebilirdi."

"Sen bunları, o zaman biliyor muydun?"

"Biliyordum tabii. Sınıfta bu işe meraklı tek kız ben değildim. Hatta benden hızlıları da vardı. Çocuk aldıran bile olmuştu."

Gözlerinden o ironik, kışkırtıcı, ateşli bakış geçiyor bir an. Bir şey söylemeden dinliyorum onu.

"Her sabah koşarak, köşedeki büfeden gazete alıyordu İrfan. Yangını yazıyordu gazeteler. Birkaç gün içinde, ölenler arasında benim de adım yazılınca, iyice rahatladık. Demek beni herkes öldü biliyordu. Ben artık tamamen özgür yaşayabilirdim. Ben o zamana kadar özgürlük nedir bilmiyordum ama bir kere tadına bakınca, bir daha eskisi gibi yaşamamaya ant içtim ama olmadı. Büyük söyledim demek ki. Baksanıza şu halime! Eski günlerden beter şimdiki hayatım. Ay, kafamı bir türlü toparlayamıyorum ki, aklım bir oraya gidiyor, bir buraya. İşte evde de böyleyim ben. Neyse, bir süre sonra İrfan'da para bitti. Zaten yanında öyle pek fazla para yoktu. Ailesine her gün başka bir yalan uyduruyordu."

"Ailesinin hiçbir şeyden haberi yok muydu?"

"Olur mu canım! Babası hacı, duysa bizimkilerden önce o öldürür ikimizi. O çabuk tırstı. Zaten bütün hayatımı o sümüklüyle geçirmeye hiç niyetim yoktu. Sesim güzeldi ve şarkı söylemeyi çok seviyordum. Hiç korkmuyordum hayattan. Nasıl olsa başımın çaresine bakarım diyordum."

"O kadar cesur musun?"

"Yok be Doktor Hanım, nerde..."

Çarpık bir gülümsemeyle bakıyor yüzüme. Bir yandan elini sallarken, ağzını yayarak söylediği bu söz, yine sinirime dokunuyor.

"Artık kalmadı o cesaretim. Hayatın Hayat'a yapmadığı kalmadı. Meğer pabuç pahalıymış. Kimsenin gözünün yaşına bakmıyormuş hayat."

Yine efkârlı bir ifadeyle, hem başını hem ellerini sallayarak söylüyor bu sözleri. Annesi anlatırken nasıl da duygulanmıştım. Ama nedense bu kızın duygularını paylaşamıyorum bir türlü. Yaptığı her hareket sinirime dokunmaya devam ediyor. Çok garip ama hiç saygı duyamıyorum ona. Halbuki benim aynı işleri yapan pek çok hastam oldu. Hepsine ayrı ayrı saygı duydum, duygularını, acılarını paylaştım.

"Sonra, azıcık para bırakıp çekip gitti İrfan. Ben düştüm yollara. Nereye gideceğimi bilmiyordum ama keyfim yerindeydi. Yanımda nüfus kâğıdım bile yoktu. Zaten olsa da, ben bir ölüydüm. İstanbul'un kalabalık sokaklarında, etrafıma bakınarak, akşama kadar gezdim. Acıkınca simit alıp yedim. Akşam olunca, gazinoların ışıkları yanmaya başladı. İçlerinde ışığı en parlak olanının kapısından içeri girdim. Önce kapıdaki zebella gibi adamlar beni içeri almak istemediler. Sonra kapısında 'müdüriyet' yazılı odaya soktular beni. Yılışık yılışık gülen, kocaman adamlar girip çıktı odaya. Sonra yaşlıca bir adam geldi benimle konuşmaya. 'Evden mi kaçtın, senin yaşın küçük, başımızı belaya sokma bizim,' dedi. Sonra benim aslında ölü olduğumu anlatınca, korkuları azaldı. Duruma çare aramaya başladılar. O yaşlı adam, evine götürdü beni."

"Korkmadın mı o adamın evine gitmeye?"

"Ne korkacağım. Korkacak bir şey kalmamıştı ki zaten. Bekâretimi birkaç gün önce kaybetmiş, biraz canım yansa da, yaşadıklarımız hoşuma gitmişti. Bu da en fazla aynı şeyleri yapacaktı bana."

Bu ne cesaret, bu nasıl bir düşünce tarzı, nasıl bir hayat felsefesi. Bu kızın kendine ait değerli hiçbir şeyi yok mu? Nasıl bu hale gelmiş bu kız? Bir şey söylemeden bakıyorum yüzüne..

"Bu işlerin raconu bu Doktor Hanım. Bir de üstelik kızlığım bozulduğu için kızdılar bana. Bozulmasaymış, daha çok para edermişim."

"Sen ne dedin onlara?"

"Ne diyeceğim? Yavaş yavaş işi öğrenmeye çalışıyordum. Burası hiç bizim eve benzemiyordu. Bambaşkaydı böyle yerlerin kuralları."

"Hiç pişman olmadın mı evinden kaçtığına?"

"Yok, olmadım. Ben zaten bunu istiyordum. Dikensiz gül olmadığını tahmin ediyordum zaten. Yine de bizim evden daha iyiydi. Ben erkekleri seviyordum, onlar da beni. Karnım doyuyordu. Önüme tepsi tepsi yemekler geliyor, gündüzleri genellikle dokunmuyorlardı bana. Akşam olunca önce banyoya girip yıkanıyordum. Rafet amcanın evinde kocaman bir banyo vardı. Küveti suyla doldurup, saatlerce yatıyordum içinde. Suya şampuan döküp köpürtüyordum. Mis gibi kokuyordu her taraf. Bir sürü rengârenk elbiseler almışlardı bana. Banyodan çıkınca istediğim elbiseyi giyip süsleniyordum. Ben zaten çocukluğumdan beri süslenmeye bayılırım. O zaman annem izin vermezdi buna. Artık bu konularda bana kimse karışmıyor, her istediğimi alıyorlardı. Akşam olunca kapıya bir araba geliyor, şoför gideceğim yere beni eliyle teslim ediyor, gece yarısı da bıraktığı yerden almaya geliyordu."

"Nereye götürüyorlardı seni?"

"Parayı kim verirse ona. Her gece başka bir adamın yanına gidiyordum. Bir süre sonra müşterileri tanımaya başladım. Bazen aynı adamlar tekrar tekrar çağırıyordu beni."

"Parayı sana mı veriyorlardı?"

"Yok canım. Ben paranın yüzünü bile görmüyordum. Şoför alıp, Rafet amcaya veriyordu. O da bana gül gibi bakıyordu."

"Yani senin bütün bunlardan hiç şikâyetin yoktu."

"Yoktu. Daha çocuktum. On beş-on altı yaşlarında ya vardım ya yoktum. O zamanlar böyle değildim. İncecik, çöp gibi bir çocuktum. Belki yaşımdan da küçük gösteriyordum. Sonra yavaş yavaş büyüdüm, serpildim. Boyum posum uzadı, kilo aldım. Yani sizin anlayacağınız kadına döndüm."

Canım sıkılarak dinliyorum onu. Anlamıyorum da... Gazete haberi gibi bir şeyler anlatıyor. İnanılması zor. Benden çok uzak. Çok istesem de bir türlü yaklaşamıyorum ona.

"Peki ama bir kimliğin yoktu. Bu işi nasıl hallettiniz?"

"Önceleri hep gizli çalıştığım için, kimliğe ihtiyacım yoktu zaten. Sonradan bir yolunu buldular, benim de bir nüfus kâğıdım oldu ama bunun için yaşımın on sekizi bulmasını beklediler. Ben kadına benzeyince, 'Hayat Parlak' yazan bir kimliğim oldu."

O zaman hatırlıyorum Hayat'ın gerçek adını. Melek'ti onun adı. Haklısın, diyorum içimden. Melek adı, artık sana yakışmazdı zaten.

"Hayat senin gerçek adın değil herhalde?"

"Değil."

"Kim buldu sana bu adı?"

"Onlara kalsa, Alev, Arzu filan diyeceklerdi ama Hayat adını ben seçtim."

"Neden?"

"Ben hayatımı yaşamak istiyordum. Her şeyi bunun için göze almıştım. Onun için adım Hayat olsun istedim. Nüfus kâğıdım çıkana kadar Rafet amcanın evinde kaldım. Oraya her gün temizliğe gelen yaşlı bir kadın vardı. Sabah erkenden gelir, biz kalkana kadar ortalığı toplar, kahvaltıyı hazırlardı. Rafet amca da, ben de çok geç kalkardık. Öğlene doğru kahvaltı faslı bitince, o gazinoya giderdi. Ben önceleri onu gazinonun sahibi sanırdım. Sahibi değil, müdürüymüş."

"Nasıl bir adamdı Rafet amca?"

"Yaşlı, kısa boylu, tıknaz, çok sigara içmekten sesi kısılmış, çok içki içtiği için kıpkırmızı yüzlü, koca burunlu, yüzü çiçek bozuğu dolu, göbekli bir adamdı. Bana iyi davranırdı. Çünkü o zamanlar benim üzerimden çok para kazandılar. Canı isteyince beni koynuna alır, sabaha kadar oynaşırdı benimle. Ama ne de olsa yaşlıydı. Bir de benden çok parayı severdi. Uzun uzun odasına kapanıp para sayar, hesap yapardı. Fazla konuşanı sevmezdi. Hadime teyze bile ufak sesle konuşur, Rafet amca sesini duyacak diye korkardı. Bir de telefon vardı odasında, durmadan çalardı. Telefonda konuşurken sesinin tonu bile değişir, kamburunu çıkara çıkara, selam verir gibi önüne eğilerek, baş üstüne efendim derdi arayanlara. Biz de Hadime teyzeyle onun bu haline gizliden gülerdik. Gözlerinin beyazı bile kırmızıydı. Gazinoda çalışanlarla konuşurken aslan kesilir, onlara etmediği küfür kalmazdı."

"Seni de götürür müydü gazinoya?"

"Yok, hiç götürmezdi. Oraya sık sık polis baskını oluyormuş. Beni polislerden bucak bucak saklarlardı. Cezası varmış. Ama arada bir arabaya bindirip bana elbise filan almak için büyük mağazalara götürürdü. Çok severdim oralara gitmeyi, çünkü başka türlü evden çıkmam yasaktı. Sürekli biri nöbet tutardı evde. Kaçacağım diye korkarlardı. Halbuki kaçıp da nereye gideceğim?"

"Yani yasaklar o zaman da bırakmadı senin peşini."

"Bırakmadı. Sadece bir dönem vardı ki hayatımda, işte o zaman çok mutluydum ben. Karışanım, görüşenim yoktu. İstediğim gibi yaşıyordum ama kısa sürdü. Ah benim aptal kafam..."

Elini yumruk yapıp kafasına vuruyor ama vurur gibi yapmıyor, gerçekten vuruyor. Bu kadının kendine hiç insafı yok.

"Demek senin de hayatında pişman olduğun bir şeyler var."

"Olmaz mı?"

"Bana hiçbir şeyden pişmanlık duymadın gibi gelmişti. Her neyse... Demek hep bir nöbetçi bırakırlardı yanına."

"Evet. Evde hiç yalnız kalmazdım. Hadime teyze beni birine emanet etmeden çıkmazdı evden."

"Hadime teyzeyle ilişkileriniz nasıldı."

"O da eski kulağı kesiklerdendi."

"Neydi neydi?"

"Yani o yolun eski yolcularındandı. Bir gözü kördü. Kasığında da kocaman bir yara izi vardı. Arada bir açıp bana gösterirdi. Karnı, yeni sürülmüş tarla gibi kambur samburdu kadının. Gençken vurmuşlar. Sonradan Rafet amca yanına almış. Uzak bir gecekonduda tek başına otururdu. Ekmek parası uğruna oralarda sürünür dururdu. Arada bir bana nasihat ederdi. O zaman söyledikleri benim bir kulağımdan girer, öbüründen çıkardı. Ama en çok, öl ama sakat kalma dediğini hatırlıyorum. Bakın işte bu çok doğru. Bizim meslekte, sakat kalmak hepimizin korkulu rüyasıdır. Ölmekten korkmayız. Nasıl olsa bir gün ölüp gideceğiz ama sakat kaldınız mı, işiniz bitti demektir. Kimse sahip çıkmaz size."

"Hayat, o zamanlar yaşın da çok küçükmüş. Geceleri seni götürdükleri yerlerde ne yapardın?"

Gözleri soğuk ve parlak. Yüzü meleklikle şeytanlık arasında gidip geliyor.

"Ne yapacağım, ne derlerse onu yapardım. Çok hırpalarlardı beni. Hepsi de yaşlı, sarhoş, ağzı leş gibi kokan adamlardı. Hiçbir şeyden utanmaz, beni her türlü kullanırlardı. Hadime teyzenin işi nasıl evi barkı temizlemek, yemek yapmak, tuvaletleri ovmaksa, benim işim de o leş kokulu heriflere hizmet etmekti. Bir an önce şu iş bitse, onlar rahatlasa da, ben de kurtulsam diye dua ederdim. Her yerimi çok acıtırlardı. Kimi de döverdi. Yapamadıysa, bu sanki benim suçummuş gibi, basardı tokadı. Aman hepsi aynıydı. Önce yılışık yılışık güler, akılları sıra bana güzel sözler söyler, işin sonunda her şey değişirdi. Öğrenmiştim bunları. İş bitince, sanki biraz önce benim için ölen, bana sarım sarım sarılan onlar değilmiş gibi uzak uzak kaçarlardı benden. Eve bir gelirdim ki, savaştan çıkmış gibi... Bütün vücudumda çürükler, morluklar olurdu. Gözlerimin altı çöker, sırtımda taş taşımıştan beter olurdum. En çok da şeye kızardım.... O leş kokuları üzerime sinerdi. Ertesi gün ne kadar yıkansam, o koku üzerimden çıkmaz gibi gelirdi bana."

İçime hafif bir sızının yayıldığını hissediyorum. İlk kez duygulanıyorum. Ona eskisi kadar sinir olmuyorum artık. Küçücük bir kızın yaşadıklarını anlatıyor bana. Hem de oralara kendi ayağıyla giden, bundan hiç pişmanlık duymayan, hatta hayatından memnun olduğunu söyleyen bir küçük kızın hikâyesi.

"Kaçmandan neden korktukları anlaşıldı. Buna herkes dayanamaz."

"Benim için geri dönüş yolları çoktan kapanmış, bütün köprüler atılmıştı o zaman ama ben zaten her şeye rağmen o eve geri dönmek istemiyordum. Babam dövene kadar, başkaları dövüyordu. Annemin yerine Rafet amca kapatıyordu beni eve. Olsun, yine de halimden şikâyetçi değildim."

"Neden Hayat, neden bu kadar nefret ettin evinden, ailenden? Ülkemizde, senin şartlarında yaşayan pek çok genç kız var. Senin onlardan farkın neydi?"

Gözlerini dikmiş, bana bakıyor. Gözlerinde derin bir kin ve öfkenin izleri görüyorum.

"Ben evde diken gibi batıyordum herkese. Özellikle anneme. Benden korkuyordu annem. Tam bilmiyorum ama belki de anneanneme benzediğim için korkuyordu, sevmiyordu beni. Annesine, anlayamadığım bir öfkesi vardı. Ona benzediğimi söylerken, iğrenir gibi bakardı bana. Yürüyüşüme bile kızar, sallanma, doğru yürü derdi. Saçıma toka bile takamazdım. Halbuki yaşıtlarımın hepsinin renkli tokaları vardı. Geceliğimin bile yakası açılsa kızardı, üstelik evde bizden başka kimse olmadığı halde. Bazen radyoyu açar, kendi kendime şarkıcılarla şarkı söylerdim. Koşarak gelir, kapatırdı radyoyu. Yani benim her şeyime sinir olurdu. Takmıştı bana kafayı. Ne yapalım yani, ben de böyleyim işte. İçim hep kıpır kıpırdı. İlk regl olduğumda da kızmıştı bana. Sanki bir suç işlemişim gibi. Bilirdim onun neden korktuğunu."

"Neden korkardı sence?"

"Neden olacak, böyle olmamdan. Oh olsun. Korktuğundan daha kötü oldum. Galip'le mezarının başına gittiğimizde, uzun uzun konuştum onunla. Zaten konuşmak için gitmiştim oraya."

"Ne dedin annene?"

"Korktun da ne oldu, ben yine yapacağımı yaptım. Hiç de pişman değilim. İyi ki yapmışım. Keşke ölmeden görebilseydin, içimin yağları eriyecekti ama olsun, işte başına geldim. O mıymıntı kızın gibi yaşamaktansa, gönlüm nasıl isterse öyle yaşarım dedim. Sen iyi bir anne olsaydın da, beni bu hallere düşürmeseydin dedim sonra da. İşte öldün gittin, babamın dayaklarından başka gün görmedin bu dünyada. Sen bu kadar aptal, geri zekâlıysan, ben ne yapayım. Neymiş efendim, babamdan ayrılamazmış. Bizim adımıza leke süremezmiş. Leke öyle olmaz böyle olur dedim. Gerçi yaşarken o lekeyi gözüne sokamadım ama hiç olmazsa, başına gidip iyice içimi boşalttım."

"Galip duydu mu söylediklerini?"

"Yok, onun yanında söylenir mi bunlar! Sen biraz öteye git. Benim annemle konuşacaklarım var dedim. Sen manyaksın diyerek biraz dolaşıp geldi."

Şimdi yeri geldi. Meliha Hanım'ın ne zaman ve nasıl öldüğünü sorabilirim.

"Ne zaman öldü annen?"

"Üç ay kadar oluyor."

Demek daha yeni öldü Meliha. Acaba o pırıl pırıl parlayan kafasında ne kadar saçı vardı öldüğünde? Uzattı mı saçlarını, taradı mı onları?

"Son zamanlarda babamla araları iyiymiş. Yani sizin anlayacağınız dayak yemiyormuş. Sık sık evlere mevlit okumaya gidiyor, geri kalan zamanında da seccadenin başından kalkmıyormuş. Sonra hastalanmış. Kanser demişler. Babam bakmış ona. Onu banyoda önce ıslatıp, sonra hortumla döven babam bakmış. Düşünebiliyor musunuz? Kızı olacak o mıymıntı neredeydi acaba? Benim bir üvey ağabeyim vardı. Babamın ilk karısından olan oğlu. O da mıymıntının tekiydi. Babasının sözünden dışarı çıkamazdı. Babam canavar gibi olduğu için, hepimiz ona karşı bir olurduk. Bu oğlan da çok korurdu annemi. Bir süre önce babam iflas etmiş. Necdet Ağbim de o ara birine kefil olmuş galiba. Ondan sonra da bir daha bellerini doğrultamamışlar. Babam kimbilir nasıl kızmıştır Necdet Ağabeyime. Zaten o ara hastalanmış. O da kansermiş. Ortalarda kalmış gariban. Annemle üç gün arayla ölmüşler. Onu gömdükleri günün hemen ertesi gün ölmüş annem. Mezarları yan yana. Sağlıklarında çok iyi anlaşırlardı, öbür tarafa da birlikte gitmişler. Yirmi gün önce de babam öldü. Ona bakan da olmadığı için sürünmüş adam. Yani annemi öldürmeden gitmedi öbür tarafa. Halbuki ne kadar da büyüktü annemden. Tabii, herkes ettiğini bulacak. Az ah almadı bizden. Hastane köşelerinde inleyerek, yalnız başına can vermiş. Kız kardeşim Nur bile pek ilgilenmemiş galiba. Onun mezarı çok uzaktaymış. Başına gidemedim. İyi ki annemin yanına gömmemişler. Bari öbür tarafta rahat etsin kadıncağız."

Demek Necdet'le üç gün arayla ölmüş ve yan yana yatıyorlar... Kader mi, tesadüf mü, her neyse, üç gün arayla, aynı hastalıktan ölüp yan yana gömülmeleri insanın içini ürpertiyor. Demek bana geldikten sonra Meliha kendini ibadete verdi. Kocasına güler yüz gösterdi ve dayak yemedi bir daha. Aferin sana Meliha, aferin... Kısa süre de olsa yakaladın demek huzuru. Ama öbür tarafa gitmek için neden bu kadar acele ettin? Yoksa Necdet'in yanına yatabilmek için miydi bu acele? Şimdi rahat mısın orada? Ebedi mutluluk mu bu sefer yakaladığın? Affettin mi Necdet'i? Bence affettin. Daha burada, karşımda otururken affetmiştin sen onu. 'Allah adın zikredelim evvela' diyordun o gün. Şimdi de Necdet'in adını mı zikrediyorsun oralarda? Her şeye rağmen, Necdet'i ne kadar çok sevdiğini açıkça söylemeden, ne de güzel anlatmıştın bana ona karşı olan duygularını.

Benim derin düşüncelere dalıp hafifçe gülümsediğimi görünce, buna bir anlam veremeyen Hayat, tuhaf tuhaf bakıyor yüzüme. Kadın haklı. Gülünecek bir şey değil anlattıkları. Benim ne düşündüğümü ne bilsin! Ailesinin geçmişini ben ondan çok daha iyi biliyorum ama o bunu bilmiyor. Şimdi bu halime bir kılıf bulmalıyım.

"Bir yandan annene çok kızıyor, bir yandan da üzülüyorsun. Ona gülüyorum."

"Doğru diyorsunuz. İnsan annesini sevmez mi? Ama annemin beni sevdiğini hiç sanmıyorum. O Nur'u severdi. Tam onun istediği gibiydi Nur. Benim de adım gibi olmamı istedi herhalde. Melek gibi... Beni doğuran kendisi. Melek değil, şeytan, ateş doğurmuş. Sonra da adını Melek koymuş. Ulan sen şeytana melek desen ne, demesen ne!"

Unutmayı beceremediği, anlaşılmaz bir yenilmişlik duygusu var içinde. Sevilmemişliğin, kabul görememenin kekremsi tadı var yüreğinde.

"Melek!..."

"Efendim, şey, yani, işte öyle kızınca şaşırıyorum konuşmayı. Ne meleği Gülseren Hanım, bir daha bana Melek filan demeyin. Aklım şaşıyor. Ben Hayat'ım. Hayatı iyisiyle kötüsüyle yaşayan, bundan şikâyet etmeyen, her zaman başının çaresine bakan bir Hayat..."

"Ben de gerçekten şikâyet etmiyorsun sanmıştım ama bence sen halinden şikâyet etmeye korkuyorsun, öyle değil mi?"

"Şikâyet etsem ne olacak ki! Hem kimi kime şikâyet edeceğim? Ne desem, sonunda herkes beni suçlayacak. Rahat evin battı mı sana, demezler mi? Benimle beraber oralarda çalışan arkadaşlarım vardı. En çok onların yanında rahat ediyor insan. Kimsenin kimseye söyleyecek bir şeyi yok. Yani kimse melek değil orada. Pek çoğu kendi ayağıyla tıpış tıpış gelmiş oraya. Ama akrabalar orada bile rahat bırakmıyorlar. Allah'tan benim öyle bir derdim yoktu. Kiminin babası, kiminin ağabeyi gelir, bulur oralarda kızlarını. Gerisini ne siz sorun, ne ben söyleyim. İşte gazetelerde okuyorsunuz her gün. Vururlar, öldürürler, kimsenin kılı kıpırdamaz. Ne olacak, ölen adam mı? Bir de hayat kadını diyorlar bize. En çok da bu laf hoşuma gidiyor benim. Biz hayat kadınıyız da, onlar ne? Başka bir hayat var mı ki? Laf işte. Hâkim bile öldürülen eğer bizdense, cezayı indiriyor. Hafifletici sebepmiş! Köpekleri korumak için dernek kuruyorlar da bizi ne düşünen var ne de adam yerine koyan. Sanki biz insan değiliz. En çok da kadınlara kızıyorum. Onlar güya bizim hemcinslerimiz. En çok onlar aşağılar bizi."

Bu sözlerden ben de nasibimi alıyorum herhalde. Söyledikleri pek de yanlış sayılmaz. Hepimiz aşağılıyoruz onları ama en çok da kendileri yapıyorlar bunu. Kendisine olan saygısını o kadar kaybetmiş ki, odaya girdiği andan itibaren, ben bile ne kadar uğraşsam da bir türlü saygı duyamadım ona. Hatta her hareketi battı bana. Her şeyi sahte. Ama işte şimdi yavaş yavaş Hayat'ın yerine gerçek Melek görünmeye başladı aynada.

"Erkekler farklı mı davranıyor yani?"

"Onlar da hiç saygı duymaz bize. İşleri bitene kadar tepelerinde taşırlar, sonra iğrenirler bizden. Bu işin raconu bu. Zaten dünya kurulduğu günden bu yana varmış bu meslek. Hiç istenmesek de hep var olmuşuz. Demek ki bir amme hizmeti yapıyoruz. Bize de ihtiyaç var. Kadınlar bize kızıyorlar ama bilmiyorlar ki, o çok sevdikleri, âşık oldukları adamlar, bizler sayesinde öyle olabiliyorlar. Sokakta erkekler her önlerine çıkan kadına saldırmıyorsa, bunu da bizlere borçlular. Adam gibi veriyor parasını, ihtiyacını gideriyor. Biz olmasak ne olacaktı?"

"Hepsi bu mu? Bazen de sizin yüzünüzden yuvalar yıkılıyor, çocuklar babasız kalıyorlar."

"Yalan, yok böyle bir şey. Aklı başında hiçbir kadın kocasını bir fahişeye kaptırmaz. Adamlar birkaç gün bizimle gönül eğlendirir, sonra tekrar evcilleşmiş, başları önlerinde, dönerler evlerine. Eğer bir erkek, fahişeden kurtulamıyorsa, mutlaka bir sebebi vardır."

"Sebebi hep kadınlar mıdır?"

"Kadınlardır tabii. Adam zaten baştan bizim ne olduğumuzu biliyor. Bizi sevse de beğense de bu bir şey ifade etmez. Döner yine evine. Ama karısı geri zekâlı, kendini beğenmişin tekiyse, bir de üstelik beceriksizse, adama doğru dürüst karılık yapmayı bilmiyorsa, bunun suçu bizde mi? Hem çok seyrek gelir öylesi bize. Yıllarca hep bunun hayalini kurarız biz. Hikâyemin bundan sonraki kısmında bol bol anlatacağım size bunun en güzel örneğini. Ay benim kafam yine karıştı. Üff şu üstümdekiler de sıktı artık. Eğer izin verirseniz şunları çıkarabilir miyim?"

"Tabii çıkarabilirsin."

Hayat çevik bir hareketle ayağa kalkıp önce başındaki eşarba saldırıyor. Böyle devam ederse güzelim eşarp paramparça olacak. Birkaç iğneyi yerinden oynatmayı başarınca ipek eşarp başından kayarak düşüyor yere. Başını şöyle bir sallayınca simsiyah saçları dalga dalga dökülüyor omuzlarına. Bir kere daha sallıyor başını. Onlarla gurur duyuyor galiba. Ben de hayranlıkla bakıyorum bu saçlara. Sonra pardösünün kapalı olan düğmelerini çözmeye başlıyor. Siyah, uzun kollu, dar ve ince bir bluz var üzerinde. Göğüs dekoltesi oldukça derin. Pardösüyü de fırlatıp atıyor muayene masasının üzerine. Şöyle bir salınıyor odada oturmadan önce. Kollarındaki bilezikler şıngırdıyor.

Şimdi üzerindeki mücevherlerle muhteşem bir kadın var karşımda. Geçen ay bir iş için İstanbul'a gitmiştim. Akşamdı. Uçak İstanbul'un üzerinde döne döne Sabiha Gökçen Havaalanına iniyordu. Ben pencereden hayranlıkla izliyordum manzarayı. Adalar, modalar şıkır şıkır parlıyordu altımızda. Aman Tanrım demiştim içimden, İstanbul'u sen koru Tanrım. İşte Hayat şu anda uçaktan gördüğüm o manzarayı hatırlatıyor bana. Bu ne güzellik böyle...

Hayranlıkla, gülümseyerek bakıyorum ona. O da bunu istiyor zaten. Sanırım ne kadar güzel olduğunu daha iyi görmem, fark etmem için soyundu. Erkek kadın fark etmiyor, o sadece beğenilmek, fark edilmek istiyor. Beğenildiğini hissedince zarif bir hareketle yeniden oturuyor karşıma.

"Ben nerede kalmıştım?"

"Sen hâlâ Rafet amcanın evinde kaldığın günleri anlatıyordun."

"Ha, tamam. İşte benim yaşım on sekize gelince, bana bir kimlik çıkardılar ve ondan sonra gazinoya götürmeye başladılar beni. Evdeki Hadime teyze bana sık sık, 'Kız senin sesin güzel, ders al da hiç olmazsa şarkıcı ol önce,' derdi. Ben zaten çocukluğumdan beri şarkıcı olmanın hayalini kurmuşum. Rafet amcaya söyledim. Peki dedi. Para gelecek her isteğe peki der Rafet amca. Hemen bana hoca tuttu. Birkaç ay evde ders aldım. Sonra sıra kostümlere geldi. En çok da işin bu yanı hoşuma gitti. Saçına toka takamayan ben, bir süslendim, bir süslendim anlatamam size. O zaman da şimdiki gibi biraz kilo almışım. Balık etli kadınlara bayılır erkekler. Bana kaç tane tuvalet dikildi. Hepsi birbirinden güzel. Kırmızısı var, yeşili var, siyahı var. Kiminin önü açık, memelerim görünüyor, kiminin sırtı belime kadar oyulmuş. Tüyler, tüller, şıkır şıkır takılar. Ne istersem var. Beni sahneye iyice hazırladılar. Gazinonun neonlarına adım yazıldı. Poz poz resimlerimi çektiler. Nasıl da güzel çıkıyorum resimlerde. Hem gazinonun önünde, hem de girişteki koridorlara astılar resimlerimi. Ben artık havalarda uçuyorum. Sevinçten ayaklarım yere değmiyor."

"Tanınmaktan hiç korkmadın mı?"

"Ayol kim tanıyacak beni? Annem gelse, o bile tanımaz. Kaşlarım alınmış, gözlerimde sürmeler, uzun uzun takma kirpikler. Bu arada bir de burun ameliyatı oldum. Biraz büyükçeydi burnum. Eskiden kürdan gibiydim. Yedirdiler içirdiler, sonunda bambaşka biri olup çıktım. Ben bile tanıyamadım kendimi. İşte o zaman anladım annemin neden bu kadar korktuğunu. Ben gerçekten güzelmişim. Sahneye bir çıkıyordum, alkıştan yer gök inliyordu. Sahnede şampanya açtıranlar mı dersiniz, ayaklarıma gül döktürenler mi... Koskoca assolist olmuşum. Boru değil. Gazinoda itibarım artmış. Herkes selamıma duruyor. İşte o zaman Rafet amcanın evinden çıktım. Gazinoya yakın, iyi bir otelde yer ayırttılar bana. Parasını gazino ödüyor. Kapıda şoförlü araba bekliyor. Bu da yetmezmiş gibi, her gece iş çıkışı elime zarf içinde para veriyorlar."

"Gece çalışmaları bitti mi?"

"Ne gece çalışması Gülseren Hanım. Ben artık assolist olmuşum. Herkese tepeden bakıyorum. Kimse yanıma yanaşamıyor. Masalara konsomasyona bile çıkarmıyorlar beni. Bizim oralarda bu çok önemlidir. Eğer masa masa gezmiyor, şarkınızı söyleyip sahneden iniyorsanız, çok saygı duyarlar size."

"Şarkı söylemeyi becerebildin mi bari?"

"Siz ne diyorsunuz! Belki bir gün size de söylerim bir şarkı."

Annenin sesi hâlâ duvarlarda duruyor diyorum içimden. Belki seni de dinlerim bir gün.

"Ben, onların tahmininden çok daha iyi şarkı söyledim. Sesimi de çok beğendiler. Yani onların arayıp da bulamadıkları şeyler bunlar. Piyasa beni o kadar tuttu ki, bazı akşam üç gazinoda birden sahne alırdım. Düğün dernek gibi ekstralar ayrı. Sırf beni dinlemek için gazinoya gelen müşterilerim olurdu. Ben nereye gidersem arkamdan gelirler, birlikte gazino gazino gezerdik. Bir sanatçı için çok önemli şeylerdir bunlar. Her akşam üç-dört masam olurdu. Oldukça lüks bir otelde kalıyordum artık. Sabaha karşı otele geliyor, akşama kadar uyuyor, akşamüstü kalkıp giyinip kuşanıp önce berbere gidiyor, biraz çarşı dolaşıp oradan da gazinoya geliyordum.. Elim, sıcak sudan soğuk suya değmiyordu. İstediğimi yiyor, istediğimi giyiyordum. Her akşam ayrı bir heyecan yaşıyordum. Şarkı söylemekte giderek ustalaşıyordum. Giyinip kuşandıkça, kuaförlerde saçlarım her gün yeni bir şekil aldıkça, makyaj yapmanın tekniklerini öğrendikçe, iyice güzelleşmiş, erkeklerin hayranlıkla baktığı bir kadın olmuştum. Erkeklerden birbirinden güzel teklifler alıyordum. Çiçekler ve hediyeler gönderiyorlardı bana. Şarkı söylerken sahnede, benim şerefime şampanyalar patlıyordu. Patronlar da bu işten çok memnundular. Benim sayemde hepsi de iyi para kazanıyorlardı. Ve hayatımda ilk defa insanlardan saygı görüyordum. Gazinoda giyinip soyunduğum odam bile farklıydı. Benim odama ötekiler giremiyordu. Üç gazinoda birden kocaman ışıklı harflerle adım yazıyor, posterlerim duvarlara asılıyordu. İnsanlar yavaş yavaş adımı öğrenmeye başlamışlardı. Belki de bir gün Türkiye'nin ünlü bir assolisti olacaktım. Zengin düğünlerine bile beni çağırıyorlardı. Hem de çok lüks otellere gidiyordum şarkı söylemeye. Bir de dansöz arkadaşım vardı. İkimiz giderdik.

"Ev hanımı olup bir adamın kahrını ömür boyu çekmek bana göre değildi. Mutfakta yemek yapmak, kan ter içinde evi barkı temizlemek, sonra da her gece aynı adamın koynuna girip hep aynı şeyleri yapmak istemiyordum. Heyecan, yenilik arıyordum. Oturuşum, kalkışım, konuşmam bile değişmişti. Kendime güvenim artmış, yolda yürümeyi, sahnede salınmayı, yatakta sevişmeyi öğrenmiştim. Kimseden izin almadan, hiçbir baskıya boyun eğmeden, yasaklardan, ayıplardan, günahlardan uzak, rüya gibi bir hayatım olmuştu."

İnsanların hayalleri birbirinden ne kadar farklı diye düşünüyorum içimden. Türkiye gibi geleneklerine, örf ve âdetlerine sıkı sıkıya bağlı bir ülkede, bu tür hayaller kuran genç kızların sayısı eskiden çok azdı. O tür yerlerin kapısından içeri girmek bile, hâlâ büyük bir çoğunluğu ürkütür. Evde baskı yapıldığı belli ama bu kadar baskı çoğu ailede var. Annesinin korkuları çok mu ürkütmüş bu kızı yoksa açık açık soya çekim mi bu?

Hayat heyecanla anlatmaya devam ediyor.

"Çevremde, benimle benzer işler yapan kadınların halini gördükçe, hem onlara acıyor, hem de içimden kızıyordum hepsine. Aptal hepsi diyordum. Çünkü kazandıkları paraları erkeklere yediriyorlar, bu da yetmez gibi her gün dayak yiyorlardı. Ben onlar gibi olmayacaktım. Hem eğlenecek, hem de bol bol para kazanacak, bu hayattan sıkılınca da gönlümün istediği, zengin bir adamla evlenecek ve yine hayatımı yaşayacaktım. Bunun için biraz akıllı olmak yeter diye düşünüyordum. Okulu bitirememiş olmama rağmen kendimi akıllı biri olarak görüyordum. Sokaklarda gezerken otobüs duraklarında bekleyen kalabalıklara iğrenerek bakıyordum. Fakir insanlardan nefret ediyordum. Geri zekâlı bunlar diyordum. Biraz aklı olan, bu dünyada aç kalmaz, ne yapar eder, bir yolunu bulur para kazanmanın.

"Ben küçükken annem bana, 'kızım oku, adam ol. Kimseye muhtaç olma. Koluna altın bileziğini tak. Kadın olmak zordur, ezerler insanı. Bir mesleğin olsun, paranı kendin kazan ki, hayat benim gibi seni de ezmesin' derdi. İşte artık benim de kolumda çok kıymetli bir altın bilezik vardı. Çok güzel şarkı söylüyor, kendi paramı kendim kazanıyor, kraliçeler gibi yaşıyordum. Hatta o zamanlar içimden annemi aramak, bu işin, onun zannettiği kadar kötü olmadığını göstermek, hatta ona parasal destek vermek geçiyordu içimden. Çünkü o zamanlar bizimkilerin maddi durumlarının çok bozulduğu gelmişti kulağıma. Ama annemi aradığımı düşünebiliyor musunuz? Kadın benim sesimi duyunca hücceten ölürdü herhalde."

Yine Meliha'nın hüzünlü bakan gözleri geliyor aklıma. Nasıl da ağlayarak anlatmıştı kızının ölümünü. Ama Melek haklı. Bir gün aniden onu arasaydı, gerçekten de hücceten ölürdü kadın. Korktuğu başına gelmiş meğer...

"O yangında, senin öldüğünü sandığı zaman annen çok üzülmüştür, değil mi Melek?"

"Yine Melek dediniz bana. Eh ne yapalım, siz öyle deyin bari. Annemden sonra bana Melek diyen hiç olmadı. Üzülmüş tabii, çok üzülmüş. En çok da bana yaptıklarına üzülmüştür. Ama yine de işin o tarafını pek bilmiyorum. Belki de benim gibi bir kızı olacağına olmasın istemiştir. Hem üzülmüş, hem de benden kurtulduğuna sevinmiştir. Dedim ya, 'senin gözün göz değil' derdi bana. Haklıymış kadın. O yaşta bunu nasıl anladı bilmem ki..."

"Haklı mıydı annen?"

"Haklıymış. Gerçek meydanda. Zaten içimden ben de biliyordum bunu. Ne yapıp edecek, o evden kurtulacak ve istediğim hayatı elde edecektim. O zamanlar evden kaçabileceğim aklıma gelmezdi ama nasıl olsa beni birine verirler, evlenir, giderim diyordum. Evlenirsem hemen çocuk doğurmayacaktım. Bir punduna getirip adamı terk ederim diye düşünüyordum."

"Yani sen baştan beri kararlıydın."

"Tabii kararlıydım. Başka türlü bunlar göze alınabilir mi? İşte o çok ünlü olduğum günler de zengin, yakışıklı, bana sırılsıklam âşık biriyle evlenmenin hayallerini kurardım. Öteki kızlar da kurarlardı böyle hayaller ama benimki farklı gibi gelirdi bana. Ben adı en üstlerde yazılı, masalara konsomasyon yapmayan, her yerde posterleri asılı bir assolisttim. Yani böyle hayaller kurmaya, onlardan daha çok hakkım vardı. Evlenirsem de mutlaka bol paralı biriyle evlenecektim. Başka türlüsü benim yanıma yakışmazdı zaten. Bir de üstelik ben hepsinden daha akıllıydım. İnsanın kendini akıllı sanması, ne kadar tehlikeliymiş meğer."

"Bak işte bunda haklısın. Akıllı olmak insan için çok büyük bir avantajdır ama iyi kullanılamazsa, tam tersine dönebilir. Kendine güven, bazen büyük hatalar yaptırır insana. Ben insanları arabalara benzetirim. Bir gazı, bir freni, bir de direksiyonu olan arabalara. Senin araban, gaza bastın mı yerinden ok gibi fırlayıp gidiyor, ama fren sistemi pek o kadar iyi değil galiba. Ayrıca direksiyon hâkimiyetin nasıl, onu da tam anlayamadım henüz."

Hayat efkârlı bir ifadeyle başını sallıyor. Ama ne yaparsa yapsın yüzündeki boşluk, anlamsızlık hiç kaybolmuyor. Sanki hayat ağır ağır ütülemiş, yok etmiş duygularını. Kötü bir oyuncuyu izler gibi hissediyorum kendimi ona bakarken.

"Direksiyona maalesef hâkim olamadım. Hayatım aldı başını gitti. Şimdi bulunduğum yere bakıyorum da, ben aslında direksiyonu bu yöne kırmayı hiç istememiştim. O tatlı hayat gidebildiği yere kadar gitsin istiyordum. Rüyadan çok çabuk uyandım.

"Gazinoya sürekli olarak beni dinlemeye gelen, bana çiçekler gönderen, şampanyalar açtıran genç, bol paralı, bir sürü yakışıklı adam vardı. Bir süre hepsinden uzak durmayı becerebildim, çünkü oranın eskileri beni bu konuda sürekli uyarıyorlardı. Sakın birine kapılma, yanarsın sonra diyorlardı. Ama sonunda içlerinden biri benim aklımı çelmeyi becerdi. Âşık oldum herife. Benim zaten çocukluğumdan beri beklediğim buydu. O zamana kadar elden ele gezmişim, nefret etmişim adamlardan. İnsan yaşadıklarını çabuk unutuyor. Çok farklı olacaktı benim sevdiğim adam. Bana tapacak, beni hiç incitmeyecek, hep başının üzerinde taşıyacak, gece işi bitince benden kaçmayacak, bana sarılıp öyle yatacaktı. İşte o adamı bulduğumu sandım. Ama Allah için gerçekten yakışıklı, adam gibi adamdı. Kadına nasıl davranacağını biliyor, bana kraliçe muamelesi yapıyordu. Şampanyalar, çiçekler, pırlantalar gırla gidiyordu. Hangi gazinoya gitsem, en ön masadan beni izliyor, sepet sepet gül döktürüyordu başımdan. Bayıldım adama. Önce kendimi biraz naza çektim. Sonra akşamları beraber çıkmaya başladık gazinodan. Bana hiç baskı yapmıyor, sahneme karışmıyor, her gün elinde değerli bir hediyeyle geliyordu.

"Önceleri kaldığım otele geliyordu. Sonra 'Otel köşelerinde sürünmene içim dayanmıyor. Ben sana, sana yakışır bir ev açayım, beraber oturalım,' dedi. Hoşuma gitti bu teklif. Şehrin en iyi semtlerinden birinde lüks bir daire kiraladı. İçini dayadı, döşedi, sonra da beni buyur etti. Hizmetçiyi bile tutmuştu. Keyfim yerindeydi. Ben onu bekâr sanıyor, âşık olduğum bu adamla evlilik hayalleri kuruyordum. İlk günler, parayı oluk gibi akıtıyordu bana. Çok mutluyduk. Birbirimizin gözünün içine bakıyorduk. Hayallerim işte tam olarak gerçekleşmişti. Ben yine her zaman ki gibi gazinolarda, ekstralarda sahneye çıkıyordum. Beni her yere arabayla o götürüyor, işim bitene kadar bir köşeden beni seyrediyor, sahnede bana olan ilgiye hiç ses çıkarmıyor, sonra da yine birlikte dönüyorduk evimize. Şarkıcı olmadan önce herkese cinsel bakımdan hizmet versem de, ben aslında pek sevmiyordum o işleri. Bana bir şey yazmıyordu yani. Sadece gerekirse adamlara rol yapıyordum. Ama Cavit'le her şey güzeldi. Bir an önce eve gitmeyi ben de istiyordum. Eve sabaha karşı bile gelsek, birlikte harika bir sofra hazırlıyor, önce içki içiyor, kafalarımız iyice dumanlanınca da yatağa giriyorduk."

"İçki içmeye ne zaman başladın?"

"Gazinolarda şarkı söylerken, içmeden olmuyor. İlk zamanlar bir şey anlamıyordum içkiden, sonra yavaş yavaş onu da öğrendim."

"Şimdi artık her akşam içiyor musun?"

"İçiyorum. Ama alkolik değilim ben."

"Neden değilsin?"

"İstesem bırakırım."

"Hiç bıraktın mı?"

"Çok nadiren içmediğim olur ama pek bırakmadım galiba."

"Ne kadar içersin?"

"Bunun hesabı olmaz. İyi içerim ben. Bazen bir büyüğü tek başıma devirdiğim bile olur."

"Yetmişlik rakıdan mı söz ediyorsun?"

"Evet, evet..."

"Maşallah, ama yine de alkolik sayılmazsın! Öyle her akşam küfelik oluncaya kadar içenlere verilen, benim bilmediğim başka bir isim var galiba! Her neyse... Sonra ne oldu?"

Bütün alkoliklerde vardır bu. Hiçbiri alkolik olduğunu kabul etmez ve ilk cevapları böyle olur. İstersem bırakırım. Hele Ramazan aylarında içmeyenler için, bu kesin bir kanıttır. Alkolik deyince onlar ne anlıyor acaba?

"Sonra yavaş yavaş para suyunu çekmeye başladı. Önce alınan hediyelerin değeri düştü, ardından hediye faslı bitti. Siz bana alkolik diyorsunuz. Esas alkolik oymuş. Adam öğlen başlıyordu içmeye. Ardından kirayı ödeyemez oldu. Evin bütün masrafları bana kaldı. İşlerim bozuldu diyordu bana. İlk zamanlar acıdım haline. Elimden geldiği kadar tüm masrafları ben karşılıyordum ama bir de ne göreyim! Bana bekârım diyen adam, meğer evli ve dört çocuk sahibi değil miymiş. Bütün hayallerim yıkıldı.. Bu arada, akşamları bana gazinolarda zarf içinde verilen paralara Cavit el koymaya başladı. Yani ben çalışıyordum, Cavit yiyordu. Hemen arkasından, bir gün beni alıp başka bir gazinoya götürdü. Orada, önceden hazırlanmış bir mukavele imzalattılar bana. Hiç okumadan imzaladım, çünkü nasıl olsa verilen parayı ben değil, o alıyordu. Meğer imzaladığım şey mukavele değil, borç senediymiş. Yani âşık olduğum, taptığım adam, beni oraya satmış. Yavaş yavaş meslek hayatımda gerilemeye başladım. Artık ben de tıpkı diğer kadınlar gibi vesikalı orospu olmuş, sahnedeki programım bittikten sonra masaları dolaşarak konsomasyon yapmaya başlamıştım. İnsan, olayların içinde yaşarken, bu geçişleri fark edemiyor. Aptal dediğim arkadaşlarımdan bir farkım kalmamıştı. Artık Cavit'in işsiz güçsüz, bu piyasalarda karı avlamanın peşinde bir adam olduğunu anlamıştım. Bunlar yetmiyormuş gibi, bir de kumar tutkusu vardı. Bana kendini ilk günler çok zengin biri gibi göstermişti. Hepsi yalanmış. Hepsi borç parayla yapılmış ve bu borçları sonradan bana ödetti."

"Sahi bu kadar hesaplı mı oluyor böyle şeyler?"

"İçine girilmeden bilinmiyor. Ben de yaşayarak öğrendim böyle olduğunu. Bir yerlerden borç almış. Ne de olsa adam kendine iş kuruyor. Benim gibi, kendini akıllı sanan bir salağı çalıştırıp para kazanacak. Öğrendim öğrenmesine de, iş işten geçti."

Bir an göz göze geliyoruz ama o boş ve görmeyen gözlerle bakıyor bana.

"Benim kafasızlığım bununla da bitmedi. Her şeye rağmen seviyordum Cavit'i. Çok yakışıklı, hanımlara nasıl davranılacağını iyi bilen bir adamdı. Yatakta beni çok mutlu ediyordu. Ama öte yandan çok acımasız, hiç hata affetmeyen bir tabiatı vardı. En küçük kusurumu affetmez, eşek sudan gelene kadar döverdi beni. Önce döver, sonra alırdı yatağa."

"Bu neden?"

"Bu işlerde âdet böyledir Gülseren Hanım. Erkekler bu tür kadınları önce döver, sonra severler. Bunu hepimiz biliriz. O dayaklar belki de bunun için, bir yandan da heyecanlandırır bizi. Çünkü arkasından ne geleceğini biliriz."

"Dur bir dakika. Yani sen âdet bu diyorsun."

"Evet, evet. Bizim gibi kadınlar, dayak yemeden rahat etmezler. Erkekler de bilir bunu."

"Ne yani, dövmeyeni erkekten saymıyor musunuz?"

"Yok, tam öyle değilse bile, bizim gibi kadınlar, iyi muameleye alışkın olmadıkları için, adam ne yapsın."

"Ama baştan böyle değildi."

"Değildi tabii. O zaman bana kendimi kraliçe gibi hissettiriyordu. Sonradan işin foyası ortaya çıkınca, ben de kızdım. Hayallerim yıkıldı. Bir-iki kere terslenmeye kalktım ben buna. Sen misin böyle yapan? Adam işin profesyoneli. Bizim gibi kadınların hangi dilden anladığını biliyor."

"İyi muamele görünce ne yaparsınız?"

"Vallahi, sizin iyi muamele dediğiniz nedir bilmiyorum, ama biz ya cilve yaparız, erkek de buna karşılık verir veya dayak yeriz. İkisinin ortası pek yoktur bizim oralarda. Her şeyden önce bize kimse saygı göstermez. Köpeklerden sonra geliriz diyeceğim ama o da olmayacak, çünkü şimdi insanların köpekleri çok kıymetli. Daha doğrusu kimse bize insan muamelesi yapmaz. Biz de zamanla buna alışırız. Kendimiz de unuturuz insan olduğumuzu. Birbirimize bile insan gibi davranmayız. Ne kimse bize güvenir, ne de biz kimseye. Önceleri çok tatlı gelir bu hayat bize. Oradan kurtulma şansımız olsa da, bu şansı kullanmak istemeyiz. En büyük korkumuz sakat kalmaktır. Çok dayak yediğimiz için, bu risk her zaman vardır."

"Sadece sakat kalmak mı, ölüm riski de yüksek sizin işinizde."

Bunları konuşurken soğuk bir esinti yalayıp geçiyor içimi. O boş ver der gibi sallıyor elini.

"Evet ama ölümden hiçbirimiz korkmayız. Su testisi su yolunda kırılır. Ama ölmeyip sakat kalmak çok korkunçtur bizim gibiler için. İşte o zaman hayatımız kayar. Sakat insan, orospuluk yapamaz. Hiç dostumuz olmadığından, ortada kalıveririz. Ben çok bilirim, her yanım mosmor sahneye çıktığımı. Hatta hiç unutmuyorum, bir gece, lüks bir otelde yapılan düğünde sahne alacaktım. Bir gece önce beni öyle bir dövdü ki, ölüyorum sandım. O geceyi hastanede geçirdim. Yüzüm hariç, vücudumda morarmayan hiçbir yerim kalmamıştı. Beyaz, yerlere kadar uzun bir tuvaletim vardı. Hemen o gün beyaz tuvalet terzide elden geçti. Tüllerle her yanı kapatıldı ve ben o halde sahne aldım."

"Ama yine de o adamdan vazgeçmedin."

"Kolay mı Doktor Hanım? Nikâhtan beterdir bizim işler. Öyle her istediğinde ayrılamazsın. Öldürürler adamı."

"Ayrılmayı istiyor muydun, çünkü bütün bunlara rağmen, biraz önce Cavit'i sevdiğini söyledin."

"Doğru diyorsunuz. Uzun bir ilişki yaşadık biz onunla. Ve ben çalıştım o yedi. Dayaklar da cabası. Ama ayrılmayı istemiyordum ondan. Bu işlerde yalnız olmayacaksınız. Arkanızda güçlü bir adam olacak. Cavit bu anlamda tam bir profesyoneldi. Bilirdi bu işlerin raconunu. Kıskançlık yapmaz, daha fazla para kazanabilmem için hiçbir şeye karışmazdı. Sadece ona karşı yapılan en küçük bir saygısızlığı affetmezdi. En büyük tutkusu içki içmek ve kumar oynamaktı. Her akşam zurna gibi olana kadar kafayı çeker, bir bahane bulup beni öldüresiye döver, sonra da pişman olup beni yatağına alır, gönlümü yapmaya uğraşırdı. Öğleden sonra evden çıkar, doğru kumar oynamaya giderdi. Son zamanlarda kumarda çok para kaybetmişti.

"Evde bozuk paraları koyduğum küçük bir tabak vardı. O gün öğleden sonra kumara giderken, o tabağın içindeki bozuk paraları aldığını gördüm. İçim cız etti. Bir tuhaf oldum. Ona olan bütün saygım bir anda yok oldu. Birlikte taksiye bindik. Ben gazinoya gidiyorum, o da kumara. Yolda paran var mı diye sordu bana. Yok dedim. Halbuki her zaman bir yerlerde gizli param olurdu. Yolda o indi. Ben gazinoya doğru taksiyle devam ettim. Şöyle bir arkasından baktım, omuzları düşmüş, ağır ağır gidiyordu. O gün gözümden düştü Cavit ve hemen kararımı verdim. Bir yolunu bulup onu terk edecektim."

"O güne kadar, bu kararı alabilmen için pek çok şey yaşamışsın. Adam neredeyse senin hayatına kastetmiş. Meslek hayatını bitirmiş, seni parayla gazinolara satmış, dövmüş, sövmüş. Ayrılık kararını onlar için değil de bozuk paraları aldığı için mi verdin?"

"Erkek dediğin güçlü olmalı Doktor Hanım. Bu kadar düşene, bizim piyasada erkek denmez."

Hafifçe gülümsüyorum. Onu dövse de öldürse de güce tapıyor. Ah bu kadınlar...

"Biraz önce ayrılmak kolay mı demiştin. Demek zor olan ayrılmak değil, bu kararı alabilmekmiş."

"Bunu yaşarken bilmiyor insan. Ben Cavit'ten korktuğum için ayrılamam sanıyordum. Ama karar verince işler değişti. O sırada çalıştığım gazinoya gelen biri vardı. Anadolu'nun namlı ailelerinden birinin oğlu. Galip yani... Gizliden takılıyordu bana. Biliyordum arkasının ne kadar güçlü olduğunu."

"Arkasının güçlü olması iyi mi, kötü mü?"

"Hem iyi, hem kötüydü. İyiydi, çünkü beni Cavit'ten ancak öyle biri kurtarabilirdi; kötüydü, çünkü öyle adamlar başkasına olduğu kadar, sizin için de tehlikelidir. Onunla gidersem, bir daha geri dönüş yoktu, biliyordum. O gün, o öfkeyle Galip'e telefon ettim."

"Telefon numarasını bildiğine göre, aranızda belli bir yakınlık varmış."

"Dedim ya, adamın gözü bendeydi diye. O gazinoya gelince, öndeki masalar boş tutulur, Galip'le adamlarına ayrılırdı. Ben sahneye çıkmadan önce sepet sepet çiçekler gönderir, sonra şampanyalar patlatır, tepemden aşağı güller döktürürdü. Ama nerede duracağını bilen bir adamdı. Benim Cavit'le beraber yaşadığımı bildiği için, daha ileri gitmez, sadece, 'Bir ihtiyacın olursa, bir telefon yeter,' derdi. Kartı vardı elimde. İşte o gece telefonla aradım Galip'i. 'Beni buradan aldır, sana geleceğim' dedim."

Galip'e bak. Şevket Ağa'nın etrafında pervane gibi dönen Galip'te meğer neler varmış.

"Senin de gözün çok karaymış."

"Bizim gibilerin gözü kara olur Gülseren Hanım. Hayatının bir değeri olmayınca, cesur olmak o kadar da zor değil. Galip hemen bir araba gönderdi gazinoya. İçinde iki adamıyla beraber, araba gelip beni kapıdan aldı. Sabaha karşı Galip'in memleketine doğru yola çıktık."

Hayatıyla ilgili en önemli kararları nasıl da hiç gözünü kırpmadan, pat diye alabiliyor.

"Galip Ankara'da yaşamıyor mu?"

"Onun nerede yaşadığı belli olmaz. Şimdi kaç yıldır benimle birlikte burada yaşıyor ama memleketiyle ilişkisi devam eder. Asıl işleri oradadır onların. Koca bir aşiret vardır arkasında. Bir tek Şevket Ağa'dan çekinir."

"Şevket Ağa kim?"

Sanki hiç tanımıyormuş gibi soruyorum Şevket Ağa'yı. Acaba onun da buraya geldiğini biliyor mu Melek?

"Şevket Ağa onun memleketlisi. Yaşça ondan büyüktür. İnşaat işlerini beraber yaparlar. Baba adamdır Şevket Ağa. Korkudan kimse fazla yaklaşamaz Galip'e. Bir tek o, şeyine bile takmaz Galip'i. Herkes Galip'e pervane, o da Şevket Ağa'ya. Bu dünya böyle zaten."

"Ben bu söylediklerini tam anlayamadım. Herkesin korktuğu Galip'ten Şevket Ağa neden korkmuyor?"

"Onun da bencileyin canı pek kıymetli değil anlaşılan. Şimdi Şevket Ağa Galip'i adam yerine koymuyor ama zamanında onun babası bizimkilerin yanında ustabaşı olarak çalışıyormuş. Zamanla çalışmış, çabalamış bu hale gelmiş adam. O Allah'tan başka kimseden korkmaz korkmasına da, herkesin bir zayıf yanı var demek ki..."

"Anlamadım."

"Aman boş verin Doktor Hanım. Bende hikâye çok. Şimdi hangi birini anlatayım size."

Yine beynimde bir şimşek çakıyor. Sakın Şevket Ağa'nın anlattığı kadın Hayat olmasın! Hay Allah, merak ettim. Ne yapıp edip bunları anlattırmalıyım ona. Ay ne zor iş bu böyle. Kafanda dokuz tilki dolaşacak ama hiçbirinin kuyruğu birbirine değmeyecek.

Ama bir sorun daha var galiba. Hayat'tan hemen sonraki randevu Şevket Ağa'nın. Acaba o biliyor mu bugün Hayat'ın burada olduğunu? Eğer tahminim doğruysa Şevket Ağa onunla burada karşılaşmak istemez. Bütün bunları Galip biliyor mu acaba? Yok canım, o kadar da değil. Bu Hayat yine ne işler çeviriyor? Ölümle dalga mı geçiyor ne? Ne yapsam acaba? Saate bakıyorum. Hayat'ın vakti dolmak üzere. Halbuki onunla konuşmamız gereken daha pek çok şey var.

Saate baktığımı görünce Hayat huzursuzlanıyor.

"Bugün vaktimiz doldu galiba. Neyse, yine gelirim. Bende hikâye çok. Daha asıl konuya gelemedik bile. Ben gideyim bari. Üff şimdi de bu kıyafetleri yeniden giymek var. Çok zoruma gidiyor. Hâlâ alışamadım bunlara. Sanki beni böyle giydirmekle Galip ne kazanıyorsa... Aklı sıra beni kıskanıyor. Ulan sen benim gönlüme laf anlatamazsan, bunlarla beni hiçbir şeyden koruyamazsın."

"Melek!"

"Tamam tamam. Ağız alışkanlığı işte. Ne kadar uğraşsam da hanım olamıyorum. Ruhum böyle, ben ne yapayım?" derken yan yan bakarak gülüyor bana.

Sonra aceleyle giyinip çıkıyor odadan. O tam çıkmak üzereyken arkasından sesleniyorum.

"Bir hoşça kal bile demeyecek misin?"

"Ay pardon," diyerek aceleyle elimi sıkıp fırlıyor dışarı. Hemen arkasından ben de çıkıyorum. İnşallah Şevket Ağa daha gelmemiştir.

Ama dışarı çıktığım anda görüyorum Şevket Ağa'yı. Galip'le birlikte Tuna'nın masasının önünde ayakta duruyorlar. Şevket Ağa, Hayat'ı görür görmez Galip'in yanından hızla ayrılıp salonun hemen çıkışında bulunan mutfağa dalıyor. Tuna inanmaz gözlerle bakıyor ona. Ben bir anlık bir duraksamadan sonra koşarak mutfağa doğru gidiyorum. Tuna da arkamdan geliyor.

Ayten kocaman mutfakta yalnız. İşte bu bir şans. Mutfak balkonlu ve oldukça geniş bir yer olduğu için, biraz da dinlenme odası olarak kullanılır. Hiç olmazsa içeride sadece aşçımız Ayten var. O da ocağın başında yemek karıştırıyor.

"Sen dışarıdaki hastalarımızla ilgilen Tuna. Benim de tıpkı Şevket Ağa gibi içim yandı. Birer bardak suyumuzu içip çıkacağız," diyorum.

Tuna biraz şaşkın dışarı çıkarken, Şevket Ağa yemek masasının etrafındaki sandalyelerden birine çöküyor. Ben de hemen yanına oturuyorum. Hiç yüzüme bakmıyor. Yüzü kızarmış, alnında ter tomurcukları belirmiş. O gün geçirdiği krizin bir benzerini burada yaşayabilir. Yeniden Hayat'ı görmek onun dünyada istediği en son şey. İşin kötüsü Galip de dışarıda. Bütün bu olanlardan bir şey anlamadı. Aman o bari bir şey anlamasın. Aksi halde hep beraber başımız çok fena derde girecek. Hay Allah, ne yapsam acaba?

"Ayten bırak şu çorbayı hemen. İkimize de tatlı bir şeyler ver."

"Ne vereyim efendim? Tatlı yiyecek mi yoksa içecek bir şey mi istersiniz?"

"Gazoz, meyve suyu ne varsa ver işte. İkimizin de tansiyonu düştü galiba."

Ayten aceleyle buzdolabını açıp içecek bir şeyler arıyor. Koca bir gazoz şişesini önümüze koyarken, bir yandan da hızla iki bardak getiriyor önümüze. Gazozu dolduruyor bardaklarımıza. Tam o sırada kapı yeniden açılıyor ve Galip uzatıyor başını içeri doğru.

"Ne oldu Ağam, bir şey mi var? Hastalandın mı yoksa?"

Şevket Ağa önüne bakmaya devam ederken, ben hemen araya giriyorum.

"Merhaba Galip Bey, Nasılsınız?"

"Ben iyiyim de ağama ne oldu?"

"Biraz tansiyonu düştü galiba. Benim tansiyonum da sık sık düşer. Ben de tam mutfağa bir şeyler içmeye geliyordum ki, baktım o da aynı şeyin peşinde. İkimiz de oturduk birer bardak gazoz içiyoruz. Düşük tansiyona iyi gelir gazoz."

"Ağamın tansiyonu düşmez, tam tersine yükselir."

"Benimki de öyledir. Ama tansiyon işte. İner de çıkar da. Bu yaşta olur böyle şeyler. Siz daha gençsiniz, anlamazsınız böyle şeylerden," diyorum gülerek.

"Öyle değil mi Şevket Ağa?"

Öyle der gibi başını sallıyor Şevket Ağa. Daha fazlasını söyleyecek hali yok adamın. Şu Galip'i bir an önce gönderip Şevket Ağa'yla ilgilenmem gerekiyor benim.

"Galip Bey, eşinizi gördüm ama en yakın zamanda yine istiyorum. Belki bir gün sizinle de görüşürüz," diyorum oldukça sakin bir sesle.

O hâlâ kapı aralığında duruyor. Ne içeri girebiliyor ne dışarı çıkabiliyor. Benim bu sakin halim onu biraz rahatlatıyor.

"Tabii tabii, ben de gelirim. Bugün siz beni içeri çağırmayınca, benimle görüşmek istemediğinizi sandım."

"Bugün zamanımız kalmadı da ondan. Yoksa sizinle mutlaka görüşmek isterim."

"Tabii, baş üstüne Doktor Hanım ama ağamla ilgili yapmam gereken bir şey varsa, hiç çekinmeyin. Ne gerekiyorsa yaparım ben."

Bu arada Şevket Ağa eliyle ona bir an önce çek git der gibi bir işaret yapıyor ama ben Galip'in dikkatinin Şevket Ağa'ya kaymaması için elimden ne gelirse yapıyorum. Allah'tan bunu görmüyor Galip. Ve hemen ayağa kalkıp kapıya, Galip'in yanına doğru gidiyorum. Elimi uzatıp tokalaşarak ve gülerek yolcu ediyorum onu.

Bu arada Hayat, Tuna'nın masasının başında kendine yeni bir randevu alıyor. İşi bitince Galip'in koluna girip tam kapıdan çıkarlarken kocasına hissettirmeden göz kırpıyor bana. Onun bu hali içimi donduruyor. Ne yapmaya çalışıyor bu kadın?!

Yeniden aceleyle Şevket Ağa'nın yanına dönüyorum. Yavaşça oturuyorum yanına. Gazozun köpükleri uçmuş. Bardaklardan birini ben alırken birini de ona doğru uzatıyorum. Başını kaldırmadan, bardağı alıp bir dikişte içiyor. Ben de içiyorum ama gazozu öyle bir dikişte içemem ben. Boğazım yanar.

O sırada Tuna tekrar giriyor içeri. Hayat'ın bana nasıl göz kırptığını o da gördü. Bunlardan ne anladı, bilmiyorum ama o çok tecrübeli bir sekreter. Psikiyatri muayenehanelerinde böyle tuhaflıkların yaşanabildiğine kaç kere tanık oldu. Burada hiç karşılaşmaması gereken kişilerin, birbirlerini görmemeleri için az uğraşmadık birlikte. En azından bu kadarını anladı. Şimdi ne yapalım der gibi yüzüme bakıyor. Aynı anda Ayten de bir yandan ocaktaki çorbayı karıştırırken hayretle yüzümüze bakıyor çünkü hastalarımız genellikle mutfağa girmez. O da şaşırdı ne yapacağını.

Şevket Ağa'nın yüzüne bakıyorum. Şakağında bir küçük adale titreyip duruyor. Rengi yine çok kırmızı ama daha az terliyor. Yavaşça cebinden beyaz ipek mendilini çıkarıp alnında biriken terleri siliyor. Sonra yüzünü bana doğru dönüp gözlerinin altından yüzüme bakıyor.

"Daha iyiyseniz odaya geçelim mi?" diyorum.

Başını evet anlamında salladıktan sonra sandalyesini gürültüyle arkaya doğru çekip ayağa kalkıyor. Ben hemen onun arkasındayım. Sendeler de düşer mi diye ona çok yakın duruyorum. Bacaklarını açıp kısa bir an kendini dengeliyor ve sonra ağır adımlarla odama doğru yürüyor. Birlikte giriyoruz içeri. İkimiz de kendi yerlerimize geçince şöyle bir bakıyorum Şevket Ağa'nın yüzüne. Evet, kesinlikle daha iyi. Ancak bu olaydan olabildiğince az etkilenmesini sağlamak gerek. Aksi halde Hayat'ı her gördüğünde veya görebileceğini düşündüğü her ortamda benzer bir kriz yaşayacak. Aslında ben de gerildim. İkimiz de konuşmuyoruz.

Ben tam söze bir yerinden başlamak için hazırlanırken, acı bir fren sesi geliyor kulaklarımıza. Ardından da büyük bir gürültü duyuyoruz. İkimiz birden yerlerimizden fırlayıp pencereye doğru koşuyoruz. Son model büyük, lacivert bir Mercedes araba yol kenarındaki trafik levhasını devirmiş.

Şevket Ağa arabayı görünce lanet olsun der gibi hızla elini sallıyor. Biraz daha dikkatli bakınca direksiyonda oturan Galip'i görüyorum. Birden bir gülme krizi tutuyor beni. Çünkü o levhaya vurabilmek için sanırım Galip çok uğraştı! İnsan istese de bizim garajdan çıkarken o levhaya vuramaz.

Benim kahkahalarla güldüğümü görünce Şevket Ağa da başlıyor gülmeye. İkimiz de o kadar çok gülüyoruz ki, gözlerimizden yaşlar geliyor. Şevket Ağa bir pencereden dışarı bakıyor, bir arkasını dönüp eğilerek kahkahalara boğuluyor.

"Oğlum Galip, sana bu ehliyeti verenin de... Nasıl becerdin la o levhaya vurmayı? Oğlum bu kaçıncı araba parçaladığın? İnsan çorap gibi araba eskitmez ki... Beceremiyorsun işte, anlasana. La oğlum bu gidişle bir gün de o koca kafanı kıracaksın. İşin kötüsü onun yenisi de yok!..."

Şevket Ağa bir yandan konuşup bir yandan gülüyor. Bu gülmeler iyi geliyor ona. Sıkıntı filan kalmıyor. Bir anda rengi benzi yerine geliyor. Ben de rahatlıyorum. Gerginlik filan bitiyor. Sonra yeniden oturuyoruz koltuklarımıza.

"Evet Şevket Ağa, hayat böyle işte. Kaçtıkça kovalıyor insanı. Demek o kadın bu kadındı. Şu tesadüfe bakın. Bugün Galip'in buraya karısını getireceğini bilmiyor muydunuz?"

Başını efkârlı bir şekilde sağa sola sallayarak cevap veriyor.

"Sormayın Doktor Hanım. Size minnettarım. Eğer bugün siz imdadıma yetişmeseydiniz başıma neler geleceğini düşünmek bile istemiyorum. Hayat'ı karşımda görünce ölüyorum sandım. Tam bir şok yaşadım. O gün otelde geçirdiğim krizin aynısı ha geldi ha gelecek. Sizin de gördüğünüz gibi, aklıma ilk gelen şey oradan kaçmak oldu. Biliyorsunuz yiğitliğin onda dokuzu kaçmaktır derler. Ben de açıkça kaçtım."

"Evet gördüm. Tabanları yağlamış kaçıyordunuz ben odamdan çıktığımda."

"Siz tesadüfen mi çıktınız odanızdan yoksa bir bildiğiniz mi vardı?"

"Pek tesadüf sayılmaz. Tam seans bitmek üzereyken sizden şöyle bir bahsetti Hayat."

"Ne anlattı o şeytan?"

"Pek bir şey anlatmadı çünkü zamanımız dolmuştu. Ama bir şekilde hissettim ben. Onun hemen arkasındaki randevunun sizin olduğunu biliyordum. Onun için siz inşallah gelmemişsinizdir diye dua ederek aceleyle çıktım odadan."

"İşte o sırada daha ben yeni girmiştim içeri. Galip beni görünce oturduğu yerden kalkıp koştu yanıma. Onu burada görünce önce bir şey anlamadım ama kapı açılıp da Hayat dışarı çıkınca neye uğradığımı şaşırdım. Ben oranın mutfak olduğunu da bilmiyordum. Öylece daldım içeri."

"Eh, işte bu iyi olmuş çünkü diğer odaların hepsi doktor odası ve içeride hastalar var. En isabetli yeri seçmişsiniz."

"Galip'e ayıp oldu. Severim keratayı. Bana çok düşkündür. Zaten o olaydan sonra sanki benim de bir suçum varmış gibi abuk sabuk davrandım çocuğa. Yanıma gelsin istemedim. Tersledim, uzak durdum ama olmadı. Ben uzaklaştıkça o bana zamk gibi yapıştı. Eskiden de iyiydi aramız ama o olaydan sonra çocuğun bana olan düşkünlüğü arttı. Yanımdan hiç ayrılmaz oldu. Eskiden onun ısrarıyla iki kere evine yemeğe gitmiştim. Karısını oradan tanıyordum. Sonra ne kadar ısrar ederse etsin bir daha evine ayak basmadım. Bana kalsa onunla bütün ilişkileri kesecektim ama o buna izin vermedi."

"Onu görmek sizi rahatsız etti. Haklısınız..."

"O çocuğa çok acıyorum. Galip şu anda büyük bir aşiretin başındadır. Bu kadına kapıldı bir kere. Onun ne mal olduğunu bilerek kabul etti. Aşiret o zaman bu olaya çok karşı çıktı. Öldüreceklerdi oğlanı. Ben girdim araya. Memlekete kadar gidip babasıyla konuştum. Ben çok eskiden tanırım onları. Babam onların inşaatlarında çalışırdı. Yani bir yerde benim velinimetimdir o sülale ama aradan yıllar geçti. Köprülerin altından çok sular aktı. Pis işlere karıştılar. Beraber yaptığımız işler de oldu ama ben sevmem öyle karışık işleri. Haram parayı Allah nasip etmesin bana. Galip öyle bir çocuk değildi ama hayat öyle veya böyle herkesi değiştiriyor. Kimse doğduğu günkü gibi ak pak kalamıyor."

Son derece içtenlikle anlatıyor bana olanları. Daha önce o kadının Galip'in karısı olduğunu söylememişti. Bu da hoş bir davranış. En yakın arkadaşıyla ilgili sırrını paylaşmadı benimle. Psikiyatr bile olsam Galip'e saygı gösterdi.

"İşte sonradan bu kadına kapıldı Galip. Ortalık ayağa kalktı. Adamlar kadından vazgeç demediler ama onu nikâhına almasını istemediler. Galip de onlara inat, karısını boşayıp bu karıyı aldı. Aşiret ölüm fermanını imzalamıştı. Böyle işler şakaya gelmez. Hiç gözünün yaşına bakmadan öldürürler adamı. Kimse aşiretin bu kararına karşı çıkamadı. Galip aldı karıyı kaçtı. Sanki kaç gün saklanacaksa... Elleriyle koymuş gibi bulurlar adamı. Neyse işte o zaman ben kalktım memlekete gittim. Galip benden bir şey istemedi. Ben kendiliğimden gittim. Hem babasıyla hem de aşiretin önde gelenleriyle ayrı ayrı konuştum. Bizim memlekette insanlar bana güvenir. Kırmadılar sağ olsunlar. Ondan sonra Galip'i çağırdılar. Olay tatlıya bağlandı ama bazı şeylere saygı göstermek gerekir. Yeni bir hatayı kimse affetmez. Bu kadının gözü göz değil. Bana neler yaptığını anlattım size. Bunu kimseye anlatamazsınız. Kim inanır buna? Ayrıca ona da inansalar bana da sonuç değişmez. Hepimiz birden gideriz okkanın altına. Ne Galip kalır, ne ben ne de o şeytan. Çocuğu bile yok ederler. Bu kadın deli midir, manyak mıdır nedir?"

"Deli değil ama deliden kötü şimdilik. Hâlâ cahil. Hayatı hafife alıyor. Merak etmeyin, o da zamanla bir şeyler öğrenecek."

"Hayat onun bir şeyler öğrenmesini beklemez. Çocuğun da başını belaya sokacak. Ben o zaman çok korktum. Kendimden değil, onun yaptıklarına bakarak yapacaklarını düşününce korktum. Öyle bir adamın karısı, sokaktaki karı satıcılarıyla ilişki kurup, otelde benimle nasıl buluşur? Arkasını boş bırakmazlar onun. Allah belki de benim yüzüme baktı veya zavallı Galip'i korudu. İntihar edecekse kendine başka yol bulsun. Başkalarını da götürmesin peşinden. Size geldiğine bir yandan da memnun oldum. Aman Doktor Hanım Galip'i bu kadının şerrinden koruyun. Bir de çocuk doğurdu. Galip şu kadarcık hissetse bu kadının rahat durmadığını zaten o anda bitirir işini."

"O da tehlikeli bir adam galiba!"

"Siz bakmayın benim yanımda şamar oğlanı gibi dolaştığına, insanlar onu bir kilometreden görseler elleri ayakları birbirine dolaşır. O karı da bunu gayet iyi bilir."

"Evet, biliyor."

"Biliyormuş. Ben çok istedim bu aileden uzak durmayı ama olmadı işte. Biliyorsunuz beni buraya bile Galip getirdi."

"Siz de onu ölümden kurtarmışsınız."

"Sadece bundan değil onun bana düşkünlüğü. Herkes el pençe divan durur karşısında. Bir tek ben adam yerine koymam onu. O da böylesini seviyor demek ki..."

"Siz neden korkmuyorsunuz böyle bir adamdan?"

"Aman Gülseren Hanım, benim hâlâ bir şeylerden korkacak halim mi kalmış? Ben eğer korksam geceleri mecnun gibi sokaklarda dolaşmaz, ne idüğü belirsiz onca adamın koynuna girmezdim. Yaptığım işin ne kadar tehlikeli olduğunu bilmiyor muyum sanıyorsunuz? Canımı onlar alacağına Galip alsın, daha temiz olur hem."

"Sahi böyle mi düşünüyorsunuz?"

Gevrek gevrek gülüyor .

"Kelle koltukta yaşadık yıllardır. Galip de ben üzerine gittikçe küçüldükçe küçüldü karşımda. Bu işleri siz benden daha iyi bilirsiniz ama dünya böyle işte. Öyle tabancayı beline takınca büyük adam olunmuyor. Yürek lazım, yürek..."

Yine gülüyor. Gülerken ne kadar değişiyor bu adam. Gençleşiyor. Yüz hatları gülmeye hiç alışkın değil. Sanki o gülerken bütün taşlar yerinden oynuyor. Başka biri oluveriyor.

"Gülmek size çok yakışıyor Şevket Ağa. Ama pek sık gülmüyorsunuz galiba."

Yine hüzünleniyor.

"Hayat güldürdü de biz mi gülmedik? Aslında şimdi gülmenin tam zamanı benim için. İşler yoluna girdi, artık adam yerine koydu bizi insanlar. Şu Galip bile her daim elimi öper. Çocukluğumdan beri babamdan başka kimsenin elini öpmedim ben. Zenginmiş, patronmuş hepsi vız gelirdi bana. Ben kendi işime bakardım. Bir tek babamaydı düşkünlüğüm. Onun gönlünü hoş etmek, beni sevdiğini, beğendiğini bilmek isterdim. Bunun için az uğraşmadım. Sizinle bu meseleleri uzun uzun konuştuktan sonra sanki film şeridi gibi bütün yaşadıklarım geçti gözümün önünden. Geceleri bunları düşünmekten uykularım kaçtı. Ben normalde pek gülmem de ağlamam da ama bunları düşünürken çocuk gibi ağladım. Hele o yaşlı, kasketli adamlarda babamı aradığımı gördükçe içim cayır cayır yandı. Bu yaşta, koca adam, hâlâ babasını arıyor."

Bunu söylerken sağ eliyle dizine vurarak yan yan bana bakıyor.

"Ruhumuz bazen hayatımızın bir yerlerinde takılır kalır," diyorum. "Zor bir hayatınız olmuş sizin. Kızmayın kendinize. Soğuk bir tavan arasında, sert bir babayla yarı aç yarı tok geçirilmiş bir çocukluk anlattınız bana. Akşamları önünüze bir tas sıcak çorba bile koyan olmamış. Her türlü yanlışına rağmen babanız yine de tek sahibiniz, koruyucunuzmuş. Size olan sevgisini, muhabbetini, onayını bile çarpık bir biçimde ifade eden, sizi âdeta taciz eden babanız..."

Bir an irkilerek yüzüme bakıyor Şevket Ağa, çünkü taciz sözcüğünü benden ilk kez duyuyor. Utanarak yavaşça başını önüne eğiyor.

"O yaşta neyin ne olduğunu bilmeyen o masum çocuk, önüne çıkan tek sevgi dalına işte böyle tutunmuş."

Başı önünde dinliyor beni. Bir süre ben de susup söylediklerimi sindirmesini bekliyorum. Sessizlik uzuyor. Sonra başını kaldırmadan kısık bir sesle, sanki kendi kendine konuşur gibi başlıyor söze.

"Sizinle konuşuncaya kadar bunun bir taciz olduğunu idrak edemedim. Şimdi koskoca adam bunu nasıl bilmez diyeceksiniz ama..."

"Hayır, öyle demeyeceğim. Bu olayı size başkası anlatsa neyin ne olduğunu bilirsiniz ama insan bazı şeyleri kendi yaşayınca iş değişiyor. Bizler işte bunun için varız."

Gözlerinde iki damla yaş beliriyor Şevket Ağa'nın. Bu sefer ipek mendilini çıkarmak yerine elinin tersiyle siliyor gözyaşlarını.

"Belki de işin aslını anlamak zoruma gitti."

"Belki de..."

"Evlendiğim zaman belki ben de herkes gibi olurum dedim, ama o da olmadı."

"Olmamış. Eşiniz belki iyi bir insan ama geçmişte açılan yaralara çare olacak ilacı onda da bulamamışsınız."

"Kendime bir can yoldaşı bulamadım gitti."

"İnsan ruhu yalnızlığı sevmez. Yasalar bile insana en ağır cezayı onu hücreye kapatıp yalnız bırakarak verirler. Siz yıllardır sanki hücre cezası çeken bir mahkûm gibi, yalnız yaşamışsınız. Sevmeyi de sevilmeyi de unutmuşsunuz."

"Karnım doymuş ama bu sefer de yüreğim aç kalmış. Biraz şefkat, biraz ilgi, biraz sıcaklık uğruna koskoca Şevket Ağa kendine yakışmayan işler yapmış."

"Kendinizi kınayarak, aşağılayarak bunların altından kalkamazsınız. Her ne düşünüyorsanız düşünün ama insan olduğunuzu unutmayın. Beşer şaşar diye bir laf vardır. Yani hata yapmak insanın doğasında vardır. Ayrıca bunlara bugün hata diyoruz, yarın ne diyeceğimiz belli değil. Doğrular zaman içinde hızla değişiyor. Milyarlarca yıldır var olan bir dünyada, yüz yıl öncenin hatta on yıl öncesinin doğruları bile çoktan değişti. O nedenle olayları doğru yanlış diye yargılamayın. Ben ilk günden beri sizi anlamaya çalıştım. Doğru mu yanlış mı demedim. Neden dedim. Oralarda ne arıyor Şevket Ağa dedim. Sonra ne aradığınızı birlikte bulduk."

"Keşke ben de her şeye sizin gibi bakabilsem. Ama yine de ne aradığımı bilmek şimdilik sıkıntımı gidermese de, sanki kapı aralığından bir ışık sızdı içeri. Bulamayacağım bir şeyin peşinde koşmak her şeyden önce akla aykırı. Dipsiz bir kuyuya dönmüştü hayatım. Aradığımı bulduğumu sandığım günler aldığım zevk beni mutlu etmek yerine doyumsuz, hemen bir yenisini arayan aç gözlü biri haline getiriyordu. Sanki bir kısırdöngünün içine girmiştim."

"Haklısınız. İnsanlar sadece doğru kabul ettikleri bir tavırdan doğan mutluluğu kalıcı olarak kabul ederler. Zevklerden ibaret bir mutluluk ise gelir geçer. Daha hissedildiği anda ölür."

"Tıpkı bende olduğu gibi. Peki sizce mutluluk nedir Gülseren Hanım?"

"Şevket Ağa mutluluk ancak başımıza gelince ne olduğunu hissedebileceğimiz bir duygudur. Beklenmedik ve kişiye özeldir. Yani reçetesi olmayan bir idealdir mutluluk. Ona ulaşmanın anahtarı ise insanın kendini tanımasında saklıdır. Önce kendini tanımalı insan. Yargılamadan, aşağılamadan, seve okşaya yapmalıyız bunu."

"Sevile okşana büyümeyince, zor oluyor bunlar. Babam bana en çok kızmayı, ayıplamayı, beğenmemeyi, kabul etmemeyi, reddetmeyi, adam yerine koymamayı ve çok çalışmayı öğretti. Ondan başka da bir şey öğreten olmadı. Annemi zaten geç. Karım da ondan beter çıktı. Yani sizin anlayacağınız ne beni seven oldu ne de benim sevdiğim."

Gülerek, sevgiyle bakıyorum ona. Öyle mahzun ki...

"Onlar eskidenmiş, çok eskiden. Sezen Aksu öyle diyor bir şarkısında. Şimdi insanlar seviyor sizi. Siz bunu bileğinizin hakkıyla kazanmışsınız. Şimdi sıra sizde. Eğer gözünüzdeki perdeyi kaldırabilirseniz göreceksiniz. Öyle çok sevilecek şey var ki dünyada."

Yine ağlıyor ama bu sefer gözlerinden akan sanki umudun habercisi.

Bir süre daha konuşuyoruz onunla.

Değişen hayallerini anlatıyor bana. Büyük bir spor tesisi yaptırmak, gençler için bir futbol takımı kurmak, kendisi gibi çok küçük yaşta çalışmak zorunda kalan gençlere yardım etmek gibi birbirinden güzel hayalleri var. İnşallah diyorum, inşallah gerçekleşir bu hayaller.

Şevket Ağa giderken kapıya kadar uğurluyorum onu. Tam mutfağın kapısının önünden geçerken bir an duruyor Şevket Ağa.

"Bundan sonra konuğunuz olarak gelmek isterim buraya ama bir şartla," diyor. "Mutfakta ağırlanmak isterim ben. Belki bir tas da çorba ikram edersiniz bana. Sıcak çorbaya hiç hayır diyemem."

"Aman Şevket Ağa, size ikram edecek çorba her zaman bulunur bizde ama bir daha mutfakta asla. Sizin gibi benim de tansiyonum var. Bir daha öyle sıkıntıya gelemem ben!" diyorum.

Gülüyoruz. Şevket Ağa tam kapıdan çıkmak üzereyken Salih giriyor içeri. Bir an ikisi de birbirine bakıyor, sonra Salih saygıyla eğilip Şevket Ağa'nın elini öpüyor. Demek tanışıyorlar! Bugün neler oluyor burada? Her gelen birbirini tanıyor. İnşallah yine bir aksilik olmaz.

"Nasılsın Salih oğlum. Ne kadar oldu görüşmeyeli? Maşallah eskisinden daha yakışıklı bir delikanlı olmuşsun."

Salih çok tedirgin. Neredeyse eli ayağı titriyor. Neden bu kadar heyecanlandı acaba? Yoksa burada tanıdık biriyle karşılaşmak mı onu böyle heyecanlandırdı?

"Sağ olun Şevket amca. İyiyim çok şükür."

"Sen de benim gibi Gülseren Bacım'a mı geliyorsun yoksa?"

"Evet Şevket amca."

Sanki başöğretmenin karşısında konuşan küçük bir çocuk gibi iki eli yanlarında, hazır olda duruyor Salih.

"Aman oğlum, öyleyse ne sen beni gördün ne de ben seni. Ama ehil ellerdesin, biliyorsun değil mi?"

"Biliyorum."

"Hem artık koca herif olmuşsun, bir gün şirkete gel de beraber bir kahve içelim. Yapmayı planladığım yeni projeler var elimde. Senin gibi genç, dinamik, güvenilir insanlara ihtiyacım olacak. "

"Emriniz olur efendim. Ne zaman isterseniz ben hazırım."

"La şu işe bak, yıllardır Ankara'da yaşa, hiçbir yerde karşılaşma da, gizli saklı geldiğin yerde burun buruna gel. Bunda da vardır bir hayır."

Sonra bana dönüyor.

"Salih bizim Yüksek'in oğludur. Çok severdim babasını. Hani size biraz önce bahsettiğim projeler var ya, işte o konuda yardım isteyeceğim ondan. İyi bir ikili oluruz gibi geldi bana. Onun babası yok, benim de oğlum."

Sonra sağ elini başına götürüp sağa sola sallayarak;

"Üstelik ikimizde de var biraz!" diyor.

Salih'i omuzlarından bir-iki kere kuvvetlice salladıktan sonra "Eyvallah" deyip çıkıyor Madalyon'un kapısından.

Biz Salih'le odama geçiyoruz. Merak ediyorum, acaba Salih bu karşılaşmadan nasıl etkilendi. Daha yerlerimize oturmadan konuşmaya başlıyoruz.

"Demek Şevket Ağa'yla tanışıyorsunuz? İnşallah bu karşılaşma canını sıkmamıştır. Gerçi insanlar eskisi gibi psikiyatriye gelmekten çekinmiyorlar ama..."

"Yok canım, tam tersi. Belki de bu yüzden kaderim değişecek. Heyecandan hâlâ elim ayağım titriyor. Ben de kendimi şanssız zannederdim. Demek şans böyle aniden geliyormuş insanın ayağına. Duymadınız mı, Şevket amca bana ayaküstü iş teklif etti. Vay be, şu işe bakın. Koskoca Şevket Ağa ona yardım etmemi istiyor."

"Evet, duydum. Ben zaten biliyordum o projeleri. Eminim çok başarılı olacaksın."

"Biz ailece çok sever ve sayarız Şevket amcayı. Babam öldüğü zaman bize çok destek olmuş. O da babam gibi inşaatçıdır. Yarım kalan işlerimizi o tamamlamış. Çok büyük projelerde imzası vardır. Dürüst ve mert bir adamdır. Fakir babası derler ona. Piyasada itibarı çoktur ama her zaman böyle güler yüzlü ve konuşkan değildir. Bana ilk defa bu kadar yakınlık gösterdi. Ondan yardım isteyen kimseyi kapısından çevirmez ama böyle konuşup güldüğünü hiç görmedim ben onun. Sizin sihirli değnek ona da dokundu galiba."

Gülüyorum.

"Seni çağırdı. Gidecek misin?"

"Uçarak gideceğim. Bunun benim için ne kadar gurur verici olduğunu anlatamam size. Zaten o birini davet edecek de karşılık almayacak. Yok böyle bir şey."

"Neden? Kızar mı?"

"Bilmem. Belki de kızmaz ama ona kimse hayır diyemez. Onu tanıyanlar için sanki gizli bir kuraldır bu. İmparator gibi bir şey işte. İyi bir imparator diyelim isterseniz."

Demek öyle diyorum içimden. Bana çok farklı bir yüzünü gösterdi bu adam. Gerçek yüzünü. Aslında nasıl utangaç, nasıl çekingen, nasıl kırılgan bir ruhu var. Piyasalarda ve çevresinde onu imparator yapan şey, onun hayata karşı gösterdiği inanılmaz cesaret. Korkunun, umutsuzluğun, güvensizliğin, acının ve ikilemlerin beslediği, henüz hayatı hiç tanımayan masum bir çocuğun ölüme meydan okuyan cesareti.

"Çok heyecanlandım. Şu anda bomba gibi hissediyorum kendimi. Bizimkiler bu haberi duyunca kimbilir nasıl sevinecekler. Şevket Ağa'dan iş teklifi aldım. Hayata bakın! Rüyamda görsem inanmazdım buna. Bir dakika geç kalsam, onunla hiç karşılaşmayacaktım. Kalbim ilk defa sevinçten çarpıyor. Bir sorun daha yok olacak hayatımdan."

Salih'i hiç böyle görmemiştim. Nedir acaba onu bu kadar sevindiren?

"Artık başka bir Salih olacağım. Şevket Ağa'yla birlikte çalışan, Yüksek'in oğlu, çalışkan, başarılı, ailesinin gurur duyduğu bir Salih. Buraya ilk geldiğim günü düşünüyorum da, ne çok şey kazandırdı bana buraya gelmek. Şimdi de yeni bir yol açılıyor önümde. Onunla birlikte kahve içeceğiz demek."

Şevket Ağa'yla birlikte kahve içmek bile bu kadar önemli miymiş?

"Duydunuz değil mi ne dediğini? Onun babası yok, benim de oğlum dedi. Beni oğlu yerine koyacak. İyi bir ikili olacağız diyor. Ben babamı hiç tanımadım ama Şevket Ağa gibi bir babam olmasını doğrusu çok isterdim. Bu hayat hep böyle güzel sürprizlerle dolu olsa ne güzel olurdu. Hay Allah, çocuk gibi heyecanlandım."

Hiç sözünü kesmeden seyrediyorum onu. Hep hüznü değil, bugün de sevinci, mutluluğu paylaşmak düştü bana. Gri takım elbise var üzerinde. Kendine her konuda daha fazla özen gösteriyor. Salih, hayata asılıyor artık...

O yine anlatmaya devam ediyor.

"Aslında bizim işler de bu ara fena değil. Ankara dışı seyahatlerimiz oluyor. Arada bir ben de gidiyorum. Eskiden böyle seyahatlere gitmek istemezdim. Yeni yerler, yeni insanlardan korkar, ürkerdim. Şimdi zevkle gidiyorum. Bütün arkadaşlarım bendeki değişikliğin farkında. Sana bir haller oldu diyor hepsi. Hele kızlar konusundaki değişiklik, hiçbirinin gözünden kaçmıyor. Ben de, rötar kapatıyorum, diyorum onlara. Gülüyorlar. Sormayın, çok hızlandı her şey. Şu anda üç kız var hayatımda. Ben bugüne kadar hiçbir kızın peşine düşmedim. Baştan sizin söylediğiniz gibi, kendileri geliyorlar. Benim bir şey yapmama gerçekten hiç gerek yokmuş. Şimdi de onları hayal kırıklığına uğratmaktan, üzmekten korkuyorum. Çünkü bir gece yatınca, hemen evlilik hayalleri kurmaya başlıyor kızlar."

Heyecanla dinliyorum Salih'i. Artık bana normal, sağlıklı erkeklere has sorunlardan bahsediyor. Dominalar filan çok gerilerde kaldı. Hoşuma gidiyor. Bir kum tanesi daha çıktı denizden. Bazen bir kişiyi kurtarmak, bütün dünyayı kurtarmak gibidir.

"Dur bakalım, benim kafamı karıştırma. Sırayla anlat. Hepsini birden nasıl idare ediyorsun?"

"Geçen hafta iş için İzmir'e gitmiştim. Bir tanesi İzmir'de. İş yaptığımız kişilerle gittiğimiz yemekte tanıştık. Yemeğin sonunda oradan beraber çıktık. Benimle otele geldi. Hâlâ sık sık arıyor beni. Biri, bizim yıllardır beraber olduğumuz gruptan bir kız. Aslında onunla böyle bir şey yaşamak istemedim ama mani de olamadım. Meğer yıllardır böyle bir beklentisi varmış kızın. Ben ne kadar safmışım. Kaç yıldır birlikte gezer tozarız, ben hiç böyle bir şey hissetmemiştim. Böyle çok yakınınızda olan kızlarla bu işi yapmak iyi olmuyor. Zaten ben bu kızları hiç anlamıyorum. Biriki saat içinde başlayıp yatakta noktalanan bir ilişkide bile başka şeyler arıyorlar."

"Ne gibi şeyler?"

"Onlara hemen âşık olmamı, ertesi günlerde onlarla ilgilenmemi, arayıp sormamı ve hatta sonunda evlenmeyi bile bekliyorlar galiba. Aslında hepsi aklı başında, okumuş yazmış, meslek sahibi kızlar. Kimi benden önce benim en yakın arkadaşımla beraber olmuş, kiminin başkalarıyla yaşadıklarını, bizzat kendi ağızlarından duymuşum. En küçük bir elektrik, bu kızların yeni bir erkekle yatması için yeterli oluyor. Arada hiçbir duygusallık olmadan, bir ilişki, sadece cinsellik uğruna nasıl sürdürülür? Ben açıkçası sıkılıyorum onlardan. Cinsellik bitince hemen oradan kaçmak, uzaklaşmak istiyorum. Bir daha o kıza dokunmak istemiyor canım. Onlarda durum tam tersi. Seks bitince hepsi de sarılıp öyle uyumak istiyorlar. Öteki erkek arkadaşlarıma sordum bunu. Acaba sadece ben mi böyle hissediyorum diye korktum. Onlar da aynı şeyi söylediler. Demek ki, eğer beraber olduğumuz kıza karşı duygusal bir şey hissetmiyorsak, seks biter bitmez, biz erkekler için olay bitiyor. Ondan sonrası tam bir eziyet. Hem ben yıllardır yalnız yatmaya alışmışım. Bir başkasıyla birlikte uyuyamıyorum."

"Vay vay vay, sorunlara bak. Çok ciddi sorunların var Salih! Hava sıcak. Bu sıcakta elin kızına sarılıp uyunmaz ki!..."

Kahkahalarla gülüyoruz ikimiz de. Salih, elleriyle başını tutarak, bir yandan yüksek sesle ve keyifle gülerken, bir yandan da konuşuyor.

"Ne kadar dalga geçseniz, haklısınız tabii ama karar verdim, bundan sonra arkadaş çevresinden kızlarla beraber olmayacağım. Ertesi gün ben utanıyorum, onlar utanmıyorlar. Bir de benden bu ilişkiyi sürdürmemi bekliyorlar. Onları kandırmış, kullanmış gibi hissediyorum kendimi. Halbuki bu beraberliği isteyen de beni buna çaktırmadan zorlayan da onlar. Benim ne kadar utangaç olduğumu siz biliyorsunuz. Kızlarla beraber olduğumuz ortamlarda, özellikle içki içiyorum. İnsan sarhoş olunca utangaçlık azalıyor. Bakıyorum, onlar ya hiç içmiyor ya da çok az içiyorlar. Yani onlar da sarhoş desem, o da değil. Bir de üstelik yatakta beni memnun etmek için ellerinden ne gelirse yapıyorlar. En çok da buna şaşıyorum."

"Neden şaşıyorsun buna?"

"Her ikimiz için de bu ilişki, olsa olsa bir kaçamak. Ne öncesi var ne de sonrası. Ben ne istiyorsam, o da aynı şeyi istiyordur diye düşünüyorum ama galiba yanılıyorum. Onların amacı beni memnun etmek. Bunu neden yapıyorlar? Eğer bu yolla kendilerini bana beğendirmek, ilişkiyi daha uzun vadeli kılmak istiyorlarsa, bunların hiçbirinde akıl yok."

"Neden böyle düşünüyorsun Salih?"

Bu soruyu sorarken, aslında onun ne demek istediğini gayet iyi anlıyorum. Bunu hem ondan duymak, hem de gerekirse hemcinslerimi korumak istiyorum galiba.

"Gülseren Hanım, biliyorsunuz, ben bu piyasada henüz yeniyim. Bunu yıllardır yapan bekâr erkek arkadaşlarım var. Sık sık onlarla oturup bu konuları konuşuruz. Cinsellik her birimiz için bir ihtiyaç, bunu kabul ediyoruz ama bir yerden sonra sıkılıyor insan. İlişkide duygusallık arıyor. Şu kadar zamandır birçok kızla beraber oldum. Artık eski korkularım tarih oldu. Hatta bazen erekte olmakta zorluk çekiyorum, o zaman bile paniğe kapılmıyorum. Olmazsa olmasın. Biliyorum ki nasıl olsa olacak. Ama henüz hiç kimseye âşık olamadım. Âşık olmaya fırsat yok ki... Biraz hoşlandığınız kızla, hemen o gece beraber oluyorsunuz. Böyle bir kıza bir şeyler hissetmek, onu ciddiye almak mümkün olmuyor. Zaten ben bu konuda çok net davranıyorum. Yazık ona da. Ümitlenmesin. Benim yüzümden hayal kırıklığı yaşamasın."

"Diğer arkadaşların bu konuda ne yapıyorlar?"

"Onlar ilişkiyi hemen bitirmiyorlar. Yeni birini bulana kadar veya sıkılana kadar sürdürüyorlar ilişkilerini. Bana kızıyorlar. Her gün yenisini nereden bulacaksın, devam et diyorlar ama ben bunu yapamam. Gerekirse yalnız yaşarım, yine de yapamam. Hem bir zaman sonra sıkılıyor insan bu tür ilişkilerden."

"Nasıl yani? Sen daha yeni başladın Salih. Sıkılmak neden?"

"Her gece olmasa bile, her hafta farklı bir kızla yatağa girmek, önceleri çok cazip ve heyecan verici bir durum. Zamanla işin heyecanı azalıyor, sadece bir ihtiyaç halini almaya başlıyor. Duygusallık hiç yok bu ilişkilerde. İki taraf da ihtiyaç gideriyor. Bu süreçte âşık olmak, biriyle uzun bir ilişki yaşama şansınız hiç yok. Yani işin büyüsü, sihri kayboluyor. Yasaklar kadar, her şeyin bir anda önünüze serilivermesi de sanıldığı kadar güzel değilmiş."

"Eski yaşadıkların yine geliyor mu aklına?"

"Aklıma hiç gelmiyor desem yalan olur ama eskisi kadar korkmuyorum anılarımdan. Yaşandı, geçti gitti. İşin aslını görüp yaşayınca, kendime gülesim geliyor. İmkânsız dediğim şeyleri şimdi artık çok normal karşılıyorum. Ben o zamanlar ne erkektim ne dişi. Cinsiyetim bile yoktu. Gördüğünüz gibi, erkek oldum da kadınları beğenmiyorum! Meğer erkek olmak ne güzelmiş."

"Erkeklik nasıl bir duygu Salih?"

"Gülseren Hanım, erkeklik güç demekmiş, iktidar demekmiş. Hatırlıyorsanız, ben o zamanlar kadının üstünlüğünü kabul eden, kadının ayakları altında sürünmekten, eziyet çekmekten, aşağılanmaktan hoşlanan biriydim. İktidar sahibi değilseniz eğer, vereceksiniz ipi başkasının eline, o sizi götürecek istediği yere, çünkü siz o zaman o kadar zavallısınız ki, nereye gitmek istediğinizi bile bilemiyor, bunun sorumluluğunu alamıyorsunuz. Bu öyle bir şey ki, bir zaman sonra her şeyinizi kaybediyor, insanlıktan çıkıyorsunuz. Ben eğer biraz daha gecikseydim, o kuyudan asla çıkamazdım. Bunu hissediyorum. Ve şimdi benim eski halim gibi oralarda sürünenlerin haline çok üzülüyorum. Tatlı yemeyi öğretmemiş onlara hayat. Acının peşinde sürüklenip gidiyorlar. Bu konuda kadınlar daha şanslı. Hiç olmazsa hayatın içinde mazoşizmin alasını yaşayabiliyorlar."

"Buna sen şans mı diyorsun Salih?"

"Vallahi bunu tam olarak ben de bilmiyorum ama eğer bir kadın mazoşistse, bunu bizler gibi dışarıda aramasına gerek kalmıyor. Kocalar en saf dominadan daha iyiler. Bir yandan hayatın içinde yaşarken, bir yandan da kendileri bile bilmeden mazoşizmin en alasını yaşıyorlar. Bunun sorumluluğunu almıyorlar. Kocalarından şikâyet ederek geçip gidiyor hayat. Yani suçlu kendileri olmuyor."

"Nasıl olsa adamlar da buna hazır. En küçük bir kışkırtma yetiyor. Basıyorlar tokadı. Sonra da bir yolunu bulup gönlünü alıyorlar eşlerinin."

"Evet, aynen öyle oluyor. Size de böyleleri geliyordur değil mi?"

"Geliyorlar. Kocalarından şikâyet etmek için gelir onlar buraya. Kocaları onları her türlü eziyeti yapar. Böyle kadınların eşleri genellikle alkoliktir. Biraz önce senin de söylediğin gibi, alkol duyguların kontrolünü azaltır. Her türlü duygu o zaman rahatça çıkar dışarı. O tür erkeklerde ortaya çıkan duygu öfke ve saldırganlıktır. Kadın da bilinçsiz bir istekle bunu bekler zaten. Bütün evlilikler bitebilir ama böyleleri asla bitmez. Bu tür insanlar zamkla yapışır birbirlerine. Kısa ayrılıklar olur ama sonunda yine mutlaka barışırlar. Her barışma öncesi bir daha böyle şeyler yaşanmayacağına dair söz verirler ama iki taraf da bunun geçerli olmadığını için için bilir."

"Evet, ben de çevremde görüyorum bu tür ilişkileri ama o kadınların bizden farkı, hiçbiri mazoşist olduğunun farkında değil. Bu süreci bilmeden yaşıyorlar. Bu da bir avantaj çünkü bunu bile bile yaşamak insanın içini çok acıtıyor."

"Haklısın, kader deyip geçerken, bütün suçu eşlerine yüklüyorlar ama soruna gerçek anlamda bir çözüm bulunamıyor. Bu tür ailelerde çocuklara yazık oluyor. Düşünebiliyor musun, böyle bir ortamda büyüyen çocukların halini?"

"Çocuklara her türlü yazık oluyor. Ben anlattım size nasıl bir ortamda büyüdüğümü. Evde ne kavga vardı, ne gürültü ama bana da başka şekilde yazık olmuş. Sizinle konuştukça, annemin benim üzerime neden bu kadar düştüğünü anladım. O da kendi duygularından korktu belki de. Hayatta kalan son sağlıklı çocuğuna bakmak, öyle acılı bir dönemde belli ki zor gelmiş. Beni bir yandan çok severken, bir yandan da reddetmiş, istememiş. Bunları için için hissettikçe üzerime daha çok düşmüş. Beni bir kere bile bağrına basamamış ama kaybetmekten de ödü kopmuş. Bana gelince, o çocuk halimle hissetmişim bu çelişkiyi. Ne kadar sevildiğimi de, nasıl istenmediğimi de. Sonra aynı çelişkili duygular bende de başlamış anneme karşı. İnsanın annesini sevmesi çok doğal ama ona için için kızmak pek kolay değil."

"Evet Salih, haklısın. Özellikle bizim için pek çok fedakârlıkta bulunan yakınlarımıza karşı olumsuz duygular beslediğimizi bilmek bizi çok rahatsız eder ama bravo sana. Bugüne kadar konuştuklarımızı kafanda nasıl da yerli yerine oturtmuşsun."

"Neyse, bunlar aklıma geldikçe çok üzülüyorum. İşte bu yüzden erkekler evlenirken dikkatli olmalı."

"Sadece erkekler mi dikkatli olmalı?"

"Bir çocuğun nasıl bir babası olduğu tabii ki önemli ama annenin çocuğun hayatındaki rolü çok farklı. Esasında çocuğu anne yetiştiriyor. Baba biraz figüran galiba. Gerçi benim hiç babam olmadı ama..."

"Çocuğun asıl sahibi annesidir."

"Şimdi beraber olduğum kızlara bakıyorum da bu konuda hiçbiri güven vermiyor bana. Biraz önce söylediğim gibi, birlikte yatağa giriyoruz. Karşılıklı olması gereken şeylerde bir de bakıyorum, o daha özverili davranmaya başlıyor. Eşitliğe, adalete alışkın değil kadınlar. Bunun suçunu biz erkeklerde arıyorlar ama bence adil olmayan onlar. Sanki beyinleri programlanmış hepsinin. Tıpkı benim eskiden yaptığım gibi, onlar da erkeğin üstünlüğünü taa derinlerde bir yerde kabul etmişler. Bize asla eşiti gibi davranmıyorlar. Benim hiçbir talebim olmadan, sırf beni daha fazla memnun edebilmek için uğraşıp duruyorlar. Önceleri, benim de benzer şeyler yapmam için böyle oluyor sanıyordum. Ben bir şey yapmasam da, aynı hizmeti veriyorlar. Bunu profesyonel çalışan kadınların yapmasını anlıyorum da, bir gecelik kaçamaktaki bu özeni bir türlü anlayamıyorum. Öteki erkekler, geçmişlerinde benim yaşadıklarımı yaşamadıkları için, böyle şeylere hiç dikkat etmiyorlar. Bu tür davranışlar onlara son derece doğal geliyor. Yani sizin anlayacağınız, ben şimdi geçmişte yaşadıklarımın tam tersi bir dünyaya merhaba dedim. Kadınlar zorla iktidar sahibi yaptılar beni. Aslında hepsine şükran borçluyum."

"Bak işte bu doğru Salih. Kadın var olduğu günden beri hep fedakâr olmuştur. Önceliği içgüdüsel olarak erkeğe veriyor. Halbuki senin çevrendeki kızlar, cinsel özgürlüğünü elde etmiş, bu konuda kendini gelişmiş sananlar. Sanırım bu özellik, kadına annelik içgüdüsüyle birlikte geliyor. Sakın onları aşağılama. Unutma sen neysen, onlar da o."

"Unutur muyum Gülseren Hanım, bir zamanlar bu sözü bana bir kere daha söylemiştiniz. O zamanlar kendimi onlardan daha aşağı görmemem için söylenmişti bu söz bana."

"Bak, nerelerden, nerelere geldin. Büyük bir aferini hak ettin sen. Gel şimdi şu karşıki koltuklara geçip çiçeklere bakarak beraber birer acı kahve içelim."

Acı kahve sözüne gülüyor Salih. "Yok, diyor, kahvenin bile acısını içmiyorum artık. Ayrıca sizin de kahveyi şekerli içtiğinizi biliyorum."

Tuna'ya kahvelerimizi ısmarladıktan sonra, odanın diğer yanına geçiyoruz.

Karşımda yakışıklı, başı dik, kendine güvenen, sık sık espriler yaparak beni güldüren genç bir adam var artık.

Konu sık sık Şevket Ağa'ya ve onunla nasıl bir ikili olacaklarına geliyor. Evet diyorum içimden, muhteşem bir ikili olacaklar. Birbirlerinin gerçek sorunlarını bilmeseler de...

Ne demişti Şevket Ağa, "İkimizde de var biraz!..."

Umuda Doğru

Sabah Aydın'la birlikte geldik kliniğe. Bu ara o biraz keyifsiz. Boynundan başlayıp kollarına yayılan ağrılar var. Boyun fıtığı diyor doktorlar. Biraz sonra yine fizik tedaviye gidecek. İlginç bir adamdır benim eşim. En şiddetli ağrıda bile, bunu çevresine yansıtmamaya, insanları üzmemeye çalışır. Zaten hasta olmak ona hiç yakışmıyor. Onun ruhu hep genç. O bir delikanlı...

Tuna her zamanki gibi gülerek karşılıyor bizi. Henüz erken. Önce Tuna'nın elindeki listeyi gözden geçiriyoruz. Beni arayıp not bırakanlar, görüşmek isteyenler yazılı bu listede. Sonra randevu defterine bakıyoruz. İlk randevu Hayat'ın ama henüz gelmemiş. "Hazır vakit varken kahvelerimizi Aydın'la birlikte, onun odasında içelim," diyorum. "Peki" diyor Tuna.

Aydın'ın odası yine kalabalık. İşi olmayan herkes orada. Bana da bir yer açıyorlar. Hep birlikte neredeyse üst üste oturuyoruz. Çaylar, kahveler, sohbetin en koyusu ve kahkahalar... Dikkatle bakıyorum Aydın'ın yüzüne, acaba ağrısı var mı diye, bir şey anlayamıyorum.

Sonra Tuna görünüyor kapıda. Başıyla "hadi" der gibi bir işaret yapıyor bana. Yerimden kalkıp odama doğru giderken Aydın yine kızıyor Tuna'ya. "Bir kahveyi bile rahat rahat içirmiyorsun karıma!"

Daha odama girmeden Galip'le Hayat'ı görüyorum. Salonda oturuyorlar. Bu sefer Galip'i de bir ara içeri alsam iyi olacak.

Yerime oturur oturmaz Hayat görünüyor kapıda. Bugün siyahlar giymiş. Yine her yanı kapalı ve başı renkli bir eşarpla sıkı sıkı bağlanmış. Siyah onu olduğundan daha ince göstermiş. Kor gibi parlayan gözlerinde muzip bir ifade var. O günün hesabını soracağımı biliyor. O da buna hazır zaten. Yavaşça elimi sıkıp karşıma oturuyor.

"Hoş geldin Hayat."

"Hoş bulduk Gülseren Hanım."

"Nasılsın demeden önce ne soracağımı biliyorsun, değil mi?"

"Biliyorum tabii. Ama benim ne suçum var? Ne bileyim ben salonda Şevket Ağa'yla karşılaşacağımızı. Adam beni görünce şeytan görmüşe dönüyor. Ne yaptımsa ben ona?"

"Her zamanki gibi sen sütten çıkma ak kaşıksın! O gün de tam kapıdan çıkarken bana göz kırpman son derece doğal bir hareketti. Olsa olsa Galip bunu görür, gerçeği anlarsa da seni öldürür, olur biterdi. Basit şeyler bunlar. Öyle değil mi?"

"Huy işte. Ne demişler, can çıkar huy çıkmaz. Adamın o halini görünce gülmem geldi. Nasıl da beni görünce kaçacak delik aradı? Ayol koskoca Şevket Ağa'yı bile korkuttum ya, ona bakın!"

Şuh bir kahkaha atıyor bunları söylerken. Hayat yine hayatla dalga geçiyor. Ne söyleyeceğimi bilemiyorum. Ama ben bu kadarına kızıyorum galiba...

"Korkmayın canım, Galip o kadar dikkatli bir adam değildir. Görmez öyle her şeyi."

"Hayat sen şu olayı bana anlatsana!"

"Hangi olayı?"

"Şevket Ağa'yla olanları."

"Size anlattı mı?"

"Pek sayılmaz. Otelde bir kadınla yaşadığı ve onu hastanelik eden bir şeylerden kısaca bahsetti. O kadının sen olduğunu söylemedi bana."

"Az kalsın ölüyordu o gün. Ne bileyim öyle olacağını. Bu işlere alışkındır sandım. Beraber keyif yapacaktık ama o buna izin vermedi. Manyak herif. İnsan ayağına kadar gelen kısmeti kaçırır mı?"

"Ama sen onun en yakın arkadaşının karısısın."

"Öyleyse ne olmuş? Namusuna mı dokunmuş. Benim nereden geldiğimi, kim olduğumu herkes biliyor. Saklamıyorum ki..."

"O senin geçmişin. Sen bugün Galip'in nikâhlı karısısın. Bir de oğlun var. Bu sana bir sorumluluk getirmiyor mu?"

"Canım ha bir eksik ha bir fazla. Hem bundan kimsenin haberi olmayacaktı ki..."

"Seninle ne yapacağız bilmem ki. Peki neden Şevket Ağa?"

"Bize Galip'in zoruyla bir-iki kere yemeğe geldi. Beğendim adamı. Adam gibi adam işte. Ben tanırım erkekleri. Hiç yüzüne bakmazken bile bir sinyal alırsın. Bu hiç böyle şeyler yapmadı. Ben sanki orada yokmuşum gibi davrandı. Zaten çok az konuşan, pek yüzü gülmeyen, kimseyi adam yerine koymayan biri o. Ayol onun yanında Galip'in nasıl eğilip büküldüğünü görmediniz mi? Koca bir aşiretin reisidir benim kocam. Onu bile maymuna çevirdi. Korku morku yok bu herifte. Yani güçlü, yani iktidar sahibi. Biz bayılırız böyle heriflere. Şu bizim Galip'e neden geldiğimi, Cavit'ten neden ayrıldığımı anlattım size. Gücü çok sever bizim gibi kadınlar. Ben de kadınlığıma güvenip haber yolladım adama."

"Kiminle yolladın bu haberi?"

"Canım ben yıllardır bu işleri yapmışım. Kime kim yollanır biliyoruz herhalde."

"Peki bunu Galip'in duymasından korkmadın mı?"

"Korkmasına korktum ama bu piyasanın adamlarının ağzı sıkıdır. Çünkü bu konuda bir yanlış yaparsa kendi de yanar."

"Şevket Ağa otelde seni bulacağını biliyor muydu?"

"Yok canım, bilse gelir mi? Ona bir sürpriz yapayım dedim ama olmadı. Yemedi sizin anlayacağınız. Beni görünce biraz korkar ama çaktırmadan sevinir sanıyordum. Öyle olmadı. Çok kızdı bana. Sonra da hastalandı zaten. O günden sonra bir daha bizim eve gelmedi. Galip'i de çevresinden uzaklaştırmaya çalıştı ama işte onu beceremedi. Galip hâlâ onun etrafında dönüp duruyor. Sadece kadınlar değil, demek ki erkekler de güce tapıyorlar."

İnsanların gücü sevdiği doğru ama çevresindeki herkesin güçle Şevket Ağa'yı bütünleştirmesi ilginç doğrusu.

"Çok tehlikeli sularda geziyorsun Hayat. Sadece kendi hayatını değil pek çok insanın hayatını riske atıyorsun. Bütün bunların farkında mısın diye sormayacağım sana. Çünkü biliyorum ki, her şeyi çok bilinçli yapıyorsun. Sanki hem kendinden hem de seni bu hale getiren herkesten intikam alıyorsun. Her an patlamaya hazır bomba gibisin. Çevrendeki pek çok insan zarar görecek bu bomba patlarsa. Her neyse, biz şimdi istersen yine geçmişe dönelim. Geçen sefer nerede kalmıştık."

"Bilmem, siz söyleyin nerede kaldığımızı?"

"Peki, şimdi de beni sınava tâbi tutuyorsun anlaşıldı. Cavit'ten nasıl ayrıldığını anlatıyordun. Hani o sabah evdeki bozuk paraları almış ve arabada senden para istemişti. Sende bunu görünce Cavit'in artık seni koruyacak kadar güçlü olmadığını, senin çok daha güçlü bir erkeğe ihtiyacın olduğuna karar verip telefonla Galip'i aramıştın."

"Ha evet. Ne güzel de her şeyi hatırlıyorsunuz."

"Evet, hatırlıyorum. Şimdi devam et bakalım."

"İşte o gün Galip bana hemen iki adamla birlikte araba gönderdi ve beni gazinodan aldı adamlar. Biz gece yarısı düştük yollara. Galip o zaman memleketindeydi."

"Ve siz arabayla gece yarısı Galip'in memleketine gidiyorsunuz öyle mi?"

"Öyle. Bir yola çıktım ama doğru mu eğri mi bilmiyorum. Yolda telefonum çaldı. Cavit arıyordu. 'Bir daha beni arama. Ben Galip'e gidiyorum,' dedim. Neye uğradığını şaşırdı. Telefonda çok yalvardı bana ama son pişmanlık fayda etmedi."

"Sen o gün evden çıkarken, o eve bir daha dönmeyeceğini biliyor muydun?"

"Hayır, nereden bileceğim? Aniden karar verdim her şeye. Benden para dilenen, omuzları düşmüş, güçsüz, serserinin teki gibi gördüm onu. Öyle bir adamın yanında ne işim var benim."

"Haklısın. Omuzları da düşmüş. Belki seni eskisi gibi iyi dövemez!"

Ağzını yayarak gülüyor.

"Size şaka geliyor bunlar ama dediğiniz tamamen doğru. Bizim gibileri durdurmanın tek yolu korkudur. Eğer biz adamdan korkmazsak, başına olmadık iş getiririz."

"Ne işi?"

"Ne işi olur mu? Nereden geldiğimiz, ne mal olduğumuz belli. Ben şimdi Cinnah Caddesi'nde on beş dakika yürüsem, eğer niyetim bozuksa, hemen birilerini bulurum. Bizim adamlar da bilir bunu. Huyumuz, mizacımız budur bizim. Adam böyle birini elinde tutmak istiyorsa, ne gerekirse onu yapacak."

"Yani?"

"Yani dövecek, sövecek, korkutmanın bir yolunu bulacak. Ana kuzusunun bizim oralarda ne işi var? Zaten biz de pek sevmeyiz öylelerini. Yolunacak kazdır öyleleri bizim için. İşte o gece üstümde ne varsa, onunla çıktım gazinodan. Neyim var, neyim yok kaldı evde. Bir daha da zaten ne Cavit'i gördüm ne de evimi."

"Demek gece yarısı ani bir kararla yola çıktın. Peki Galip'i yeteri kadar tanıyor muydun? O nasıl biri, biliyor muydun?"

"Galip yamuk yumuk bir oğlandı. Yaşı da benden küçüktü ama güçlüydü. Koca bir sülalenin tek oğluydu. Para, kum gibi kaynıyordu. Nereye gitse, ordu gibi adam dolaşırdı etrafında."

"Yani bu seferki aşk değil, mantık. Güce ve paraya gitmişsin."

"Aslında nereye gittiğimi ben de bilmiyordum. Oturup düşünülmüş, hesaplanmış bir karar değildi benimkisi. Cavit gözümden düşmüştü. Hepsi bu..."

"Hayatında Cavit'ten boşalan yeri dolduracak yeni bir güç arıyordun."

"Ama bir yandan da Cavit'ten intikam almak istiyordum."

"Neyin intikamı?"

"Yıllarca hem paramı yemiş, hem de beni her gün eşek sudan gelene kadar dövmüştü."

"Senin bunlardan bir şikâyetin yokmuş. Senin içine sindiremediğin omuzları düşmüş, zayıf, güçsüz bir Cavit görmek."

"İyi ya. Hem zayıf ve güçsüz olacaksın, hem de beni böyle kullanacaksın. Yok öyle şey."

"İlginç bir kadınsın. Güçlü dövse de paranı da yese, buna itirazın yok. Yani seni her şekilde kullanacak, güçlü bir sahip arıyorsun kendine. Bunun farkında mısın?"

"Kader böyleymiş Gülseren Hanım."

"Bir de bunun adına sen kader diyorsun. Bari Galip senin bu isteklerini yerine getirebildi mi?"

"Hangi isteklerimi?"

"Yani seni Cavit kadar iyi dövebildi mi, kullanabildi mi?"

"Fazlası var eksiği yok. Tam bir mafya bunlar. Adamın hiç gözünün yaşına bakmazlar. Galip halis dağdan inme ayı. Aslını sorarsanız, adam benim için çok fedakârlık yaptı. Düşünebiliyor musunuz, babasını karşısına aldı. Öldürüverirler adamı ama gözü çok kara Galip'in. Her şeyi göze aldı. Adam öldürürken akıllarına din min gelmiyor ama başka şeylerde çok dindar, kapalı bir aile bunlar. İşte o aileye, benim gibi bir vesikalıyı gelin olarak almaya kalktı. Ben, aslında onunla evlenmeyi hayal bile etmiyordum.

"O gece yarı yolda karşıladı beni. Hemen bir otele gittik. Galip ne bilsin benim gibi biriyle yatmayı. Gazinolara filan gelir giderdi ama, meğer bu işlerin çok acemisiymiş. Oralara öyle gelir gidermiş işte. Doğru dürüst bir kadın eli değmemiş adama. Bu durum hem çok komik geldi bana, hem de hoşuma gitti. Bâkire kızdan farkı yok adamın. Bir de yamuk yumuk ama, adamlar yanında gözlerini kırpamıyorlar korkudan. Vurdu mu yatırıyor yere. Ağzından çıkan her şey emir. Bazen konuşmaz bile. İster ki, o söylemeden anlasınlar ne istediğini. İşte böyle biri çıktı Galip. Ben ne bileyim gerisini. Ön masada adamlarıyla oturan, garsonların etrafında fır döndüğü, çok itibarlı, korkulan, arkası güçlü bir herifti o benim için. Ben de zaten bu güce bayılmış, onun için gece yarısı arkasına düşüp gitmiştim. Meğer bu işlerde çok acemiymiş."

"Evli miydi Galip?"

"Evli olmaz mı; sülalenin tek varisi. Daha on dört yaşında evermişler çocuğu. Beş kızı olmuş. Ama bir kere benim koynuma girince, bir daha benden vazgeçemedi garibim. Aile çok baskı yaptı bana resmi nikâh kıymasın diye. Benim gibi namlı birini, öyle bir ailenin kabul etmesi zaten beklenemezdi ama Galip hiçbirine aldırmadı. Bütün sülale ayağa kalktı. O zaman hemen beni alıp başka bir yere götürdü. Biz birkaç yıl şehir şehir gezdik onunla. İzimizi kaybettirdik. Ama ailenin eli kolu öyle uzun ki, nereye gitsek, buldular bizi. Namlunun ucunda asıl ben vardım. Beni öldürüp kurtulacaklardı. Bunu Galip de biliyor, onun için beni diyar diyar dolaştırıyordu. Sonunda aracılarla uzun pazarlıklar yapıldı. Onu öldürürseniz, ben de canıma kıyarım dedi Galip. Bu da vız geldi sülaleye. Bu sefer de Galip'in ölüm fermanı çıktı. Ben baştan bu işleri pek ciddiye almamıştım ama sonra baktım ki pabuç pahalı. Öldürecekler ikimizi de. O ara ben de korktum. Neyse sonunda Şevket Ağa girdi araya. Ben o zaman onun kim olduğunu bilmiyordum. Bütün dostları, arkadaşları o zaman terk etti Galip'i. Bir tek Şevket Ağa durdu arkasında. Sonunda aşiret yumuşadı. Beni istemeseler de kabul ettiler."

"Sen de sevdin mi Galip'i?"

"Aslında hiç sevmedim desem yalan olur. Ben eskiden, erkeğin sadece yakışıklısına âşık olunur sanıyordum. Galip yakışıklı değil ama erkek gibi erkek. Görünümü hariç, hayalimdeki erkeğe tıpa tıp uyuyor. Çok güçlü. Vurduğu yerden ses getirir. İktidar sahibi bir adam. Öyle yalakalığı sevmez. İpleri hep elinde tutar. Kimseye karşı toleransı yoktur. Her dediği yapılsın ister. Yani erkekliği sadece bana değildir. O her yerde aslan gibidir ama biraz ayıdır. Çirkin olursun ama hiç olmazsa dilin tatlı olur. Galip de o da yok. Dağdan ayıyı indirsen, o da zamanla ancak Galip kadar olur!"

"Pişman oldun mu geldiğine?"

"Yok, pişman oldum sayılmaz. Zaten ilk yıllar çok heyecanlı geçti. Ölüm hemen burnumuzun dibindeydi. O, gözü gibi korudu beni. Otele gelen yemekleri bile, beni zehirlemesinler diye, önce o yerdi. Sonunda Galip dediğini yaptırdı, karısını boşadı ve beni aldı."

"Karısı nasıl kabul etti boşanmayı?"

"Siz neden bahsediyorsunuz Doktor Hanım? Galip imzala deyince, buna hayır demek mümkün mü? Hemen oracıkta öldürür kadını. Mesele kadın değil zaten, aile. Şimdi o anlı şanlı ailenin geliniyim ben. Galip'e geldiğim gün kapandım. Otele şehirdeki en iyi mağazalardan, paket paket tesettür kıyafetleri geldi. Yanımda bavulum bile yoktu zaten. Gecelikler, sabahlıkları iç çamaşırlarını düzineyle gönderdiler. Öyle bir ailenin gelini olmak kolay mı?"

Gevrek gevrek gülüyor.

"Kapanmayı hemen kabul ettin mi?"

"Ben ayağımla kalkıp gitmişim oraya. Bana sen ne istersin diye soran yok ki... Galip ne derse o oluyor. Aslını sorarsanız, şanları, şöhretleri onların olsun. Hiçbirini sevmem ben. Ayı gibi insanlar. Bir de beni beğenmiyorlar. Sonra işler yoluna girip de aile beni kabul edince, resmi nikâhımız kıyıldı ve Ankara'ya yerleştik. Zamanla ben onu tanıdım, o da beni. Galip zamanla değişti. Giyinmeyi, kuşanmayı, oturmayı kalkmayı, az da olsa bir kadınla konuşmayı öğrendi. Çok emek verdim ona. Gri, İtalya'dan aldığımız çok güzel bir takım elbisesi vardı, geçen gün onu giymiş üzerine. İçine de beyaz gömlek. Ulan puşt dedim, ne hoş olmuşsun sen,"

"Ne dedin, ne dedin!"

"Ay, yine ağzımdan kaçtı. İşte biraz rahatlayınca, böyle ne konuştuğumu bilmem ben. Özür dilerim. Ayıp oldu değil mi?"

"Hep böyle mi konuşursunuz aranızda?"

"Çoğu zaman böyle konuşuruz."

"Bu şimdi erkeğe cilve yapmak mı oluyor?"

"Adamına göre muamele. Galip bu dilden anlar. Ama bu lafı ona ben değil de başkası söyleyecek, işte o zaman yandı. Kıyamet kopar. Vurdu mu gebertir adamı. Ben söyleyince hoşuna gider. Ne de olsa, hiç karı görmemiş. Benim gibi bir profesyonel çıkınca karşısına, adam neredeyse küçük dilini yutacaktı. Bunlar benim de hoşuma gitti. Adam baştan beri beni insan yerine koydu. Kapan deyince bile bundan gurur duydum. Ben de artık tıpkı diğer kadınlar gibi erkeği tarafından kıskanılan, temiz, namuslu, nikâhlı kocası tarafından el üstünde tutulan bir kadın olmuştum. Hem sizin de fark ettiğiniz gibi, ben heyecanı severim. Hayatımız da tam bir polisiye film gibi geçti. Kaçmalar, göçmeler, ölüm tehlikeleri ve bu arada yaşanan hızlı bir cinsellik. Elinden gelse koynumdan hiç çıkmayacak adam. Ama sık sık memleketine gittiği için, ben Ankara'da yalnız kalıyorum. Kendi gider, aklı benimle kalır. Şu erkekler çocuk gibi. Hem bana hiç güvenmez, hem de ne desem inanır. Evde çalışanlarla kalırım ben. Hepsi de Galip'in tayfası. Bu kadar kıskançlığı olmasa iyi adamdır o."

"Adam seni biraz boş bıraksa, ne yapacağın belli değil."

Yine ağzını yaya yaya gülüyor.

"Doğru. Ben kendime kefil olamam. Bu işlerden çok yoruldum ama artık kendimi az da olsa tanıdım. Kendime hiç dost değilim ben. Benim bana ettiğimi, Cavit bile edemedi. Yine zırvalamaktan korkmuyor değilim."

"Bu arada Cavit ne yaptı? Bir daha aradı, sordu mu seni?"

"Kim, Cavit mi? Onun haddine düşmemiş bir daha beni aramak. Zaten biz ayrıldıktan hemen sonra Galip'in adamları çok sıkıştırmış zavallıyı. Çok korkmuş. Ellerine, ayaklarına sarılmış adamların. Ben ettim, siz etmeyin demiş de öyle kurtulmuş ellerinden. Yine iyi kurtarmış paçayı. Onu öldürürler sanıyordum."

"Ciddi misin? Bir insanın hayatından söz ediyorsun."

"Aman Gülseren Hanım, bizim dünyamızda insan hayatı pek o kadar kıymetli değildir. Hepimiz aynı yolun yolcusuyuz. Erkek için de bu böyle, kadın için de. Canın kıymetliyse, bu işlere hiç bulaşmayacaksın. Eğer bulaşıyorsan da bunları göze alacaksın. Onu döverken hiç insafın olmasın, üstelik kadının kazandığı paraları kumarda el âleme dağıt. Yok öyle şey. Her şeyin bir bedeli olacak tabii. Tabiat kanunu bu. Güçlü güçsüzü yer..."

"Hani onu seviyordun?"

"Ben bir erkeği güçlü olduğu sürece severim, yoksa onun benden ne farkı kalır."

"Senden bir farkı olacak demek. Yani sen çok zayıfsan, o çok güçlü olacak ve seni koruyacak. Sonra da bunun adına sevgi diyeceğiz."

"Zayıf adamın sevgisine güvenemezsiniz. Bir adam zayıfsa, onun her şeyi zayıftır. Aşkı da sevgisi de. Ama ne kadar güçlüyse, o kadar güvenilir olur insanlar."

"Bu arada kendine de hakaret etmiyor musun? Sen böylece hem zayıf hem de güvenilmez oluyorsun."

"Doğru. Ben buna itiraz etmiyorum ki zaten."

"Yani Galip'ten daha güçlü biri çıkarsa karşına, hemen peşine düşüp giderim diyorsun. Tıpkı Şevket Ağa'ya gidişin gibi."

Bu sözlerime şuh bir kahkaha atarak karşılık veriyor. Vay canına diyorum içimden. Tam bir kişilik zafiyeti. Hiçbir şey kalmamış bu kadından geriye. Baştan beri mi böyleydi acaba, yoksa bu yollarda mı kaybetti kendini. Ama anlattıklarını düşünüyorum da, aslında zayıf bir insanın yapabileceği şeyler değil göze aldıkları.

"Melek..."

"Yine Melek dediniz bana."

"Evet, öyle dedim. Senin eski halini düşününce, sana hep Melek diyesim geliyor. Sen nasıl oldu da bu hale geldin? Nasıl bu kadar zayıfladın, yok ettin kendini? Bana baştan itibaren hayatını anlattın. Hiç de küçümsenecek şeyler değil yaşadıkların. Yani sen çok zayıf, güçsüz biri değilmişsin. Ne oldu sana?"

"Size anlattıklarım yaşanırken işte bu hale getiriyor insanı Gülseren Hanım. Adamların parayla altına yatınca, ne kadınlığınız kalıyor ne de kişiliğiniz. Zaten bunlar kalsın diye tutturursanız, mesleği hemen bırakmanız gerekir. Çünkü erkekler de altlarında kişilik sahibi bir kadının yatmasını istemezler. İlk işleri, sizde bunları yok etmektir. Nedenine gelince, adam sizinle duygusal bir ilişki yaşamak istemez. Bundan olabildiğince kaçar. Sadece cinsel bir objedir görmek istediği. Canlı bir oyuncak yani. Başka türlü olursa, işi bitince, o oyuncağı kaldırıp atamaz. Başına bela olarak görür sizi. Onun için bizi insan yerine koymaz. Hani ikinci sınıf vatandaş diye, çok bilinen bir söz vardır..."

"Evet, yani siz ikinci sınıf vatandaşsınız."

"Hayır, beni iyi anlamadınız. Sizin gibi bir kadının bunu anlaması belki de zordur. Ben bazen sizi nasıl anlamıyorsam, siz de beni anlamazsınız. Biz ikinci sınıf vatandaş değiliz. Biz vatandaş değiliz. Vatandaşın ihtiyaçlarını gideren ama asla vatandaştan sayılmayan farklı varlıklarız."

"Ama şimdi o günler geride kalmış. Sen de bir eş, bir annesin."

"Dıştan bakınca öyle görünse de ben içimde hâlâ vatandaş olamadım. Duymadınız mı biraz önce söylediklerimi. Kendi ağzımdan çıkanları duydukça, kendi halime acıyorum aslında. Ben gücün peşine takılıp gidebilecek, satılık mal gibiyim hâlâ. Kocam bana güvenmemekte haklı. Zaten ben de kendime güvenemediğim için evlenir evlenmez hemen bir çocuk doğurdum. Doğacak çocuk, bana bir garanti sağlayacaktı."

"Nasıl bir garanti?

"Hem kocamı bana bağlayan, belki de daha önemlisi, beni içimdeki şeytandan koruyacak bir garanti. Ha sahi bir de çocuk oğlan olunca kıyamet koptu. Onun eski hanımdan beş kızı var ama o en çok bizim oğlanı sever. Çocuğuna düşkündür. İyi bir babadır. Bir dediğini iki etmez oğlanın."

"İlk hanımdan olan kızlar için bu durum geçerli değil mi"

"Pek sayılmaz. Benim doğurduğum oğlanı esas çocuk olarak kabul eder. Kızları sevmez. Pek ilgilenmez onlarla."

"Erkek olduğu için mi?"

"Oralarda erkek çocuk çok kıymetlidir. İlk karısı oğlan doğuramadığı için çok ezilmiş zavallı. Ama ben kız da doğursam, Galip ona yine de çok iyi davranacaktı. Bundan eminim. Zaten eski defterleri hiç açmak istemez. Benden önce yaşadıklarını, yaşamak saymıyor. 'Ben ne yaşadımsa, seninle yaşadım' diyor. Benim bir dediğimi iki etmez ama mutlu musun derseniz?..."

"Son zamanlarda yeteri kadar dövmüyor mu yoksa!"

"Aman Doktor Hanım, benimle dalga geçmeyin. Beni dövme konusunda fırsatı hiç kaçırmaz o, ama böyle dümdüz hayattan sıkılıyorum ben. Aslında dedim ya, kraliçeler gibi yaşatıyor beni. Yediğim önümde, yemediğim arkamda. Evde iki hizmetçi bana çalışıyor. Akşama doğru yataktan kalkıyorum ki, ev bark temizlenmiş, yemekler hazır, kahvaltı masası beni bekliyor. Sonra kahveler, çaylar, ama sıkılıyorum. Çok mecbur kalmadıkça evden dışarı çıkarmıyor beni Galip. Akşam olmuyor mu, bacaklarım titremeye başlıyor. Eve barka sığamıyorum. Hep gazinodaki günlerim geliyor aklıma. Oralarda hayat akşam başlardı. Süslenir, püslenir gelirdik gazinoya. İş başlamadan, bizde heyecan başlardı. Alırdık elimize içkilerimizi, kim gelecek, kim gidecek diye sabırsızlıkla beklerdik. Sonra her gece değişik adamlarla konuşur, gülüşür, oynaşırdık. Çok hareketli geçerdi hayatımız. Sabaha karşı gelirdik eve. Şimdi öyle sıkılıyorum ki..."

Gülüyorum. Düz mantıkla düşünmemek gerekiyor bizim mesleğimizde. Hayatı kurtulmuş, iyi bir eş, güvenli bir ev ve çocuğa sahip olmuş ama gönül bu, gözü hâlâ çöplükte. Yüzüme dikkatle bakıyor Hayat.

"Şu anda ne geçiyor aklınızdan?"

"Gözü hâlâ çöplükte diyorum."

"Doğru söylüyorsunuz. Bir hata yaparım diye korkuyorum. Şimdi artık bir de çocuğum var. Kendimi olmasa da onu düşünmek zorundayım. Kızmayın bana. Burada da maval okuyacak halim yok. Neyse halim, olduğu gibi söylüyorum size. Alışmışız bir kere heyecana. Dümdüz yaşamak kesmiyor bizi."

"Arada bir de dayak yemesen, sıkıntıdan patlayacaksın sanki."

"O bakımdan Cavit'i de annemi babamı da hiç aratmıyor. Sert adamdır Galip. Görmüyor musunuz halimi? Dışarı çıkarken ne makyaj yapabilir, ne de fazla süslenebilirim. Annem gibi, o da toka bile taktırmıyor kafama. Ama ister ki, onun yanında giyinip kuşanayım. Kendi alır, getirir bana şıkırtılı gecelikleri ve iç çamaşırlarını. Evde, onun yanında süslenmezsem, ona da kızar. Ama hele bir kızsın, gözü dünyayı görmez. Basar tekmeyi. O gelince, sanki eski günlerimdeki gibi, geceleri çalışırım. Ona yatakta her türlü hizmeti ederim. Zaten garibim her şeyi benden öğrendi. O da kabiliyetli herifmiş. Eski hovardalara taş çıkarıyor şimdi. O gelince sıkıntım biraz daha azalıyor. O varsa, akşamları mükellef sofra kurulur bizim evde. Beraber çekeriz kafaları. Eğer ben saçma sapan bir şey yapmazsam, doğru yatağa gideriz. Ama içki içince bazen zırvalıyorum. Bunu ben de istemiyorum ama oluyor işte. O zaman zaten kafası dumanlı, çok dövüyor beni. Onun dövmesi, kimseninkine benzemez. Bir gün elinde kalacağım. Kaç kere kaburgalarım kırıldı."

"Sen Galip'e dersini eksik öğretmişsin. Yatağa girmeden önce mutlaka seni dövmesi gerektiğini bilmiyor galiba. Kendini dövdürebilmek için çok uğraşıyor olmalısın."

"Yine dalga geçiyorsunuz benimle."

"Hayır, gerçeği söylüyorum. Kimbilir kendini dövdürmek için nasıl da kışkırtıyorsun adamı. O da bu işin profesyoneli olmadığı için, dozu iyi ayarlayamıyor galiba. Bunları Cavit'le nasıl yaşadığınızı sen anlatmadın mı? Öyle olursa daha heyecanlı oluyor demedin mi?"

Gözlerini açarak bakıyor bana.

"Adamı ben kışkırtıyorum demek. Doğru galiba, çünkü aklım başımdayken pek yapmıyorum ama eğer kafayı bulmuşsam, kendimi dövdürmenin bir yolunu buluyorum. Ama Galip, Cavit gibi değil. O nerede duracağını bilmiyor. Cavit insanı hastanelik etse de dövmenin usulünü bilirdi. Galip bilmiyor. Bir gün öldürecek beni."

"Hayır, o öldürmeyecek. Sen ona kendini öldürtmenin bir yolunu bulacaksın... Yapma, çocuğun var."

Dalgın dalgın önüne bakıyor. Kendini hiç beğenmiyor ama çok zeki. Leb demeden leblebiyi anlıyor. İtiraz etmek, kendini boş yere savunmak yerine, kendi gerçeklerini görmeye çalışıyor. Tıpkı annesi gibi...

"Haklısınız. Böyle giderse, kendimi öldürteceğim ona."

"İntihar etmenin bir başka çeşidi bu."

"Çocuğum var. Ben ölürsem, kızlardan beter olur. Zaten bütün sülale bana kızıyor, oğlumu yaşatmazlar belki de. Bu söylediklerinizin aklımdan hiç çıkmaması gerekiyor. Bir keresinde az kalsın öldürüyordu beni. O gece yine sofrayı kurmuş, karşılıklı rakı içiyorduk. İkimiz de iyice kafayı bulduk. Galip zaten hödüğün teki. Kadına ne iyi laf söylemeyi bilir ne de cilve yapmayı. Biz hop diye, bacadan iner gibi gireriz yatağa. Tam elimden tuttu, beni yatak odasına doğru götürüyordu ki, elimi çektim. Bu gece olmaz dedim. Önce boş boş baktı yüzüme. Ardından bir açıklama yapmamı bekledi. Sadece sırıttım ona. Halbuki gerçekten onunla o gece yatmak istemiyorsam, bunun daha makul bir yolunu bulabilirdim. Öyle yapmadım. Omuzlarımı silkip bir de üstelik pis pis sırıttım yüzüne, seni istemiyorum der gibi..."

"Onun neye kızdığını biliyorsun."

"Biliyorum. Önce bir an duraladı. Sonra gözümün üstünde bir yumruk patladı. O gün nasıl ölmedim, hâlâ şaşıyorum. Adam beni yerden yere vurmaya başladı. Bir o duvara savuruyor, bir ötekine. Bir ara yere düştüm. Her yanımı tekmeledi. Bütün vücudum mosmor oldu. O da yetmezmiş gibi, ayağıyla üstüme bastı. Ayı gibi adam. Ben altta nefes alamıyorum. Kaburgalarımın çatır çatır kırıldığını o da duyuyor, ben de. Bu sefer bu iş bitti dedim içimden, ölüyorum. Neyse, sonunda bizim gürültümüze evdeki herkes kalktı ayağa. Beni kurtardılar elinden. Zavallı oğlum da korkuyla yatağından fırlamış, köşede durmuş, öylece bakıyordu olanlara..."

Zavallı çocuk diyorum içimden, bu yaşadıklarının bedelini gelecekte kimbilir nasıl ödeyecek.

"Ağlayamadı bile çocuk. Aslında Galip beni döverken kimse yaklaşamaz yanımıza ama o gece hepsi de anladı öleceğimi. Onları da dövdü ama hiç olmazsa beni aldılar elinden."

Aman Tanrım, bunlar nasıl ilişkiler böyle...

"Peki sonra ne oldu?"

"Ne olacak, Galip'in öfkesi geçene kadar ben yerlerde kıvrandım. Sonra ambulans çağırdılar, beni sedyeyle götürdüler hastaneye. Kaburgalarım akciğerime batmış. Bir hafta yattım hastanede."

"O arada Galip ne yaptı?"

"Ne yapacak, ertesi gün çekti gitti memleketine. Adamları gelip gitti hastaneye. Doktorlar soruyorlar ne oldu diye. Hastane polisi kaç kere geldi yanıma. Ben de çok kızmışım, gözüm bir şey görmüyor. Polise bütün pisliklerinizi anlatacağım dedim. Adamlar, aman yenge bir hata yapma, boşuna kendini yakma, ağabeye bir şey olmaz, yine sen yanarsın dediler. Bir hafta boyunca sürekli ağladım. Galip'i bekliyorum, gözlerim yollarda. Gelmiyor. Suçsuz yere beni öldürüyordu adam diyorum içimden. Hiç olmazsa gelse de gönlümü alsa."

"Boşuna mı yedik bunca dayağı diyorsun yani!"

"Maalesef aynen öyle diyorum. Adamı benim kışkırttığımı bilemedim. Sonra adamlar beni ikna etti. Merdivenden düştüm dedim polislere. Onlar da yemedi bu ifadeyi ama yemiş göründüler. Bir ay sargıları çıkaramadım. Yaz günü. Bir ay o sargılarla yaşamak kolay mı? Sonunda geldi beyefendi. Gelirken bana bir sürü hediye almış. Onun da tek bildiği bu. Bir daha sakın öyle saçmalama dedi. Barıştık."

"Bütün bu yaşadıklarından sonra, geriye dönme şansın olsa, nasıl bir hayatın olsun isterdin? Bir hayal kur bakalım."

"Şimdiki aklım olsa, mutlaka okurdum Gülseren Hanım. Ekmeğimi, etimi ve ruhumu satarak değil, kendi gücümle kazanmak isterdim. İşte o zaman hiç evlenmezdim. Ben erkekleri seviyorum. Bir erkekle oturmak, bana göre değil. Sıkıldıkça yeni birileri girsin hayatıma isterdim. Bana kimse karışmasın, kimse kınamasın, kimse beni öldürmeye kalkışmasın isterdim. Benim ruhum böyle. Aşkı, heyecanı seviyorum. Ülkemizde, bunları sadece erkekler yapabiliyor. Ama ben erkek olmak da istemiyorum. Kadınlığı seviyorum ama ev kadınlığını değil. Güya kadın erkek eşitliği var diyorlar. Hani nerede eşitlik? Biz bunları yapınca adımız orospuya çıkıyor, aynı şeyi erkekler yapınca, ellerinin kiri oluyor."

"Çok farklı bir konuya girdin Hayat. Kendini parayla satan erkeklere de jigolo diyor toplum. Yani kendini satan ister erkek, ister kadın olsun, toplum bunu kabul etmiyor. Bütün dünyada bu böyle. Eski çağlarda, kadın erkek arasındaki her tür ilişkiye karşı çıkıyordu toplum. Şimdi artık iki bekâr insan arasındaki duygusal ilişkiler ve beraberlikler kabul edilmeye başlandı."

"Yok, hayır. Öyle değil. Ben televizyonda magazin programlarını seyretmeyi çok severim. Orada artistler ve şarkıcılar, aslında tam da benim istediğim hayatı yaşıyorlar. Canları kimi isterse onunla beraber oluyorlar. Evliymiş, bekârmış filan bile diyen yok. Sıkılınca yenisini buluyorlar. İşte burada bir adaletsizlik var. Bunları biz yaparsak yasak, ayıp, günah oluyor, onlar yaparsa ünlerine ün katılıyor."

"Magazin programlarında işin iç yüzünü gösterdiklerini sanmıyorum. Kimbilir oralarda neler oluyor da, bizim haberimiz yok. Ayrıca o kadınların çoğu şu veya bu şekilde bir sanat icra ediyor, mesleği var. Yani kendi parasını kendi kazanıyor. Gerisi onu ilgilendirir."

"İyi ya işte. Ben de öyle olmak isterdim. Hem bir mesleğim olsun, para kazanabileyim, hem de keyfimce yaşayabileyim. Çünkü heyecanı seviyorum ben. Hayatımın her dakikası renkli ve heyecanlı geçsin istiyorum. İşin kötüsü, bu devirde bekâr erkek kalmadı. Herkes evleniyor. Ben gazinolarda yıllarca çalıştım, bekâr adama pek rastlayamadım. Oraya gelenlerin çoğu bekârım der, ama biz bilirdik onların yalan söylediğini."

"Ama yine de inanırdınız."

"İnanmak işimize gelirdi."

"Evli bir erkekle beraber olmak, hiç canınızı sıkmaz mıydı? Onun karısı, çocukları hiç aklınıza gelmez miydi?"

"Doğru söylemek gerekirse, hiç gelmezdi çünkü o bizim değil, adamın sorunu. Karısı ve çocukları o kadar kıymetliyse, bizim yanımızda ne işi var?"

"Senin kocan böyle bir şey yapsa, ne hissedersin?"

"Yani aldatılsam!..."

"Evet, aldatılsan."

"Bizim gibi kadınlar kocaya çok düşkün olurlar. Bizim işimiz gücümüz kocamıza özellikle yatakta hizmet etmektir. Çoluk çocuk, ev işleri filan pek ilgilendirmez bizi. Adamın gönlünü hoş edersen, hem senin gönlün hoş olur, hem de böyle kadınları aldatmak hiç aklına gelmez adamların. Neden aldatsın ki, yanındaki kadında aradığı her şey var."

"Demek bu kadar eminsin."

"Bu bir kendine güven değil, işi bilmek. Bizim kadınlarımız işi bilse, bizim gibiler işsiz kalırdı. Şimdi şu benim Galip, benim uğruma neleri göze aldı anlattım, biliyorsunuz. Halbuki eski karısı belki de dünyanın en iyi insanı. Ağzı var dili yok. Yıllardır hem Galip'e hem bütün sülaleye hizmet etmiş. Namuslu, terbiyeli, hanım hanımcık bir kadın işte. Ama olmadı. Oyunu ben kazandım. Ben onu hiç görmedim ama belki de benden daha güzeldir. Bu işler güzellikle filan da olmuyor. Kadınlar evlenince, her şeyi unutuyorlar. Önce temizlik diye tutturuyorlar. Sonra çoluk çocuk derken, kocalarını unutuyorlar. Elin hak diye tükürdüğünü, biz hap diye kaparız!"

"Nasıl nasıl, bir daha söyle şu sözü."

"Bu meşhur laftır Doktor Hanım. Evlendikten bir süre sonra, kadınlar kocalarını beğenmez olur. Adamların da zaten beğenilecek hali kalmaz. Ama bize gelince dünyaları değişir adamların. Çünkü biz onlara önce erkek olduklarını hatırlatırız. Yürüyüşleri bile değişir. Hak diye tükürdüklerini, biz hap diye kapınca, kadınların aklı başına gelir ama, ne fayda! İş işten geçmiş olur. İşte Galip, bunun en güzel örneği. Ben onu ilk tanıdığımda erkekten başka her şeye benziyordu. Şimdi adamın bakışları bile değişti."

"Kocan eski karısının yanına gidip geliyor mu?"

"Memlekete sık gider ama karısının oturduğu evin kapısından girmez. Yüzünü göreceğim diye ödü kopuyor. O tarafını pek karıştırmayın Gülseren Hanım. Onlar karışık işler."

"Neymiş bu karışık işler?"

"Bunları da anlattıracaksınız bana. O kadın aslında Galip'in yengesiymiş. Bir büyük ağabeyi varmış. Bunlar hep karanlık işler yaptıkları için yıllar önce hasımları tarafından vurulmuş ve ölmüş. Galip o zaman dokuz yaşındaymış. Yenge iki çocuğuyla ortada kalmış. Bırakmamışlar kadını. Zaten koca bir konakta hep birlikte oturuyorlarmış. O evde yenge hem kendi çocuklarına, hem de irili ufaklı bütün kardeşlere bakmış, büyütmüş. Galip'i o zamanlar banyoda bile yengesi yıkarmış. Çocukmuş. Aradan biraz zaman geçince Galip'i ona bakan, büyüten, adam eden yengesiyle evlendirmişler. Çok çalışkan, ağzı var dili yok bir kadınmış. Galip onun yüzünü görmek istemese de hâlâ çok hürmet eder kadına. Zaten Anadolu'da gelinleri kaynanaya, kaynataya ve eve baksın diye alırlar. Onun için benim gibi iri kıyım, at gibi kadınlar kıymetlidir oralarda. Kadının hayatı bunlara hizmet etmekle geçmiş. Şimdi artık, çocuklarıyla ayrı bir evde oturuyor. Galip her ay bol bol para gönderiyor onlara. Kızlarıyla da benim zorumla ilgileniyor. Adama nefret gelmiş hepsinden. Arada bir o kadına gitsen, gönlünü yapsan, onun da bir erkeğe ihtiyacı var diyorum, bana kızıyor. Kimsenin onu kadın yerine koyduğu yok."

"Annesi babası hayatta mı Galip'in?"

"Annesi geçen sene öldü. O kadın öldü de eski karısı biraz ferahladı. Ben de sevmezdim kaynanamı. Babası yaşıyor. Güya ehli namus, beş vakit namaz kılan bir adam benim kayınpederim. Belki inanmayacaksınız ama, bana bir bakışı var, Galip görecek diye korkuyorum. Etrafından utanmasa, karıların koynundan çıkmayacak adam ama özellikle oğlundan çekiniyor. Eskiden Galip ondan çekinirdi, şimdi işler değişti. Yine de boş durmuyordur o herif. İş bahanesiyle Ankara'ya, İstanbul'a gelip gidip duruyor. Bunlar el âleme verirler talkımı, kendileri yutar salkımı. Gerçi adam haklı. Karısını bir görseydiniz, siz de hak verirdiniz ona. Bütün bir ömür o kadınla nasıl yaşadı, bilmiyorum."

"Galip'le babasının ilişkileri nasıldır?"

"Galip babadan çok çekinirdi. Oralarda bunlar kral oluyorlar. Çevresindeki herkes, karısı ve çocukları da dahil, bunların kölesi. Annesine de pek yakın değildi Galip, çünkü ona esas anneliği eski karısı, yani yengesi yapmış. Eski günler aklına geldikçe hasta oluyor adam. Bazen anlatır, güleriz. Yatakta bile çöz allah çöz. Bu kadınlar yatarken bile kat kat giyinirler, bilirsiniz. Bir de kokarlar. Ev bark temizdir ama akşama kadar iş yapacağım diye kan ter içinde kalırlar. Sonra da kat kat giyinir, girerler kocalarının koynuna. Zaten yorgunluktan anası ağlamış, bir de gece kocaya hizmet etmek hiç işlerine gelmez. Angarya sayarlar bu işleri. Manyak hepsi. Ulan senin esas işin bu. Gerisi faso fiso be...."

"Hayat, yine aldın başını gidiyorsun."

"Kusura bakmayın. Yıllarca bu muhabbetlerle geçmiş hayatım. İlk zamanlar böyle konuşmayı beceremezdim ben. Ne de olsa evde anne terbiyesiyle büyümüşüz. Annem çok dikkat ederdi konuşmasına. Kendisi de çok düzgün konuşurdu, bizim de buna özen göstermemizi isterdi. Babam gibi değildi o. Hele küfür etmek, ulan mulan demek, bizim evde asla mümkün değildi. Daha önce de anlattım. Bir üvey ağabeyim vardı. Erkek haliyle, o bile her zaman çok saygılı ve terbiyeliydi. Şöyle ağız tadıyla onlarla kavga bile edilmezdi. Aslında şimdi düşünüyorum da, böyle şeyler benim içimde vardı. Ama yine de gazinoda işe başlayınca, epeyce zorluk çektim. Mizacım ne kadar yatkın olsa da, ilk zamanlar onlar gibi ağzımı yaya yaya küfür etmeyi, argo kelimeler kullanmayı beceremedim. Ama sonunda onları gölgede bıraktım diyebilirim."

"Bu işi yapanlar için neredeyse kural bu diyorsun, öyle mi?"

"Öyle. Süt kuzusu zannederlerse, yandın. Zaten pek tutmazlar öyle hanım evlatlarını. Çoğu kadın, benim gibi bu işe çok erken yaşta başladığı için, kısa sürede konuşmayı, oturmayı kalkmayı, sokakta yürümeyi öğrenir. Orası da okul gibidir. Öğretmen yerine, bu işte tecrübeli, kartlaşmış ablalarımız vardır. Yerine göre döverek, bazen de severek öğretirler insana mesleğin inceliklerini. Onları gördükçe, sonra ben de böyle olmaktan hep korkardım."

"Neden?"

"Nedeni var mı? Her meslekte insan yaşlandıkça değerlenir, bizim meslekte tersidir. Şimdi televizyonlara bakıyorum da kırkını, hatta ellisini geçmiş kadınlar hâlâ ortalıkta caka satıyorlar. Nasıl oluyor bu iş anlamıyorum. Estetik ameliyatlar bizim âlemde de yapılıyor ama, yine de gençlik başka bir şey. Hayat kadınlarının en büyük hayali, yaşı geçmeden birini ayartıp evlenmek ve bu piyasadan elini ayağını çekmektir. Gençliğinde istediğini yaşayacaksın, sonra da hanım kadın olup oturacaksın köşende. Bunu beceremeyenler ya mesleğin merdivenlerinden aşağı doğru inerken birinin elinde kalırlar veya bize ablalık ederler, yani ortalıkta sürünür dururlar."

"Bu hesaba göre, sen akıllılar arasında yer alıyorsun. Zamanında kendine göre birini bulup çekilmişsin bu piyasadan."

"Görünüşe bakarsanız öyle ama içim öyle demiyor. Ben bu adama her ne kadar kendi ayağımla gelsem de, sevdiğimden, ona bayıldığımdan olmadı bu iş. Hani bir laf vardır; yamalıklı böğrüm, neler ister gönlüm diye..."

İçini çekiyor...

"Eminim içinizden gülüyorsunuz bana."

"Hayır, gülmüyorum ama bu konuda senden farklı düşünüyorum. Hepimizin hayalleri var. Yani hayal kurmak, sahip olduğundan daha fazlasını istemek, sadece size has bir durum değil. Ama insanlar genellikle gerçekleri ile hayallerini bir potada eritmeye çalışırlar. Mutluluğu ve huzuru yakalayabilmiş insanlar bugünü yaşarken, ne dünü unuturlar ne de yarını. Sizde bu anlamda ciddi bir eksiklik görüyorum. Sizde derken, bu işi kendine meslek edinenleri kastediyorum. Toplumun sizi küçümsediğinden yakınıyorsunuz ama en çok siz kendiniz küçümsüyorsunuz kendinizi. Ya paranın peşine düşüyorsunuz ya da gücün. Aslında galiba şu günlerde ikisi de aynı anlama geliyor. Güçlü bir erkek karşınıza çıkacak ve sizi dünyanın bütün kötülüklerinden kurtaracak ve ömür boyu sizi koruyacak. Siz yoksunuz yani. Eve evcil bir hayvan alıp onu ölene kadar beslemek gibi bir şey. Siz neredesiniz? Gece yatakta sahibine hizmet etmekten başka bir işe yaramadığını sen kendin söylüyorsun. Yaşlılık, böyle bir kadını doğal olarak çok korkutur. İşsiz kalacak çünkü. Neden hiç olmazsa, belli bir yerden sonra kendinizi geliştirmeyi denemiyorsunuz. Hâlâ aklın gazinolarda, sahnelerde, yakışıklı erkeklerin her biriyle yapılan gece muhabbetlerinde..."

"Kızdınız bana. Tahmin etmeliydim bunu..."

"Bu kızgınlığım senin şahsına değil Hayat. Sizin hayatınız zor da bizimki kolay mı? Hepimizin hayatında şöyle veya böyle zorluklar var. Kimse oyunun yarısında, ben sıkıldım deyip vazgeçemiyor. Hiçbirimizin böyle bir lüksü yok. Mücadeleye, her türlü savaşa sonuna kadar devam... Sen feleğin çemberinden geçtim sanıyorsun ama, yeteri kadar tanımıyorsun dünyayı. Bir tek şey öğrenmişsin, onun peşinden koşturup duruyorsun. Ayrıca bu işi kendine meslek edinenleri de bir türlü anlamış değilim. Eskiden ben de oralara insanlar bir şekilde düşer, kendi ayağıyla kimse gitmez sanırdım. Sonra baktım ki, bazen öyle olmuyor. Kolayı sevenler, kendine hiç güvenmeyenler, aklı kıt, istekleri çok olanlar, bir şekilde oralara gitmenin yolunu buluyorlar. Kadın olarak, bunu kendinize yakıştırıyorsanız, yapacak fazla bir şey kalmıyor."

Mendili yüzüne kapatıp hıçkırarak ağlamaya başlıyor. Elindeki mendil artık parçalanmış, yerlere dökülüyor. Masamdaki kutudan bir tane alıp uzatıyorum ona. Hiç yüzüme bakmadan alıyor mendili. Ne yani, ona acımamı, merhamet etmemi mi bekliyor benden! Bu beni olsa olsa daha çok kızdırır. Haklısın deyip her anlattığına kafa mı sallayacağım. Sıra gerçekleri görüp bir şeyler öğrenmeye gelince, kaçmanın bir yolunu buluyor. Ama ben buna izin vermem. Oldukça soğuk ve biraz da sert bir ses tonuyla yeniden konuşmaya başlıyorum.

"Ağlaman bitince haber ver, kaldığımız yerden devam edelim."

Benim bu sözlerim karşısında daha fazla ağlayamıyor. Yavaşça gözlerini kuruladıktan sonra, uslu çocuklar gibi ellerini kucağında birleştirmiş, başı önde, oturuyor karşımda.

"Senin ne istediğini tam anlayamadım galiba. Buraya, bir konuda yardım istemeye geldin. Neydi şikâyetin; akşamları içime bir sıkıntı geliyor, çok sinirli oluyorum, yakında bu yüzden başım derde girecek demiştin. Seni sonuna kadar dinledim. Sıkıntı gelince alırsın diye, eline bir ilaç yazıp yollayabilirdim seni. Öyle yapmadım. Bazen hüzünlenerek, bazen de kızarak dinledim seni. Sözünü kesmedim. Niyetim sana daha fazla yardımcı olmak. Bunu yaparken canın biraz acırsa, sen de buna katlanacaksın. Hayatta kolay ne var Melek?"

Yine Melek dedim ona. Arada bir Hayat, arada bir Melek... Tıpkı ona olan duygularım gibi, hitap şeklim de sık sık değişiyor. Onun adına hem üzüntü duyuyorum hem de kızıyorum ona.

"Hepimiz insanız. Hata yapabiliriz. Ama sonuna kadar da hata yapılmaz ki... Yaşadıklarımızdan ders almalı, öğrenerek, gelişerek yaşlanmalıyız. Bedenimizi genç tutmaya çalışsak da, beynimiz ilk gün ki gibi genç kalmamalı. Güzel yaşlanmak, bir anlamda gelişmekle olur. Bak kendini ne hale getirmişsin? Ayaklarının altında süründürüyor adam seni. Daha doğrusu sen kendini kocana dövdürmek, hatta öldürtmek için elinden geleni yapıyorsun. Yahu bu kadın deli mi, neden yapıyor bunu diye biraz düşününce, bir de bakıyoruz ki, hanım kızımız heyecan arıyor. Aslında aradığın sadece heyecan değil. Bir yandan da kendine kızıyorsun, suçluyorsun kendini. Dayak bu duygulara da iyi geliyor."

"Ama annemle başladı her şey. O sevmedi beni, korktu benden. Orospu olmamdan korktu."

"Yani tek suçlu Meliha mı?"

Meliha'nın adı ağzımdan çıkar çıkmaz, koyu bir sessizlik kaplıyor odayı. İkimiz birden şaşkın gözlerle birbirimize bakıyoruz. Mermi tabancadan çıktı bir kere. Geri dönüş yok. Görüşmenin başından beri, ona annesini tanıdığımı söyleyip söylememek konusunda tereddüt ediyordum. Belki de bazı şeyleri açık konuşsak, onun için daha iyi olacak. Hemen toparlıyorum kendimi.

"Meliha mı dediniz?"

"Evet Meliha dedim. Ben tanıyorum senin anneni. Birkaç yıl önce kız kardeşinle birlikte gelmişlerdi buraya."

Çığlık atmamak için eli ağzında donup kalıyor karşımda. Ne kadar hayret etse, yeridir. Kocasının zoruyla geldiği doktor, yıllardır görmediği annesini tanıyor... Şimdi artık kelimeleri tek tek seçerek, dikkatli konuşmalıyım.

Yeniden gözleri doluyor. Bu sefer hıçkırmıyor. Öylece, ılık ılık yaşlar akıyor gözlerinden. Elinde tuttuğu mendille akan yaşları silmek gelmiyor aklına.

Ben de duygulanıyorum. Zaten o kadar kendiliğinden gelişti ki olaylar, buna ben de pek hazırlıklı değildim. Elim önümde duran sigara paketine gidiyor yine. Bir tane alıp yakıyorum. Hayat daldığı rüyadan uyanmamış, gözlerinden çeşme gibi sular akarken oturuyor öylece. Bir sigara da ona uzatıyorum. Önce ne yapacağını bilemez gibi bakıyor sigaraya. Sonra paketten ağır ağır bir sigara alıyor. Uzanıp yakıyorum sigarasını. Derin bir nefes çekip tavana doğru üflüyor. Soru sormasını bekliyorum ama sormuyor veya soramıyor. Hiç olmadığı kadar hüzünlendi.

Şimdi o bana soru sormaya başlayıncaya kadar ben de konuşmayacağım. Önce o başlasın. Ona zorla bir şeyler anlatan taraf olmak istemiyorum. Sadece sorularına cevap vereceğim. Sigara da Hayat'ın gözyaşlarına engel olamadı. Nasıl da için için ağlıyor. Sanırım şu ana kadar, bütün hayatı boyunca bağırdı, çağırdı, haykırdı ama böyle içten ve samimi ağlamadı. Çünkü şimdi, şu anda, burada, hele Meliha'nın adını duyunca insan olduğunu, hatta değerli olduğunu hatırladı.

Bekliyorum. O bir yandan sigarasından derin nefesler çekerken, bir yandan ağlamaya devam ediyor. İçime yine o ince sızı yayılıyor. Onun duyguları olan, gerçek bir insan olduğunu, ben de yeni yeni hissediyorum. Meliha'nın yangında kaybolan çok sevdiği, çok değer verdiği büyük kızı Melek o. İçime yayılan sızı biraz daha artıyor. O hüzünlü, ben hüzünlü, nasıl devam ettireceğiz bu görüşmeyi. İkimiz birden çakıldık kaldık yerlerimize. Ağzımızı bıçak açmıyor. Ben bunları düşünürken, kimbilir onun aklı nerelere gitti!...

Sigaralarımız bitiyor. İkimiz birden, bir an önce onlardan kurtulmak ister gibi, ezerek söndürüyoruz sigaralarımızı. Hâlâ konuşmuyor, soru sormuyor. Ben de susmaya devam ediyorum. Bu suskunluğu bozmanın bir yolu olmalı ama ne?

Sonra ani bir hareketle Melek'e doğru uzanarak sesleniyorum.

"Melek..."

Efendim der gibi bakıyor yüzüme.

"Annen bu odada bana ilahi okumuştu. Merhaba, demişti bana. Sen de bir şarkı söylesene. Madem yıllarca sahnelerde söyledin, bir tane de burada söyle. İçinden ne gelirse onu..."

Öylece bakıyor yüzüme. Sonra mendille gözlerini kuruluyor. Annesi gibi önce arkasına yaslanıp sonra başını kaldırıyor ve başlıyor söylemeye.

"Derman kâr eylemez, ferman dinlemez
Dertli gönül, deli gönül
Derdinden ölse de, yine inlemez
Dertli gönül, deli gönül
O bir gözyaşıdır, çağlar derinde
Ses vermez bir lahza, ince telinde
Kırılmış gibidir, ince yerinde
Hep sevdi seveli gönül

Nasibim hicranmış, bahtım avare
Neylesin derdini desin de yare
Yazılmış alnıma böyle, ne çare
Ezelden çileli gönül..."

Annesinin sesine ne kadar çok benziyor. Ben Türk Müziğini çok sevdiğim ve meraklı olduğum için iyi bilirim. Çok eski ve okunması oldukça zor bir şarkıdır bu. Öyle laf olsun diye gazinolarda şarkı söyleyen herkes, böyle söyleyemez bu şarkıyı. Demek zamanında gerçekten iyi yapıyormuş işini. Şarkının sözleri de oldukça anlamlı. Alkışlıyorum onu.

"Çok güzel söyledin. Laf olsun diye söylemiyorum. Klasik Türk Müziğini iyi bilirim ben."

"Teşekkür ederim," diyor kısık bir sesle.

Ben yine susuyorum. Bakalım soru sormaya ne zaman başlayacak?

"Demek annem de ilahi okudu bu odada..."

"Evet, sesleriniz birbirinize benziyor. Üstelik ikiniz de çok güzel söylüyorsunuz."

Sonra başını önüne eğip sormak isteyip de bir türlü soramadığı soru dökülüyor dudaklarından.

"Beni unutmuş muydu?"

Demek bunca zamandır bunun için kıvranıp durdu karşımda. En çok annesinin onu unutup unutmadığını merak ediyor.

"Hayır, unutmamıştı. Annen unutsa, ben seni hatırlayabilir miydim?"

"Unutmamış ha! Ne dedi size benim için?"

"Meleğimin o güzel yüzü hiç gözümün önünden gitmiyor demişti."

"Meleğimin yüzü ha! Demek beni unutmadı annem. Benden kurtulduğuna sevinir sanıyordum. Ama yine de annelik başka şey. Bunca yıl sonra unutmamış beni. Onun beni sevdiğine bir türlü inanamıyordum. Çocukluk işte. Halbuki yıllar sonra bile yüzüm gözlerinin önünden gitmemiş. Aslında ben de onu hiç unutamadım. Çok üzdüm kadıncağızı. O zamanlar ağzından her çıkan söz batardı bana. Onunla iyi geçinmeyi, dediklerini yapmayı hiç denemedim. Belki de onun biraz huyuna gitsem, böyle olmazdı. Hiç olmazsa okumayı becerebilseydim, gerisi bir şekilde hallolurdu. Çok istedi bizi okutmayı. Hele beni... Kızım oku da hâkim ol, derdi. Seninle Anadolu'nun her yerini birlikte dolaşalım. Beni de götür gittiğin yerlere. Ben sana oralarda gül gibi bakarım. Adalet dağıt insanlara, haklıyı haksızı ayır derdi. Bize geçmişini pek anlatmazdı annem. Az konuşurdu. Belki de ilk çocuğu ben olduğum için, çok şey beklerdi benden. En yüksekokullarda okumamı, iyi bir meslek sahibi olmamı, herkesin bize saygı göstermesini hayal ederdi hep. Şimdi düşünüyorum da, istesem, bal gibi yapardım ben bunları. Süper zekâ değilsem bile, çalışırsam yapabiliyordum. Ama aklım dersten başka her şeye gidiyordu o zamanlar. Bir sümüklü oğlanın peşine düşüp yıktım, yok ettim her şeyi. O gece bizim ev alev alev yanarken, asıl yanan benim hayatımmış. Kime, ne diyebilirim ki... Kendim ettim, kendim buldum. Sonra da ne gerisini düşündüm, ne ilerisini. Sizin dediğiniz gibi, sadece bugünü yaşadım. Bugün benim için keyifliyse, heyecanlıysa, gerisi boştu."

Hafiften bir gülümseme yayılıyor yüzüme. Biraz muzip bir gülümseme bu. Yine ona doğru eğilerek, konuşmaya başlıyorum.

"Şimdi galiba yine yıkım zamanı gelmiş. Epeydir yıkım olmamış senin hayatında. Şimdi de Galip'le olan ilişkiye dikmişsin gözünü. Ne yapıp edip onu yıkmanın çarelerini arıyorsun. Bu sefer üstelik küçük de bir çocuğun var. Şu yıkım işlerini artık durdursan diyorum ben."

O da gülümseyerek yüzüme bakıyor.

"Haklısınız. Yine rahat battı bana. Sürünmenin yollarını arıyorum."

"Arıyorsun. Arayan bulur derler. Bir oğlun olduğunu da hiç unutma."

"Evet, Melih'i unutmamam gerekiyor. Artık yalnız değilim. Onun annesiyim. Onun için çok önemliyim. Bütün bakımını başka kadınlar üstlense de, anne diye etrafımda dolaşıp duruyor çocuk. Galip gibi olmamalı benim oğlum. Okumalı. Ben olamadım ama belki o hâkim olur."

"Oğlunun adı Melih mi?"

"Evet, Melih."

"Kız olsaydı Meliha mı koyacaktın?"

"Evet... Annemin adı diye koydum."

"Demek o kadar çok seviyorsun anneni!"

"Bari oğlum adam olsa da, annem mezarında huzurlu yatabilse. Belki o zaman beni de affeder."

Yine ağlıyor. Yıllardır beyninde kol gezen suçluluk duyguları, bugün oluk oluk akıyor dışarı. Aksın... Belki bu sayede bir gün kendisiyle barışır Melek.

"Annem size neden geldi, hasta mıydı?"

Bu sorunun gerçek cevabını veremem. Ne intihar girişimini anlatabilirim ona, ne de Necdet'le yaşadıklarını.

"Kız kardeşin getirdi anneni. Son zamanlarda geceleri pek iyi uyuyamıyormuş. Senin gibi, onu da zorla getirmişler buraya. Epeyce sohbet etmiştik. Mevlit okuduğunu söyleyince, bir ilahi de burada okumasını istedim. O da kırmadı beni. Tatlı kadındı Meliha Hanım. Allah rahmet eylesin."

"Demek sizinle uzun uzun konuştu. Bir de üstelik ilahi okudu. Ölmeden önce onu son bir kez görmeyi, onunla uzun uzun konuşmayı çok istedim. Size söyleyemedim ama benim yıllardır asıl hayalim buydu. Kısmet olmadı. Daha doğrusu istesem ben bu fırsatı yakalardım da cesaret edemedim. Onu bir kere daha yıkmayı göze alamadım. Düştüğüm durumları görsün istemedim. Kardeşimi gördünüz mü?"

"Evet, gördüm. Annesiyle çok ilgiliydi. Zaten o zorla getirmiş buraya."

"Hiç olmazsa o ilgilenmiş annemle. İyi. Size geldiğinde henüz kanser olmamıştı demek ki. Yine babamdan şikâyet etti mi?"

"Etti ama hepsi bitmişti artık. Geçmişte yaşadıklarındandı şikâyetleri."

"Evet, son zamanlarda babam hiç dövmemiş onu. Hatta hastalığında çok ilgilenmiş annemle. Yangını size anlattı mı?"

"Evet, anlattı. Senin yangında öldüğünü sanıyordu."

"İyi, çok iyi. Hiç şüphelenmemiş mi?"

"Hayır, böyle bir şey söylemedi bana."

"Hay Allah, kadıncağız nasıl da üzülmüştür."

"Evet, seni anlatırken hep ağladı."

"Ağladı ha? Beni hiç unutmamış. Ben sanki onu unuttum mu? Yine de bunları sizden duyunca öyle rahatladım ki... Şu Allah'ın işine bakın. Koca Ankara'da kocam bula bula sizi buluyor. Yani annemin doktorunu. Siz böyle her hastanızı hatırlar mısınız?"

"Annen de unutulacak kadın değildi Melek, tıpkı senin gibi."

"Beni de mi unutmayacaksınız?"

"Tabii unutmayacağım."

Elleri kucağında, bir süre daha düşündükten sonra, "Ben artık gideyim. Sizin de çok vaktinizi aldım. Oğlum evde beni bekler. Madem beni unutmayacaksınız, size bir şarkı daha söylesem, beni dinler misiniz?"

Gülüyorum.

"Annen de aynen böyle yapmıştı. Odadan çıkmadan önce, bir ilahi daha söylemişti. Onun için güldüm. Dinlemez olur muyum? Memnuniyetle seni dinliyorum."

Gözlerindeki yaşları dikkatle kuruladıktan sonra omuzlarını dikleştirip arkasına yaslandıktan sonra, başını hafifçe yukarı kaldırarak başlıyor söylemeye.

"*Kimseye etmem şikâyet, ağlarım ben halime,*
Titrerim mücrim gibi, baktıkça istikbalime.
Perde-i zulmet çekilmiş, korkarım ikbalime,
Titrerim mücrim gibi, baktıkça istikbalime..."

Yine çok güzel söyledi. Tıpkı annesi gibi... İçten, duygulu ve dolu dolu bir sesle söylüyor.

Bir yandan onu alkışlarken, bir yandan da konuşuyorum.

"Artık istikbalinde korkacak bir şey yok. Yeter ki sen biraz akıllı ol. Daha doğrusu sen akıllısın zaten de, aklının birazını da kendin için kullan. Bugün, burada konuştuklarımızı unutmaz, annenin seni sevdiği gibi, sen de kendini biraz olsun seversen, gelecek sana hep iyi şeyler getirir. Hem unutma, sen Melih'in annesisin. Ona karşı sorumlulukların var. İyi bir anne ol Melek."

"İnşallah Gülseren Hanım. İçim bomboş oldu. Bugünü unutmayacağım. Yeteri kadar hata yaptım. İnşallah bir daha yapmam. Bunun için gayret edeceğim. Size yine gelmek isterim. Ben bunların altından yalnız kalkamam. Bana yardım eder misiniz?"

Yalvaran gözlerle bakıyor bana. Artık ben de ona sevgiyle bakıyorum. Hiç olmazsa bundan sonra hata yapmasını istemiyorum. Sonuna kadar yanında olacağım.

"Tabii ederim. Ne zaman istersen bekliyorum seni. Meliha'nın nazlı kızı Melek'e yardım etmez olur muyum?"

Nemli gözlerle sarılıyor bana. Ben de aynı içtenlikle karşılık veriyorum.

"Şimdi Galip'i yolla içeri. Onunla da görüşmek istiyorum."

"Ne görüşeceksiniz Galip'le?"

Eşiyle görüşme isteğim endişelendiriyor onu.

"Merak etme. Asla kötü bir şey söylemeyeceğim ona. Daha iyi bir baba, daha iyi bir eş olmasını sağlamaya çalışacağım sadece. Artık sana biraz olsun güvenmesini söyleyebilir miyim ona?"

"Evet Doktor Hanım, evet. Ne olur bana inanın. Bunun için elimden ne gelirse yapacağım. Eğer yine hata yapmaya kalkışırsam, bilin ki bunun bedeli ölüm olacak. Kendim keseceğim bu sefer hesabı."

"Yapma Melek, yine unuttun Melih'i."

"Yok unutmadım. Ne onu ne de annemi unutacağım artık. Bana güvenmediğinizi biliyorum. Ben de güvenmiyordum zaten ama şimdi içimde bir şeyler değişti sanki. Kendimi yıllar sonra ilk defa Hayat değil, Melek gibi hissediyorum. Annesinin nazlı kızı Melek. Nasıl da özlemişim o günleri. Bunu size de göstereceğim. Çok şey değişecek hayatımda. O gün anneme dokundunuz mu?"

"Annene dokundum mu? Bilmem, dokundum tabii. Elini sıktım. Sonra onu omuzlarından tutarak kapıya kadar yolcu ettim ve daha da önemlisi hiç unutmadım ben Meliha Hanım'ı."

Hemen ellerime sarılıp üst üste öpmeye başlıyor. Sonra sıra yanaklarıma geliyor.

"Dur Melek, ne yapıyorsun?"

"Annemin yerine sizin ellerinizi öpüyorum. Belki affeder beni."

Sonra biraz önce kalktığı koltuğa yeniden oturup katılarak, hıçkırarak, haykırarak ağlamaya başlıyor. Ben de hemen yanına oturuyorum. Sarılıyorum ona. Yıllardır içine gömmeye, çıkmasına engel olmaya çalışsa da işte içindeki insan sonunda usul usul dışarı çıkıyor. Anneleri tarafından sevilmediklerini düşünen çocuklar, kendilerini sevmek, başkalarının da onları seveceğine inanmak ve başkalarını sevmek gibi temel güven duygusunu geliştiremezler. Ama Melek bugün, bu odada belki de ilk kez annesi tarafından sevildiğini, önemsendiğini hissetti.

Ağlamak, bağırmak, haykırmak yılların biriktirdiği koyulaşmış kiri bir anda temizleyemese de, yine de iyi geliyor ona. Rahatlıyor. Tünelin ucundaki ışığı görüyor sanki...

Omuzlarına sarılarak dışarı çıkarıyorum onu. Kapının önünde bana tekrar sarılıp öpüyor. O sırada salonda oturduğu yerden kalkan kısa boylu, göbekli, elindeki tespihi sallayarak bize doğru gelen Galip'i görüyorum. "Buyurun" diyerek odama alıyorum onu. Saygılı bir hareketle elimi sıkarken, belinin sağ tarafındaki tabanca dikkatimi çekiyor. Bu adam tabancayı sürekli yanında taşıyor demek. Doktora gelirken bile... Tabancasını gördüğümü anlayınca utanarak ceketinin önünü kapatıyor. Utanıyor ama yanından da hiç ayırmıyor. Yerine oturunca söze o başlıyor.

"Kusura bakmayın, bunu böyle yanımda taşımam gerekiyor işte."

Hafifçe başımı sallıyorum. Galip tedirgin. Özellikle eşiyle ilgili ona neler söyleyeceğimi merak ediyor.

"Nasılsınız Galip Bey?"

Sağ elini göğsünün üstüne koyup hafifçe eğilerek "Elhamdülillah, iyiyim," diyor.

"Sizinle ilk kez görüşüyoruz ama ben sizi tanıyorum. Eşiniz çok bahsetti sizden."

Sanki kötü bir şey söylemişim gibi yüzü kızarıyor.

"Hep kötülemiştir beni."

"Yok, öyle yapmadı. İyi yönlerinizi de anlattı, yediği dayakları da. Sahi eşinizi neden o kadar çok dövüyorsunuz?"

Suçlu suçlu oturuyor karşımda, başı önüne eğik. Sonra derin bir nefes alıp başını kaldırmadan anlatmaya başlıyor.

"Ben köylü çocuğuyum. Bizim oralarda herkes döver karısını. Yemek içmek kadar doğal bir şeydir bu. Siz kızınca çocuğunuzu nasıl döverseniz, biz de karımızı döveriz."

"Yapma Galip Bey, biz artık çocuklarımızı da dövmüyoruz. Hem sanırım siz köyden çıkalı çok olmuş."

"Doğru, yıllardır buralarda yaşıyorum ama köküm oralı. Hem Hayat'la beraber yaşayıp da onu dövmemek neredeyse imkânsız. Ben dövmeye alışkınım, o da dövülmeye. Hepimizin anladığı bir dil vardır. Bu bizim ortak dilimiz."

Doğru söylüyor diyorum içimden. Galip Bey benim sandığımdan daha zeki bir adam. Pek çok şeyin farkında.

"Ama bir yandan da onu çok seviyorsunuz. Öyle değil mi?"

"İlk günler seviyor muydum pek bilmiyorum. O, benim için yaşanması gereken bir maceraydı. Sahneye çıktığı gazinoda uzaktan hayran hayran seyrederdim onu. Ne bileyim bir gün aniden çıkıp geleceğini? Ama geldi işte. Her şeyi bırakıp bana gelmesi büyük bir onurdu benim için. Bizim gibi adamlarda para çoktur ama o parayı nasıl kullanacağımızı bilmeyiz. Ne okul görmüşüz, ne terbiye, adap öğrenmişiz. Tek bildiğimiz şey törelerdir. Töreler uğruna can verir, can alırız. İşte ben bu kadın uğruna töreye karşı geldim. Babam büyük bir aşiretin reisidir. Ben de onun hayatta kalan tek oğluyum. Bu durum işleri biraz daha karıştırdı. Ölmemek için yıllarca oradan oraya kaçıp durduk. Türkiye'nin hemen her yerini gezdik. Aşiret geniş, nereye gitsek buldular izimizi. O da çok çekti, ben de. Esas Hayat'ın peşindeydiler. Onu öldürüp beni yeniden kabul edeceklerdi. Bir kere onu tanıdıktan, onunla bir şeyleri paylaştıktan sonra bir daha geriye dönemedim. Bana hiç bilmediğim, bambaşka bir dünyanın kapılarını açtı. Ölsem de vazgeçemedim Hayat'tan. Sonra sağ olsun, Şevket

Ağa girdi araya. Bizim oralarda Ağa'yı çok sayarlar. O olmasaydı ikimiz de çoktan öteki dünyayı boylamıştık."

"Hâlâ berabersiniz Şevket Ağa'yla. Onu buraya siz getirdiniz, değil mi?"

"Ben getirdim. Benim de ona bir küçük faydam olsun istedim. Ona böyle numaralar yapılmaz ama ben her şeyi göze alıp getirdim onu buraya. Bu ara yüzü gülüyor ama kadınlarla bir türlü yıldızı barışmadı. Bizim Hayat'ı da hiç sevmez."

Sevmemekte haklı diyorum içimden. Allah'tan onu neden sevmediğini Galip bilmiyor. Fahişelik, yani para veya bir başka çıkar uğruna bedenini satması, bunu yapan kişiyi sanıldığından çok daha fazla etkiliyor. Bu tür kadınların canının hiç kıymeti olmuyor. Ölüme sürekli göz kırpıyorlar. Bilinçdışında giderek artan suçluluk duyguları sanki onları hızla ölümün kucağına atıyor. Hayatlarını vererek bu suçlardan, bu suçları işleyen bedenlerinden kurtulmak istiyorlar sanki. Tıpkı Melek'in hayatında olduğu gibi.

Yıllarca koca bir aşiret onu öldürmek için köşe bucak kovalıyor. Tam temize çıkıp düzgün bir hayata kavuşunca yeniden suç işliyor. Hem de cezası yine ölüm olan bir suç. Suç ortağı olarak da Şevket Ağa gibi herkesin çok saydığı, çok çekindiği, daha da önemlisi onların hayatını kurtaran adamı seçiyor. Bu arada onun için hiç gözünü kırpmadan ölümü göze alan Galip gibi birine, onun çok sevdiği ve saydığı adamla ihanet etmeye kalkışıyor. Hem kocasına hem onları bu beladan kurtaran adama, hem çocuğuna ve en önemlisi kendine ihanet ediyor. Öyle bir işe kalkışıyor ki, kendi batarken onun için en önemli insanları da kendisiyle birlikte riske atıyor.

Bir insan eğer kendine değer vermiyorsa, onun için dünyada değerli hiçbir şey yoktur. Umarım Melek artık bağışlamıştır kendini.

Ben böyle derin düşüncelere dalıp gitmişken, Galip anlatmaya devam ediyor. Acaba o bağışladı mı kendini? Koca bir aşirete, babasına, atasına pavyondan çıkardığı bir kadın uğruna ihanet eden bir adam o. Melek'i acaba biraz da bunun için mi öldüresiye dövüyor? Onun da kendisini bağışlamasına yardımcı olmalıyım.

O bana hâlâ Şevket Ağa'yı anlatıyor.

"Kadın deyince tüyleri diken diken oluyor adamın. Aslında bir de karısını görseniz, adam haklıymış dersiniz. Gerçi benim eski karı da ondan beterdi ama ne yapacaksınız, bizim oralarda hep böyle. Kadınlar kadın olmayı bilmiyorlar. Bizim dünyamızda heyecan sadece ölüm bize yaklaşınca olur. Onun dışında her şey dümdüzdür. Eskiden silahım benim her şeyimdi şimdi onu yine belimde taşısam da eskisi kadar önemsemiyorum. Biliyorsunuz, Hayat da silahların sık çekildiği bir dünyadan geldi."

"Biliyorum."

"O da bataklıkta yaşıyormuş, ben de. Ben onu kurtardım, kendim henüz tam olarak çıkamadım kendi bataklığımdan ama uğraşıyorum. Bir benim istememle olmuyor. Ailem cahil. Bir tek töre ne der onu bilirler. Babam güya çok sever beni ama ölüm fermanımı imzalarken gözü hiçbir şey görmedi. Töreler galip geldi yine. Anama gelince, gerçi rahmetli oldu ama beni öldürecekleri zaman kılını kıpırdatmadı. Sonra sordum ona bunun hesabını ama ne fayda? Kadının sözü mü geçer oğul dedi bana. İşine gelen yerde babamın yakasına yapışır da iş töreye gelince boynunu büker, oturur. Beni öldürseler üç gün ağıt yakar sonra unuturlardı. Ağabeyim öldürüldüğü zaman da böyle olmuştu. Ben daha çocuktum o zaman. Onu hasımlarımız öldürdü, beni de kendileri öldürecekti. Belki Hayat anlatmıştır. Ağabeyim ölünce beni hemen yengemle evlendirdiler."

"Evet, anlattı. Çok zor olmuştur, değil mi?"

"Zor da laf mı? Hem daha o zaman çocuğum ben. Yıllarca yenge dediğim kadın koynuma girdi. İğrendim, nefret ettim her şeyden. Diğer kardeşlerimle birlikte bizi önce banyoda yıkar, sonra da koynuna alırdı beni. Hayvanların bakımından evin temizliğine, çamaşır yıkamaya kadar her işe o koşardı."

"Siz varlıklı bir ailesiniz, öyle değil mi?"

"Öyle. Dedim ya, parayı nereye kullanacağımızı bilmeyiz biz. Varlık içinde yokluk yani. Oralarda yaşayan insanlarda merhamet duygusu kalmıyor. Ben de işte onlardan biriyim. Dünya bize merhamet etmiyor, biz de dünyaya."

"Hadi elin garibanı böyle yaparsa anlarız da size ne oluyor?"

"Ne güzel sordunuz? Bir de biz bunu kendimize sorabilsek? Anam az mı eziyet etti geline. Hem evde it gibi çalıştırır, hem de itip kakarlardı kadını. Ben bu Hayat'ı aldıktan sonra biraz sahip çıktım bizimkine. Hayat delidir, doludur ama içi iyidir. Merhametlidir. Ben önceleri bizim eski karıyı kıskanır sandım. O tam tersini yaptı. Ona buralardan hediyeler alıp yolladı. Memlekete her gidişimde bana sıkı sıkı tembih ederdi, karına sahip çık, ezdirme onu, gönlünü hoş et diye. Benim eski karı ne gördüyse Hayat'tan sonra gördü. Bana dediklerinin üçünü yapamasam da ikisini yapardım. Ben merhameti Hayat'ta gördüm. Ondan öğrendim garibanı korumayı."

"Ne güzel. Aslında sadece bu değil, çok şey öğretmiş size Hayat."

"Doğrudur. Hâlâ da öğrenmeye devam ediyorum. Bir de damarıma o kadar basmasa çok daha iyi gidecek evliliğimiz."

"Haklısınız ama göreceksiniz çok değişecek Hayat. Ben çok sevdim eşinizi. Bazı sorunları olsa da çok aklı başında bir kadın. Üstelik sizi çok seviyor. Sizin onun için yaptıklarınızı hiç unutmuyor. Sizinle birlikte o da yeniden gelmiş dünyaya. Aslında ben de büyük hayranlık duydum size. Sevdiği kadın uğruna her erkek ölümü bu kadar kolay göze alamaz."

Sözün burasında Galip uzun süredir yere eğdiği başını kaldırıyor. Bana bakan gözleri pırıl pırıl. Onun da onaylanmaya, beğenilmeye, aklanmaya ihtiyacı var. Belli ki ona "iyi" diyen kimse olmamış. Bir şeyler söylemek istiyor ama dudakları öylesine titriyor ki, bir türlü konuşamıyor. Ben söze devam ediyorum.

"Şevket Ağa da öyle diyor. Size değer veriyor. Çok zor bir hayatınız olmuş ama umarım bundan sonrası güzel olsun. Eşiniz de size karşı daha iyi bir eş, çocuğuna daha iyi bir anne olmak istiyor ve size her konuda çok güveniyor."

"Demek bana güveniyor. Yüzüme söylemez böyle lafları. Gerçi ben de söylemem ona her şeyi."

"Yani her ikiniz de iyileri kendinize saklıyorsunuz, karşı tarafa sadece sitemler kalıyor."

Gülüyor Galip. Keyifli, doğal bir gülüş bu. Söylediklerim hoşuna gitti.

"Doktor Hanım, bugüne kadar ne bana iyi diyen oldu ne de karıma. Ne benim geçmişimi unuttu insanlar, ne de onun. Hal böyle olunca size de unutturmuyorlar. Bunun böyle olacağını siz bilmiyor muydunuz derseniz, biliyorduk tabii. Ama hayat bu, yarının ne olacağını bilmiyor insan. Şimdi de küçük bir oğlumuz var. İnşallah bizim yaşadıklarımızı o yaşamasın. İşler evde başka, sokakta bambaşka. Toplum bir kere damgalamayagörsün insanı, o damga kolay silinmiyor. Hani biraz önce merhametten söz etmiştik ya, toplum çok merhametsiz. Biz yıllardır ne yaşarsak evimizde yaşarız. Pek eşimiz, dostumuz yoktur. Aralarına almazlar bizi. Allah'tan paramız var. Eğer paramız da olmasa, hiç hayat hakkı tanımayacaklarmış bize. Halbuki Ankara gibi koca bir şehirde yaşıyoruz. Kim kime dum duma deseler de işler hiç de öyle değil. Gerçi aradan yıllar geçti ama demek ki hâlâ içimde duruyor. Bu öyle bir şey ki, ananızla bile paylaşamazsınız derdinizi. Zaten en çok o kızar size."

"Hayat'la konuşur musunuz bunları?"

"Yok be Doktor Hanım. Bazı şeyler vardır ki, birbirinize bile söyleyemezsiniz. Ne oldu da şimdi size anlatıyorum, onu da bilmiyorum. Galiba siz kınamadınız bizi. Hayat da belki o yüzden seviyor buraya gelmeyi. Baştan hiç istememişti. Şimdi mümkün olsa her gün gelecek. O geldikçe arada bir benimle de görüşürsünüz belki."

"Tabii görüşürüz Galip Bey. Daha sizinle konuşacağımız çok şey var."

"Tamam o zaman. Ben artık gideyim. Bugün çok zamanınızı aldık. Her şey için teşekkürler."

Galip çocuk gibi sevinerek ayağa kalkıyor ve saygıyla eğilip elimi sıkarak çıkıyor odadan. Hem kendiyle hem de karısıyla gurur duyuyor şimdi. "Aman" diyorum içimden, "aman Melek uslu dur."

Ben de koridora doğru çıkıyorum Galip'in arkasından... Tuna'yla vedalaşıp Madalyon'dan çıkarlarken Melek bir eliyle sıkı sıkı Galip'in kolunu tutuyor, öteki eliyle bana el sallıyor. İkisi de bana uzaktan gülümsüyorlar. Ben de sallıyorum elimi. Ve içten bir gülümseme yayılıyor yüzüme.

O sırada Aydın da çıkıyor odasından. O da bana eliyle işaret ediyor, hadi gel diye.

Gülerken yine gözlerimi kısıyorum. Aydın, "Gülerken gözlerini çok kısıyorsun, zamanla kırış kırış olacak," der her zaman. Öyle de oldu... Ama seviyorum o kırışıklıkları. Buram buram UMUT kokan bugünleri hatırlatıyorlar bana...

Zoru kolay, uzağı yakın eden,
Karanlığı aydınlatan, acıyı hafifleten,
Ölümü unutturup suçları bağışlatan UMUT...

İyilik de kötülük de bulaşıcıdır, devamlılık gösterir.
Kötülerin içinde iyi olmak kadar, iyilerin içinde kötü olmak da zordur.

İyiliklerin en güzeli UMUTTUR.

Önce biz başlayalım düzeltmeye.
Sevmediklerimizi sevmeye,
Saymadıklarımızı saymaya,
Suçladıklarımızı bağışlamaya.

Belki bir gün kendimizi de bağışlarız.
Dünya işte o zaman bizim düşlediğimiz gibi olur.
Bu düşün çok geç kalmaması dileğiyle....

Teşekkür

Bu kitabın yazılması sırasında, bana destek olan herkese buradan teşekkür etmek istiyorum.

Otuz dört yıl boyunca hayatı benimle paylaşan, benden ilgisini, sevgisini ve şefkatini bir an bile esirgemeyen, hep yanımda olan, güven veren, eşi olmaktan hep gurur duyduğum, çok sevdiğim ve çok sevildiğime inandığım eşim AYDIN'a;

Hayatımın hiçbir döneminde elini üzerimden çekmeyen, kendimi bildiğim günden beri her konuda beni destekleyen, pek çok seven, her türlü nazımı çeken, herkese ben derman olmaya çalışırken o bana derman olan, aklına, zekâsına, hayata bakışına her zaman hayranlık duyduğum sevgili ANNEME;

Bana anne olmanın bütün güzelliklerini yaşatan, iyi ve kötü günümde biri sağımdan, biri solumdan hiç ayrılmayan, anneleri olmaktan gurur duyduğum birtanelerim YAĞMUR ve HASAN'a;

Hep arkamda duran, artık çocuklarımdan bir farkı kalmayan damadım TOLGA'ya;

Bana hiç kıyamayan, saygı ve sevgileriyle ablaları olduğumu her fırsatta bana hatırlatan sevgili kardeşlerim YÜKSELEN ve MUSTAFA'ya, bana her zaman destek olan tüm yakınlarıma ve arkadaşlarıma;

MADALYON Kliniği'nin kurulmasında, bir telefonla bütün hayatlarını değiştirecek, düzenlerini yıkacak kararları alıp bana duydukları güveni bir kez daha kanıtlayarak Madalyon Kliniğe katılan Türkiye'mizin değerli psikiyatri profesyonelleri; vefalı dostlarım Prof. Dr. Sayın Cengiz Güleç, Prof. Dr. Sayın Ayşe Yalın, Prof. Dr. Sayın Hamdullah Aydın, Klinik Psikoloğu Sayın Mehmet Akif Sayılgan ve Dr. Fuat Bingöl'e; kliniğimize daha sonra katılan Prof. Dr. Perin Yolaç ve Prof. Dr. Emine Zinnur Kılıç'a; kurulduğu günden bu yana büyük bir dayanışma içinde çalışan, zor günlerde hiç yanımdan ayrılmayan, sevgi ve saygılarıyla bana huzur ve güven veren, her biriyle ayrı ayrı gurur duyduğum çok değerli MADALYON ekibine;

Üstün kalitesi ve "fark ayrıntılarda yatar" mantığıyla farkını hep hissettiren, isimden çok içindekiyle ilgilenen, ülkemize değerli eserler kazandıran REMZİ Kitabevi'ne;

Zarafeti, yakınlığı, dikkati ve titiz çalışmalarıyla kitabın hazırlanışında çok emeği geçen sevgili editörüm YASEMİN AKTAŞ'a;

Ve çok sevgili HASTALARIMA; öncelikle bana dünyayı yeniden tanıttıkları, beni yeniden yarattıkları, geliştirip çoğalttıkları için, beni yeni kitaplar yazma konusunda sürekli sıkıştırdıkları, destek oldukları için; KİTABIN KAHRAMANLARINA bu hikâyelerin yazılmasına ve yayınlanmasına izin verdikleri için, sonsuz teşekkürler…

Dr. Gülseren Budayıcıoğlu
Ankara, 2007